BASTEI LÜBBE

Taschenbücher von JON LAND
im BASTEI-LÜBBE-Programm:

13 135 Das Omega-Kommando
13 148 Der Rat der Zehn
13 164 Labyrinth des Todes
13 169 Das Vortex-Fiasko
13 186 Die Lucifer-Direktive
13 199 Der Alabaster-Agent
13 223 Der Alpha-Verrat
13 252 Die achte Fanfare

JON LAND

DIE GAMMA OPTION

Ins Deutsche übertragen
von Uwe Anton

Polit-Thriller

BASTEI
LÜBBE

BASTEI-LÜBBE-TASCHENBUCH
Allgemeine Reihe
Band 13 303

Erste Auflage: April 1991

Deutsche Lizenzausgabe 1991
Bastei-Verlag Gustav H. Lübbe GmbH & Co., Bergisch Gladbach
Originaltitel: The Gamma Option
Lektorat: René Strien
Titelillustration: Hans Hauptmann
Umschlaggestaltung: Quadro Grafik, Bensberg
Satz: VID Verlags- und Industriedrucke GmbH & Co. KG,
Villingen-Schwenningen
Druck und Verarbeitung:
Brodard & Taupin, La Flèche, Frankreich
Printed in France
ISBN 3-404-13303-X

Meinen Eltern gewidmet,
denn einmal war nicht genug

PROLOG

29. Juli 1945: Der Pazifik

Die U.S.S. *Indianapolis* dampfte in den Tod.

Captain Charles Butler McVay III betrat die enge Funkzentrale, verschloß die Tür hinter sich und richtete erst dann das Wort an den Ersten Funker des Schiffes.

»Etwas Neues, Mister?«

»Negativ, Sir. Kein Kontakt.«

»Verdammt«, murmelte McVay, überzeugt, daß der Leutnant diesmal die Anspannung in seiner Stimme bemerkt hatte.

Er war noch einmal persönlich heruntergekommen, in der Hoffnung, es sei irgendeine Nachricht eingetroffen, die Klarheit darüber bringen würde, was sich im Laderaum drei der *Indy* befand. Vor drei Tagen hatten sie den Inhalt der Laderäume eins und zwei auf der Insel Tinian abgesetzt. Nach zehn Tagen Fahrt mit Höchstgeschwindigkeit von San Francisco aus waren sie dort planmäßig eingetroffen, trotz eines Zwischenstops bei Pearl Harbour, bei dem sie mehrere Passagiere an Bord genommen hatten, die ihre Fahrt mit außergewöhnlichem Interesse verfolgten.

Sie alle wußten, daß die Laderäume eins und zwei der *Indianapolis* die noch nicht zusammengesetzten Teile von zwei Atombomben enthalten hatten. Doch niemand wußte, was sich im dritten Laderaum befand.

Aber genau das hätten wir auf Tinian ausladen sollen, dachte McVay. Er konnte akzeptieren, daß aufgrund der Atombomben der eigentliche Plan in letzter Sekunde geändert und der Ersatzplan in Kraft gesetzt worden war. Aber alles andere konnte er nicht einfach so hinnehmen.

Von Tinian war die *Indy* über Guam nach Leyte in Marsch gesetzt worden. Er hatte gehofft, beim ersten Halt auch den Rest seiner Fracht loszuwerden, doch das Schiff hatte lediglich neue Vorräte an Bord nehmen müssen und war weitergeschickt worden. Also würde der Frachtraum auf Leyte entladen werden. Er hatte erwartet, daß man ihm zumindest ein

Begleitschiff mit auf den Weg geben würde, doch dazu war es nicht gekommen, und unter den gegebenen Umständen wollte McVay auf den Aktenvermerk verzichten, eins angefordert zu haben.

Auf Guam war er versucht gewesen, sich nach der Fracht zu erkundigen, die sie noch an Bord hatten. Doch dort hätte man mit größter Wahrscheinlichkeit nichts darüber gewußt. Und nun, ohne ein mit Sonar ausgerüstetes Begleitschiff, war die *Indianapolis* auf Radar und Sichtkontakt angewiesen, um feindliche U-Boote auszumachen.

Am ersten Tag nach der Abfahrt von Guam hatte das Wetter hervorragend mitgespielt, doch am heutigen Nachmittag war ein Sturm aufgezogen, der sich erst kurz vor Mitternacht allmählich wieder legte. Er hatte bewegten Wellengang und einen klammen Geruch in der Luft zurückgelassen, der sich in der erstickenden Feuchtigkeit schnell ausbreitete. Daher hatte der Captain gestattet, daß alle Belüftungsschächte und die meisten Schotte im Schiff geöffnet blieben. Ansonsten hätte das tropische Klima seinen Leuten unmöglich gemacht, Schlaf zu finden.

Denn eins war gewiß – Schiffe der schweren Kreuzer-Klasse wie die *Indianapolis* waren nicht in Hinsicht auf Komfort gebaut worden. 1932 vom Stapel gelaufen, wirkte die *Indy* plump und klobig. Doch sie war schnell; ihre Höchstgeschwindigkeit betrug zweiunddreißig Knoten. Sie hatte mehrere Kampfeinsätze hinter sich und zuletzt Admiral Spruance als Flaggschiff der Fünften Flotte gedient. Dem hatte Ende März vor Okinawa ein japanischer Kamikaze-Flieger ein Ende gemacht, und dieser neue Auftrag war zu schnell erfolgt, um nach den Reparaturen noch eingehende Probefahrten zu ermöglichen. McVay hatte versucht, dieses Manko während der schnellen Fahrt nach Tinian durch zahlreiche Übungen auszugleichen, doch die übermäßig vertretenen Passagiere schienen seinen Leuten immer wieder im Weg zu stehen.

Zum Teufel mit ihnen, dachte der Captain, während der Schweiß seine Uniform durchtränkte, *zum Teufel mit ihnen allen . . .*

McVay kehrte zur Brücke zurück. Er fühlte sich unbehaglich

und angespannt. Der Marschbefehl, den er auf Guam erhalten hatte, besagte lediglich, die Mannschaft zu einer vierzehntägigen Ausbildung nach Leyte zu bringen; der Inhalt des Laderaums Nummer drei war mit keiner einzigen Silbe erwähnt worden. Erwarteten die Arschlöcher, daß er den Rest des Krieges damit herumdampfte?

McVay machte die feuchte Luft zu schaffen. Er versuchte erfolgslos, die Frage zu verdrängen. Die ganze Sache ergab einfach keinen Sinn.

»Sir«, kam ein verzweifelter Ruf vom Funkmeßtechniker direkt vor ihm auf der Brücke. »Ich habe Torpedos auf dem Bildschirm!«

»Der Peilwinkel!«

»Ich habe ihn gleich, Sir . . . Mein Gott, Nord zu Nordwest. Sie kommen genau auf uns zu! Entfernung eine Meile. Geschwindigkeit fünfzig Knoten!«

»Verdammt!« bellte McVay. Das sah nach einem *Kaiten*-U-Boot der Japsen aus. Sie hatten zwar eine geringe Reichweite, doch es wimmelte hier geradezu vor ihnen. Warum hatte man ihm kein Begleitschiff mitgegeben? »Ruder scharf auf Steuerbord!« befahl er. »Maschinenraum, wir werden beschossen. Ich muß ein Ausweichmanöver durchführen. Bringt uns zum Teufel noch mal hier heraus!«

»Aye, aye, Sir«, kam die halb verstümmelte Antwort.

Die Maschinen der *Indianapolis* versuchten tapfer, den zusätzlichen Schub zu leisten, der für das Manöver erforderlich war. Doch die extra dicken Panzerplatten, die die *Indy* zu einem mächtigen Kriegsschiff machten, forderten ihren Tribut in Form von Schnelligkeit und Wendigkeit. Ihr gelang zwar eine Kehrtwendung, doch sie entfernte sich dabei kaum von den auf sie zurasenden Torpedos.

»Gott steh uns bei«, murmelte McVay und stellte sich vor, in diesem Augenblick sehen zu können, wie sich der angedrohte stählerne Tod wie ein riesiger, zum Zuschlagen bereiter Hai aus dem nachtdunklen Ozean erhob.

Von den vier abgefeuerten Torpedos trafen die *Indianapolis* nur zwei – beide vorn an der Steuerbordseite. Zwei Explosionen folgten, und der Bug des Schiffes verschwand in einem grellen, gelben Blitz, der schnell schwarzem Rauch wich. Doch die Maschinen klammerten sich starrköpfig an ihr Leben und ließen die *Indianapolis* noch eine Minute lang schnelle Fahrt machen, während durch die klaffenden Risse in ihrer Hülle unzählige Tonnen Wasser eindrangen.

Captain McVays erster Gedanke war, daß sie den Schaden vielleicht beheben und das Schiff retten könnten. Doch die Wut der Flammen und die Menge des hervorquellenden schwarzen Rauchs machten ihm bald klar, daß er sich irrte. Er wußte, daß sein Schiff verloren war, wußte es mit einer stählernen Schwere, die sich auf seinen Magen legte und langsam immer höher stieg. McVay schrie durch den Knebel, der ihm plötzlich den Atem zu rauben schien, man solle das Schiff verlassen, und kämpfte verzweifelt um sein Gleichgewicht, während sich das Schiff schwer auf die Steuerbordseite legte. Sein letzter Befehl war an den Funker gerichtet; er sollte das vereinbarte Notsignal senden.

Von den zwölfhundert Mann an Bord hatten die beiden Explosionen und das Feuer einem Drittel das Leben gekostet. Die restlichen achthundert Mann konnten gerade noch rechtzeitig über Bord springen, um zu beobachten, wie sich die *Indianapolis* auf die Seite legte und mit dem Bug zuerst in den schwarzen Tiefen versank.

Captain McVay hustete Wasser aus den Lungen. Nur die Schwimmweste, die er im letzten Augenblick übergestreift hatte, hielt ihn an der Oberfläche. Er hatte sich bei dem Sprung irgendwo den Kopf gestoßen, und seine Welt bestand nun aus einer verschwommenen Dunkelheit. Der Geruch ausgelaufenen Dieselöls drang ihm in die Nase, und irgendwo in seinem Gedächtnis hatte sich das Bild eingeprägt, wie die brennenden Überreste seines Schiffes im Meer verschwanden.

Benommen fühlte er, wie ihn jemand zu einigen überlebenden Mannschaftsmitgliedern zerrte, die einen Kreis bildeten und einander festhielten. Da keine Zeit mehr geblieben war, die Rettungsboote zu Wasser zu lassen, bildete diese Taktik ihre einzige Überlebenschance bis zum Eintreffen einer Rettungsmannschaft. McVay spürte, wie sein Arm über die Schulter eines anderen Mannes gezerrt und er so gestützt wurde. Salzwasser floß in seinen Mund und ließ ihn wieder krampfhaft husten. Seine Augen tränten, während er um Atem kämpfte, ums Überleben in rauher See, über der ein eigentümlicher Geruch lag, der Geruch von Furcht und Tod und . . .

McVays Augen drohten aus den Höhlen zu quellen, als die Wolkendecke vor dem Halbmond aufriß und er ganz schwach etwas ausmachen konnte. Anfangs eine Erscheinung, doch dann eine Gestalt, die sich wie eine riesige Schlange durch das Wasser bewegte.

Das ist unmöglich . . . das kann nicht sein!

In diesem Augenblick wurde dem Captain alles klar. In ihm breitete sich eine Kälte aus, die die des Meeres noch übertraf.

Da! wollte er den Männern um ihn herum zurufen. *Seht doch!*

Doch neue Wasserfluten drangen in seine Nase und brannten in seinen Augen. Die Wolken überzogen den Himmel wieder mit einem dunklen Tuch, das bis zum Wasser hinabfiel, die unmögliche Gestalt verlor sich im tosenden Meer, und Captain Charles Butler McVay gab sich dem Vergessen hin.

ERSTER TEIL

GEISTER

Maine: Montag, 1. Mai; zwei Uhr

1

Die Gestalt glitt durch die Nacht. Der tiefhängende, vom Meer kommende Nebel ließ sie eher wie ein Phantom denn wie einen Menschen erscheinen, als sie sich dem einsam liegenden Haus näherte. Der Mann hatte ein Skiff gestohlen und war damit vom Festland durch die Bucht gefahren. Um nicht von möglichen Sicherheitskräften entdeckt zu werden, hatte er den Motor ausgeschaltet und war das letzte Stück zur privaten Anlegestelle von McKinleys Landsitz auf Great Diamond Island gerudert.

Er hätte nicht erwartet, Blaine McCracken an solch einem Ort zu finden, doch die Erfahrung hatte ihn gelehrt, daß man nie genau wußte, was man von McCracken zu erwarten hatte. Es stand außer Zweifel, daß sich McCracken auf der Insel befand; schwierig war nur, zu ihm vorzudringen, ohne bemerkt zu werden. Das Haus lag einsam in einem Gehölz am Kopf einer Landzunge, von der man weit über die Bucht hinausschauen konnte. Eine einzige Lampe leuchtete auf der Veranda und erhellte die Auffahrt, die zum Haus führte. Der Mann entschloß sich, es dort zu versuchen und das Licht auszunutzen, anstatt sich in die Dunkelheit hinter dem Haus zu begeben.

Nun mußte er sich mit den Alarmanlagen befassen. McCrakken hatte bestimmt mehrere davon installiert, die ihn vor ungebetenem Besuch warnen sollten. Die Gestalt glitt, vom rollenden Nebel eingehüllt, leichtfüßig vor. Eine hüfthohe Ziegelmauer umgab das Haus und ließ nur eine Öffnung für die Auffahrt frei. Die auf beiden Seiten der schmalen Straße in die

Wand eingelassenen Kameraaugen, eins oben und eins unten, damit man nicht hinüberspringen oder unten hindurchkriechen konnte, um das System zu umgehen, wirkten wie bloße Unreinheiten der Ziegel.

Natürlich war die Straße selbst ebenfalls gesichert, wahrscheinlich mit Gewichtssensoren, die sofort Alarm auslösen würden. Auch der sorgfältig gepflegte Rasen hinter der Mauer wurde bestimmt überwacht, wahrscheinlich mit Ultraschallwellen. Doch der Mann kannte die Grenzen und Einschränkungen solcher Systeme. Er wußte, daß die Anlage einen Schwachpunkt hatte, den er ausnutzen konnte, fußbreite Streifen an beiden Seiten der Straße, die als Puffer zwischen den beiden Systemen dienten und eine Überladung und einen daraus folgenden Kurzschluß verhinderten.

Der Mann schwang sich über die Ziegelmauer und setzte vorsichtig einen Fuß vor den anderen. Kaum ein Grashalm befand sich noch zwischen ihm und der Straße. Wie ein Hochseilartist näherte er sich dem Haus. Er drückte die Arme an den Körper und widerstand der Versuchung, sie auszubreiten, um das Gleichgewicht besser halten zu können. Schließlich lag die Veranda vor ihm. Der Mann hielt den Atem an. Die Anordnung der Bodenbretter verriet ihm, daß die Veranda und die Treppe, die zu ihr hinaufführte, durch Sensoren gesichert waren. Die schwierigste Aufgabe lag also noch vor ihm: Er mußte die Tür öffnen und die letzte Alarmanlage ausschalten, während er vorsichtig auf der Schwelle balancierte.

Der Mann streckte den Arm aus und ergriff den Balken, der das überhängende Verandadach stützte. Ohne auch nur einen Augenblick zu zögern, schwang er sich hoch, über das Geländer und durch die Luft. Er drehte sich dabei, so daß seine Füße unmittelbar auf der Schwelle landeten, bevor der Rest seines Körpers gegen die Tür prallte. Als seine Füße den Boden berührten, gelang es ihm, den Türknopf aus Messing zu fassen zu bekommen. So konnte er den Großteil des Aufpralls abfangen, und seine Schultern schlugen nur ganz schwach gegen die Tür.

Dennoch hielt er den Atem an und lauschte auf ein Aufheulen der Alarmanlage. Als nichts erfolgte, machte er sich sofort an den Schlössern zu schaffen. Es waren insgesamt drei, und allesamt erstklassige Sicherheitsschlösser. Aber er hatte noch kein Schloß gesehen, das er nicht knacken konnte, und der Türknopf ließ sich nach kaum einer Minute bewegen. Doch nun kam der schwierigste Teil überhaupt. Noch immer vorsichtig auf der Schwelle balancierend, mußte er die Tür öffnen und gleichzeitig die Alarmanlage überlisten. Der Kontaktschalter, der den Alarm auslöste, würde sich neben dem unteren Scharnier der Tür befinden. Der Mann dehnte seine Muskeln, bis es nicht mehr ging, und konnte den Kontaktschalter dann gerade eben mit den Fingerspitzen der linken Hand berühren, während er mit der rechten den Türknopf festhielt.

Zuerst holte er etwas Kitt aus seiner Tasche und griff dann wieder mit der linken Hand hinab. Der Kontaktschalter blieb niedergedrückt, bis sich die Tür ganz von ihm entfernt hatte. Der Mann schob die Tür langsam auf und strich immer wieder etwas Kitt über den Schalter, bis er ihn auch ohne Druck von der Tür in seiner Vertiefung hielt. Dann öffnete der Mann die Tür ganz und glitt ins Haus. Ein Rest des Nebels wehte hinter ihm herein.

Ein Schlüsselpanel, auf dem ein hellrotes Lämpchen brannte, warnte ihn vor dem letzten Sicherheitssystem, das einen Bewegungsmelder beinhaltete. Der Mann hatte das Werkzeug dabei, um es auszuschalten, doch er griff zuerst nach einer Tastatur und gab mit dem Zeigefinger vier Ziffern ein. Das rote Licht blitzte grün auf, und der Mann erlaubte sich ein Lächeln.

Es sah McCracken gar nicht ähnlich, so nachlässig zu sein.

Der Mondschein, der durch den Schlitz zwischen den zugezogenen Vorhängen eines Erkerfensters fiel, von dem aus man auf das Wasser sehen konnte, spendete ihm das geringe Licht, das er brauchte. Die Treppe erhob sich direkt rechts neben ihm. Was den Eindringlng betraf, war die Sache so gut wie erledigt; der Rest war nur eine Formalität. McCrackens Schlafzimmer würde zum Meer hinaus liegen, und wenn er es erreicht hatte, konnte er alle Heimlichtuerei aufgeben.

Die Gestalt schlich weiter, hatte jetzt fast den Kopf der Treppe erreicht, machte vorsichtig Schritt um Schritt und war so still wie die Nacht, durch die sie hierher gelangt war. Sie hatte gerade einen Fuß auf die oberste Stufe gesetzt und wollte sich umdrehen, als eine kaum wahrnehmbare Bewegung sie verharren ließ; nein, weniger eine Bewegung als ein Luftzug, eine Brise, die durch ein geöffnetes Fenster fiel. Der Mann wollte gerade weitergehen, als sich ein kalter, harter Gegenstand auf seine Nacken drückte. Ein deutlich wahrnehmbares *Klick* kam ihm so laut vor wie ein Hammer, der auf einen Amboß fiel.

»Päng«, sagte McCracken.

»Eins muß ich dir lassen, Henri«, sagte Blaine, als sie wieder unten waren. »Du hast in all den Jahren nichts verlernt.«

Dejourner hob in der Dunkelheit die Achseln. »Anscheinend doch, *mon ami.*«

Blaine ging zu dem Panel voraus und legte dort zwei Schalter um. Überall im Erdgeschoß flammten direkte und indirekte Beleuchtungen auf.

»Bei Licht sieht alles besser aus, alter Freund«, sagte er und führte Dejourner an der Einbauküche vorbei in ein Wohnzimmer mit einer luxuriösen Sitzgruppe aus dunklem Leder. Farblich aufeinander abgestimmte Orientteppiche lagen auf dem polierten Parkettboden. Was in anderen Häusern die Eßecke gewesen wäre, wurde hier von maßgeschreinerten Kirschbaumregalen beherrscht, auf denen in Leder gebundene Bücher standen.

»Ich lese in letzter Zeit sehr viel«, sagte Blaine, als er Henris ungläubigen Blick bemerkte.

»Ich muß schon sagen, Blaine, als meine Quellen dich ausgerechnet in Maine ausgemacht haben, hier in Portland, war ich überrascht und besorgt, aber das . . .«

»Laß die Kirche ruhig im Dorf. Hier legt man großen Wert auf die bauliche Neugestaltung des Ufers. Sieh es dir an.«

Ein weiterer Knopfdruck erhellte eine hintere Veranda mit ungehinderter Aussicht auf das Meer.

»Ich habe oben zwei Schlafzimmer und im Keller einen voll ausgestatteten Fitneßraum. Du weißt ja, ich besitze fünf

Wohnungen, die über das ganze Land verstreut liegen, aber ich scheine mich wohl entschlossen zu haben, mich hier niederzulassen. Vielleicht, weil der lange Winter mir als Entschuldigung dient, einsam zu leben. Wer weiß, vielleicht versuche ich es demnächst mit Kanada?«

»Dann entschuldige bitte, daß ich dich gestört habe.«

»Einsamkeit ist schön und gut, aber der Winter war sehr lang.«

Blaine setzte sich in einen Ledersessel, von dem aus man auf die Veranda hinausblicken konnte. Henri Dejourner nahm auf dem Sofa ihm gegenüber an der Wand Platz, über dem ein farbenfrohes Landschaftsgemälde hing.

»Ich muß eingestehen, Henri, niemand hätte besser mit meinen Alarmanlagen fertig werden können. Es war wirklich aufregend, dich wieder bei der Arbeit zu beobachten. Nur das mit dem Kode ist mir nicht klar. Wie hast du ihn herausbekommen?«

»Ganz einfach, *mon ami.* Ich habe 1-9-5-0 gedrückt, dein Geburtsjahr. Da ich genau zwanzig Jahre älter bin, kann ich es mir leicht merken.«

»Erinnere mich nicht daran. Mein vierzigster Geburtstag war nicht unbedingt der schönste Tag meines Lebens.«

»Und was glaubst du, wie ich mich fühlte, als ich sechzig wurde?«

McCracken konnte nicht sagen, wie sich Henri fühlte, doch er sah hervorragend aus. Sein noch immer volles Haar hatte denselben Grauton wie bei ihrer letzten Begegnung, und sein Körper war zwar klein, aber schlank und drahtig.

»Und trotz allem«, sagte der Franzose, »hast du die ganze Zeit über auf mich gewartet und dir zweifellos ins Fäustchen gelacht. Du bist noch immer ein Zauberer, *mon ami.*«

»Johnny Wareagle ist der Zauberer, Henri. Ich verlasse mich auf traditionellere Hilfsmittel. Wie zum Beispiel einen Hafenmeister namens Abner, der beobachtet hat, wie du das Skiff geklaut hast. Er hat mich angerufen.«

»Ah, er weiß, worauf er achten muß, was?«

»Darauf kannst du dich verlassen.« Beide lächelten, und

dann fügte Blaine hinzu: »Der kleine Einbruch hat dir wirklich Spaß gemacht, nicht wahr?«

Dejourner lächelte stolz. »Ich vermisse die alten Zeiten. Wann haben wir uns noch gleich in Vietnam kennengelernt, 1970 oder 1971?«

»1970 haben sich unsere Wege gekreuzt. Ich flog gerade rein, du raus. Und es war nicht Vietnam, sondern Kambodscha.«

»Verzeihung.«

»Dafür ja. Für heute abend bin ich mir nicht so sicher.«

»Was meinst du damit, Blaine?«

»Wen wolltest du heute abend auf die Probe stellen, Henri, dich oder mich?«

»Es gibt keinen Grund, dich auf die Probe zu stellen, *mon ami.* Ich habe mich auf dem laufenden gehalten.«

»Dann wirst du auch wissen, daß der letzte, der ohne Anmeldung auf meiner Schwelle stand, ein kleines Bad in der Bucht genommen hat.«

»Du hast ihm natürlich eine Schwimmweste überlassen.«

»Na klar. Und ich habe mich auch vergewissert, daß er angeschnallt war, bevor ich ihn zwang, mit seinem Wagen ins Wasser zu fahren. Das war vor etwa einem Monat. Ich dachte, daß er es vielleicht noch mal probiert, und habe Abner gebeten, die Augen offen zu halten.«

»Du hast dich nicht verändert, *mon ami.* Sehr gut.«

»Ganz und gar nicht. Vor ein paar Jahren hätte ich weder Abner noch diese verdammten Alarmanlagen gebraucht. Ich lasse nach. Meine letzten Missionen sind nicht allzu gut verlaufen. Ich glaube, ich bin hierher gekommen, um mich den Winter über zu verstecken. Jetzt muß ich mir wahrscheinlich einen anderen Ort suchen.«

Dejourner tat die Bemerkung mit einer Handbewegung ab. »Du hast nie besser ausgesehen.«

»Aber ich muß immer härter dafür arbeiten. Immer schneller laufen, nur um an derselben Stelle zu bleiben.«

Dejourner nickte. »Wie ich mich erinnere, hast du fünf elende Jahre wortwörtlich am selben Ort verbracht.«

»Es geht nicht gegen dich, Henri, aber während dieser Jahre habe ich gelernt, dein Land zu hassen.«

»Ich habe es auch nicht auf mich bezogen.«

»Du hast diese Zeit für mich erträglich gemacht. Ich sortierte Zeitungsausschnitte, aber du hast mir eine vernünftige Arbeit zugeschoben. Zu schade, daß unsere Länder keine Feinde waren, sonst hätten wir Gefangene austauschen können.«

»Bei den Geheimdiensten wäre ›Feinde‹ genau der richtige Ausdruck. Ich konnte meine Vorgesetzten nur überzeugen, dich einzusetzen, nachdem ich ihnen eingeredet hatte, daß ihre amerikanischen Kollegen danach schlecht dastehen würden. Diese verdammte Tretmühle! Du kannst von Glück sprechen, draußen zu sein.«

»Und du?«

»Ich fürchte, ich bin noch immer ein kleiner Hamster, der auf der Stelle läuft. Dejourner zuckte die Achseln.

»Hör mal, Henri«, fuhr Blaine fort. »Was ich gerade gesagt habe, meine ich ernst. Ich bin dir etwas schuldig, und ich vergesse meine Schulden nicht.«

Dejourner wußte, was er meinte, und winkte theatralisch ab. »*Mon ami.* Ich bin nicht hier, um dich um einen deiner berühmten Gefallen zu bitten.«

»Aber du bist verdammt nochmal auch nicht über den Ozean geflogen, um ein kleines Spielchen zu treiben, das vielleicht ganz angemessen für wesentlich jüngere Rekruten wäre.«

»Bitte, Blaine, es fällt mir nicht leicht. Ich muß dir etwas sagen und weiß nicht, wie. Im Flugzeug habe ich mir ein Dutzend Reden durch den Kopf gehen lassen, aber keine davon tat's.«

»Warum versuchst du es denn jetzt nicht mit der dreizehnten?«

»So einfach ist das nicht. Jedesmal, wenn ich eine neue Rede einstudierte, war ich drauf und dran, die nächste Maschine nach Hause zu nehmen. Ich bin mir nicht sicher, ob es mich überhaupt etwas angeht, daß du diese Nachricht erhältst.«

»Wir sind Freunde, Henri. Und als mein Freund geht es dich etwas an.«

Dejourner verzog das Gesicht, als bereiteten ihm die Worte, die er jetzt über die Lippen bringen mußte, körperliche

Schmerzen. »Erinnerst du dich an eine Engländerin namens Lauren Ericson? Du hast sie vor dreizehn Jahren . . .«

». . . in London kennengelernt. Hm, damals war ich also siebenundzwanzig. Ich hatte fünf Jahre in Vietnam und vier in derselben Firma wie du hinter mir. Damals waren die Dinge noch nicht so kompliziert.«

»Diese Frau . . . was weißt du noch von ihr?«

»Ein toller Feger. Zuerst dachte ich, sie sei Fotomodell, aber dann stellte sich heraus, daß sie Medizin studierte, mit der Fachrichtung Orthopädie, wenn ich mich recht entsinne. Ich mischte damals mit den Engländern ein paar Al-Fatah-Agenten auf. Wir standen uns recht nahe.«

»Damals warst du noch nicht als McCrackensack bekannt . . .«

»Genau. Lauren und ich waren vielleicht drei Monate zusammen, dann brach sie die Beziehung ab. So ist es mir seitdem immer wieder ergangen.«

»Hat sie dir gesagt, warum sie die Beziehung beenden wollte?«

»Sie hat mir dasselbe gesagt, was ich seitdem immer wieder gehört habe. Es war viel schöner, mit mir zusammen zu sein, bevor sie alles über mich erfuhr, weil sie wußte, daß es doch noch einiges mehr geben mußte und sie gar nicht alles erfahren *wollte.* In aller Kürze gesagt. Jetzt bin ich an der Reihe, Henri. Worauf willst du hinaus?«

»Sie ist vor zwei Monaten gestorben.«

Blaine wollte Trauer empfinden, doch es war nicht leicht, um jemanden zu trauern, den man dreizehn Jahre lang nicht gesehen hatte.

»Du bist doch nicht hierher gekommen, um mir zu sagen, daß sie mich in ihrem Testament erwähnt hat.«

»Gewissermaßen doch, *mon ami.* Lauren Ericson hinterläßt einen Sohn. Deinen Sohn.«

2

Die Mitteilung traf McCracken wie ein Schlag mit dem Hammer. Er rang nach Atem.

Dejourner hatte einen Notizblock hervorgezogen und las davon ab. »Der Name des Jungen ist Matthew. Er ist zwölf Jahre und drei Monate alt und besucht die dritte Klasse des Gymnasiums von Reading in England. Er ist ins schuleigene Internat übergewechselt, nachdem er sein bisheriges Leben im Dörfchen Hambleden verbracht hat, fünfundzwanzig Minuten von Reading entfernt.«

»Wie ist Lauren gestorben?«

»Ein Verkehrsunfall.«

»Weiß der Junge . . .«

»Nein, *mon ami*. Er weiß nichts von dir. Lauren hat ihm gesagt, sein Vater habe die Familie sitzengelassen.«

»Dann muß er irgend etwas von mir wissen.«

Der Franzose musterte McCracken streng. »Deine Schultern sind noch immer breit, Blaine, aber mute ihnen nicht zuviel zu. Seine Mutter hat ihre Entscheidung aus Gründen getroffen, die du genausogut verstehst wie ich. Ich vermute, sie brach die Beziehung ab, als sie erfuhr, daß sie schwanger war.«

»Weil sie der Meinung war, es wäre für den Jungen besser, keinen Vater zu haben als einen, der . . .«

». . . niemals glücklich sein könnte, ein normales Leben zu führen . . .«

»Ein vernünftiges Leben, meinst du.«

»Nenne es, wie du willst, aber sie wußte, daß solch ein Leben nichts für dich war. Ein Kind konntest du so gut gebrauchen wie einen Kropf, und sie verstand das gut genug, um der Meinung zu sein, richtig gehandelt zu haben.«

»Da gibt es aber noch mehr.«

»Das gibt es immer. Die praktische Seite – und Lauren war eine praktisch denkende Frau. Wenn du von der Existenz des Jungen gewußt hättest, hätten auch deine Feinde davon erfahren können. Nachdem sich Lauren entschlossen hatte, das Kind zu bekommen, konnte sie das nicht zulassen. Also zielte diese Geste wahrscheinlich nicht so sehr auf dich ab, sondern auf das, was du ihr gegeben hast.«

»Ihr gegeben?« Blaine erhob sich aus seinem Sessel, schritt zum Fenster und sah auf das nehegelegene Ufer hinaus. »Wir haben oft zusammen zu Abend gegessen, waren oft im Kino und hatten jede Menge Spaß miteinander. Ich wollte ihr nicht mehr geben, als ich bekam.«

»Anscheinend hat das Kind das geändert.«

Blaine fuhr herum. »Ich glaube, sie wollte unbedingt ein Kind, und ich war nun mal da.« Er lächelte nachdenklich und betrachtete sein Spiegelbild im Glas, die Narbe, die über seine linke Braue verlief, und die Augen, die schwärzer waren als die Nacht. »Hoffentlich ähnelt der Junge ihr.«

»Allerdings.«

»Du hast ihn *gesehen?«*

»Ich . . . habe in der Schule alles geklärt, dafür gesorgt, daß er ins Internat übernommen wird, und so weiter.«

Blaine kehrte zu dem Franzosen zurück und stellte fest, daß Dejourner seinem Blick auswich. »Augenblick mal, Henri. Plötzlich habe ich das Gefühl, daß du tiefer in der Sache steckst, als du es mir weismachen wolltest.«

Dejourner seufzte tief und errötete leicht. »Deshalb fiel es mir ja so schwer, zu dir zu kommen, Blaine. Lauren war . . . meine Nichte.«

»Dann hast du . . .«

Dejourner erhob sich und trat zu ihm. Er mußte aufschauen, damit sich ihre Blicke trafen. »Du hast jemanden gebraucht. Sie auch. Ja, ich habe es arrangiert. Und was es damals bei dir bewirkt hat, bewies, daß ich recht hatte. Du warst wie ein Sohn für mich, und ich erkannte, was dieser schreckliche Krieg dir angetan hat. Er hat dir deine Jugend gestohlen und dich auf einen Weg geschickt, der es dir unmöglich machte, mit jemandem zu teilen oder ehrliche Leidenschaft zu empfinden, Liebe, wenn du so willst. Ich kannte diesen Weg, weil ich ihn selbst einmal zurückgelegt hatte.« Der Gesichtsausdruck des Franzosen wurde ernst. »Ich war fast fünfzig Jahre alt, lebte ganz allein und hatte nur die Liebe zu meinem Land gekannt, das, wie du mir oft genug gesagt hast, ein kalter und gleichgültiger Partner sein kann. Du mußtest die andere Seite kennenlernen. Ich mußte sie dir zeigen.«

»Wann hast du von dem Kind erfahren?«

Dejourner wandte den Blick ab. »Ich habe nicht gewußt, daß es dein Kind war.«

»Aber du hast es vermutet.«

»Aber nicht gewußt! Wahrscheinlich«, fügte er wesentlich leiser hinzu, »wollte ich es gar nicht wissen. Ich habe die Wahrheit erst erfahren, als man mir einen Testamentszusatz schickte, in dem die ganze Geschichte stand. Lauren ist ohne Eltern aufgewachsen. Sie wollte nicht, daß es ihrem Sohn ebenso ergeht.«

»Dann hat sie von mir erwartet, daß ich . . .«

»Sie hat von dir erwartet, daß du so handelst, wie dein Herz es dir vorschreibt. Sie hat gewußt, was für ein Mensch du bist, daß du tun wirst, was richtig und fair ist. Ich bin mir nicht sicher, ob . . . nein, ich *bin* mir sicher, sie wollte nicht, daß du zu dem Jungen Kontakt aufnimmst. Sie wollte sich lediglich vergewissern, daß jemand, dem sie vertraut, in Zukunft auf ihn aufpaßt.« Henri sah durch ihn hindurch. »Du mußt tun, was für den Jungen richtig und fair ist, aber dasselbe muß auch für dich gelten.«

»Unter den gegebenen Umständen eine nicht ganz einfache Kombination.«

»Dein Herz wird dich führen, *mon ami.*«

»Du erwartest doch nicht, daß ich jetzt in das Leben des Jungen trete, oder?«

»Ich erwarte, daß du das Richtige tust. Du wirst schon die richtige Wahl treffen. Ich habe meinen Teil erfüllt. Ich bin meinem Gewissen treu geblieben und habe gleichzeitig Laurens letzten Willen befolgt.«

»Und damit setzt du den Jungen vielleicht genau den Gefahren aus, die Lauren vermeiden wollte, als sie – und du – mir seine Existenz verschwiegen haben.«

Dejourner nickte. »Jetzt weißt du, in welcher Zwickmühle ich mich in den letzten Monaten befunden habe. Glaube mir, ich habe mich des Nachts oft schlaflos hin und her gewälzt. Ich habe an dich gedacht, ich habe an Lauren gedacht, aber letztendlich habe ich an das Kind gedacht, und das gab den Ausschlag.« Der Franzose streckte die Hand aus und ergriff sanft Blaines Unterarm. »Er hat ein Recht darauf, dich kennenzulernen, *mon ami,* vielleicht nicht als Vater, aber zumindest als Mann.« Dejourner zog die Hand wieder zurück. »Ich überlasse die Entscheidung dir.«

»Wie alt bist du, Johnny?« fragte McCracken den großen Indianer. Sie saßen einander in der Blockhütte gegenüber, die Wareagle in den Wäldern bei Stickney Corner im Bundesstaat Maine gebaut hatte. Die Stadt lag drei Stunden von Portland entfernt, und Blaine war umgehend dorthin gefahren, nachdem Dejourner sich verabschiedet hatte.

»Blainey?« erwiderte Wareagle und drehte den Kopf. Blaine konnte sein gebräuntes, wettergegerbtes Gesicht sehen, das sich seit fast zwanzig Jahren, die sie sich kannten, nicht verändert hatte. Sie hatten zusammen in derselben Division in Vietnam gedient, Johnny als Lieutenant, Blaine als Captain. Wenn McCrackens Unternehmungen legendär waren, ließen sich die von Wareagle nur noch als der Stoff bezeichnen, aus dem Mythen geschmiedet werden. Er konnte in ein Minenfeld vorpreschen oder durch ein Feuergefecht stürmen, ohne Furcht zu empfinden, denn der Tod, so behauptete er, sah einen an, bevor er einen holte. Und die beste Chance, ihm zu entgehen, bestand darin, den durchdringenden Blick einfach zu erwidern.

»Ich denke gerade darüber nach, daß ich bei all der Scheiße, die wir gemeinsam durchgemacht haben, nicht einmal weiß, wie alt du bist.«

Wareagle stand auf, nahm einen Kessel vom Kamin und goß das kochende Wasser in zwei Becher, in denen sich ein selbstgemischter Tee befand. »So alt wie die letzte Jahreszeit und so jung wie die nächste.«

»In Jahren, meine ich, Indianer.«

»Blainey, die Jahre eines Mannes schwanken genau wie seine Gedanken. Wir sind hier von der Geburt bis zum Ende der uns zugestandenen Zeit, und was dazwischen liegt, messen wir in Begriffen, für die wir uns willkürlich entschieden haben.«

»Du sprichst mit einem Mann, der gerade vierzig geworden ist.«

»Mit einem Mann, der nicht den ganzen Weg hierher gefahren ist, um darauf anzustoßen.«

Wareagle rührte den Inhalt der Becher um und kehrte zu Blaine zurück, der in einem hohen Holzstuhl saß. McCracken kam sich von der Größe der Einrichtung wie erdrückt vor. Alles in der Hütte, von der Höhe der Decke bis zu den Möbeln, war auf Johnnys Körpergröße von zwei Metern und zehn ausgerichtet. Blaine nahm den Becher und nippte an dem dampfenden Inhalt. Er schmeckte die Süße der Melasse und des Honigs und fühlte sich irgendwie beruhigt.

»Ich bekam vor ein paar Stunden ein verspätetes Geburtstagsgeschenk. Um dreizehn Jahre verspätet.«

Wareagle setzte sich wieder und lehnte sich zurück. Sein Ponyschwanz aus pechschwarzem Haar fiel über die Stuhllehne. Er sagte nichts.

»Ich habe einen Sohn, Johnny. Er ist zwölf Jahre alt, seine Mutter ist tot, er lebt in einem Internat in England und weiß nicht einmal, daß es mich gibt.« Blaine sprudelten die Worte nur so über die Lippen, als vereinfache es die Sache, die Geschichte schnell hinter sich zu bringen.

Wareagle saß ihm einfach gegenüber. Hinter den Fenstern war die Dämmerung gekommen und wieder gegangen, doch der Tag versprach, grau und bewölkt zu werden.

»Ich weiß nicht, was ich tun soll. Ich kann nicht einmal darüber nachdenken, weil es mir angst macht.« Blaine zwang sich zu einem Lachen. »Hör dir das an. Was haben wir alles gemeinsam durchgemacht . . . Und nach all dem macht mir diese Enthüllung angst.«

»Das Unbekannte birgt für uns alle die erschreckendsten Aussichten, Blainey.«

»Du weißt, was ich meine, Indianer.«

»Und ich weiß, wie dein Problem aussieht: Entweder, du fliegst nach England, oder du fliegst nicht.«

»Auf den bloßen Kern reduziert, sagt das tatsächlich alles.«

»Das ganze Leben läßt sich auf solche Begriffe reduzieren, Blainey. Wir erschweren uns das Leben, indem wir zusätzliche

Wahlmöglichkeiten schaffen, die unsere Entscheidungen lediglich verwirren. Du sprichst von dem, was wir erreicht haben, auch oft gemeinsam. In jenen Situationen hat uns das Leben aller Wahlmöglichkeiten entkleidet und uns nur Taten übriggelassen. Wir haben überlebt, weil uns das Nachdenken erspart blieb. Wir konnten die Worte der Geister hören, weil nichts in unseren Köpfen war, was sich ihnen in den Weg gestellt hätte.« Wareagle rückte seinen Stuhl näher an den McCrackens heran. »Im Höllenfeuer haben wir auf körperliche Komplikationen augenblicklich und ohne das geringste Zögern reagiert. Das hat uns am Leben gehalten. Moralischen Komplikationen muß man genauso begegnen.«

»Das beantwortet meine Frage nicht.«

»Du hast keine gestellt.«

»Dann möchte ich sie so einfach stellen, wie es mir möglich ist: Soll ich in das Leben des Jungen treten oder mich lieber heraushalten?«

Der Indianer lehnte sich zurück und nippte an seinem Tee. »Was habe ich gerade getan, als du kamst?«

»Du hast draußen Holz gehackt.«

»Wann brauche ich das Holz?«

»Im Winter.«

»Und jetzt haben wir gerade Mai. Es kommt nur darauf an, sich auf das vorzubereiten, was vor einem liegt. Solche Vorbereitungen stellen die beste Möglichkeit dar, Komplikationen zu vermeiden. Doch was, wenn die Jahreszeiten durcheinander geraten? Wenn der Winter schon morgen käme? Dann würde mein Holzstapel jämmerlich unzureichend sein. Würde ich erfrieren?«

»Du würdest einen Ausweg finden. Du würdest überleben.«

»Selbst, wenn ich lebensnotwendige Vorbereitungen nicht abgeschlossen habe?«

»Der erste kalte Wind würde dich warnen. Schnee im Mai würde dir eine ziemlich gute Vorstellung geben, daß die Dinge gewaltig durcheinandergeraten sind.«

»Und was würde ich tun?«

»Du würdest das Holz in die Hütte tragen, dafür sorgen, daß es trocken bleibt, soviel neues Holz wie möglich hacken und es hier im Wohnzimmer verstauen. Behutsam umgehen mit dem, was du hast, bis du sicher bist, daß du damit auskommst.«

»Und ist es bei Gefühlen etwas anderes, Blainey? Müssen wir nicht behutsam mit ihnen umgehen und sie dem Wandel der gefühlsmäßigen Jahreszeiten anpassen, die die Geister ohne Warnung über uns bringen? Wir haben das Höllenfeuer überlebt, weil wir mit allem gerechnet haben, was vielleicht eintreten könnte. Unsere Vorbereitungen haben uns geholfen, doch gerettet hat uns die Fähigkeit, unseren Geist offen zu halten. Wir haben auf den Augenblick reagiert, nicht auf die Stunde, und unsere Augen niemals in der Hoffnung, es würde verschwinden, vor dem verschlossen, was vor uns lag. Uns wäre nicht warm geworden, Blainey, indem wir die Kälte einfach ignoriert hätten. Ja, man muß Holz hacken. Wir müssen stets auf alles vorbereitet sein, selbst auf die Ereignisse, die so plötzlich auftreten, daß wir Angst vor ihnen haben. Wenn wir dieses plötzliche Auftreten nicht akzeptieren, wie wir es im Höllenfeuer getan haben, sterben wir. Es gibt viele Möglichkeiten zu sterben, Blainey.«

»Und wir haben so ziemlich alle davon gesehen, Indianer.«

»Nicht alle. Nicht einmal die meisten.«

Blaine nickte. »Ich glaube, ich weiß, was du meinst.«

Wareagle nippte an seinem Tee. »Gute Reise, mein Freund.«

3

Die mit Efeu bewachsenen Backsteinmauern der Reading School erhoben sich in dem feuchten Nebel, der über das flache Land heranwehte. Blaine fuhr durch das Vordertor und die von Bäumen umsäumte Straße entlang, die ihn an einigen Sportplätzen – oder ›Spielfeldern‹, wie sie hierzulande genannt wurden – vorbei zu einem Zentralgebäude führte, das eine Reihe von Spitztürmen zierte. Er war noch immer nicht völlig überzeugt, das Richtige zu tun, und jedesmal, wenn er langsam über die in die Straße eingelassenen Fahrbahnschwellen fuhr, die hohe Geschwindigkeiten verhindern sollten, war er darauf und dran, einfach umzukehren.

Er war mit der TWA am Montagabend in Boston abgeflogen und am frühen Dienstagmorgen in Heathrow eingetroffen. Von dort aus fuhr er über den M-4 direkt nach Reading, wo er im größten Hotel, im Ramada Inn, ein Zimmer reserviert hatte. Er wurde um vierzehn Uhr in der Schule erwartet, womit ihm noch vier Stunden blieben, um sich nach dem unruhigen Schlaf im Erste-Klasse-Abteil des Jets auszuruhen und zu erholen. Er ließ sich in der Badewanne durchweichen, duschte sich ab, aß in der Snackbar ein Sandwich und verbrachte die restlichen Minuten, indem er aufmerksam die Nachrichten im Fernsehen verfolgte.

Um fünf Minuten vor zwei fuhr er über die letzte Fahrbahnschwelle der Reading School und erkundigte sich bei einer Gruppe von Jungen, die anthrazitgraue Anzüge trugen, wo er Hausdirektor John Neville finden könne, mit dem er einen Termin vereinbart hatte. Die Jungs antworteten höflich im Einklang und deuteten auf das rote Backsteinhaus direkt vor ihnen. Blaine stellte den Wagen ab und stieg aus. Er fühlte, wie der feuchte Nebel auf ihn eindrang und ihn durch die Kleidung bis in die Knochen frösteln ließ. Als er zum Büro des Direktors ging, fiel ihm ein großer Glockenturm auf dem Zentralgebäude der Schule auf. Er betätigte den Klingelknopf, und noch bevor das Glockenspiel verklungen war, antwortete ihm ein lautstarkes Bellen und Knurren.

»Schon gut, komm her!« hörte er eine tiefe Stimme, dann wurde die Tür geöffnet.«

»Mr. Neville?«

»John. Sie müssen McCracken sein. Henri hat mich vorgewarnt, Sie würden auf die Minute pünktlich sein. Kommen Sie bitte herein.«

John Neville war so groß und breit, wie seine Stimme tief war, ein kräftig gebauter Mann mit Muskelsträngen an den Unterarmen, die ein aufgerolltes Rugbyhemd entblößten. Als sie einen Händedruck wechselten, war Blaine von der Stärke seines Griffs beeindruckt. Neville schloß die Tür hinter ihnen, und die Hunde, große deutsche Schäferhunde, knurrten argwöhnisch.

Neville gab dem einen Klaps auf die Schnauze. »Das reicht, Bodie, geh jetzt mit Doyle spielen.«

»Bodie und Doyle?« fragte Blaine.

Neville lächelte erfreut, was seinem Gesicht einen jugendlichen Glanz verlieh. Sein Gesicht war vernarbt, doch es lag Farbe auf den Wangen und Leben in seiner Stimme.

»Wie ich sehe, erinnern Sie an sich ›Die Profis‹.«

»Eine englische Krimi-Serie, schon ein paar Jahre alt. Sie haben die Hunde nach den Helden benannt. Ich habe mich damals lange in England aufgehalten.«

»Das hat Henri mir gesagt.«

»Was hat er Ihnen sonst noch gesagt?«

»Nur das Nötigste. Sie handeln richtig, Blaine.«

»Hoffentlich.«

»Ich habe im Wohnzimmer Tee vorbereitet.«

Sie traten von der Diele in ein geräumiges Zimmer, das von einem Kamin beherrscht wurde, in dem noch die Überreste des gestrigen Feuers lagen. Die Heizung mutete altmodisch an, und um die Kälte zu besiegen, waren an strategischen Stellen zwei zusätzliche Heizkörper postiert worden. Die Hunde folgten ihnen auf den Fersen und stießen Neville um Aufmerksamkeit heischend mit den Schnauzen an, als er sich Blaine gegenüber in einem Sessel niederließ. Er streichelte Doyle über den Kopf, und Bodie knurrte tief in der Kehle.

»Das reicht!« schalt er. »Ich sag's nicht noch einmal.«

Bodie legte sich leise jaulend auf den Boden.

John Neville nahm eine Tasse Tee von einem Tablett und reichte sie McCracken. »Wenn Sie gern einen Schuß von etwas Stärkerem hinzugeben möchten . . .«

»Nein, danke. Schon in Ordnung.«

Neville lehnte sich zurück. Eine dunkle Haarlocke fiel auf seine Stirn, und er schob sie zurück. »Sie wollen sicher etwas über den Jungen hören.«

»Über Matthew.«

»Er möchte gern Matt genannt werden. Ein guter Schüler und auch ein hervorragender Sportler.«

»Fußball?«

Neville schüttelte den Kopf und streichelte Doyles Schultern. »Hier spielen wir Rugby. Wir sind eine relativ kleine Schule, was die Zahl der Schüler betrifft, und könnten niemals hoffen, gute Mannschaften auf die Beine zu stellen, wenn wir in beiden Sportarten mitmischen würden. Rugby hat in Reading Tradition. Es gibt hier zahlreiche Traditionen. Dieser Glockenturm, den Sie draußen bewundert haben . . . die Schüler der jeweiligen Abschlußklasse klettern gern hinauf und kratzen ihre Initialen in die Glocke.«

»Die Kinder müssen die Schule wirklich mögen.«

»Wir tun unser Bestes. Unsere Situation ist insofern einzigartig, als wir laut Definition tatsächlich noch eine Privatschule sind. Ich bin nicht nur der Direktor der Internatszöglinge, sondern unterrichte auch noch Physik und Rugby.« Neville zögerte. »Matt hat noch Unterricht. Ich kann ihn holen, wenn Sie wollen.«

»Nein«, sagte Blaine abrupt. »Ich meine, ich möchte ihn nicht stören. Ich möchte nicht . . . alles durcheinanderbringen.«

»Betrachten Sie dies als Störung?«

»Ich weiß nicht, wie ich es sehen soll.«

»Für Sie wäre es viel leichter gewesen, wenn Sie gar nicht gekommen wären. Nicht für ihn. Er sollte Sie kennenlernen.«

»Er weiß nicht einmal, daß es mich gibt. Sie haben ihm doch nichts gesagt, oder?«

Neville schüttelte den Kopf. »Ich nahm an, Sie wollten die Sache selbst klären. Der Zeitpunkt könnte jedoch nicht besser sein. Morgen haben wir einen Feiertag. Die perfekte Gelegenheit, ihn besser kennenzulernen. Die erste Begegnung wird wohl die schwerste sein. Nach dem Rugbyunterricht heute nachmittag böte sich eine hervorragende Gelegenheit, wenn Sie nichts dagegen haben, solange zu warten.«

»Ich habe nichts dagegen«, sagte McCracken.

Die Schüler einer zweiten Klasse warteten in der Turnhalle auf John Neville, und McCracken vertrieb sich die Zeit vor einem Erkerfenster im Wohnzimmer, mit Bodie auf der einen und

Doyle auf der anderen Seite neben ihm. Er beobachtete die Jungen der Reading School, alle adrett in graue Uniformen gekleidet, und fragte sich, wer davon Matthew war. Als es dann drei Uhr schlug, wechselten die Schüler schnell ihre Anzüge gegen Rugbyhemden und Shorts in den Schulfarben und trotteten zu den Spielfeldern, die nicht weit von der Schule entfernt lagen. John Neville kehrte kurz darauf mit einem Netz voller Rugbybälle in der Hand zurück.

»Wir fahren rüber«, sagte er zu Blaine und warf das Netz in den Kofferraum des Ford Escort. Dann musterte er McCracken und fügte hinzu: »Sie sind für den Sportplatz vielleicht nicht ganz richtig gekleidet.«

»Ich komme schon zurecht.«

Doch das war glatt gelogen. Sie fuhren ein Stück und gingen dann zu dem Spielplatz, wo die Drittkläßler unter der Aufsicht eines kleinen Mannes mit Schnurrbart übten. Nach ein paar Minuten waren Blaines italienische Schuhe bis auf die Socken durchnäßt. Um einen guten Eindruck beim Internatsdirektor zu machen, hatte er sich elegant gekleidet; doch sein Aufzug bot nicht den geringsten Schutz gegen die Feuchtigkeit. Die Kälte war durchdringend und unangenehm, und der Nebel roch wie feuchter Schweiß. Neville hatte versprochen, hinüberzukommen und ihm Matt zu zeigen, sobald er seinen Unterricht begonnen hatte.

Bis dahin war Blaine mit seinen Gedanken wieder allein und versuchte erneut herauszufinden, welcher der dreißig Jungen, die vor ihm die Aufwärmübungen absolvierten, wohl Matt sei. Er versuchte die Auswahl einzuengen, indem er sich in Erinnerung rief, wie Lauren ausgesehen hatte, und ihre Gesichtszüge mit denen der Jungen verglich. Doch es war sinnlos. Seltsam, wenn man bedachte, daß er sich sein Leben lang immer wieder an fremden Orten aufgehalten und auf den ersten Blick erkannt hatte, ob ihm jemand freundlich gesonnen war oder nicht. Und hier konnte er noch nicht einmal seinen Sohn ausfindig machen . . .

»Nun kommt schon!« rief der kleine Mann mit dem Schnurrbart, während das Training mit einem Spielzug fortgesetzt wurde, bei dem sich die Mitglieder der beiden Mannschaften in einem Kreis um den Ball formierten, der in ihrer Mitte lag. »Stoßt jetzt vor! Genau! Und noch mal . . . und noch mal!«

»Ist Ihnen das Spiel überhaupt bekannt, Blaine?« fragte John Neville, der plötzlich neben ihm stand.

»Im großen und ganzen.«

»Es ist für die Kinder geschaffen. Sie können sich richtig austoben. Sie bekommen einen harten Knuff ab und können es dem anderen sofort heimzahlen. Je älter man wird, desto . . .«

»Danke.«

»Wofür?«

»Für die kleine Plauderei, bei der ich mich entspannen soll. Aber das ist nicht nötig.«

Neville nickte einfach. Dann sagte er: »Er steht von uns aus gesehen auf der rechten Seite des Spielfelds. Der Junge mit dem Schmutzfleck auf der Brust.«

Und während sein Herz kräftig gegen seine Rippen schlug, machte Blaine den Jungen aus, gerade, als ein Mannschaftskamerad ihm einen perfekten Paß zuspielte und Matthew Ericson an der rechten Seitenauslinie wie ein junger Champion durchstürmte. Ein rascher Zwischenschritt ließ einen Verteidiger der Gegenmannschaft ins Leere laufen, und nach einem angedeuteten, aber nicht durchgeführten Paß auf die linke Seite war der Weg zur Torlinie für ihn frei.

Der Junge lief mit anmutigen, weiten Schritten. Und er hatte einen kräftigen Schritt; die Spikes seiner Schuhe warfen Lehmbrocken hoch auf. Um einem etwaigen Verfolger auszuweichen, warf er sich schließlich zu Boden und drückte den Ball hinter der Auslinie nieder, um die Punkte zu sichern. Dann erhob er sich und nahm die Glückwünsche und Schulterklapse seiner Mannschaftskameraden und des bärtigen Trainers entgegen. Er kehrte mit den gleichen anmutigen Schritten zur Mittellinie zurück, mit denen er die Punkte erstürmt hatte; das Spiel seiner Oberschenkelmuskulatur war deutlich auszumachen. Sein Haar war glatt und lang, kräuselte sich an den Spitzen jetzt aber vor Feuchtigkeit. Seine Augen waren braun und hell, und er bewegte sich mit einer Geschmeidigkeit und einem Selbstvertrauen, das völlig natürlich wirkte.

»Soll ich ihn herbeirufen?« fragte Neville.

»Nein. Bitte nicht. Lassen Sie ihn in Ruhe.«

»Ihn oder Sie?«

»Was?«

Neville lächelte. »Dann also nach dem Training?«

»Ja. Das scheint mir besser zu sein.«

»Und ich soll Sie vorstellen als . . .«

»Als Freund seiner Mutter. Als guten Freund.«

»Und der morgige Feiertag?«

»Wir unternehmen etwas. Wenn er es möchte.«

»Sie unterschätzen ihn, Blaine. Er wird nicht nur etwas mit Ihnen unternehmen wollen, sondern auch sehr bald herausgefunden haben, was hier vor sich geht. Sie sollten darauf vorbereitet sein.«

»Ich werde es versuchen.«

»Ich war ein Freund deiner Mutter«, sagte er zu dem Jungen, als sie sich nach dem Training die Hände schüttelten, bevor John Neville Gelegenheit hatte, ihn vorzustellen. »Ein guter Freund.«

Der Griff des Jungen war verschwitzt, aber fest. Blaine war überrascht, als er lächelte. »Wirklich? Kannten Sie sie aus Amerika?«

»Hat mein Akzent mich verraten?«

Noch ein Lächeln. »Hat sie Sie vielleicht einmal erwähnt, Sir?«

»Nenn mich bitte Blaine. Nein, das glaube ich nicht.«

Im nächsten Augenblick wußte keiner der beiden, was er sagen sollte, und John Neville griff ein.

»Matt, Mr. McCrack . . . eh, Blaine . . . wird eine Weile in England bleiben und würde gern etwas Zeit mit dir verbringen. Der morgige Feiertag wäre eine Möglichkeit.«

»Wenn du sonst nichts vorhast«, fügte Blaine hinzu, um dem Jungen einen Ausweg zu lassen – oder vielleicht sich selbst.«

»Das würde mir sehr gefallen, Sir.«

»Blaine.«

»Er hat an einen Streifzug durch London gedacht«, schlug Neville vor.«

»Au ja! Toll!« Der Junge strahlte. »Ist schon eine Ewigkeit her, daß ich in London war.«

»Dann wäre das geklärt«, sagte Neville.

Nein, es ist noch nichts geklärt, überlegte Blaine, *zumindest nicht auf lange Sicht. Soll ich es ihm sagen, und falls ja, wann? Verdammt, Henri, warum mußtest du mir diese Sache aufbürden?*

Später fuhr Blaine von der Schule durch Henley on Thames zu dem kleinen normannischen Dorf Hambleden, wo Lauren Ericson gewohnt hatte und begraben lag, und versuchte, Klarheit in seine Gedanken zu bringen. Das Dörfchen lag so ruhig da, daß es verlassen zu sein schien, und Blaine ertappte sich, daß er die Wagentür behutsam zudrückte, um ein Echo zu vermeiden. Die feuchte Luft roch ähnlich nach Schweiß wie in Reading. Hier war sie jedoch noch mit dem warmen Geruch von Holzrauch durchsetzt, der aus Schornsteinen auf Häusern kam, die aus den gleichen hellroten Ziegeln wie die Schule erbaut zu sein schienen. Es war nicht einfach, das Alter der Gebäude zu bestimmen, da sich die neueren den älteren anpaßten und den rustikalen Eindruck aufrecht erhielten, den das Dorf machte. Auf dem Friedhof gab es Gräber, die bis ins elfte Jahrhundert zurückdatierten, doch in den letzten paar Jahren waren nur einige wenige ausgehoben worden, und deren Grabsteine wirkten noch nicht so alt wie die Häuser des Ortes.

Laurens letzte Ruhestätte war sehr schlicht. Sie lag in einem kleinen Familiengrab, das ihre Vorfahren vor vierhundert Jahren erworben hatten. Das Sterben, dachte Blaine, sollte wie eine Heimkehr sein, und vielleicht kam dieses Grab dem Ideal so nahe wie möglich. Er kniete davor nieder und wünschte sich, etwas anderes zu empfinden als die Verwirrung und Unsicherheit, die in ihm tobten.

In den letzten paar Wochen hatte er aus irgendeinem Grund immer wieder an seine eigenen Eltern denken müssen, was jetzt nur dazu beitrug, seine Gefühle noch stärker durcheinanderzubringen. Wie alltäglich die Geschichte doch war. Seine Eltern hatten erst spät geheiratet und ihn, ihr einziges Kind, noch später bekommen. Sein Vater war Versicherungsvertreter, der sich den Lebensunterhalt von Tür zu Tür verdiente und mit sechzig Jahren, als Blaine auf der High School war, in einem Hotelzimmer in Milwaukee an einem Herzanfall gestorben war. Seine Mutter hatte den Verlust tapfer überwunden und sich ein anständiges Leben aufgebaut, das nach einem schmerzlichen Kampf mit Krebs ein Ende fand, während sich Blaine nach einem abgebrochenen College-Studium in Vietnam befand. Sie war schon sechs Monate tot, als er davon erfuhr; die Soldaten, die sich wie er freiwillig für Geheimaufträge gemeldet hatten, durften keinen Kontakt zur Heimat haben. In diesem halben Jahr und dem davor hatte er keinen einzigen Brief nach Hause schicken dürfen. Als er die Nachricht von ihrem Tod bekam, fragte er sich seltsamerweise immer wieder, was er wohl geschrieben hätte, wäre es ihm erlaubt gewesen.

Selbst, wenn man alles andere berücksichtigte, war das die einzige Gelegenheit, bei der er den Krieg wirklich gehaßt hatte, weil er ihm nicht ermöglicht hatte, zum Sterbebett seiner Mutter zu eilen oder zumindest ihrer Beerdigung beizuwohnen. Und so sehr er es auch versuchte, er konnte sich nicht erinnern, an welcher Mission er zum Zeitpunkt ihres Todes teilgenommen hatte.

Blaine vermutete, daß das fortgeschrittene Alter seiner Eltern dazu beigetragen hatte, ihn fast von der Wiege an unabhängig werden zu lassen. Er war immer seine eigenen Wege gegangen, niemals mit der Menge mitgelaufen, und hatte in frühen Jahren seine Eltern verabscheut, weil sie um so vieles älter waren als die seiner Freunde. In späteren Jahren hatte er sie deshalb um so mehr geliebt. Im schlechtesten Fall waren sie immerhin dagewesen. Im besten hatten sie irgendwie dazu beigetragen, ihn zu dem Mann zu formen, der er nun war.

Er dachte an all die Sportveranstaltungen auf der High School, die sein Vater nicht hatte besuchen können, und daran, daß ihm dies lieber gewesen war, als daß sich der alte Mann von den anderen Eltern abgehoben und eher wie ein Großvater als wie ein Vater gewirkt hätte. Er dachte an Matthew, der die Seitenauslinie entlangspurtete, um der Reading School die Rugbymeisterschaft zu bringen . . . ohne daß ein Elternteil ihm zugejubelt oder er auf ein Gesicht in der Menge geachtet hätte. Und wenn nicht McCrackens Gesicht, welches dann? Abgesehen von Henri Dejourner gab es niemanden. Blaine hatte noch nie einer Verpflichtung den Rücken zugekehrt und wollte auch jetzt nicht damit anfangen. Der Junge war stark und tapfer und gutaussehend, doch unter diesen Umständen mochte die Zeit vielleicht gegen ihn arbeiten. Er hatte noch nie ein Weihnachtsfest oder einen Geburtstag allein verbracht. Blaine schon, und es war niemals leicht.

»Ich wünschte, ich könnte um dich weinen, Lauren«, sagte er über dem Grab. »Es tut mir leid, daß wir so wenig Zeit miteinander verbracht haben. Doch ich werde unseren Sohn nicht im Stich lassen. Darauf hast du mein Wort.«

4

»Sie haben meine Mutter also in England kennengelernt?« fragte Matt, als sie am nächsten Morgen im Schnellzug von Reading nach London saßen.

McCracken nickte. »Ich war ziemlich lange hier, fast ein Jahr.«

»Geschäftlich?«

»Gewissermaßen.«

Der Junge zögerte, bevor er fortfuhr. »Hat es etwas damit zu tun, daß Sie Soldat sind?«

Die Frage überraschte Blaine völlig, und sein Gesicht verriet es auch. »Wie kommst du denn darauf?«

»Wie Sie sich bewegen. Wie Sie die Leute mustern. Ich habe viel über Soldaten gelesen.«

»Ja«, erwiderte Blaine. »Ich war in der Army.«

»Waren Sie im Krieg?«

Noch ein Nicken. »Vietnam.«

Der Junge wirkte ehrlich beeindruckt. »Wirklich? Als was, Sir? Bitte erzählen Sie mir darüber!«

»Nur, wenn du versprichst, mich Blaine zu nennen. Die Geschichte wird etwas kompliziert.«

»Ich werde sie schon verstehen. Zumindest will ich es versuchen.«

Blaine wollte nicht lügen, konnte dem Jungen aber auch noch nicht die Wahrheit sagen, zumindest nicht die ganze Wahrheit. »Ich wurde zum Green Beret ausgebildet.«

Matts Mund klaffte auf. »Die Eliteeinheit!«

»So nannte man uns damals zwar nicht, aber es stimmt schon.«

»Sie ging unserem Special Air Service voraus. Die Green Berets waren die erste besonders ausgebildete Einheit im westlichen Bündnis seit dem Zweiten Weltkrieg.«

»Der blieb mir glücklicherweise erspart«, sagte Blaine.

Matt ließ ein Lächeln aufblitzen, das schnell wieder zu einem fragenden Blick schmolz. »Sie haben gesagt, die Geschichte sei kompliziert.«

»Nun ja . . .«

»Sie wollten sie mir erzählen.«

Ach, zum Teufel, was soll's, dachte Blaine. »Kannst du ein Geheimnis für dich behalten?«

»Ja. Natürlich.«

»Na schön. Vietnam war ein seltsamer Krieg, weil jede Menge Leute verschiedene Teile davon führten. Ein Teil der Army mit gewissen Vollmachten tat sich mit der CIA zusammen und entschloß sich, einen Teil des Kriegs auf eigene Art und Weise zu führen. Ich wirkte am sogenannten Projekt Phoenix mit. Wir erledigten den größten Teil unserer Arbeit hinter den feindlichen Linien und erstatteten niemals Bericht. Verstehst du?«

»Mann«, sagte Matt. »Aber was haben Sie . . .«

Blaine unterbrach ihn. »Das erzähle ich dir später einmal, Matt.« Als er die Enttäuschung des Jungen spürte, fügte er hinzu: »Ich habe übrigens noch ein paar Freunde in der SAS. Willst du mal mitkommen und sie bei der Ausbildung beobachten?«

»Die Abteilung ist top secret, Sir. Besucher sind nicht gestattet.«

»Du hast gute Verbindungen, Junge.«

»Wirklich, Si . . . Blaine? Wäre das möglich?«

»Sag mir nur, wann.«

»Das fände ich prima. Echt.« Erneut legte sich ein fragender Ausdruck auf sein Gesicht. »Aber was genau haben Sie hier in London getan?«

»Das zeige ich dir, wenn wir dort sind.«

Gegen Mittag waren sie am Parliament Square. Blaine hatte nie vorgehabt, dem Jungen solch einen detaillierten Einblick in seine Vergangenheit zu geben, geschweige denn, ihm von diesem berüchtigten Zwischenfall zu berichten. Aber verdammt noch mal, er hatte einmal damit angefangen, und die Bewunderung und das Interesse des Jungen führten dazu, daß er sich Themen zuwandte, die er seit Jahren nicht mehr berührt hatte. Und hatte Matt nicht ein Recht, davon zu erfahren, wenn es überhaupt jemand hatte?

»Was ist denn so wichtig an Churchills Statue?« fragte der Junge, als sie sich direkt vor ihr befanden.

»Ich wette, du hast nicht gewußt, daß sie einen Teil davon ausbessern mußten.«

»Nein, hab' ich nicht. Ist das wichtig?«

»Eigentlich nicht. Bis auf den Grund.«

»Der Grund?«

Sie traten noch näher heran.

»Fällt dir auf, daß sein Mantel genau dort, wo er über den Bauch fällt, leicht anders gefärbt ist?«

»Ja, schon. Warum?«

»Sie mußten die Statue reparieren, nachdem ich ihr einen ziemlich wichtigen Teil ihrer Anatomie weggeschossen hatte.«

Die Augen des Jungen wurden größer; dann sah er Blaine ungläubig an. »Das haben Sie doch erfunden.«

»Das glaubst du doch selbst nicht.«

»Na schön, und warum haben Sie das getan?«

Blaine legte den Arm vorsichtig um die Schultern des Jungen. »Das ist ebenfalls eine Geschichte für einen anderen Tag, Matt.«

Sie verbrachten einige Stunden in Madame Tussauds Wachsfigurenkabinett. Es überraschte Blaine nicht, daß der Junge sich hauptsächlich von der militärischen Abteilung fasziniert zeigte. Er selbst hatte fast genausoviel Spaß wie Matt. Schließlich war es – neben der Angst, glattweg abgelehnt zu werden – bei der um zwölf Jahre verspäteten Aufnahme dieser Beziehung seine größte Befürchtung gewesen, nichts mit dem Jungen gemeinsam zu haben. Nun ja, viel mehr hätte er sich nicht wünschen können, und er wagte es sogar, sich die Frage zu stellen, ob solch gemeinsame Interessen vielleicht erblich bedingt sein konnten.

Sie stiegen zur Flüstergalerie der St. Paul's Cathedral hinauf und aßen in einem traditionellen Londoner Pub namens Smithfield's im Geschäftsbezirk zu Mittag. Von dort aus nahmen sie die U-Bahn zur Pall Mall, wo Matt zehn Minuten lang McCracken und einem halben Dutzend anderer Neugieriger, die sich hier eingefunden hatten, erklärte, welch harter Einzelkämpferausbildung sich die rotgekleideten Reiter mit ihren schwarzen Mützen, die die Tore des Buckingham Palace bewachten, unterziehen mußten.

»Meinen Sie, ich sollte zur Army gehen?« fragte Matt, als sie davonschlenderten.

»Das hängt von vielen Dingen ab, die du jetzt noch nicht abschätzen kannst. Dafür bist du noch zu jung.«

»Wohl kaum«, erwiderte Matt altklug. »Bei uns in Reading können sich die Jungs in der siebenten Klasse freitags nachmittags entweder bei der RAF oder bei der Infanterie verpflichten. Und das ist gar nicht mehr so weit hin.«

»Nein, das ist es nicht.«

»Soll ich mich nun also verpflichten oder nicht?«

Blaine versuchte zu zeigen, daß er es schätzte, um Rat gefragt zu werden. »Das klingt ganz so, als hättest du schon eine Entscheidung getroffen. Wenn es wichtig für dich ist, auf jeden Fall.«

»War es für Sie wichtig?«

»Mich zu verpflichten, meinst du? Tja, bei uns hatten wir damals Wehrpflicht, und ich wäre sowieso eingezogen worden, und das College war langweilig, und da habe ich mich eben verpflichtet. So konnte ich wählen, zu welcher Einheit ich kam.«

»Und Sie haben die Green Berets gewählt . . .«

Blaine zögerte. »Na ja, eigentlich hat man mich dorthin versetzt, nachdem ich die Grundausbildung hinter mir hatte.«

»Davon haben Sie mir nichts erzählt.«

»Ich muß mir ja etwas für später aufbewahren.«

»Und was haben Sie im Projekt Phoenix getan?«

»Das erzähle ich dir auch später.«

Matt zögerte. »Sie haben mir noch nicht erzählt, was Sie jetzt so machen.« Und bevor McCracken antworten konnte, tat der Junge es für ihn. Bei seinen Worten blitzte ein Lächeln auf. »Ich weiß – später.«

Es war schon dunkel, als Blaine den Jungen zur Reading School zurückbrachte und ihm nachsah, wie er durch eine Tür verschwand.

»Hab' mir gedacht, daß Sie es sind«, sagte John Neville, als er mit Bodie und Doyle zu ihm trat. Die beiden Tiere zerrten an den Leinen, um McCracken ebenfalls zu begrüßen. »Ich habe gerade die Hunde ausgeführt.«

»Tut mir leid, daß es so spät geworden ist.«

»Ich habe Ihnen ja keine feste Zeit genannt. Es lief gut, nicht wahr? Soviel sehe ich.«

»Es lief hervorragend. Und mir wird angst und bange, daß es so toll lief.«

»Wieso denn das?«

Blaine drehte sich so schnell um, daß Doyle leise knurrte. Neville fuhr fort, bevor Blaine etwas sagen konnte.

»Es lief nicht gut genug, um ihm zu sagen, wer Sie sind, nicht wahr?«

»Ich wollte ihm nicht den Tag verderben.«

»Wäre der Tag damit verdorben gewesen?«

»Vielleicht.«

»Für Sie oder ihn?« Neville musterte ihn argwöhnisch. »Sie rücken nicht mit der Wahrheit heraus, mein Freund. Irgend etwas halten Sie zurück.«

Sie gingen auf die Spielfelder zu, die vor der Schule lagen. Da kein Wind wehte, kam es Blaine wärmer vor als am gestrigen Nachmittag.

»Was hat Henri Dejourner Ihnen über mich erzählt?« fragte Blaine.

»Sehr wenig, fürchte ich.«

»Dann darf ich ein paar der Lücken ausfüllen. Die Mutter des Jungen hat seine Existenz aus einem bestimmten Grund vor mir geheim gehalten. Damals war ich als Experte für die Regierung tätig. Seitdem haben sich die Dinge gar nicht so sehr geändert.«

Neville nickte. »Damit habe ich gerechnet. Oder mit etwas ähnlichem. Es sind Ihre Augen. Ich habe einige Männer wie Sie gekannt.«

Blaine schüttelte den Kopf. »Sie haben niemals einen Mann wie mich gekannt, John. Das ist unmöglich, glauben Sie mir. Im Augenblick versuche ich, mit Gefühlen klarzukommen, die ich noch niemals empfunden habe. Heute war ein ganz besonderer Tag für mich, auf eine Art, die ich Ihnen nicht beschreiben kann, und ich verspüre die Versuchung, diesen Tag als Zeichen zu sehen, daß mein Leben in eine neue Phase eingetreten ist. Aber das Problem dabei ist, daß ich eine Menge Feinde habe. Ich will damit sagen, daß ich Matt vielleicht in Gefahr bringe, falls ich mich entschließe, endgültig in sein Leben zu treten. Nein, korrigieren Sie das. Er *ist* bereits in Gefahr, und zwar seit dem Tag, da Henri Dejourner Ihnen einen Besuch abgestattet hat. Welche Entscheidung ich auch treffe . . .«

Neville unterbrach ihn. »Er ist in guten Händen.« Er streichelte Bodies Kopf.

»Sie müssen auf ihn aufpassen, John. Sie müssen besonders vorsichtig sein.«

»Das verspreche ich Ihnen.«

Blaine konnte nicht schlafen. Seine Gedanken hämmerten auf ihn ein, und er schien sie einfach nicht vertreiben zu können.

Er machte sich Sorgen. Er hatte Angst.

Er wußte, wie zerbrechlich das Leben war. Er hatte mit eigenen Augen gesehen, wie schnell es ausgelöscht werden konnte, und war selbst oft genug in Lebensgefahr geraten, um sich nicht mehr daran zu stören. Es war sinnlos, sich darüber Gedanken zu machen, denn wenn dieser Augenblick kam, konnte nicht einmal er ihn verhindern. Doch nun nahm die Zerbrechlichkeit des Lebens eine neue Bedeutung an. Der Brennpunkt seines Daseins war in Aufruhr geraten. Was war er dem Jungen schuldig? Und was war er sich selbst schuldig? Er war vierzig Jahre alt und hatte diesen Meilenstein mit einer entmutigenden Erkenntnis gefeiert. Die Ereignisse, in die er in letzter Zeit hineingeraten war, hatten sich alle zufällig und zusammenhanglos ergeben, ganz im Gegensatz zu denen während seiner Dienstzeit in Vietnam und danach.

Und danach . . .

Und danach . . .

Das Telefon auf dem Nachttisch klingelte, rüttelte ihn auf, und Blaine tastete in der Dunkelheit danach.

»Ja?«

»Ist dort Mr. Blaine McCracken?«

»Allerdings.«

»Hier spricht Chief Inspector Alvin Willie von der Reading Police, Sir. In der Reading School hat es einen Zwischenfall gegeben. Sie sollten besser sofort herkommen.«

5

Chief Inspector Alvin Willie war ein wohlbeleibter Mann mit einem großen kahlen Kopf und so gut wie keinem Hals. Er trug Zivilkleidung, und sein Hemd steckte nur zum Teil in der Hose. Er zeigte McCracken die Splitter, wo die Eingangstür der Wohnung von Direktor John Neville eingetreten worden war.

»Ziemlich amateuerhaft, würde ich sagen«, meinte der Inspector.

»Nein«, entgegnete Blaine, noch immer schlaftrunken. »Der Täter wollte Aufmerksamkeit erregen. Er wollte Mr. Neville hierher locken.«

»Klingt töricht.«

»Keineswegs. Wo ist die Leiche?«

»Hier entlang«, sagte Chief Willie und ging durch den Korridor voraus.

Zuerst kamen sie an den teilweise bedeckten Kadavern von Bodie und Doyle vorbei. Unter ihren geöffneten Mäulern hatten sich Blutpfützen gebildet, und an den Winkeln, in denen ihre Köpfe abstanden, erkannte Blaine, daß man den armen Tieren das Genick gebrochen hatte. Im Wohnzimmer wollte gerade ein uniformierter Beamter Nevilles Leiche mit einem Laken bedecken; ein Blick von Willie ließ ihn innehalten. Kopf und Schultern der Leiche lehnten an einer Wand. Das Gesicht war in furchtbarem Schmerz erstarrt, der Kopf unmöglich weit zur Seite gedreht; offenbar hatte man ihm ebenfalls das Genick gebrochen. Aber an seiner Haltung wirkte etwas unnatürlich. Neville war nicht dort gestorben; man hatte ihn dorthin geschleppt und aufgesetzt, als solle er nach dem Tode noch etwas beobachten.

Blaine erschauderte angesichts der Kraft, die nötig war, um den muskulösen Neville *und* seine beiden Hunde auf diese Art zu erledigen. Jemand wollte von vornherein etwas klarstellen, jemand, der Spaß an seiner Arbeit hatte. Und diese Mitteilung konnte nur für ihn bestimmt sein. Aber was war in diesem Zimmer vorgegangen, nachdem Neville gestorben war?

»Die Tat ist vor anderthalb bis zwei Stunden geschehen«, erklärte Chief Willie. Er transpirierte heftig, und der Schweiß drang durch seine Kleidung und schimmerte auf seinem kahlen Schädel. »Soweit wir wissen, ist der Täter durch Nevilles Wohnung eingedrungen und dann, nachdem er . . . dies hier getan hat, nach oben zu den Zimmern der Jungs gegangen.«

»Ist der Mörder sofort hinaufgegangen, nachdem er hier fertig war, oder kam es zu einer gewisen Verzögerung?«

Blaines Schlußfolgerung schien Alvin Willie zu überraschen. »Ja, wir glauben schon, der Zeit nach zu urteilen, die verstrich, nachdem die Hunde zu bellen aufhörten und . . .«

»Und was?«

»Und der Zimmergenosse des kleinen Ericson bewußtlos geschlagen und der Junge selbst entführt wurde.«

»Wieso haben Sie mich überhaupt angerufen?«

»Ein Zettel in der Akte des Jungen. Vermutlich in Nevilles Handschrift.«

»Verdammt. Er hätte nichts schriftlich festhalten dürfen . . .«

»Wie bitte?«

»Nichts.«

»Wenn es etwas gibt, was mir bei der Aufklärung dieses Falles helfen könnte . . .«

»Würde ich es Ihnen sagen, Chief. Glauben Sie mir, da gibt es nichts. Das ist nicht mehr Ihr Problem«, fügte Blaine hinzu und bedauerte es augenblicklich.

»Da irren Sie sich gewaltig. Hier wurde ein Mann getötet und ein Junge entführt, mit dem Sie etwas zu tun haben. Ich brauche einige Antworten. Zuerst einmal, in welcher Beziehung stehen Sie zu dem entführten Jungen?«

Doch McCrackens Gedanken waren schon zu dem Augenblick abgeschweift, in dem Neville gestorben war. Er war wahrscheinlich die Treppe hinabgestürmt, die Hunde vor ihm, vielleicht mit einer Waffe in der Hand. Er mußte gewußt haben, was vor sich ging, und hätte mit Hilfe der Hunde ernsthaften Widerstand leisten müssen. Das bereitete Blaine mehr Sorgen als alles andere. Zwei Hunde, das bedeutete auch zwei Mörder, wurde ihm plötzlich klar. Sie hätten sich auf alle mögliche Art und Weise Zutritt verschaffen können, hatten sich jedoch für eine entschieden, die unweigerlich zu einer Konfrontation führen mußte. Und was war nach Nevilles Ermordung geschehen?

»Haben Sie nicht verstanden?« fragte Alvin Willie, als sich Blaine an ihm vorbeischob, um das Geschehen in Gedanken nachzuvollziehen.

Hier stimmte etwas nicht. Ein Mann wie Neville hätte zuerst die Polizei gerufen.

»Er hat Sie nicht angerufen, oder?« fragte Blaine plötzlich.

»Ich habe Ihnen zuerst eine Frage gestellt, Mister!«

»Das Telefonkabel wurde draußen durchtrennt, oder?«

Willies massiges Kinn sackte nach unten. »Woher zum Teufel wissen Sie das?«

»Sie wollten ihn sich allein vorknöpfen.«

»Sie? Wer sind ›sie‹?«

»Das ist das Werk von zwei Tätern, Chief Inspector. Wenn die Leute von Ihrer Spurensicherung etwas taugen, werden sie es bestätigen.«

McCracken wollte zur Treppe gehen, doch Willie hielt ihn zurück. »In welcher Beziehung stehen Sie zu dem vermißten Jungen, Mr. McCracken?«

»Sie haben seine Akte gelesen.«

»Ich habe einen Zettel gelesen, der in seiner Akte lag. Der hilft mir nicht weiter. Es stand nur Ihr Name darauf, Ihre Ankunftszeit gestern und das Hotel, in dem Sie wohnen.«

»Das ist doch schon was.«

Alvin Willie verlor die Geduld. »Ich habe hier einen toten Lehrer, der ein prima Kerl war, und einen entführten . . .«

Willie hielt inne, als ein anderer uniformierter Beamter die Treppe herunterkam.

»Ich habe die Aussage des Jungen, Sir.«

»Was für ein Junge?« fragte McCracken.

Willie achtete kaum auf die Frage. »Das geht Sie nichts an.«

McCracken baute sich dicht vor dem fetten Mann auf und kämpfte den Drang nieder, ihn gegen die Wand zu knallen. »Da irren Sie sich ganz gewaltig, Chief. Sie wollen eine Antwort auf Ihre Frage? Na schön. Der entführte Junge ist mein Sohn, und er wurde mit größter Wahrscheinlichkeit wegen mir gekidnappt. Ich habe ihn aus Gründen, die keine Rolle spielen, gestern zum ersten Mal gesehen. Ich kann Ihnen nur sagen, daß diese Entführung wohl als Warnung an mich gedacht ist. Jemand will es mir zeigen. Jemand will, daß ich weiß, wie skrupellos er ist. Wahrscheinlich wird man eine Forderung an mich stellen, wenn ich den Jungen zurückhaben will. Aber versuchen Sie ja nicht erst, etwas über mich herauszubekommen, sonst wird Ihnen jeder amerikanische Geheimdienst mit drei Buchstaben sagen, daß Sie sich verpissen sollen. Habe ich mich klar ausgedrückt?«

Alvin Willie brachte ein Nicken zustande. Er konnte sich nicht erinnern, wann ihn je ein einzelner Mann mehr eingeschüchtert hatte. Dieser McCracken hatte eine unglaubliche Kraft, doch am meisten beeindruckte ihn seine Entschlossenheit.

»Dann wollen Sie also die Aussage lesen.«

»Ich will den Jungen sprechen, der sie gemacht hat.«

»Ich hätte eigentlich schlafen sollen, Sir«, sagte der Junge, dessen Name Gilbert lautete. »Ich hatte zu dieser Zeit am Fenster nichts zu suchen.«

»Ich verstehe«, sagte Blaine. »Das wird unter uns bleiben.«

»Aber die Polizei . . . ich habe meine Aussage doch schon gemacht.«

»Hast du ihnen alles erzählt?«

»Ich glaube schon.«

»Aber du bist dir nicht sicher.«

»Mir fallen immer wieder . . . Sachen ein. Wahrscheinlich sind sie nicht wichtig.«

»Wahrscheinlich doch. Du kennst Matthew Ericson, nicht wahr?«

Der Junge nickte nachdrücklich. »Ja, Sir! Wir sind Kumpels.«

»Dann willst du ihm ja sicher helfen, was bedeutet, daß du mir helfen mußt.«

Gilbert zuckte die Achseln. »Ich kann manchmal schlecht einschlafen. Es hilft mir, wenn ich am Fenster sitze. Verstehen Sie, ich habe Asthma, und deshalb kann ich keinen Zimmergenossen haben . . . ich bin ziemlich laut, wenn ich schlafe. An schlimmen Abenden habe ich Angst vor dem Einschlafen, und deshalb bleibe ich wach. Wenn ich mich dann ans Fenster setze, werde ich wieder müde.«

»Wie heute abend?«

»So ungefähr. Aber dann hörte ich . . .«

»Hörtest du was?« Blaine rückte näher an den Jungen heran und achtete darauf, leise zu sprechen. »Bitte, du mußt jetzt keine Angst mehr haben.«

»Ich hörte, wie Mr. Nevilles Hunde bellten. Sie bellen des Nachts ziemlich oft, aber diesmal war es . . . anders. Wieso, weiß ich nicht genau.«

»Spielt auch keine Rolle. Was passierte dann?«

»Na ja, dann war da ein Geräusch, als würde etwas zerbrechen, und dann ein ziemlicher Lärm, bevor alles wieder still wurde. Und dann war da ein Schrei, nur einer, und die Hunde jaulten. Ich hatte Angst. Ich lief zum Bett zurück, aber ich zitterte so sehr, daß ich kaum noch Luft bekam. Nach ein paar Minuten ging ich zum Fenster zurück, und da sah ich sie dann.«

»Wen?«

»Zwei Gestalten.«

»Große oder kleine Männer?«

Der Junge sah zum Fenster. »Der Polizist hat mir auch nicht geglaubt. Er hat gesagt, ich solle mir noch mal überlegen, was ich gesehen habe.«

»Und was hast du gesehen?«

»Es waren keine Männer, Sir. Es waren Frauen.«

»Aber ich bin mir nicht hundertprozentig sicher«, fügte Gilbert fast augenblicklich hinzu. »Ich meine, es war so dunkel und so weiter.«

»Aber du weißt, was du gesehen hast.«

Ein zögerndes Nicken.

»Waren die Frauen groß oder klein?«

»Eine war groß.«

»Wie groß?«

»Weiß ich nicht genau. Sehr groß, glaube ich.«

»So groß wie ich?« fragte Blaine und richtete sich zu voller Größe auf.

»Mindestens. Noch größer, glaube ich. Sie war diejenige, die etwas über der Schulter trug.«

Matthew, dachte Blaine und bemühte sich, die Geschichte des Jungen zu verdauen. Zwei *Frauen?* Diese Möglichkeit schien nicht mit dem Anblick übereinzustimmen, den er unten gesehen hatte. Der Gedanke, daß es zwei Frauen so mühelos möglich gewesen war, Neville und seine Hunde zu töten . . . Wer sie auch sein mochten, die Mörder waren von Anfang an mit tödlicher Professionalität vorgegangen; jede ihrer Bewegungen sollte eine gewünschte Reaktion hervorrufen, auf die sie wiederum vorbereitet gewesen waren. Neville hatte genau in ihre Hände gespielt. Eine perfekte Show.

Die ausschließlich Blaine galt.

Sie töteten gern, soviel stand fest. Profis hätten ohne das geringste Aufsehen mit dem Jungen verschwinden können, doch offensichtlich hatte ihnen das nicht gereicht. Doch wenn es lediglich um Rache gegangen wäre, hätte er die Leiche des Jungen neben der Nevilles gefunden. Daß sie ihn statt dessen entführt hatten, bedeutete, daß jemand ein Druckmittel gegen ihn in der Hand haben wollte, und die Zurschaustellung von Gewalt sollte aufzeigen, daß sie bereit waren, alles zu tun, um . . .

Um *was?*

Alvin Willie wartete am Fuß der Treppe auf McCracken. »Hören Sie, Mr. McCracken, ich weiß nicht, wer oder was Sie sind, und ich will es auch gar nicht wissen. Aber Reading ist meine Stadt, und die Menschen, denen hier etwas angetan wurde, stehen unter meinem Schutz, und . . .«

»Bis auf einen, Chief«, unterbrach ihn Blaine. »Bis auf einen.«

Er mußte ganz ruhig darüber nachdenken. In jedem Schachzug der weiblichen Mörder steckte eine gewisse Logik; nur das Aufsetzen von Nevilles Leiche schien nicht ganz in das Schema zu passen. Er mußte ihren Weg zurückverfolgen, herausfinden, wer sie waren und wer sie angeheuert hatte, indem er herausbekam, wie sie von Matthew erfahren hatten.

Es gab nur eine Antwort: Henri Dejourner. Henri war der einzige Mensch außer ihm, der von seiner Verbindung mit dem Jungen wußte. Irgendwo, irgendwie waren Dejourners Sicherheitsvorkehrungen durchdrungen worden. Dort mußte er anfangen, und zwar schnell. Was immer die Kidnapper von ihm verlangten, sie würden es ihn bald wissen lassen. McCracken mußte vorher in die Offensive gehen.

Da Blaine niemals unvorbereitet auf Reisen ging, hatte er eine Uzi mit Teflonverkleidung mitgenommen, die Röntgenstrahlen blockierte. Nach seiner Ankunft hatte er sie unter dem Bett befestigt, und nun holte er sie hervor, überprüfte sie und wählte dann Henris private Kontaktnummer.

Das Telefon klingelte und klingelte, doch niemand hob ab.

Unmöglich! Es war immer besetzt, wenn nicht von Henri selbst, dann zumindest von einem Untergebenen, dem er vertraute. Hatte sich das, was hier vorging, vielleicht schon nach Frankreich ausgedehnt? Er mußte es herausfinden. Einen Augenblick später wählte er eine andere Nummer und lauschte erneut dem Klingelzeichen.

»Hallo?« erwiderte eine schläfrige Stimme.

»Ah, Daniels. Es ist schon lange her.«

»Wer ist d . . . nein, das kann nicht sein!«

»Ihr allmächtiger Geheimdienst muß etwas für mich herausfinden.«

»Jetzt? Wissen Sie, wie spät es . . .«

»Jetzt. Drücke ich mich klar aus, Daniels? Oder würden Sie es vorziehen, daß ich . . .«

»Sagen Sie mir nur, was Sie wissen wollen.«

»Ich kann Dejourner nicht erreichen. Es geht keiner ran.«

»Geben Sie mir eine halbe Stunde. Ich rufe Sie zurück.«

»Tut mir leid, Daniels. Ich brauche Sie zwar, aber ich vertraue Ihnen noch immer nicht. Zwanzig Minuten.«

»Sie sind ein Arschloch, McCracken.«

»Der Anschluß des Franzosen wurde abgeschaltet«, erstattete Daniels zwanzig Minuten später Bericht. »Er wurde heute nachmittag ermordet.«

Blaines Magen zog sich zusammen. »Wie?«

»Das Genick gebrochen. Mit bloßer Hand, heißt es. Drei Leibwächter wurden auf ähnliche Art und Weise erledigt. Einer hat etwas länger zum Sterben gebraucht. Er hat es noch bis ins Krankenhaus geschafft, wo er behauptete, ein paar Frauen wären es gewesen. Frauen! Können Sie sich das vorstellen?«

»Ja.«

»Augenblick mal, McCracken. Wenn Sie irgend etwas vorhaben, wovon die Company wissen sollte . . .«

»Werden Sie es als erster erfahren, Daniels, und das ist ein Versprechen.«

Blaine legte auf. Die Dinge fügten sich allmählich zusammen, und das Bild, das sich ergab, war alles andere als angenehm. Matthews Kidnapper hatten Henri Dejourner wie auch John Neville getötet. Sehr professionell. Sehr brutal. Weil sie etwas von ihm wollten. Na schön. McCracken würde so lange wie nötig mitspielen und sie glauben lassen, sie hätten die Oberhand, bis er den Jungen zurückbekam. Er spürte, wie sich der alte, vertraute Zorn in ihm aufbaute und zu dem anzuschwellen drohte, was Wissenschaftler eine ›Kritische Masse‹ nennen. Wenn sie dem Jungen irgend etwas antaten, würde er sie alle töten.

Sein Blick fiel auf das Telefon. Er wußte, was nun kommen würde, noch bevor das Klingeln ihn zusammenfahren ließ. Mit hämmernden Herzen drückte er den Hörer ans Ohr.

»Ich nehme an, die traurige Nachricht von Mr. Dejourners Tod hat Sie mittlerweile erreicht, Mr. McCracken«, sagte eine Stimme.

»Der Junge . . .«

»Wir haben ihn«, fuhr die Stimme fort. »Er ist in Sicherheit. Es geht ihm gut.«

»Und das soll ich glauben?«

»Es ist die Wahrheit.«

»Was muß ich tun, um ihn zurückzubekommen?«

»Nicht am Telefon, Mr. McCracken.«

»Ich kenne Ihre Stimme. Ich bin mir sicher, ich kenne Ihre Stimme.«

»Und ich kenne Ihre Zimmernummer. Ich kann sofort hinaufkommen.«

»Die Versuchung, Sie umzubringen, könnte sich als zu groß erweisen.«

»Das glaube ich nicht. Schließlich wollen Sie Ihren Sohn ja wiedersehen, oder?«

Das Klopfen an der Tür erklang kaum drei Minuten später.

»Kommen Sie herein«, rief Blaine. Er saß in einem Sessel an der Wand, die der Tür gegenüber lag. »Es ist offen.«

Die Tür öffnete sich, scharrte über den Teppich. Ein bärtiger Mann mit dunklem Teint trat ein. McCracken vergewisserte sich, daß er die Uzi sehen konnte.

Der Mann schloß die Tür hinter sich und blieb stehen. »Die brauchen Sie nicht.«

»Ich weiß. Ich möchte nur, daß Sie wissen, wie es ist, wenn man mit dem Rücken an der Wand steht. Und der Gedanke, daß ich ein Organ Ihrer Wahl zerfetzen kann, wenn mir der Sinn danach stehen sollte, ist äußerst beruhigend.«

Der Mann schluckte vernehmlich; er stand noch in dem Schatten, den die einzige Stehlampe im Zimmer warf. »Vergessen Sie Ihren Sohn nicht. Schließlich geht es nur um ihn.«

»Oh, ich meinte nicht, daß ich Sie töten würde. Es genügt, Sie einfach zu verstümmeln, sobald Sie mir gesagt haben, was Sie mir sagen wollen. Was es auch ist, Sie werden dem Jungen nichts tun, da Sie mich brauchen, um Ihre Drecksarbeit zu erledigen. Sie sind ein Wurm, nichts weiter.«

Der Mann machte einen weiteren Schritt ins Licht, und Blaine blinzelte ein paar Mal, um sicherzugehen, daß er sein Gesicht auch richtig erkannt hatte. Es war Mohammed Fett, ein arabischer Nachrichtenhändler, der geschickt zwischen den gemäßigten Kräften der PLO und den verschiedenen radikalen Zellen taktierte, die im Nahen Osten operierten.

»Ein Burnus würe ein passenderes Kleidungsstück für Sie als ein Anzug von Giorgio Armani, Fett.«

»Ach, wenn man gerade in Rom ist . . .«

»Sie haben in der Schule wohl den Erdkundeunterricht geschwänzt. Wir sind hier in Reading, England, wo bis vor vier Stunden ein gewisser Matthew Ericson wohnte.«

Fett trat noch einen kleinen Schritt vor, langsam und darauf bedacht, daß McCracken seine Hände sehen konnte. »Es war unumgänglich. Wir brauchen Sie. Dringend.«

»Ihnen fiel keine bessere Möglichkeit ein, mich um Hilfe zu bitten?«

»Wir haben es versucht. Sie haben all unsere Vorstöße

zurückgewiesen. Sie erinnern sich doch bestimmt . . . die üblichen Kanäle, die Kontaktleute – wir haben es versucht. Wir haben sogar einen Bevollmächtigten zu Ihnen geschickt. Sie haben ihn ziemlich unhöflich behandelt.«

Blaine erinnerte sich nur allzu gut. Eine arabische Macht hatte sich vor gut einem Monat an ihn gewandt, und er hatte sich geweigert, auch nur mit ihnen zu sprechen. Er hatte Henri Dejourner gegenüber erzählt, wie der letzte Agent, der zu seinem Haus auf der Insel vorstoßen wollte, in der Bucht gelandet war.

»Sie erinnern sich! Ich sehe es. Aber jetzt werden Sie für uns arbeiten, Mr. McCracken. Es gefällt Ihnen zwar nicht, aber Sie haben keine andere Wahl . . . genausowenig wie wir.«

»Schwebt auch über Ihrem Kopf ein Damoklesschwert, Fett?«

»Es geht um das Leben von Millionen Arabern . . . wenn das für Sie eine Rolle spielt.«

»Nicht annähernd so sehr wie Matthew Ericsons Leben.«

»Hören Sie mich an«, erwiderte Fett mit angespannter Stimme. »Israel wird einen Erstschlag gegen uns führen. Es wird Krieg geben, und diesmal werden sie ihn anfangen.«

»Und Sie erwarten, daß ich das glaube?«

»Ich erwarte, daß Sie diesen Krieg verhindern. Um Ihres Sohnes willen . . . und der Welt.«

»Ersparen Sie mir das bitte.«

»Hören Sie mich an, McCracken. Sie und ich, wir haben früher auf verschiedenen Seiten gekämpft. Doch diesmal sind Kräfte am Werk, die Ihnen genauso wie uns Übles wollen.«

»Waren das auch die Kräfte, die für die Morde an John Neville und Henri Dejourner verantwortlich zeichnen?«

»Diese Leute haben ihre Befugnisse überschritten.«

»Sie haben verdammt mehr als nur das getan. Sie hätten die Wohnung des Lehrers sehen sollen, Fett. Wer immer ihn umgebracht hat, dem hat es Spaß gemacht, und sie wollten, daß ich das weiß. Was sollte er sehen, nachdem er tot war?«

»Ich . . .«

»Sie wollen mir vielleicht eine Nachricht überbringen, aber diese Frauen haben eine ganz andere überbracht.«

»Ganz meiner Meinung. Ihre Rolle in dieser Sache ist beendet. Sie haben es jetzt nur mit mir zu tun.«

»Mein Glückstag . . .«

»Es werden weitere Todesfälle auf Ihrem Gewissen lasten, wenn Sie nicht handeln . . . wenn *wir* nicht handeln.«

»Gegen Israel?«

»Gegen eine militante Kraft *innerhalb* Israels. Diese Macht besitzt eine Waffe von unglaublicher Vernichtungskraft. Falls sie eingesetzt wird, wird sie die arabische Welt, wie sie heute bekannt ist, vernichten.«

»Und ich soll verhindern, daß sie eingesetzt wird, nicht wahr?«

»Genau.«

Blaine spürte, wie in ihm wieder die Wut hochstieg. »Wissen Sie was, Fett? Ich könnte den Aufenthaltsort des Jungen jetzt aus Ihnen hinausprügeln.«

»Das wäre sinnlos, da ich ihn nicht kenne. Es wurden Vorkehrungen getroffen, das zu verhindern, was Sie mir gerade angedroht haben.«

»Na schön. Und jetzt erklären Sie mir mal, was mich so wichtig für Sie macht.«

Fett zuckte die Achseln. »Es war nicht meine Idee. Ich habe sie gewarnt, Sie zu erzürnen. Ich habe ihr gesagt, wozu Sie fähig sind. Sie hat mich überstimmt.«

»Sie?«

»Sie haben zweifellos schon von Evira gehört.«

»Allerdings. Eine arabische Agentin, die in Israel operiert, mit Sicherheit die meistgesuchteste Terroristin im ganzen Land.«

»Keine Terroristin, McCracken. Nicht einmal eine Militante!«

»Nennen Sie sie, wie Sie wollen. Sie hat mich ausgewählt?«

»Sie hat auf Ihnen *bestanden*. Es hat Lecks in unserer Organisation gegeben, große Lecks. Evira befürchtet, daß ihre Identität enthüllt wurde. Ein Außenstehender schien die einzige Hoffnung zu sein, und Sie waren der einzige, den sie vorgeschlagen hat.«

Blaine entspannte sich etwas. »Sie behaupten also, Israel

habe diese Waffe, und ich solle verhindern, daß sie eingesetzt wird.«

Fett nickte. »Im Austausch gegen das Leben Ihres Sohnes. Aber die Sache wird noch komplizierter. Die israelische Regierung trifft hier keine Schuld, sondern eine kleine Zelle, die innerhalb des Landes operiert. Ob mit dem Segen der Regierung oder nicht, läßt sich nur schwer sagen. Die Israelis sind Meister der Irreführung. Doch die Waffe existiert, und diese Zelle hat vor, sie zu benutzen; daran besteht nicht der geringste Zweifel.«

»Können Sie mir mehr über diese Zelle sagen?«

Fett schüttelte den Kopf. »Ich weiß nur, was ich wissen darf. Den Rest werden Sie von jemandem erfahren, der Evira nähersteht.«

»Noch ein Botenjunge, Fett?«

»Nur, daß diesmal Sie die Reise machen werden, McCracken. Nach Tel Aviv. Ich habe Ihr Ticket bei mir.«

ZWEITER TEIL

DIE KRITISCHE MASSE

Jaffa: Donnerstag, 4. Mai; vierzehn Uhr

6

McCrackens Gedanken wanderten im Kreis, als die 747 zum Landeanflug auf den Flughafen Ben Gurion ansetzte. Fett hatte ihm das Ticket für einen El-Al-Flug gegeben, der kurz nach Sonnenaufgang nach Israel startete. Als Blaine schließlich die Tür hinter dem Araber schloß, fühlte er sich so hilflos und allein wie nie zuvor. Seitdem er von Matthews Entführung erfahren hatte, erfüllte ihn ein kaltes Entsetzen, genau jenes Gefühl, das Lauren ihm hatte ersparen wollen, indem sie die Existenz seines Sohnes niemals erwähnt hatte. Ganz zu schweigen von dem Schrecken, der nun über den Jungen hineingebrochen war.

Er fragte sich, wie es möglich war, so starke Gefühle der Liebe und Hingabe für Matthew zu entwickeln, nachdem er ihn kaum zwei Tage gekannt hatte. Diese Gefühle waren Blaine fremd und überaus erschreckend, was ihre Implikationen betraf. Er zwang sich, sich auf die vor ihm liegende Aufgabe zu konzentrieren. Er hatte nur eine rätselhafte Anweisung von Fett, wo er Eviras Kontaktperson treffen sollte:

Gehen Sie zum Flohmarkt von Jaffa. Zeigen Sie sich in dem Andenkenladen an der letzten Ecke des Marktes, über dessen Eingangstür Lederhandtaschen hängen.

Dort würde man McCracken weitere Einzelheiten mitteilen, die Fett selbst nicht kannte. Angesichts der vermeintlichen Lecks ging Evira kein Risiko ein. Gleichermaßen durfte Blaine keinen Außenstehenden um Hilfe bitten. Unter diesen Umständen waren seine Verbündeten im Geheimdienst nutzlos, und auch die zahlreichen Gefallen, die ihm freundlich gesonnene

Organisationen in Israel schuldig waren – Organisationen, mit denen er es ironischerweise nun aufnehmen mußte –, konnte er nicht einfordern. Er kannte diese Männer gut. Wenn sie ihn erwischten, wie er für die andere Seite arbeitete, würden sie ihn ohne das geringste Zögern töten.

Er hatte 1973 fünf harte, aber auch lohnende Monate in Israel verbracht. Es hatte sich dabei um seinen ersten Einsatz nach Vietnam gehandelt, ein Einsatz, der ihm die Bestätigung gab, daß seine Fähigkeiten auch jetzt, da das Projekt Phoenix Geschichte war, noch gebraucht wurden. Ein gut gehütetes Geheimnis des Yom-Kippur-Krieges war die Tatsache, daß Israel gewußt hatte, daß der Krieg kommen würde, genau wie 1968. Doch diesmal hatten Nixon und die Amerikaner dem Land unter der Drohung, Israel jegliche Unterstützung zu entziehen, untersagt, den ersten Schritt zu tun. Nixon versprach, Israel mit allem zu unterstützen, was er hatte, wenn nur die Araber den ersten Schuß abgaben.

›Alles, was er hatte‹ erwies sich als fünfhundert Soldaten der Special Forces unter dem Komando von Blaine McCracken, die frisch vom Projekt Phoenix kamen. Sie waren ein paar Stunden vor Kriegsbeginn ins Land gekommen und hatten das getan, was sie auch schon in Vietnam getan hatten. Das Terrain war anders, aber das war auch schon alles. Es ging immer noch um die Infiltration der feindlichen Linien. Kommunikationskanäle wurden unterbrochen, so daß die arabischen Soldaten an der Front gegensätzliche, ja sogar schlicht absurde Befehle erhielten.

Nach der Landung in Tel Aviv brachte Blaine die Zollformalitäten problemlos hinter sich, verstaute seinen Koffer für den Augenblick in einem Schließfach im Flughafen und drängte sich durch die anderen Reisenden zum Taxistand vor Ben Gurion. Er hing auf dem Rücksitz seinen Gedanken nach, während der Fahrer das Taxi in den Verkehr Richtung Tel Aviv einfädelte.

Der Mossad, der Israelische Geheimdienst, hält den Flughafen Ben Gurion unter ständiger Bewachung. Oftmals als nervöse Reisende, als Flugzeugpassagiere, die in vermeintlicher Konsternation wegen einer Verspätung neben ihren Koffern sitzen, oder sogar als Reinigungspersonal verkleidet, achten seine Agenten Tag und Nacht auf die Einreise verdächtiger Personen. Obwohl sich potentiellen Feinden zahlreiche Möglichkeiten bieten, ins Land einzuschleichen, überrascht es immer wieder, wie viele es direkt über Ben Gurion versuchen.

Der Mossad-Agent, der den unauffällig gekleideten bärtigen Mann entdeckte, der von der Zollkontrolle zur Gepäckausgabe ging, tat hinter einem Geldwechselschalter Dienst. Sobald der Bärtige außer Sicht war, begab er sich zu einem Telefon direkt hinter seinem Schalter und rief seinen Kontrolloffizier an.

»Erwarten wir Besuch von den Amerikanern?« erkundigte er sich nach dem Austauschen der Standardkodes.

»CIA?«

»Eher ein Unabhängiger. Möglicherweise auf Einladung.«

»Ich überprüfe es. Ist Ihnen jemand aufgefallen?«

»Ja. Gerade ist ein alter Freund von uns gelandet . . .«

McCracken ließ sich von dem Fahrer nach Jaffa bringen und am ottomanischen Uhrenturm am Haganah-Platz absetzen. Vor den sich hoch auftürmenden modernen Wolkenkratzern von Jaffa als kleine, uneinnehmbare Festung der Vergangenheit erhalten geblieben, hauptsächlich wegen des Flohmarktes unter freiem Himmel, auf dem Händler ihre Waren in Ständen auf dem Bürgersteig, Verkaufswagen oder Geschäften mit offenen Fassaden anboten. Die Händler und Ladenbesitzer priesen sie lautstark, um auf ihre Angebote aufmerksam zu machen. Die Qualität der Waren war im allgemeinen gering, doch nichtsdestotrotz lieferten sich die Händler hitzige Auseinandersetzungen um Kunden oder die besten Verkaufsplätze.

Vom Uhrenturm ging Blaine die Yefet Street entlang und bog dann auf dem Oley Tsiyon nach links zur Mitte des Marktes ab. Kaum einen Block später sah sich seine Nase dem durchdringenden Geruch nicht ganz frisch gefangener Fische ausgesetzt, die auf dem Markt auf der anderen Straßenseite am Haken oder auf Eis feilgeboten wurden. Orientalische Teppiche, die auf den Motorhauben oder Dächern von Autos präsentiert wurden, verrieten ihm, daß er den Eingang zum Flohmarkt, der unmittelbar dahinter lag, erreicht hatte. Da immer mehr Händler versuchten, sich hier ihren Lebensunterhalt zu verdienen, war der Markt immer größer geworden und vereinnahmte nun jeden verfügbaren Zentimeter auf den Bürgersteigen und vor den Schaufenstern. Potentielle Kunden waren gezwungen, auf die Straßen auszuweichen und sich dort mit dem restlichen Verkehr herumzuschlagen.

Blaine ließ sich Zeit und näherte sich dem Laden, zu dem Fett ihn geschickt hatte, nur langsam, um mit der Umgebung vertraut zu werden. Neben den Teppichen, die sich überall stapelten, schienen hier gebrauchte Kleidung und billiger, bunter Modeschmuck besonders gut zu gehen. McCracken zeigte sich jedoch besonders von den kleinen Läden beeindruckt, in denen alte Elektrogeräte verkauft wurden. Die unglaublich hohen Zölle, mit denen die israelische Regierung solche Waren belegt hatte, ließen Gebrauchsgegenstände wie Kühlschränke oder Fernseher zu modernen Luxusgütern werden. Aufgrund des hohen Bedarfs wurden alte Geräte immer wieder aufgemöbelt und ausgebessert, obwohl manche davon schon so viele Jahre auf dem Buckel zu haben schienen, daß sie ganz einfach nicht mehr funktionieren konnten.

Bei den Häuserfronten war es nicht anders. Jaffa war eine in ihrer historischen Vergangenheit verwurzelte Stadt, und die uralten Gebäude waren kaum einmal modernisiert oder ausgebessert worden. Zerrissene und schmutzige Markisen flatterten in der schwachen Brise. Hinter den Schlagläden lugten öfter zerbrochene als heile Fenster hervor. Es handelte sich hauptsächlich um Steingebäude, die der Rauch im Lauf der Jahre grau oder schwarz verfärbt hatte. Diese alten Gebäude strahlten einen Geruch von Staub und Hitze aus, den McCracken abstoßend fand.

Ein Mann, der einen mitgenommenen Kühlschrank von der Ladefläche seines Lastwagens hob, zwang Blaine, vom Bürgersteig auf die Straße auszuweichen. Es herrschte dichter

Verkehr, und die Autos kamen meist nur ein Stück weiter, bevor sie unter einem regelmäßigen Hupkonzert wieder anhalten mußten. McCracken ging an einem alten Mann vorbei, der seine Waren auf einer Decke auf der rechten Fahrspur ausgelegt hatte. Der alte Mann kaute an einer Pita und pries den Passanten mit vollem Mund die Vorzüge seiner Waren an.

Auf den Straßen und Bürgersteigen drängten sich nun immer mehr Menschen, obwohl sich die meisten anscheinend nur umsahen und nichts kaufen wollten. McCracken wich einem arabischen Händler aus, der seine Waren von einem Karren aus verkaufte, und glitt zwischen zwei im Verkehr steckengebliebenen Autos hindurch. Ein junger Mann auf einem Fahrrad wäre fast mit ihm zusammengestoßen, und Blaine mußte ausweichen und prallte gegen einen Jungen, der ein paar gebrauchte Jeans über seine Shorts zog, um festzustellen, ob sie ihm paßten, während der Verkäufer auf Hebräisch auf ihn einredete.

Der Trödelladen, zu dem Fett ihn geschickt hatte, lag an einer Ecke am südlichen Rand des Marktes. Blaine duckte sich unter einigen Lederhandtaschen hinweg, die über der Eingangstür baumelten, und trat ein, erleichtert, aus der Sonne zu kommen. Der Geruch von Leder ersetzte den von Alter und Verfall. Blaine fühlte sich augenblicklich besser.

Eine junge Frau trat hilfsbereit auf ihn zu.

»Ich glaube, Sie bewahren etwas für mich auf«, sagte er und zog den ägyptischen Geldschein hervor, den Fett ihm in Reading als Erkennungszeichen gegeben hatte.

»Kommen Sie mit«, sagte die junge Frau.

Sie ging zu einer Tür in der hinteren Wand des Ladens, öffnete sie und lächelte. Blaine akzeptierte die Einladung und trat ein. Hinter dem einzigen Schreibtisch in einem winzigen, vollgestopften Raum saß eine alte Frau, das graue Haar zu einem Knoten hochgesteckt, die hagere Gestalt von einem weiten, schwarzen Kleid verhüllt.

»Schließen Sie die Tür!« befahl sie. Nachdem McCracken der Anweisung nachgekommen war, sagte sie: »Setzen! Sofort!«

Es stand nur ein Stuhl zur Verfügung, und zwar direkt vor

dem Schreibtisch, hinter den sie sich gequetscht hatte. Das gesamte Licht im Raum fiel durch ein einziges nicht verhangenes Fenster, doch es reichte Blaine, um die alte Schachtel zu mustern. Er bemerkte, daß sie ihn nur mit einem Auge betrachtete. Das andere war geschlossen und fast völlig von mehreren Schichten runzligen Fleisches bedeckt. Ihre Hände waren nicht sichtbar, und Blaine fragte sich, ob sie eine Waffe auf ihn richtete.

»Sie wissen, warum Sie hier?« wollte die alte Hexe wissen, nachdem er sich gesetzt hatte.

»Eigentlich nicht.«

»Sie es wissen!« fauchte sie erbost. »Sie hatten Geldschein!«

»Oh, sicher, ich weiß, was ich hier soll. Aber ich bin mir nicht klar darüber, weshalb ich nicht mit Evira selbst spreche.«

»Evira es so haben wollen.«

»Wissen Sie, wo man meinen Sohn festhält?«

»Ich nicht sprechen über . . .«

»Aber Evira weiß es, nicht wahr?«

»Ich nur wissen, was sie mir sagt, was ich wissen soll. Ich es Ihnen erklären so gut wie möglich. Ich wissen, was Fett Ihnen gesagt haben.«

»Dann wissen wir beide, daß er mir nichts gesagt hat.«

»Er hat Ihnen gesagt, was er weiß. Evira ihm nicht vertraut. Evira lediglich Ihnen vertraut. Sie der einzige, der verhindern kann, daß Waffe eingesetzt wird.«

»*Was* für eine Waffe?«

»Was Sie wissen über Yosef Rasin?« fragte sie anstelle einer Antwort.

»Ein Fanatiker der Meir-Kahane-Schule, nur hundertmal fanatischer. Haßt alle Araber und zettelt Unruhen in den besetzten Gebieten an. Er hat einmal öffentlich eine erzwungene Geburtenkontrolle für alle Araber in Israel verlangt. Ich glaube, er hat dabei das Wort Kastration benutzt. Dennoch hat seine fanatische Auffassung eine gewisse Gefolgschaft gefunden. Da die halbe Regierung bereit ist, einen Palästinenserstaat auf der West Bank zu dulden, gibt es in diesem Land zahlreiche Menschen, die sich auf seine Seite schlagen, da sie nicht wissen, wem sie sonst folgen sollen.«

»Was bedeutet ›seine Seite‹?«

»Daß Israel – und die Welt – besser dran wäre, wenn kein Araber mehr übrig bleibt.«

Die alte Schachtel musterte ihn mit ihrem guten Auge. »Fett hat Ihnen von Waffe erzählt, die ganze arabische Welt auslöschen kann?«

»Ja.«

»Rasin hat sie.«

Und allmählich bildete sich für Blaine aus dem Wahnsinn der vergangenen sechzehn Stunden ein gewisser Sinn. Kein Wunder, daß die Araber verzweifelt waren. Wenn sie auch nur vermuteten, daß Rasin solch eine Waffe besaß, würden sie alles in Bewegung setzen, ihn auszuschalten.

»Augenblick mal«, sagte Blaine, seinem Gedankengang folgend. »Warum bringen Sie ihn nicht einfach um? Dafür brauchen Sie mich nicht.«

Ein plötzlicher Windstoß bewegte den Vorhang und fuhr durch das halb geöffnete Fenster. Graue Haarsträhnen fielen der alten Schachtel übers Gesicht. »Können nicht. Rasin verschwunden. Mit seiner Waffe untergetaucht. Spur da, aber wir Sie brauchen, ihr zu folgen.«

»Warum kann Evira ihr nicht selbst folgen?«

»Ich nicht wissen.«

»Ich glaube, Sie wissen es doch. Und ich glaube, wir werden hier sitzen, bis Sie es mir sagen.«

»Ihrem Sohn nicht besser gehen, wenn wir hier warten.«

Blaines Zorn flammte auf. Die tiefe Narbe, die über seine Stirn und durch die linke Braue verlief, verfärbte sich vor der Errötung seines Gesichts milchig weiß. Sein Bart sträubte sich. Er beugte sich drohend über den Tisch vor.

»Wissen Sie was, alte Frau? Ich glaube, Sie wissen überhaupt nichts über den Jungen. Doch ich weiß, daß Evira über ihn informiert ist. Schließlich hat sie die ganze Sache eingefädelt. Wir ziehen das Spielchen also folgendermaßen durch: Sie nehmen mit ihr Kontakt auf und vermitteln mir ein Treffen mit ihr, oder die ganze Sache ist abgeblasen. Ich werde keinen Finger für Sie und Ihr Volk rühren, und das wird Evira nicht gefallen, nach allem, was sie unternommen hat, mich zu rekrutieren.«

»Nein«, gestand die alte Schachtel ein, »das Evira nicht gefallen wird.«

Blaine beobachtete sie, wie sie mit der linken Hand an dem toten Gewebe um ihr linkes Auge zog. Die Haut schälte sich in ihrer Hand zurück und nahm einen Großteil der Runzeln auf ihrer Wange mit. Die linke Hand zog und zerrte weiter, während die rechte die graue Perücke abnahm und einen schwarzen Haarschopf enthüllte. Die Frau sah Blaine nun mit beiden Augen an, und das Alter ihres Gesichts lag in Streifen auf dem Tisch zwischen ihnen.

»Erfreut, Sie kennenzulernen, Mr. McCracken«, sagte Evira.

»Bitte melden, Colonel Ben-Neser!«

In einer schäbigen Wohnung über einem Möbelladen, von der aus man den Markt überblicken konnte, hob Yuri Ben-Neser das Walkie-talkie an die Lippen. »Haben Sie sie, Ari?«

»Ja«, erwiderte Ari. »Ein Eckhaus am anderen Ende des Marktes. Über dem Eingang hängen Lederhandtaschen.«

Ben-Neser trat zum Fenster. »Ich kann es sehen! Ich kann es sehen!« sagte er dankbar und hing sich das Walkie-talkie über die Schulter, um sich mit dem ihm verbliebenen Arm über die Stirn zu fahren. Den anderen hatte er 1973 im Yom-Kippur-Krieg verloren.

Ben-Neser hatte die beiden letzten Jahre mit der Suche nach der untergetauchten Evira verbracht. Er hatte all die Geschichten, all die Legenden gehört. Einige behaupteten, sie hätte jeden Agenten getötet, der auch nur in ihre Nähe gekommen wäre. Andere besagten, sie habe im Staat Israel niemals eine Waffe in die Hand genommen, und sie sei in Wirklichkeit sogar Israelin. Eine andere Legende führte aus, sie habe jeden einzelnen terroristischen Anschlag im Land geleitet. Ben-Neser zog es vor, nur die gesichertesten Geheimdiensterkenntnisse zu akzeptieren, die besagten, sie habe es auf sich genommen, die arabischen Bürger Israels zu einer Macht zu organisieren, die eines Tages das Land von innen übernehmen sollte. Selbst diese gemäßigte Analyse beinhaltete, daß sie überall in Israel ihre Agenten eingeschleust hatte, sogar im Parlament. Aus diesem Grund waren die letzten Kabinettssitzungen unter absoluter Geheimhaltung durchgeführt worden. Ben-Neser persönlich schätzte weder die Ansichten Kahanes noch die wesentlich radikalere Position Rasins. Doch die Vorstellung, eine Legion von Arabern und ihnen treu ergebenen Helfershelfern würden das Land von innen ausspionieren, war geradezu erschreckend. Sie rechtfertigte für ihn das Risiko, das er mit der Durchführung dieser nicht gebilligten Mission einging.

»Sie trifft sich mit jemandem, Sir«, sagte Ari.

Ben-Neser fühlte einen Phantomschmerz in seinem verlorenen Arm, wie immer, wenn er nervös war. Wenn etwas schiefging, mußte er mit katastrophalen Folgen rechnen. Er mußte die Sache ohne Zwischenfall über die Bühne bringen.

»Haben Sie ihn erkannt?« fragte er Ari.

»Groß. Mit einem Vollbart. Sieht nach einem Amerikaner aus.«

Ein Amerikaner? wunderte sich Ben-Neser. Solch eine Komplikation kam ihm so gelegen wie ein Kropf.

»Greifen wir ein?« fragte Ari.

»Nein«, sagte Ben-Neser von seiner Beobachtungsposition neben dem Fenster der Wohnung aus und kämpfte gegen den Drang an, einen Arm zu reiben, den er nicht mehr hatte. »Wo sind Sie?«

»In dem Sanitärhandel, schräg gegenüber von Eviras Laden.«

»Halten Sie Ihre Position. Ich komme zu Ihnen.«

McCracken starrte weiterhin über den Tisch die Frau an, von der mindestens vierzig Jahre abgefallen zu sein schienen. Sie erwiderte seinen fassungslosen Blick, während sie die letzten Reste des Theater-Make-ups von ihrer Gesichtshaut zog.

»Tut mir leid, aber das war unumgänglich«, sagte sie.

»Was meinen Sie damit, Ihre Verkleidung oder die Entführung meines Sohnes?«

»Beides, vermute ich. Dem Jungen geht es gut. Besser als gut. Er ist in Sicherheit.«

»In Sicherheit vor wem?«

»Meine Feinde sind nun auch Ihre Feinde.«

»Araber?«

»Wie auch Israelis. Wir dürfen nicht mehr in solchen Begriffen denken. Sie werden feststellen, daß wir außergewöhnlich wenige Verbündete haben. Vielleicht stehen wir beide sogar allein da.«

»Wie wäre es dann damit, Matthew als Zeichen Ihres guten Willens zur Reading School zurückzubringen?«

Sie musterte ihn fast traurig. »Das kann ich nicht. Und Sie wissen das auch.«

»Schauen Sie, Lady, die alte Schachtel, mit der ich vor ein paar Minuten gesprochen habe, und Fett scheinen eine ziemlich gute Sache zu vertreten. Wenn Ihre Behauptungen über Rasin und seine Waffe der Wahrheit entsprechen, stehe ich sowieso schon auf Ihrer Seite.«

»Wie Sie auf seiten der Franzosen, der Engländer und sogar der Amerikaner gestanden haben?« fauchte sie ihn an. »Ich kenne Sie besser, als Sie glauben. Die Seite, auf der Sie anfangs stehen, ist nicht unbedingt die, auf der Sie am Ende stehen. Es kommt immer darauf an, was Ihnen Ihr Gewissen sagt. Glauben Sie nicht, ich wüßte diesen Charakterzug nicht zu schätzen«, fuhr sie etwas sanfter fort; in ihrer Stimme schien Bewunderung zu liegen. »Genau das hat mich davon überzeugt, daß Sie der einzige sind, mit dem ich nun, nachdem meine eigene Organisation unterwandert wurde, zusammenarbeiten kann.«

»Dann wissen Sie auch, daß Sie sich auf mein Wort verlassen können. Lassen Sie den Jungen frei. Ich werde mit Ihnen zusammenarbeiten.«

»Das kann ich nicht. Ich habe Versprechungen und Zugeständnisse gemacht. Können Sie das nicht einsehen?«

»Jedesmal, wenn ich die Augen schließe, sehe ich nur, was zwei Mörder mit John Neville gemacht haben.«

»Ich billige die Handlungen solcher Schlächter nicht.«

»Aber Sie benutzen sie, oder? Hören Sie doch mit dem Schmus auf, Lady. Wenn Ihnen meine Arbeitsweise so gut gefällt, müssen Sie doch bereits festgestellt haben, daß ich in einer viel höheren Liga spiele als Sie.«

Sie wirkte verletzt. Das geringe Licht, das auf ihr Gesicht fiel, verriet Blaine, daß sie höchstens dreißig Jahre alt war, wahrscheinlich aber noch jünger. Ihre Gesichtszüge waren eher europäisch als arabisch. Ihre Haut war weich und glatt, und sie hatte hohe Wangenknochen, die ein eckiges Kinn und große, runde Augen betonten. Ihre Hautfarbe wirkte eher gebräunt als von Natur aus dunkel.

»Kommen wir zur Sache, Evira«, fuhr Blaine fort. »Kommen wir zu Rasin. Wie haben Sie von der Existenz dieser Superwaffe erfahren?«

»Ich hatte eine Zeitlang Agenten in seiner Gruppe eingeschleust.«

»Araber?«

»Siebzehn Prozent der israelitischen Bürger sind Araber, doch zuerst einmal sind sie Israelis. Das ist auch ihre Nation. Und gleichermaßen, wie ihre Zahl wuchs, wurden sie als Teil der Nation akzeptiert.« Sie hielt inne. »Zumindest von dem größten Teil der Bürger. Rasin hat sowohl ihren wachsenden Einfluß wie auch die Möglichkeit erkannt, daß auf der West Bank ein palästinensischer Staat entstehen könnte, und beides genutzt, um seinen Haß zu verbreiten. Sein Feldzug hat zur Bildung einer gefährlichen, militanten Fraktion geführt. Sie hat ihm eine gewisse Macht verliehen, die ihn nun schützt. Der Fanatismus verfügt über eine sehr mächtige Stimme, Blaine McCracken, die die israelischen Araber einfach nicht zum Schweigen bringen. Rasin versucht, an die Macht zu kommen, indem er ein Klima der Furcht schafft, in dem der Fanatismus gedeiht. Er hat einen harten Kern von Gefolgsleuten, und es gibt viele, die es nicht wagen, sich ihm zu widersetzen.«

Sie beugte sich weiter über den Tisch vor. »Vor einigen Monaten begann er, geheime Treffen abzuhalten. Repräsentanten seiner Bewegung in Haifa, Jerusalem, Tel Aviv und den besetzten Gebieten wurden unterrichtet, daß er eine Möglichkeit gefunden habe, das arabische Problem für immer zu beseitigen, die gesamte arabische Welt zu vernichten. Ein Agent, den ich in Rasins Lager eingeschleust hatte, war bei diesen Treffen dabei. Das war vor etwa einem Monat, genau zu der Zeit, da auch Rasin selbst verschwand. Seitdem wurde er nicht mehr gesehen. Deshalb habe ich versucht, mit Ihnen Kontakt aufzunehmen.«

»Die arabische Welt zu vernichten«, wiederholte Blaine. »Sind das Rasins Worte oder die Ihres Kontaktmannes?«

»Rasins Ausführungen waren kühner, aber verschwommen. Vielleicht wäre auslöschen ein besseres Wort als vernichten. Rasin hat es zwar nicht direkt gesagt, aber womit könnten wir es sonst zu tun haben?«

»Wie hat er es gesagt?«

»Verklausuliert, in Rätseln. Die arabischen Völker sowohl in unmittelbarer Nähe wie auch in weiter Ferne würden auf eine Art und Weise bezwungen werden, die es ihnen unmöglich macht, sich je wieder zu erheben.«

»Aber Israel befindet sich genau im Mittelpunkt all dieser arabischen Völker. Wie kann diese Waffe, die Rasin zu besitzen vorgibt, das eine ohne das andere vernichten?«

»Seine Ausführungen waren bezüglich des Ergebnisses ziemlich klar. ›Eine Oase inmitten der Einöde der Verwüstung‹, so lauteten seine genauen Worte.«

»Dann müssen wir von einer selektiven Vernichtung ausgehen. Er scheint eine Waffe zu beschreiben, die es einfach nicht geben kann.«

»Nur innerhalb der Parameter, die unsere Vernunft uns zugesteht.«

»Ihre Logik, Evira, und Ihr Kampf. Ich habe die Akten über Sie gelesen, und wenn sie auch nur entfernt der Wahrheit entsprechen, muß ich zur Schlußfolgerung kommen, daß Sie genau wie ich in der Lage sind, Rasin aufzuspüren.«

»Vielleicht.« Sie zuckte die Achseln. »Wir werden es niemals erfahren, denn ich muß mich um eine andere Bedrohung kümmern: Amir Hassani.«

»Ein Ar . . .«

»Fahren Sie fort. Sprechen Sie es aus. Sie wollten ›Araber‹ sagen, nicht wahr?« Sie ließ ihn nicht zur Antwort kommen. »Ja, ich bin Araberin, Mr. Blaine McCracken, aber mein Geburtsort wurde annektiert, womit ich auch Israelin bin.

Meine Loyalität mag geteilt sein, doch Hassani ist nicht minder mein Feind als Rasin. Er kämpft gegen alles, wofür ich mich einsetze.«

»Und was genau wäre das?«

»Frieden. Überrascht Sie das?«

»Wenn ich bedenke, daß dies von einer Frau kommt, die Kinder entführt, um ihre Ziele zu erreichen . . . ehrlich gesagt schon.«

»Nicht nur meine Ziele, Mr. Blaine McCracken, die der *ganzen Welt*. Was wissen Sie sonst noch über Hassani?«

»Nicht mehr als alle anderen auch, nehme ich an. Eine wirklich rätselhafte Gestalt, die ein geschlagener und verarmter Iran überraschend als starken Mann des Militärs einsetzte, nachdem der Krieg mit dem Irak endlich beendet und Khomeini in die Klapsmühle im Himmel übergewechselt war. Er kehrte wie Khomeini aus dem Exil zurück und versprach, einem Land, dem es bitterlich an beidem mangelte, Nationalstolz und Wohlstand zurückzugeben.«

»Und hat er das?«

»Im letzten halben Jahr wurden die Dinge ständig schlechter. Er buhlt – wie damals der Schah – um die Gunst der Reichen und Mächtigen, während er wie Khomeini dem Revolutionsrat grenzenlose Macht zugesteht.«

»Und mittendrin steckt die iranische Bevölkerung, die ihm nichts bedeutet. Aber Sie haben eins ausgelassen. Hassani hat seine Position benutzt, um andere militante arabische Führer aufzuhetzen, und konnte sie überzeugen, nun, da der Krieg zwischen Iran und Irak keine Ablenkung mehr darstellt, ihre gesamte Aufmerksamkeit einem gemeinsamen Feind zuzuwenden.«

»Israel«, vermutete Blaine.

»Natürlich. Hassani versammelte eine Schar von Verrückten um sich, deren größter Wunsch es ist, Israel vernichtet zu sehen, und die gemeinsam über die Mittel verfügen, das auch zu bewerkstelligen.«

»Dann haben wir es mit zwei Verrückten zu tun, von denen jeder entschlossen ist, die Welt des anderen zu vernichten.«

»Und es wird ihnen gelingen, wenn es uns nicht gelingt, sie aufzuhalten.«

»Aufzuhalten oder zu töten?«

»Das ist ein und dasselbe.«

Blaine schüttelte spöttisch den Kopf. »Das ist wirklich nicht Ihr Spiel, oder? Warum rücken Sie nicht einfach mit der Wahrheit heraus und sagen, was Sie meinen: Sie wollen Hassani töten, während ich Rasin töten soll.«

Eviras Blick war eiskalt. »Wenn es nötig sein sollte.«

»Wieso konnten Sie soviel über Hassani herausbekommen? Sie arbeiten in Israel und nicht im Iran.«

Sie sah ihn einfach nur an und wollte gerade etwas sagen, als Blaine plötzlich die Antwort auf seine eigene Frage einfiel.

»Außer . . . Außer, Sie haben durch die Agenten, die Sie bei Rasin einschleusen konnten, von Hassanis Plänen erfahren. Natürlich!«

»Jetzt sehen Sie endlich, was ich meine.«

»Ich sehe einen israelischen Fanatiker mit einer Waffe, die er benutzen will, weil ein militanter Iraner eine Bedrohung darzustellen scheint. Nach Rasins Auffassung verteidigt er sich nur selbst, führt einen Präventivschlag aus.«

»Aber es paßt so oder so«, erklärte Evira. »Hassani war nicht zuletzt imstande, die verschiedenen militanten Fraktionen der arabischen Welt endlich zu vereinen, weil Rasin mit seiner zunehmenden Popularität ein gewisses Symbol darstellt. Seine Gefolgschaft hat stark zugenommen, und er arbeitet nicht mehr im Verborgenen. Er gewinnt immer mehr Macht in Israel. Können Sie sich vorstellen, welche Zugeständnisse er fordern wird und welchen Preis Israel zahlen muß, sobald er und seine Partei genug Sitze im Parlament haben, daß Rasin als Königsmacher fungieren könnte? Hassani und die anderen Verrückten wollen nicht abwarten, bis sie das am eigenen Leib erfahren. Sie sind der Meinung, daß Israel vernichtet werden muß, bevor die Flutwelle zu stark geworden ist, als daß man sie noch aufhalten könnte . . .«

»Was dementsprechend Rasin wiederum den idealen Grund liefert, seine Superwaffe einzusetzen. Mein Gott, man könnte fast glauben, Hassani und die anderen würden direkt in seine Hände spielen.«

»Auf jeden Fall hat er die Waffe und den Grund, sie zu entfesseln.« Ihr Blick wurde bittend. »Verstehen Sie nun, daß ich niemandem mehr vertrauen konnte? Hassanis Leute haben meine Organisation unterwandert, und auch Rasins Leute haben es auf mich abgesehen. Sie waren meine einzige Hoffnung. Und jetzt sagen Sie mir, daß Sie an meiner Stelle nicht dasselbe getan hätten!«

»Nein. Es gibt eine Vereinbarung, die sich in Ihrem Teil der Welt noch nicht herumgesprochen zu haben scheint. Wir lassen unsere Familien aus dem Spiel. Wir vergreifen uns niemals an Familienangehörigen.«

»Unser Leben steht immer an der Schwelle der Vernichtung. Das gilt auch für Israel. Ich hasse die Militanten nicht weniger als Sie. Ich werde Hassani töten. Ich will, daß er aufgehalten wird, genauso, wie ich will, daß Rasin aufgehalten wird. Nur so können wir abwenden, was beide für uns vorgesehen haben.«

»Aber wenn Sie deren Methoden benutzen, sind Sie auch nicht besser als sie.« Blaine hielt inne und betrachtete sie mit kaltem Blick. »Sagen Sie mir, was geschehen wird, wenn ich von diesem Tisch aufstehe und gehe.«

Evira zögerte nur kurz. »Ihr Sohn wird sterben.«

7

Colonel Ben-Neser stand nervös in dem Laden mit offener Fassade gegenüber von dem Andenkengeschäft. Von Porzellanfiguren verdeckt, warf er einen Blick über die Straße. Seine verbliebene Hand ballte sich zur Faust und öffnete sich wieder. Evira war kaum dreißig Meter von ihm entfernt. Ein schneller Spurt über die Straße, und er konnte sie persönlich ausschalten. Zum Teufel mit den Komplikationen! Warum brachte er es nicht hinter sich?«

Aber der Amerikaner, mit dem Evira sich traf, war und blieb

eine unerwartete Komplikation. Es war schon schlimm genug, daß der Colonel eine von keiner vorgesetzten Stelle gebilligte Operation eingeleitet hatte. Doch falls ein Amerikaner, ob nun unschuldig oder nicht, dabei draufgehen sollte, würden die politischen Folgen Ben-Nesers Karriere kosten.

Das hieß, was davon noch geblieben war. Er war ein geborener Soldat und Bürokrat. Er stammte aus einer traditionsreichen Kriegerfamilie und hatte sich 1967 im Sechs-Tage-Krieg als Infanterist dieses Erbes als würdig erwiesen. Sechs Jahre später hatte der Yom-Kippur-Krieg ihn als heldenhaften Offizier gesehen, aber gleichzeitig auch seine Laufbahn vorzeitig beendet. Er verfolgte gerade fliehende Soldaten, als plötzlich ein Junge vorsprang und eine Granate warf. Während die Aufmerksamkeit seiner Männer auf den davonlaufenden Jungen gerichtet blieb, konzentrierte Ben-Neser sich auf die Granate. Er wußte augenblicklich, daß seine Einheit nur überleben würde, falls es ihm gelang, sie zurückzuwerfen. Er hatte die Granate gerade gepackt und wollte sie davonschleudern, als sie detonierte. Der Colonel hatte seine Männer gerettet, doch von seinem Arm waren nur ein paar Sehnen geblieben, die aus dem Schultergelenk hingen.

Die Rehabilitationsphase hatte lange gewährt, und Ben-Neser hatte die Benutzung einer Prothese abgelehnt und gelernt, mit nur einem Arm zu leben. Die beste Therapie war Entschlossenheit, und er konzentrierte all seine Kraft darauf, zum besten Scharfschützen Israels zu werden. Er lernte, wie man das Gewehr mit nur einem Arm ruhig hielt, und konnte die Waffe schließlich so schnell laden wie jeder Mann mit zwei Händen. Die Einsätze eines Jahrzehnts hatten schließlich zu einem einzigen Fehler geführt – ein Zivilist lief in eine Kugel, die für einen gesuchten Terroristen bestimmt war –, und er war als Kontrolloffizier zum Mossad versetzt worden, auf einen Schreibtischposten, wo er die Einsätze anderer Agenten koordinieren mußte. Bei jedem Bericht grübelte er nicht darüber nach, wie die Operation ausgeführt worden war, sondern wie *er* sie ausgeführt hätte, und seine Frustration wuchs.

Das Faß lief über, als die ersten Berichte über Evira auf seinen

Schreibtisch kamen. Durch geschicktes Taktieren schaffte er es, zum Leiter des Teams ernannt zu werden, das Informationen über sie zusammentrug, und er entwickelte geradezu eine Besessenheit, ihren geheimnisvollen, blitzschnellen Aktionen in Israel ein Ende zu bereiten. In den beiden letzten Jahren hatte er sich keiner anderen Aufgabe gewidmet, und als ein Bericht sie schließlich mit einem Laden auf dem Markt von Jaffa in Verbindung brachte, entschloß sich Ben-Neser, die interne Aktennotiz verschwinden zu lassen und sich selbst darum zu kümmern. Die mit der Sache befaßten Agenten wußten nichts von dieser Eigenmächtigkeit. Er war schließlich ihr Kontrolloffizier, und sie hatten keinen Grund, eine plötzliche Änderung der Pläne anzuzweifeln.

»Bitte melden, Colonel«, schnarrte eine Stimme in seinem Walkie-talkie.

»Ich höre Sie, Ari.«

»Alle Männer sind in Position. Wir können auf Ihr Signal eingreifen.«

Ben-Neser rief sich noch cinmal die Anordnungen in Erinnerung zurück, die er getroffen hatte, nachdem Eviras Position bestätigt worden war. Neben Ari hatte er sechs weitere Agenten zur Verfügung. Zwei davon waren auf dem Flachdach des langen, schmalen Gebäudes postiert, in dem er sich zur Zeit aufhielt; es beherbergte insgesamt wohl ein Dutzend Geschäfte. Einer hatte hinter dem Zielgebäude Stellung bezogen, für den Fall, daß Evira in diese Richtung fliehen würde. Die drei anderen befanden sich vor den kleinen Geschäften: Einer saß vor einer Decke, auf der sich billige Uhren stapelten, ein zweiter in einer Schürze verkaufte Gemüse aus einem Wagen, und ein dritter hatte sich als Kunde getarnt, der nach einer geeigneten Ware Ausschau hielt.

Der Phantomschmerz kratzte wieder an Ben-Nesers Arm. Hatte er schon den Punkt überschritten, bei dem es kein Zurück mehr gab, oder konnte er die Mission noch abbrechen? Ganz gleich, welche Folgen es für seine Zukunft haben würde. Doch er näherte sich sowieso dem Ende seiner Laufbahn und wollte unbedingt noch etwas mit sich nehmen, etwas, das über die Anonymität der Anschläge hinausging, die er in dem

Jahrzehnt verübt hatte, das er als Scharfschütze gearbeitet hatte.

Ben-Neser schaltete sein Walkie-talkie auf den Kanal um, auf dem ihn jeder seiner Agenten hören konnte. »Wir greifen auf mein Signal ein. Haltet euch bereit. Macht nur von der Schußwaffe Gebrauch, wenn es unbedingt nötig ist. Verstanden? Ich will sie lebendig haben. Das ist die erste Priorität.« Er warf einen letzten Blick über die Straße. Während ihn ein Zerren in seinem nicht nicht mehr vorhandene Arm erschaudern ließ, fuhr er fort: »Dreißig Sekunden, Leute. Auf meinen Befehl . . .«

8

»Sie haben keine Wahl, und ich auch nicht«, sagte Evira.

McCracken warf ihr über den Tisch einen Blick zu. »Hoffen Sie wirklich, an Hassani herankommen zu können? Wir sprechen hier über einen Mann, der sich so gut wie nie in der Öffentlichkeit zeigt und über den praktisch nichts bekannt ist.«

»Wir wissen so einiges. Genug. Die Untergrundbewegung in Teheran ist klein, aber gut organisiert. Sie wird mir helfen.«

»Ihn zu töten, bedeutet mit hoher Wahrscheinlichkeit auch Ihren Tod.«

Sie erwiderte seinen gefühllosen Blick. »Würden Sie nicht dasselbe tun, wenn Sie sich in meiner Lage befänden?«

»Ich bin mir noch nicht ganz sicher, in welcher Lage ich mich befinde.«

»Ich bin Araberin, und Hassani Araber. Ist es das?«

»Keineswegs.«

»Doch, Blaine McCracken, und das wissen Sie auch. Ja, ich bin Araberin, und niemand wünscht sich ein palästinensisches Heimatland mehr als ich. Ich habe den größten Teil meines Lebens auf dieses Ziel hingearbeitet.« Ihre Stimme klang plötzlich belegt. »Als die Soldaten kamen und . . . Nun, das spielt jetzt keine Rolle. Hassani spricht mit einer Sprache des Todes und der Gewalt zu meinem Volk. Er predigt die Gewalt, lebt sie geradezu. Wenn wir dieses Dogma akzeptieren, kann es selbst mit einem Heimatland niemals Frieden geben. Die Palästinenser müssen bekommen, was sie verdient haben, doch Männer wie Hassani werden es uns niemals geben. Für sie sind wir nur Werkzeuge, die sie benutzen, um ihre eigenen Ziele zu erreichen.«

»Abgesehen davon, daß es auch einen Yosef Rasin gibt«, erwiderte McCracken. »Hassani kann Ihren Traum von der einen Seite töten, Rasin von der anderen. Ein paar Fanatiker aus feindlichen Lagern streben dasselbe Ziel an.«

»Sie werden ihn finden. Sie werden ihn aufhalten.«

Blaine hätte beinahe gelacht. »Sie überschätzen mich.«

»Nein«, gab Evira wie aus der Pistole geschossen zurück. »Ich habe Ihre Karriere verfolgt, geradezu studiert. Sie werden von Idealen getrieben, und wenn die auf dem Spiel stehen, kann Sie nichts aufhalten. Ich . . . eifere dem nach. Von Anfang an. Ich habe mir all Ihre Akten besorgt. Ich habe alles gelesen, was der israelische und der ägyptische Geheimdienst über Sie wissen.«

»Hauptsächlich Lügen und Übertreibungen.«

»Ich hoffe um Ihres Sohnes willen, daß das nicht wahr ist.«

Als Colonel Ben-Neser bis fünf gezählt hatte, sah er, wie zwei Jeeps, beide vollbesetzt mit israelischen Soldaten, am Oley Tsiyon, wo sich der Flohmarkt nach links in eine Gasse erstreckte, am Straßenrand hielten.

»Position halten!« befahl er seinen Männern. Da diese Mission nicht gebilligt war, war das Gebiet auch nicht abgeschottet worden. Die Armee hatte keine Ahnung, was hier vor sich ging. »Ari, bitte melden«, bellte er in sein Walkie-talkie.

»Ich höre Sie, Sir.«

»Sehen Sie es auch?«

»Eine Routinepatrouille.«

»Außerplanmäßig, verdammt! Ich habe die Einsatzbücher überprüft.«

»Sie sind hier, Commander. Wir müssen abbrechen.«

»Nein! Das können wir nicht. Dann verlieren wir Evira vielleicht für immer!«

»Also, Sir?«

Ben-Neser beobachtete, wie die Soldaten aus den Jeeps stiegen und sich gemächlich streckten. Ihre automatischen Gewehre hielten sie für den Notfall jedoch in Reichweite.

»Gehen Sie zu ihnen«, befahl der Colonel. »Gehen Sie zu ihnen und identifizieren Sie sich. Aber unauffällig. Niemand darf merken, was vor sich geht. Sagen Sie ihnen, sie sollen zum Teufel noch mal verschwinden.«

»Es sind Soldaten. Sie könnten Fragen stellen.«

»Nicht dem Mossad. Dem Mossad werden sie keine Fragen stellen.« Ben-Neser schwang sein Fernglas schnell zu dem Andenkenladen zurück. »Gehen Sie zu ihnen, Ari. Tun Sie, was ich sage.«

Sekunden später tauchte Ari aus einem zentral gelegenen Juweliergeschäft auf. Er bahnte sich den Weg über den Bürgersteig, auf dem sich die Menschen drängten, auf die Soldaten zu, die sich gerade von ihren Jeeps zu entfernen begannen. Er trat an den Offizier heran, der die Mütze des Gruppenführers trug. Ari lächelte, ganz wie ein Tourist, das Hemd aus der Hose, der Gang schlacksig. Ben-Neser sah, wie Ari sich identifizierte, als die beiden kaum einen Meter voneinander entfernt waren, und der Offizier seinen Anweisungen nachzukommen schien. Er hob eine Hand, und die Soldaten hielten in ihrem Vormarsch auf den Platz inne.

Na also, verdammt, na also!

Der Offizier drehte sich langsam um. Ben-Neser wollte sich schon entspannen, als der Offizier plötzlich herumwirbelte, Kampfstellung einnahm und das Gewehr genau auf Ari richtete. Die kurzen Salven klangen wie Hammerschläge auf Nägel, und Aris Körper wurde zurückgeworfen. Blut schoß aus den Löchern in seiner Brust.

»Mein Gott!« Mehr konnte Ben-Neser nicht sagen. In seiner Hand fühlte er das schweißnasse Plastik des Walkie-talkies. Irgendwo in seinem Verstand nahm er den Anblick der Männer auf, die unmöglich Soldaten sein konnten und sich auf dem überfüllten Platz ausbreiteten, auf dem plötzlich nackte Panik herrschte. In diesem Augenblick vergaß er Evira völlig, dachte nur an Ari, einen Freund und Soldaten, der wegen ihm und seiner verdammten Besessenheit tot auf dem Boden lag.

Das Walkie-talkie war nun an seinen Lippen. Er hörte, wie er hineinsprach, und bildete die Worte erst im letzten Augenblick, bevor sie über seine Lippen kamen.

»Das sind keine Soldaten! Holt sie euch!« befahl er.

»Schüsse!« rief Blaine und sprang von seinem Stuhl auf.

»Warten Sie!« Evira tastete nach einer der Pistolen in einer Schublade, die während ihres Gesprächs offengestanden hatte. »Nehmen Sie die.«

Sie war an seiner Seite, als sie in das Geschäft zurückliefen, und drückte ihm die Waffe in die Hand. Draußen stürmten in Panik geratene Passanten vorbei oder prallten gegen Waren, die auf dem Bürgersteig ausgestellt waren. Blaine und Evira blieben hinter dem Türrahmen stehen und sahen hinaus. Sie erblickten das nackte Chaos. Eine kleine Gruppe Bewaffneter, die wie Händler gekleidet waren, hatten das Feuer gegen zwei Jeepladungen uniformierter Soldaten eröffnet. Dic Kugeln der Soldaten rissen gnadenlose Lücken in die Menge, und ihr Feuer wurde crst schwächer, als Kugeln von Heckenschützen auf dem Dach des Gebäudes gegenüber ihres Ladens auf sie herabregneten.

»Sind das Ihre Leute?« fragte Blaine.

»Nein! Ich habe keine Ahnung, wer sie sind! Ich schwöre es! Kommen Sie, verschwinden wir schnell!«

Mit den Pistolen in den Händen tauchten sie unter den über dem Eingang hängenden Lederhandtaschen hinweg und ließen sich von der Menge mitzerren.

Colonel Ben-Neser dachte überhaupt nicht mehr, beobachtete nur noch und reagierte darauf. Er hatte seine Pistole gezogen und stürmte aus der Deckung des Geschäfts auf den Bürgersteig. Er hatte gesehen, wie zumindest drei der Feinde den Kugeln seiner Gewehrschützen auf dem Dach zum Opfer gefallen waren. Doch die falschen Soldaten hatten sich hinter die Deckung ihrer Jeeps zurückgezogen und deckten das Dach mit einem wahren Kugelhagel ein. Nach Ari war auch sein

Agent mit der Schürze dem gezielten Feuer des Feindes erlegen, das einsetzte, nachdem Ben-Neser den Befehl zum Eingreifen gegeben hatte. Jedesmal, wenn eine Kugel einen seiner Männer fand, glaubte er, selbst getroffen worden zu sein. Das war seine Schuld, verdammt, *seine* Schuld!

Über ihm fand einer der Scharfschützen ein klares Ziel in einem weiteren Soldaten, doch die anderen jagten blindwütig eine Salve nach der anderen zu ihm hinauf und trafen ihn. Der Mann wurde zurückgerissen, während der zweite Scharfschütze die vermeintlich gute Gelegenheit ergriff und sich lange genug zeigte, um zielen zu können. Doch das Feuer der Soldaten ließ nicht nach. Kugeln schlugen in den zweiten Mann ein und warfen seine Leiche vom Dach. Ein Dutzend Meter vor Ben-Neser schlug er auf der Straße auf.

»Scheißkerle«, stöhnte der Israeli in ohnmächtiger Wut auf.

In diesem Augenblick erreichte ihn die Menge, und Ben-Neser wurde wie eine Puppe von ihr mitgerissen. Ein harter Schlag auf seinen Arm riß ihm die Pistole aus der Hand, und er bückte sich, um inmitten des Meers stampfender Füße danach zu tasten.

Diese Bewegung rettete ihm das Leben.

Die falschen Soldaten hatten ihr Feuer auf die Menge gerichtet. Diese Schlächter! Natürlich kamen nun, nachdem die Scharfschützen ausgeschaltet waren, die einzigen Schüsse von Männern, die sich unter den Passanten verborgen hatten. Also hatten sie auf das offensichtlichste, aber auch barbarischste Vorgehen zurückgegriffen. Sie mußten gekommen sein, um Evira zu schützen, überlegte er mit einem schuldbewußten Frösteln. Und mit der Anweisung an Ari, sie fortzuschicken, hatte er ihnen sein Team auf dem Präsentierteller geliefert.

Über ihm kamen Passanten zu Fall, während der Rest der Menge in Panik floh. Zwei seiner verbliebenen Männer hatten mittlerweile auf dem Platz Stellung bezogen und sahen, in welche Richtung die falschen Soldaten feuerten. Um zu retten, was es noch zu retten gab, lösten sie sich aus der Menge und liefen auf die Mitte des Platzes, um die Kugeln auf sich zu ziehen.

Ben-Neser hatte seine Pistole gefunden und richtete sich auf dem Ellbogen über zwei Touristen auf, die beide dem Tode nahe waren. Er schoß ein volles Magazin ab, während die falschen Soldaten die beiden Agenten auf dem Platz und einen dritten niedermähten, der um die Ecke des letzten Gebäudes am Platz gelaufen kam. Damit war Ben-Neser als letzter übrig.

»Ihr Arschlöcher!« schrie er, während er auf die Füße sprang und ein neues Magazin einlegte. Er stürmte vor, rannte durch den Rest der Menge, und die Pistole schien in seiner Hand zu glühen.

Er fühlte einen heißen Schmerz in dem Arm, der nicht mehr vorhanden war, und einen Augenblick lang erinnerte er sich an den Tag auf der Westbank, da er ihn verloren hatte. Der Phantomschmerz wurde von der gleichen Qual ersetzt, die er empfunden hatte, als die Granate in seiner Hand explodierte, und erneut stürzte er ins Nichts. Doch diesmal würde ihn nichts mehr herausziehen.

Evira und Blaine hatten vorgehabt, sich vor dem Laden nach links zu wenden und in dem Chaos zu verschwinden. Doch plötzlich standen sie unmittelbar vor einem Mann, der, eine Pistole schwingend, durch die Menge auf sie zukam.

»Der Mossad!« schrie Evira, und augenblicklich wirbelten sie herum und stießen in das Zentrum des Chaos vor, das sich auf dem Marktplatz ausgebreitet hatte.

Die Panik trieb die Menschen in alle Richtungen auseinander, und die beiden ließen sich mitreißen. Überall auf der Straße lagen Waren, die die Händler auf ihrer heillosen Flucht im Stich gelassen hatten, und einigen Passanten gelang es tatsächlich noch, sich zu bücken und den einen oder anderen reizvollen Gegenstand aufzuheben. Die Beweglichkeit der Menge wurde weiterhin durch Dutzende von Wagen eingeschränkt, die die Straße verstopften. Zahlreiche Fenster und Windschutzscheiben waren von Kugeln durchsiebt worden, und die meisten Fahrer kauerten sich aus nackter Angst um ihr Leben unter ihre Armaturenbretter.

Als die Soldaten das Feuer plötzlich und unerwartet auf die

Menge richteten, warfen sich Blaine und Evira gemeinsam zu Boden.

»Was zum Teufel hat das zu bedeuten?« brüllte Blaine außer sich vor Wut und umklammerte die Beretta, die Evira ihm gegeben hatte.

»Das sind keine Soldaten!«

»Das merke ich auch! Aber wer sind sie dann? *Wer?*«

»Keine Ahnung!«

Kugeln schlugen weiterhin über ihnen ein, während hinter ihnen der Mossad-Agent, vor dem sie geflohen waren, geradewegs auf die Soldaten zulief. Er schoß zwar noch immer, doch sein Magazin war schon längst leer. Im selben Augenblick, da er von den Kugeln zurückgeworfen wurde, erhob sich auf der anderen Straßenseite ein Schrei.

»Ihr Arschlöcher!«

Ein einarmiger Mann stürmte auf die letzten drei Soldaten zu. Es gelang ihm, sechs Schüsse abzugeben, bevor ihn eine Kugel zu Boden warf. Beim Sturz verlor er seine Pistole, doch irgendwie brachte er noch die Kraft auf, zu ihr zu kriechen, während die uniformierten Gestalten ihre Deckung verließen, um ihn zu erledigen.

»Kommen Sie!« drängte Evira und zerrte an McCrackens Arm. »Jetzt können wir von hier verschwinden!«

»Noch nicht«, war alles, was Blaine sagte, während er sich losriß und auf die Straße kroch.

Colonel Yuri Ben-Neser wußte, daß er tot war. Wie in Zeitlupe sah er, wie die drei uniformierten Gestalten ausschwärmten und ihre Gewehre auf ihn richteten. Er würde nicht die Augen schließen, würde nicht abwarten, bis sie ihn töteten. Die Pistole lag ein Stück außerhalb seiner Reichweite, und er robbte darauf zu, wobei bei jeder Bewegung über den Bürgersteig Schmerz in seiner Schulter explodierte.

Seine Finger berührten gerade den schweißnassen Griff der Pistole, als sein Blick auf eine Gestalt fiel, die sich schemenhaft unmittelbar vor ihm und direkt neben den drei uniformierten Soldaten erhob.

Das ist keiner meiner Agenten, dachte Ben-Neser, während der Mann seine Pistole in Anschlag brachte und das Feuer auf die drei falschen Soldaten eröffnete. Sie wollten es erwidern, doch da war der Mann schon wieder in Bewegung. Er sprang zur Seite, warf sich zu Boden und rollte sich ab, ohne sein Feuer einzustellen.

Seine Kugeln schienen die falschen Soldaten alle auf einmal, fast gleichzeitig, zu treffen. Er schoß weiter, bis sie zusammenbrachen, und nicht mehr als ein oder zwei seiner Schüsse hatten das Ziel verfehlt.

Ben-Neser glaubte zu träumen; oder vielleicht war ein Schutzengel auf die Erde geschickt worden, um ihn zu retten. Kein Mensch konnte so genau schießen. Und doch war es ein Mensch, der sich über ihn beugte und nach seinem Puls fühlte.

»Sie kommen wieder in Ordnung«, sagte eine Stimme, die zu der Gestalt zu gehören schien, und Ben-Neser wurde ohnmächtig, bevor er sagen konnte, wie sehr er das bezweifelte.

8

Das Zimmer, in das Evira sie führte, befand sich in einer Mietskaserne, die nahe genug am Flohmarkt lag, daß sie das ständige Plärren der Sirenen der eintreffenden Rettungsfahrzeuge hören konnten. Es war nur spärlich eingerichtet: ein Einzelbett, zwei Stühle mit fleckigen Polstern, ein Kühlschrank, ein Ofen, ein kleiner Küchentisch, ein Waschbecken. Die sanitären Anlagen im Gebäude waren auf zwei Einrichtungen pro Etage beschränkt, eine für jedes Geschlecht.

Evira schloß die Tür hinter ihnen ab.

»Wir haben nur wenig Zeit«, sagte sie. »Ich muß bald aufbrechen. Nach Teheran. Um mir Hassani zu holen.«

Evira setzte sich auf den Stuhl neben dem Fenster. Blaine nahm den fleckigen, rostbraunen ihr gegenüber. Irgendwann einmal, so vermutete er, hatte der Stoff wahrscheinlich übereingestimmt, doch nun war ein Stuhl von der Sonne ausgebleicht, während der andere einen Rest seiner ursprünglichen Farbe behalten hatte.

»Wenn der Mossad hinter Ihnen her ist, Lady«, erwiderte er, »können Sie von Glück sprechen, dieses Land überhaupt noch einmal zu verlassen.«

Sie zuckte die Achseln. »Um den Mossad mache ich mir weniger Gedanken als um Rasin. Er muß diese falschen Soldaten geschickt haben. Er hat meine Organisation tiefer unterwandert, als ich dachte.«

»Wovon sprechen Sie?«

»Er hat mich durch Sie gefunden.«

»Dann haben Sie ein zweischneidiges Problem: Rasin und den Mossad. Damit wird das auch zu meinem Problem.«

»Ja, aber es wird einige Zeit dauern, bis sich das Chaos auf dem Marktplatz gelegt hat. Das wird uns die Zeit geben, die wir brauchen.«

»Ihnen vielleicht, aber was ist mit mir? Wenn dieser Einarmige mich nicht auf der Stelle erkannt hat, wird er ein Phantombild von mir anfertigen lassen. Hier gibt es eine Menge Akten über mich. Sie haben die meisten davon gelesen, wissen Sie noch?«

»Ich sage Ihnen, was Sie wissen müssen. Sie müssen schnell handeln . . .«

»Tut mir leid, Lady, so einfach ist das nicht. Das war nicht Teil unseres Handels. Wenn die Israelis mich erwischen, ist mein Sohn in den Arsch gekniffen . . .«

»Sie werden das Land verlassen haben, bevor man überhaupt nach Ihnen sucht.«

»Sie haben mich nicht zu Ende sprechen lassen. Sie haben gerade selbst eingestanden, daß Ihre Organisation tiefer unterwandert ist, als Sie dachten. Wie tief? Vielleicht sogar bis zu Fett hin? Sie haben gesagt, die Soldaten hätten Sie durch mich gefunden. Denken Sie doch mal nach! Was ist, falls Fett für Rasin arbeitet? Was, falls er die ganze Sache arrangiert hat, um Sie an die Oberfläche zu spülen?«

Sie sah ihn an, erwiderte aber nichts darauf.

»Dann hielte Rasin meinen Sohn als Geisel, nicht Sie.«

Sie dachte schnell nach. »Fett hat den Jungen noch. Ich weiß, wo er ist. Ich treffe alle nötigen Vorkehrungen. Ihm wird nichts passieren. Ich verspreche es Ihnen.«

»Und das soll mir genügen? Wenn Sie den Jungen nicht haben, besteht für mich kein Grund, mich mit Ihnen abzugeben.«

»Aber falls Sie recht haben sollten, bin ich die einzige, die Ihnen helfen kann, ihn zurückzubekommen. Das wissen Sie ganz genau. Ich habe gelernt, niemandem zu vertrauen, genau wie Sie. Fett weiß nicht, daß ich ihn beobachten lasse. Ich kann den Jungen von ihm wegschaffen lassen. Sie *müssen* mir glauben.«

»Ich will gern glauben, daß Sie es versuchen werden, aber das heißt nicht viel, solange diese beiden mordlüsternen Frauen noch durch die Gegend laufen, die vielleicht für Rasin arbeiten. Wir ziehen die Sache also folgendermaßen auf. Ich schicke einem alten Freund von mir in den Staaten eine Nachricht und erkläre ihm, was hier vor sich geht. Falls mir etwas zustoßen sollte und der Junge nicht wieder in Reading auftaucht, wird er sich an Ihre Fersen heften. Er wird Ihre *gesamte* Organisation ausschalten. Diesen Mann würde ich nicht auf meinen schlimmsten Feind hetzen . . . wohl aber auf eine Bande von Kindesentführern.«

»Ist er so gut?«

»Lady, im Vergleich zu ihm bin ich ein grüner Junge.«

Sie nickte; ihr war gerade etwas anderes in den Sinn gekommen. »Hätte er wie Sie auch alles riskiert, um diesen Einarmigen zu retten?«

»Ja, und er hätte dabei nicht so viele Kugeln benötigt wie ich.«

»Das war ein äußerst dummer Zug. Sie hätten dabei draufgehen können. Was wäre dann aus Ihrem Sohn geworden?«

»Ehrlich gesagt habe ich gar nicht darüber nachgedacht. Jemand sollte vor meinen Augen abgeschlachtet werden. Nur das spielte in diesem Augenblick eine Rolle.«

»Ich habe gehört, daß Sie so denken«, murmelte sie nachdenklich. »Aber es mit eigenen Augen zu sehen, Sie in Aktion zu sehen . . .«

»Sie brauchen mir keinen Honig um den Bart zu schmieren. So bin ich nun mal, und so handle ich. Verdammt, *Sie* haben mich doch gezwungen, mit Ihnen zusammenzuarbeiten. Sie kennen meine Philosophie. Das Leben eines einzigen Menschen ist für mich genauso wichtig wie das einer Million.«

»Das weiß ich. Aber der Grund ist mir nicht ganz einsichtig.«

Blaine wollte lächeln, hielt dann jedoch inne. »Matt hat mir gestern ziemlich ähnliche Fragen gestellt. Ich habe ihm nicht die ganze Wahrheit darüber gesagt, was sein Daddy im Krieg so alles getan hat. Ich habe ihm die übliche Geschichte über das Projekt Phoenix erzählt und dabei geflissentlich die Tatsache ausgelassen, daß viele der Menschen, die wir getötet haben, den Tod nicht verdient hatten. Es waren einfach unschuldige Opfer, die zufällig am falschen Ort waren, als unsere Bomben hochgingen oder unsere Heckenschützen zuschlugen. Was interessierte uns das? Unsere Philosophie bestand darin, auf jeden Fall zu gewinnen, und wenn alle auf diese Art gekämpft hätten, hätten wir vielleicht den Sieg davongetragen. Ich war dabei, aber nicht allzu lange, und als ich Vietnam verließ, schwor ich mir, nie wieder ein unschuldiges Leben zu nehmen.« Blaines Blick wurde kalt. »Deshalb arbeite ich zwar mit Ihnen zusammen, aber meinen Respekt werden Sie nie bekommen. Sie haben eine Grundregel gebrochen, indem Sie den Jungen entführten . . . die *einzige* Regel.«

Sie lehnte sich abrupt auf ihrem Stuhl vor. »Möchten Sie gern mal meine Sicht der Dinge hören, Mr. Blaine McCracken? Vor dem Krieg 1973 wohnte ich in einem der schönsten Häuser auf der West Bank. Mein Vater war Geschäftsmann und ein örtlicher Politiker. Wir hatten nichts gegen die Israelis. Wir lebten friedlich und ohne jeden Zwischenfall zusammen. Selbst als der Krieg kam, ergriffen wir keine Partei. Meine Brüder brachten den israelischen Soldaten in unserer Nähe Wasser und Früchte.

Doch als die Israelis den Sieg errungen hatten, kamen weitere Soldaten – oder vielleicht dieselben, denen meine Brüder Lebensmittel gebracht hatten – mit dem Befehl der Regierung zu uns, unseren Besitz zu annektieren. Wir wurden auf die Straße gesetzt und mußten in einem Zelt leben. Unser

Land war jetzt ein besetztes Gebiet. Von dem Zelt aus konnten wir das große Haus sehen, in dem wir versucht hatten, in Harmonie mit unseren Nachbarn zu leben.«

»Also hassen Sie die Israelis für das, was sie getan haben. Führen Sie deshalb Ihren Kreuzzug?«

»Zuerst schon, glaube ich. Ich verließ mit achtzehn Jahren meine Familie und ging in den Libanon, in eins der Ausbildungslager für Terroristen. Mich erfüllte weniger Haß als das verzweifelte Bedürfnis, etwas zu unternehmen . . . was, wußte ich selbst nicht genau. Wahrscheinlich wollte ich anfangs auf Gewalt zurückgreifen, doch das änderte sich. Verstehen Sie, mein Vater war noch immer Politiker, Diplomat. Er hatte noch immer Kontakt mit den Israelis und versuchte in diesen frühen Jahren, mit Verhandlungen das Schicksal seiner vertriebenen Landsleute zu verbessern. Es bildeten sich unterschiedliche Gruppierungen. Die Militanten sahen in ihm einen Kollaborateur. Er wurde fast zu Tode geprügelt und mußte fliehen. Und wissen Sie, was das Schlimmste daran war? Schließlich lieferten ihn meine eigenen Brüder aus . . .«

McCracken runzelte die Stirn.

»Sie gehen davon aus, daß ich die Israelis hasse, Blaine McCracken. Vielleicht stimmt das auch. Doch ich hasse die Palästinenser aus genau denselben Gründen. All die Jahre des Blutvergießens in den besetzten Gebieten haben nur meinen Haß auf das gesamte System verstärkt, und darauf, wie gewisse Gruppen darauf reagieren. Gewehre sind nicht die Antwort; soviel hat sich bereits gezeigt. Der Frieden läßt sich nur von innen heraus erreichen; die israelischen Araber müssen sich organisieren und eine selbstbewußte, starke Stimme erheben, aber so, daß die jüdischen Bürger uns verstehen und akzeptieren können und nicht mehr ablehnen. Die Radikalen werfen mir vor, daß meine Methode zu lange braucht, um irgend etwas erreichen zu können. Aber in dieser Gegend herrscht schon seit zweitausend Jahren Gewalt, und wohin hat uns das geführt?

Ja, ich bin als Terroristin ausgebildet worden, doch ich habe geschworen, diese Fähigkeiten nur einzusetzen, um mein Leben zu schützen, denn sonst würde ich mich auf die Ebene begeben, die ich am meisten hasse.«

»Doch aus irgendeinem Grund haben Sie es sich anders überlegt. Sie haben sich entschlossen, Ihre terroristische Ausbildung einzusetzen, um an Hassani heranzukommen.«

Sie musterte ihn genau. »Ich hatte keine andere Wahl. Die Art meines Vorgehens wurde mir von außen diktiert. Wir haben uns vor einem Monat an Sie gewandt. Als Sie sich weigerten, mit uns Kontakt aufzunehmen, wandte ich mich an Fett, der über einen Informanten in Dejourners Organisation von der Existenz Ihres Sohnes erfuhr.«

»Na schön. Also lassen Sie mich an die Arbeit gehen, damit ich den Jungen zurückbekomme. Wo soll ich mit meiner Suche nach Rasin anfangen?«

Evira lehnte sich zurück, und das Sonnenlicht fiel auf ihr dunkles, scharfgeschnittenes Gesicht. Sie kam ihm plötzlich sehr jung vor, fast sogar unschuldig; ihr langes Haar fiel um ein Gesicht, das in diesem Augenblick einem Schulmädchen hätte gehören können.

»Es gibt einen Mann namens Moshe Traymir«, sagte sie, »ein Soldat, der an den Massakern in den Flüchtlingslagern im Libanon mitgewirkt hat. Er wurde vors Kriegsgericht gestellt und unehrenhaft entlassen, doch Rasin heuerte ihn als Leibwächter an. Meine Leute haben beobachtet, wie sie das Land mehrere Male gemeinsam verließen. Wenn jemand weiß, wo sich Rasin verborgen hält, dann Traymir.«

»Wo kann ich ihn finden?«

»Er hat mittlerweile eine Arbeit angenommen, die genau zu ihm paßt. Er ist Tierwächter im Safari-Park in Ramat Gan.«

Colonel Yuri Ben-Neser ging auf dem Weg zum Atarim-Platz langsam die Tayelet entlang. Seine linke Schulter war dick bandagiert, und sein Phantomschmerz war mit dieser neuen Verletzung nur noch stärker geworden. Es war keine zehn Stunden her, daß sein Versuch, Evira zu fassen, in einer Katastrophe geendet hatte. Ben-Neser hatte sich verhalten, wie es der Soldat in ihm befahl. Nachdem er aus dem Krankenhaus entlassen worden war, hatte er über die richtigen Kanäle alles gemeldet und alles gestanden. Nun erwartete ihn der Verlust seines Rangs, vielleicht sogar eine Haftstrafe. Doch diese Aussicht belastete den Colonel nicht so sehr wie das Schicksal seines Teams. Sechs Mann waren auf dem Flohmarkt gestorben, und der siebente würde die Nacht wohl nicht überleben.

Am Atarim-Platz liegen zahlreiche Cafés, Imbißstuben und Restaurants; jedes davon wies eine ganz eigene Atmosphäre auf und bot Speisen der unterschiedlichsten Qualität an. Normalerweise erreichte man den Platz, der zwischen den Hotels Carlton und Mariah direkt über dem Ufer des Mittelmeers lag, über die HaYarkon Street. Ben-Neser jedoch hatte die langgezogene Asphaltpromenade der Tayelet gewählt; das Rauschen der Brandung unter ihm beruhigte ihn. Verglichen mit der Macht und Größe des Meeres war er ein Nichts, und das galt auch für das, was heute in Jaffa geschehen war.

Der Mossad war natürlich ganz anderer Meinung. Der Gründer des Mossad hatte den Namen Isser getragen, den daraufhin auch alle seine Nachfolger angenommen hatten. Im Gegensatz zu ihren Kollegen anderer Geheimdienste nahm die Führungsspitze des Mossad Anteil an den Geschicken ihrer Organisation und Agenten. Der Mossad wurde nicht von Politikern oder Bürokraten geführt, sondern in erster Linie von Männern, die Erfahrungen im Außeneinsatz hatten und ihre Aufgabe stets unter diesem Blickwinkel sahen. Ben-Neser hoffte, daß diese Einstellung für ihn sprechen würde. Das war seine einzige Hoffnung.

Isser wartete an der vereinbarten Stelle auf ihn, an einem Tisch unter dem blauen Baldachin des größten Cafés am Atarim Square. Der Tisch lag nicht etwa geschützt in einer Ecke, doch alle anderen um ihn herum waren leer. Isser nippte an einem Getränk, bei dem es sich entweder um Sodawasser oder einen Longdrink handelte. Ben-Neser spürte, wie sein Herz unwillkürlich schneller schlug, als er zu ihm trat.

Isser war ein kleiner Mann mit breitem Brustkorb und drohend blickenden blauen Augen. Sein Haar war an den Seiten ungewöhnlich dicht, auf dem Schädel jedoch beträchtlich dünner. Seine kräftigen Unterarme lagen auf dem Tisch; unter einem ruhte ein Schnellhefter. Er nahm von Ben-Neser erst Notiz, als der Einarmige direkt vor ihm stand.

»Setzen Sie sich, Yuri.«

Ben-Neser kam der Aufforderung steif nach. Alle Worte, die er zu seiner Verteidigung vorbereitet hatte, entglitten ihm, und er schnappte nach Luft.

»Sie fragen sich wahrscheinlich, warum ich Sie gebeten habe, sich mit mir persönlich zu treffen.«

Ben-Neser schnappte immer noch nach Luft.

»Es wird keine Untersuchung dieses Vorfalls geben, Yuri, keine formelle Anhörung. Die Sache bleibt zwischen uns. Ist das klar?«

Ben-Neser nickte. Er fühlte eine kleine Hoffnung in sich emporsteigen.

»Ich habe den Bericht über den Zwischenfall am heutigen Nachmittag gelesen. Ich werde Ihnen keine Vorwürfe machen. Sie wissen, daß Sie eigenmächtig gehandelt haben, und sind sich über die Folgen im klaren. Aber hinter dieser Sache steckt mehr, als Sie ahnen.«

Ben-Neser musterte den Mossad-Chef, der die Vergrößerung eines Fotos aus dem Schnellhefter unter seinem Arm zog.

»Ist das der Mann, der Ihnen das Leben gerettet hat und den Ihre Männer zuvor mit Evira zusammen beobachtet haben?«

Ben-Neser konzentrierte sich in dem spärlichen Licht auf das schwach lächelnde, bärtige Gesicht und erkannte es augenblicklich.

»Ja, aber woher haben Sie . . .«

»Dieser Mann wurde identifiziert, als er heute morgen mit einem El Al-Jet aus London eintraf. Er ist ein ehemaliger amerikanischer Agent, der in vergangenen Jahren bei einer Reihe von Operationen äußerst eng mit uns zusammengearbeitet hat.«

»Ein ehemaliger Agent?«

»Einzelheiten sind zu diesem Zeitpunkt unwichtig. Sein Name steht unter dem Foto.«

Ben-Neser sah hinab und las ihn laut vor. »Blaine McCracken . . .«

»Das klingt ganz so, als würden Sie ihn kennen, Yuri.«

»Er kam mir bekannt vor. Ja, ich hätte mich sofort erinnern müssen. Ich habe 1973 mit ihm zusammengearbeitet. Während des Yom-Kippur-Kriegs war ich eine Weile seiner Einheit zugeteilt.«

»Ja«, schnarrte Isser ironisch, »er ist in jeder Hinsicht ein Held unseres Landes.«

»Was hat er dann mit der meistgesuchten arabischen Agentin in Israel zu schaffen?«

»Eine interessante Frage.«

»Sie haben sich nicht über seine Vergangenheit ausgelassen. Ist es möglich, daß man ihn umgedreht hat?«

»Sie haben mit ihm gearbeitet, Yuri. Was glauben Sie?«

»Ich habe mit ihm gearbeitet, Isser. Das heißt nicht, daß ich ihn auch kenne. Wie ich mich erinnere, war er ein Einzelgänger, ruhelos, gewohnt, zu bekommen, was er wollte. Wenn er sich mit Evira traf, hatte er seine Gründe dafür.«

»Eine offensichtliche Schlußfolgerung«, versetzte Isser und schob seinen Drink zur Seite. Die Limonenscheiben im Glas sanken allmählich am schmelzenden Eis vorbei nach unten. »Bauen Sie darauf auf.«

»Das . . . kann ich nicht. Es gibt zuviel, was ich nicht weiß.«

»Dann will ich Ihnen helfen. Was vermuten Sie bezüglich der ›Soldaten‹, an die Ihre Männer auf dem Marktplatz geraten sind?«

»Sie haben sich nur als Soldaten verkleidet. Sie waren zu Eviras Schutz dort. Vielleicht hat man uns entdeckt, und sie griffen ein.«

»Es waren alles Israelis, Yuri«, sagte Isser geradeheraus. »Alle wegen disziplinärer Vergehen aus der Armee entlassen. Ausgestoßene vielleicht, aber nichtsdestotrotz Israelis.«

»Was? Das ist doch verrückt! Israelis, die Israelis töten? Das ergibt keinen Sinn.«

»Denken wir noch einen Schritt weiter. Warum sollte Blaine McCracken, der Mann, mit dem sich Evira getroffen hat, sein Leben riskieren, um Sie zu retten, wenn diese Leute wirklich zu Evira gehörten?«

»Aber wenn es nicht Eviras Leute waren . . . wer waren sie dann?«

»Das ist des Pudels Kern, Colonel.«

»Mein Gott, sie müssen von jemandem geschickt worden

sein, der Evira auf wesentlich brutalere Art und Weise ausschalten wollte, als wir es geplant hatten. Aber von wem, Isser, von wem?«

»Von jemandem, der auf solche Männer zurückgreifen kann, Yuri. Jemand in unserer Regierung. Eine Schattenarmee, eine Schattenbewegung, die es aus irgendeinem Grund auf Evira abgesehen hat. Wir können es uns nicht leisten, daß sich diese Bewegung noch weiter ausbreitet, als es schon der Fall ist.« Issers Stimme wurde hart, und die Muskelbänder in seinen Unterarmen schienen zu pochen. »Damit stellen Sie eine schwache Stelle in unserer Organisation dar, Colonel, eine schwache Stelle, die beseitigt werden muß, bevor sich jemand mit Ihrer Hilfe Zugang zu unserer Organisaton verschaffen kann. Ich sehe mich gezwungen, Sie Ihres Dienstgrades zu entkleiden, als Strafmaßnahme wie aus Notwendigkeit . . .«

Und als Isser fortfuhr, wünschte sich Ben-Neser, Blaine McCracken hätte sich gar nicht erst die Mühe gemacht, ihn zu retten.

Der Donnerstagabend war den frühen Morgenstunden des Freitags gewichen, als Moshe Traymirs Schicht im Safari-Park und Zoologischen Zentrum im Tel Aviver Stadtteil Ramat Gan begann. Seine Wohnung lag nur ein paar Blocks vom Zoo entfernt, und wie an den meisten Abenden trat er seinen Dienst leicht betrunken an. Nur durch das Trinken wurde er mit der Schande fertig, die im Gefolge der Massaker von Beirut über ihn gekommen war. Traymir hatte die Prozesse stumm, aber mit kochender Wut über sich ergehen lassen. Nicht, daß er unschuldig gewesen wäre; keineswegs. Aber er und die anderen dienten als Sündenböcke, und sie konnten nichts dagegen unternehmen, nicht einmal die Wahrheit sagen. Traymir mußte den Mund halten; dafür blieb ihm eine Haftstrafe erspart. Diese Alternative schien nur das unwesentlich geringere von zwei Übeln zu sein, bis ihn dann ein Mann ansprach und einstellte, der die Dienste benötigte, die Traymir wie kaum ein anderer liefern konnte.

Wie üblich näherte er sich dem Haupteingang des Parks mit

schlurfenden, langsamen Schritten. Es war zwar außergewöhnlich, daß ein Mann, der Tiere haßte, im Zoologischen Zentrum Tel Avivs beschäftigt war, doch dafür paßte ihm die Arbeitszeit gut. Traymir war zwar noch immer ein großer, grobknochiger Mann, doch die harten Muskeln seiner Tage als Soldat waren von Fett ersetzt worden. Sein dichter Bart war verfilzt und ungepflegt, und er badete nur selten. All das interessierte ihn nicht. Für ihn war nur wichtig, das zu tun, was immer nötig war, um Israel von den Arabern zu befreien, die das Land zu vernichten drohten.

Traymir pfiff leise vor sich hin, als er seine Runde begann. Der Zoo war insofern einzigartig, als hier viele hunderte Tiere Dutzender Spezies frei durch ihre Gehege streifen konnten, eigene Reviere bildeten und die der anderen respektierten. Traymir haßte sie alle, weil auch sie ihn zu hassen schienen. Viele Tiere hatten sich an die anderen Wächter gewöhnt, sogar eine gewisse Zuneigung für sie entwickelt, doch von Traymir hielten sie sich nach Möglichkeit fern. Die meisten Tiere schliefen jetzt, doch die langhälsigen Strauße zogen noch durch ihr Gehege, und er sah auch einige Zebras, die im Mondschein grasten. Er konnte nie sagen, ob die Nashörner und Flußpferde schliefen oder nicht; diese großen Biester waren einfach zu dumm. Traymir hatte einmal ein Nashorn mit Steinen beworfen, um zu sehen, wie viele Treffer nötig waren, bevor das Vieh sich zu rühren bequemte.

Er rülpste und folgte trunken der geschwungenen Straße, die durch die erste Hälfte des Safari-Parks zu dem eher traditionell angelegten Zoo führte. Trotz seiner Alkoholseligkeit spürte er plötzlich, daß etwas fehlte. Es war weniger das, was er sah, als das, was er nicht sah. Kein einziger anderer Wächter machte seine Runde. Er hätte sie im Licht des Vollmonds sehen müssen. Seltsam. Unwillig griff er nach seinem Walkie-talkie.

»He, jemand zu Hause?«

Keine Antwort.

»Hier ist Traymir. Hört mich jemand?«

Leises Rauschen.

Er fragte sich allmählich, was hier los sei, als ihm einer der viertürigen Jeeps des Wachpersonals auffiel. Eine der hinteren Türen stand ein Stück auf. Vorsichtig näherte er sich dem Fahrzeug.

»Hallo?« rief er. »Ist da jemand?«

Traymir bückte sich gerade zu dem Griff der offenen Tür, als ihn das Geräusch von Schritten herumfahren ließ. Er konnte nur noch eine schwere Hand ausmachen, die zu ihm hinabfuhr. In seinem Brustkorb explodierte der Schmerz, und dann breitete sich ein taubes Gefühl in seinem Kopf aus. Er brach zusammen. Ihm wurde nie ganz klar, ob er nun das Bewußtsein verloren hatte oder nicht, wußte nur, daß der Angreifer ihn auf den Rücksitz des Jeeps gezerrt hatte. Dann hörte er ein Klatschen, und eine dicke, warme Flüssigkeit legte sich auf sein Gesicht und nahm ihm fast die Luft. In seiner Benommenheit hörte er sich stöhnen. Dann fühlte er, wie sich der Jeep bewegte, und kämpfte darum, sein Bewußtsein zurückzugewinnen, doch sein Kopf schmerzte, und das Atmen bereitete ihm Mühe.

Kaum eine Minute später war er wieder so weit zu sich gekommen, um zu begreifen, daß das große Stahltor, das mechanisch vor ihm aufglitt, zum hoch umzäunten Löwengehege gehörte.

»He«, murmelte Traymir.

Doch mittlerweile war der Fahrer schon hindurch. Das erste Tor glitt wieder zurück, und kaum war es ins Schloß gefallen, als sich das zweite vor ihnen öffnete. Die beiden Tore sollten die Möglichkeit verhindern, daß ein Löwe hinausspazierte, wenn jemand ihr Gehege betrat. Plötzlich verspürte Traymir Angst. Die dicke Flüssigkeit hüllte sein Gesicht und seine Bekleidung ein. Er wischte sie vom Mund ab, und an seinen Fingern klebte etwas, das sich wie Blut anfühlte und auch so roch.

»He!« sagte er, schon lauter.

Der Fahrer passierte das zweite Tor, und Traymir hörte, wie es hinter ihnen zuschlug. Da der Jeep manchmal benutzt wurde, um Tiere zu transportieren, trennte ein Stahlrohrgitter das hintere Abteil von den Vordersitzen. Auch die Türschlösser ließen sich nur von vorn bedienen.

»Wer sind Sie? Was wollen Sie?« fragte er und bemühte sich, unerschrocken zu klingen.

»Ich glaube, ich stelle hier die Fragen, Taymir«, antwortete der Fahrer und ließ den Jeep ausrollen. »Sie verschwenden nur Ihre Zeit. Ich bin wegen Yosef Rasin hier. Ich will wissen, wo ich ihn finden kann.«

Traymir versteifte sich und versuchte, sich nichts anmerken zu lassen. Noch konnte er keinen Löwen sehen, doch in der Dunkelheit bewegte sich etwas, und er glaubte, ein leises, tiefes Knurren hören zu können.

»Sie sind von der Regierung. Ich hätte es wissen müssen. Na los, erschießen Sie mich. Von mir erfahren Sie nichts.«

McCracken zeigte ihm keine Pistole. »Tut mir leid, Sie enttäuschen zu müssen, Traymir. Es wäre wirklich einfacher für Sie, mir zu sagen, wo ich Rasin finden kann.«

Die Löwen tauchten aus dem Nichts auf, zuerst ein halbes Dutzend, doch mindestens genausoviele lauerten noch dahinter. Sie umkreisten den Jeep, als wäre er ein Tier, das sie sich als Opfer ausgewählt hatten. Traymirs furchtsamer Blick löste sich von ihnen und fiel auf den bärtigen Mann mit dem steinernen Gesicht auf dem Vordersitz.

»Womit haben Sie mich . . .«

»Beschmiert? Tierblut, Traymir. Ich habe mir sagen lassen, daß sein Geruch die Löwen wahnsinnig macht. Ihnen buchstäblich das Wasser im Mund zusammenfließen läßt.«

Blaine hob die Hand an den Knopf für den elektrischen Fensterheber und ließ die hintere rechte Fensterscheibe ein Stück hinabgleiten. Augenblicklich verwandelte sich das Knurren der Löwen in ein lautes Brüllen. Zwei Löwinnen trabten heran, erhoben sich und tasteten mit den Vorderpfoten nach dem Spalt.

»Sie haben hier eine wirklich gut ausgestattete Tierklinik, Traymir. Nachdem ich Ihre fünf Kollegen ausgeschaltet hatte, fand ich dort das Blut. Wollen Sie jetzt reden?«

Traymir rutschte von dem Fenster zurück und biß sich auf die Lippe.

McCracken ließ die Scheibe noch ein Stück hinabgleiten, und

einer der Löwinnen gelang es, die Pfote ganz durch den Spalt zu schieben.

»Nein!« bat Traymir und drückte die Schultern gegen das gegenüberliegende Fenster des Jeeps.

»Komisch«, fuhr Blaine fort. »Sie wurden heute noch nicht gefüttert und scheinen nicht in bester Stimmung zu sein. Ich frage mich, was sie mit einem Menschen machen werden, der nach dem Blut eines Rehs riecht.«

»Bitte nicht!« Traymir krümmte sich in seinem Sitz und rutschte das letzte Stück von dem teilweise geöffneten Fenster zurück. »Stellen Sie Ihre Fragen!«

»Sie arbeiten für Rasin. Ja oder nein?«

»Ja! Seit meinem Prozeß vor dem Kriegsgericht.«

»Als was?«

»Als Leibwächter, sonst nichts! Hauptsächlich, wenn er auf Reisen ist.«

»Auf Reisen wohin?«

Traymir zögerte.

McCracken ließ das Fenster weit genug aufgleiten, daß die zweite Löwin beide Pfoten hindurchstecken konnte. Mit der einen stützte sie sich ab, mit der anderen fuhr sie durch das Abteil des Jeeps. Dabei schnaubte sie laut. Mittlerweile war ein männlicher Löwe auf das Dach gesprungen und scharrte mit einer Tatze an dem anderen Fenster. Nun von beiden Seiten belagert, wich Traymir in die Mitte des Abteils zurück.

»Nach Japan!« kreischte er schließlich. »Aber das war vor einem Jahr . . .«

»Warum flog er nach Japan?«

»Um sich mit einem Mann zu treffen, der als der Bujin bekannt ist!« übertönte Traymir das Brüllen der Löwen, die Arme an die Brust gedrückt, um sich so klein wie möglich zu machen.

Bujin war das japanische Wort für *Krieger*, und Blaine hatte schon von dem Mann gehört. Ein Nachrichtenhändler und Waffenschieber, der kein profitables Geschäft ausließ. Ein Hans Dampf in allen Gassen, der zu einem der meistgesuchten Verbrecher Japans geworden war. Der Bujin wurde nicht nur von der Regierung und der Polizei gesucht, sondern auch von der japanischen Mafia, die er anscheinend irgendwann einmal entehrt hatte.

»Weshalb hat Rasin den Bujin aufgesucht?«

»Ich weiß es nicht. Ich schwöre es! Sie haben unter vier Augen miteinander gesprochen. Ich habe Rasin zu ihm gefahren und mußte mit den anderen Leibwächtern draußen warten.«

»Wo haben sie sich getroffen?«

Und als Traymir erneut zögerte, fuhr die zweite Fensterscheibe des hinteren Abteils genauso tief hinab wie die erste. Die Löwinnen zerrten mit Klauen und Zähnen an dem Glas der rechten Scheibe, während das Männchen auf dem Dach die linke bearbeitete. Traymir hörte, wie beide Scheiben ächzten und splitterten und sah, wie sie Stück für Stück eingedrückt wurden.

»Fahren Sie aus den Gehege! Bitte!«

»Reden Sie!«

»Vor Tokio!« schrie Traymir geradezu. »Ein Haus in den Wäldern. Gut bewacht. Wir haben die Wachen zwar nie gesehen, aber sie waren da!«

»Die Adresse!«

Traymir gab sie ihm.

»Was muß ich sonst noch wissen?«

Eine der Löwinnen hatte Kopf und Schultern in die Kabine geschoben. Traymir wich ihren Klauen aus und fühlte, wie die des Männchens auf der anderen Seite seine Schulter streiften.

»Nichts!«

»Was noch?«

»*Nichts!* Glauben Sie, ich würde es Ihnen nicht sagen? Bringen Sie mich bitte hier raus!«

Zufrieden legte Blaine den Gang ein und ließ den Jeep langsam genug anrollen, daß die Löwen sich aus der Kabine zurückziehen konnten. Die Weibchen kratzten an den Kotflügeln und folgten dem Jeep noch ein Stück, und das Männchen sprang mit einem dumpfen Aufprall vom Dach. Als der Jeep das dreihundert Meter entfernt liegende Doppeltor erreichte, hatten die Tiere die Verfolgung aufgegeben.

»Sie können wirklich gut mit Tieren umgehen, Traymir«, sagte Blaine zu dem wimmernden Häufchen Elend auf dem Rücksitz.

9

Der Bus nach Süd-Teheran war schon völlig überfüllt vom Flughafen losgefahren. Evira war früh genug eingestiegen, um im hinteren Drittel des Gefährts einen der begehrten Fensterpätze zu bekommen. Der alte Mann, der sich auf den Platz neben ihr gesetzt hatte, war fast augenblicklich eingeschlafen und hatte den größten Teil der Fahrt über geschnarcht.

Naziabad war einmal ein Industriegebiet gewesen, das sich nun zu einem Slum für die Armen und Vergessenen der Stadt entwickelt hatte. Die Ausgestoßenen in einer Stadt, die selbst zur Ausgestoßenen geworden war, zuerst während des Kriegs mit dem Irak und nun um so mehr, während der Iran den Preis für einen Krieg bezahlen mußte, der die Wirtschaft lahmgelegt hatte. Die Gebäude zerfielen oder waren geplündert worden. Nur wenige Fenster waren ganz und nur wenige Familien in ihren Wohnungen geblieben. Die Menschen lebten allein oder in kleinen Gruppen und schliefen in Hauseingängen. Die Luft roch nach zerfallenden Ziegeln und Staub, doch selbst dieser Gestank war willkommen nach einer erstickenden Busfahrt vom Flughafen Mahrabad, auf dem Evira vor knapp zwei Stunden gelandet war.

Für sie stellten Reisen innerhalb der arabischen Länder kein Problem dar. Im Lauf der Jahre hatte sie sich zahlreiche verschiedene Identitäten aufgebaut und sich Pässe für alle besorgt, die sie als Bürgerin eines jeden benötigten Landes auswiesen, wodurch sie nun problemlos hin- und herreisen konnte. Nachdem sie sich von McCracken verabschiedet hatte, war sie nach Kairo gefahren und hatte dort am frühen Freitag morgen einen Jet der Iran Air bestiegen, der sie nach Teheran brachte.

Evira atmete schwer, als der Bus die Endstation in Naziabad

erreichte. Sie sah sich nicht als Mörderin, war aber trotzdem entschlossen, General Amir Hassani zu töten. Wenn die militanten Kräfte, die er um sich geschart hatte, sich schließlich doch gegen Israel zusammentun sollten, stellten sie eine Macht dar, die die gesamte Region auf Dauer völlig destabilisieren konnte.

Hassani selbst war eine rätselhafte Gestalt. Als Revolutionsrat, der in den letzten Kriegsmonaten zum General aufgestiegen war, war er während des Waffenstillstands verschwunden und hatte auch nicht an den Friedensverhandlungen teilgenommen. Er tauchte erst nach Khomeinis Tod wieder auf, als der Revolutionsrat ihn nach den fehlgeschlagenen Versuchen mehrerer Nachfolger des Ajatollahs, das Land wieder zu einigen, aus dem Exil zurückrief. Seine erklärte Absicht, den Iran wiederaufzubauen, begann er – was kaum überraschen konnte – mit einer Stärkung des Militärs auf Kosten der unteren Klassen. Abgesehen von den Militärbefehlshabern schmeichelte er sich bei den Reichen und Mächtigen ein und versuchte seine Macht zu stärken, indem er ebenfalls die Mullahs umgarnte.

Doch Hassanis Ambitionen erstreckten sich weit über den Iran hinaus. Sein Ziel war die Vereinigung der arabischen Radikalen im gesamten Nahen Osten zur endgültigen Vernichtung Israels. Und trotz alledem war er nur der zweitgefährlichste Mensch auf der Welt. Den gefährlichsten würde McCracken aufhalten, während Evira Hassanis Herrschaft ein Ende zu bereiten versuchte. Sie haßte sich für das, was sie McCracken hatte antun müssen, sah jedoch auch jetzt noch keine andere Alternative.

Ihre Gedanken schweiften zu ihrer eigenen Familie ab. Seit sie das Leben führte, das sie als ihr Schicksal betrachtete, hatte sie ihre Brüder nicht einmal mehr gesehen. Der eine, Anfang Zwanzig, war jetzt Guerillakämpfer im Libanon. Von den beiden, die noch keine Zwanzig waren, war der eine bei den Aufständen in der besetzten Zone von israelischen Soldaten getötet worden. Von dem anderen wußte sie nichts. Sie war oftmals versucht gewesen, sich auf die West Bank zu wagen und die Überlebenden ihrer Familie zu suchen, doch bei der gewaltigen militärischen Präsenz dort war das Risiko einfach zu groß. Wenn die Israelis Erkenntnisse über ihre Herkunft gewonnen haben sollten, würden alle Mitglieder ihrer Familie auf die bloße Möglichkeit hin, daß sie sich einmal in ihrer Nähe zeigte, aufs Strengste bewacht werden. Also blieb sie ständig in Bewegung und verkroch sich direkt unter der Nase ihrer Feinde, mischte sich unter ihr eigenes Volk und hing der Hoffnung nach, die Israelis würden einsehen, daß die Araber ihnen mehr ähnelten als sich von ihnen unterschieden, wie sie selbst es schon seit langem eingesehen hatte.

Hilfe würde sie in Teheran vom wachsenden iranischen Untergrund bekommen, von den Tausenden von Menschen, die schon lange vor Kriegsende von Khomeini die Nase voll gehabt hatten. Doch Hassani stellte für sie ein noch deutlicheres Symbol dar, gegen das sie sich erheben konnten. Seine Politik hatte Tausende und Abertausende zu einem Leben auf den Straßen gezwungen; die Prioritäten, die der General für das Land gesetzt hatte, hatten sie zu Bettlern gemacht. Diese Desillusionierten lebten nun in der trüben Dunkelheit der Furcht und Unzufriedenheit unter dem Schatten von Hassanis mörderischen und machtbesessenen Revolutionsräten.

Evira war es gelungen, einen Agenten in einer der sich bildenden Untergrundzellen zu plazieren, und es war bei verschiedenen Gelegenheiten schon zu Kontakten gekommen. Die Zelle hatte eingewilligt, ihr zu helfen, an Hassani heranzukommen, und ihr jede mögliche Unterstützung angeboten. Evira hatte ihr die Nachricht zugespielt, daß sie eine Waffe brauchte. Und auch eine Fluchtroute, denn sie war keineswegs unrealistisch, was ihre Erfolgsaussichten betraf.

Obwohl gerade erst der Mittag herangebrochen war, waren die Straßen des Teheraner Stadtviertels Naziabad praktisch leer. Wo es einmal Läden, Restaurants und Geschäfte gegeben hatte, sah man nun zugenagelte Schlagläden und mit Vorhängeschlössern gesicherte Türen. Es war nicht einmal ein Revolutionswächter zu sehen, nur ein paar Kinder und Bettler, die in den Mülltonne wühlten und sich um Essensreste stritten. Dennoch hielt Evira den Kopf gesenkt, um nicht bemerkt zu werden. Auf dem Flughafen hatte sie das Gewand einer armen

Iranerin angelegt, doch eine genaue Betrachtung ihrer Gesichtszüge oder sogar der spärlichen Besitztümer, die sie in einer Tasche mit sich trug, hätte ihre Tarnung sogleich auffliegen lassen.

Das Gebäude, das ihr Ziel darstellte, war eine Plastikfabrik, die erst vor einem halben Jahr von Hassani geschlossen worden war. Dank ihrer Größe und Lage war sie ein perfektes Versteck, in dem diese Zelle ihre Treffen abhalten konnte. Sie schlich gebückt eine Seitenstraße entlang, die zu der Fabrik führte, und stieg dann ein paar steile Stufen zu einem verborgenen Eingang hinauf. Wie versprochen, war das Vorhängeschloß an der Tür nicht eingerastet; sie mußte nur daran ziehen, und es gab nach. Evira warf den Riegel zurück und drückte mit der Schulter gegen die schwere Tür. Ächzend glitt sie auf, und sie trat ein, in der Erwartung, von einem Mitglied der Zelle begrüßt zu werden.

Doch es war niemand da. Vorsichtig ging sie weiter. Früher einmal hatten sich auf diesen Etagen Büros befunden; die Fabrikanlagen selbst befanden sich im Keller. In den Gängen hatte sich schon Staub abgesetzt, und überall lag Abfall. Hier und da lag zusammengerolltes Bettzeug; das Vermächtnis der Obdachlosen, die nicht mehr zu ihren Schlafstellen zurückgekehrt waren.

Sie bemerkte, daß oben eine Tür einen Spalt breit geöffnet war. Noch immer sah und hörte sie niemanden. Irgend etwas stimmte nicht. Wenn die Mitglieder der Zelle hier wären, hätten sie sich bestimmt schon bemerkbar gemacht.

Als Evira vor der geöffneten Tür stand, stieg kalte Furcht in ihr empor. Die Tür glitt knarrend vor ihr auf, und Evira betrat einen Raum, der von einem langen, hölzernen Konferenztisch beherrscht wurde, umgeben von Ledersesseln mit hohen Lehnen. Dann sah sie, daß alle Sessel besetzt waren . . . von Leichen, die dort saßen, der letzte Rest ihres Lebens auf den Gesichtern gefroren, viele mit Blut verschmiert.

Evira wußte, daß es sich um die Mitglieder der Zelle handelte, die ihr Hilfe zugesagt hatte. Doch man hatte sie nicht nur umgebracht, man hatte ihre Leichen der Schockwirkung halber so plaziert.

Es war eine Falle!

Evira spürte, was nun kommen würde, noch bevor sie das Poltern der Stiefel hörte. Nur ihre Verzweiflung und das schiere Glück, eine alte Mauser zu bemerken, die einer der Leichen noch im Gürtelhalfter stecken hatte, retteten sie. Sie machte einen Satz und ergriff die Pistole mit derselben Bewegung. Als sie sich niederwarf und zur Seite rollte, zielte sie schon mit der Waffe. Zwei Türen in gegenüberliegenden Wänden des Raums wurden aufgeworfen, und vier von Hassanis Revolutionswächtern stürmten herein. Sie waren mit Schnellfeuergewehren bewaffnet und schossen, was das Zeug hielt.

Zum Glück gingen sie davon aus, daß ihre Widersacherin noch stand, und zielten viel zu hoch. Die Kugeln pfiffen durch die Luft, prallten von Holz und Mauern ab und schlugen in die bereits toten Gestalten am Konferenztisch ein.

Eviras Sprung hatte sie in die Nähe des Tisches gebracht, und augenblicklich rollte sie sich darunter, um Deckung zu haben. Sie sah nur die Beine und Schenkel der Revolutionswächter, gute Ziele, wenn auch wahrscheinlich keine tödlichen, und gab mit der uralten Mauser Schüsse auf die Gestalten ab. Die Männer brachen zusammen, bevor sie ihr Ziel korrigieren konnten. Geduckt sprang Evira unter dem Tisch hervor und zielte mit der Pistole auf die zuckenden Körper. Nur zwei waren noch bei Bewußtsein, und die erledigte sie schnell, während sie auf dieselbe Tür zulief, durch die sie den Raum betreten hatte.

Sie stürzte auf den Korridor und warf die schwere Tür hinter sich zu. Sie drückte die Schultern gegen die Wand und fühlte, wie rechts neben ihrem Kopf ein Holzsplitter explodierte. Ein weiterer Revolutionswächter stürmte vom Ende des Ganges heran, das gegenüber der Tür lag, durch die sie das Gebäude betreten hatte. Sie wirbelte zu dieser Tür herum, nur um zu sehen, wie sie aufbrach und sich zwei weitere Wächter in den Korridor schoben. Nun waren ihr beide Fluchtwege abgeschnitten.

Evira feuerte zwei Kugeln in jede Richtung; nun hatte sie nur noch eine einzige Patrone in der Mauser und kein Ersatzmagazin. Die drei heranstürmenden Revolutionswächter hielten sich dicht an den Wänden, was ihr ermöglichte, durch den Gang zu einer weiteren Tür zu laufen, die sie gerade bemerkt hatte.

Sie sah, daß sie zugesperrt war, und feuerte ihre letzte Kugel in das Schloß. Es gab so weit nach, daß es die Wucht ihres Aufpralls zersplittern ließ. Die Revolutionswächter nahmen die Verfolgung wieder auf und feuerten eine Kugelsalve in ihre Richtung.

Evira fand sich auf einer in undurchdringlicher Dunkelheit liegenden Treppe wieder; das einzige Licht fiel durch die Türöffnung hinter ihr. Sie hastete blindlings die Stufen hinab und tastete mit den Händen an der Wand entlang, um nicht die Orientierung zu verlieren. Das Ende der Treppe kam schnell näher, und beinahe wäre sie über ihre eigenen Füße gestolpert. Sie prallte gegen eine Mauer und stieß mit dem Kopf gegen einen metallischen Gegenstand. Verblüfft stellte sie trotz ihrer Benommenheit fest, daß es sich um einen Sicherungskasten handelte, und öffnete ihn schnell.

Über ihr kamen die drei Wächter die Treppe hinab. Ihre einzige Chance bestand darin, sie abzulenken, und der Sicherungskasten bot ihr die Möglichkeit dazu. Evira legte alle Schalter auf der rechten Seite nach oben, dann die auf der Linken. Augenblicklich flackerten die Neonröhren unter der Decke auf, und es erklang ein tiefes Brummen, das andeutete, daß der Maschinenpark wieder angesprungen war. Dann wich das Brummen einem fast ohrenbetäubenden Kreischen. Überall in den Kellerräumen vor ihr hatten die großen Maschinen ihre Arbeit wieder aufgenommen, ohne allerdings über Materialien zu verfügen, die sie verarbeiten konnten, wogegen sie mit dem schrillen Geräusch zu protestieren schienen. Nun war es an ihr, aus dem daraus resultierenden Chaos den bestmöglichen Nutzen zu ziehen. Sie lief von dem Kabelkasten zu der größten Maschine, die sie sah, um sie und die weiteren als Deckung zu benutzen, bis sie einen anderen Ausweg gefunden hatte.

Eine Kugel pfiff an ihrem Kopf vorbei, als sie sich der großen Maschine näherte, die Rohplastik auf die gewünschte Breite preßte. Es war ein gewaltiges Monstrum mit automatischem

Getriebe und einem Laufband, das zu zwei großen, eng nebeneinander stehenden Gummirollen führte, die sich im Gleichklang aufeinander zubewegten, damit das Plastik hindurchgleiten konnte. Dahinter lag ein weiteres Laufband, das die Plastikteile aufnahm und zum Versand stapelte. Die anderen Maschinen waren ähnlich laut, aber keineswegs so beeindruckend und auch nicht groß genug, um ausreichende Deckung zu gewähren.

Die drei Wächter trennten sich, um ihr möglichen Fluchtwege abzuschneiden. Evira begriff, daß sie es aufgrund dieser Strategie nun mit einem einzigen Widersacher zu tun hatte, den sie dreimal ausschalten mußte, und nicht mehr mit drei Männern gleichzeitig. Außerdem kam ihr zugute, daß der gewaltige Lärm der Maschinen jede Verständigung zwischen ihren Verfolgern unterband. Evira konnte noch keinen der möglichen Ausgänge erreichen, doch nachdem sie die Wächter erst einmal im Nahkampf ausgeschaltet hätte, was ihr nun möglich erschien, würde sie die freie Wahl zwischen den Türen haben.

Nachdem Evira hinter das Laufband gekrochen war, bemerkte sie einen großen Holzknüppel. Eine genauere Untersuchung brachte zutage, daß er an der Spitze mit einem Haken versehen war, mit dem man die heranrollenden Plastikteile zur Seite ziehen konnte. Dieser Haken war nicht nur ziemlich scharf, man konnte ihn auch – ähnlich wie eine Zange – mit einem am Griff angebrachten Mechanismus manipulieren. Man drückte auf den Griff, und der zangenähnliche Haken schnappte um das Plastikteil zusammen. Evira zog das Instrument an sich und kroch weiter.

Drei Meter entfernt schritt ein Revolutionswächter langsam durch den Gang auf der anderen Seite der großen Maschine. Wenn sie Glück hatte, würde er sich nicht bücken und unter den Apparat sehen; dann allerdings würde er sie mit Sicherheit bemerken. Evira fuhr herum und kroch wieder auf das Laufband zu. Sie bewegte sich parallel zu dem Wächter und mit derselben Geschwindigkeit. Ihr Timing mußte stimmen. Sie hatte zwar die große Zange, doch der Wächter hatte eine wesentlich gefährlichere Waffe – eine Maschinenpistole. Sie mußte ihn kampfunfähig machen und sich gleichzeitig die Waffe aneignen.

Als der Wächter die andere Seite des sich heftig bewegenden Laufbands erreichte, hob Evira den Holzknüppel. Die Lauffläche glitt zwischen den beiden Rollen hindurch, die protestierend knirschten, als Gummi gegen Gummi rieb. Evira blieb hocken, bis der Wächter auf dem anderen Gang an ihr vorbeigeschritten war. Dann sprang sie.

Der Wächter nahm sie im letzten Augenblick aus den Augenwinkeln wahr, zu spät, um zu verhindern, daß sie ihm die Zange um den Hals legte und den Mechanismus am Griff bediente. Die starken Zangenglieder, die scharf genug waren, um hartes Plastik zu fassen, gruben sich tief in das Fleisch an beiden Seiten seines Halses. Sein Schrei erhob sich fast über das fürchterliche Donnern der Maschinen, und er ließ die Waffe fallen und griff sich an den verletzten Hals.

Bevor der Wächter wußte, wie ihm geschah, zerrte Evira die Zange hinab, und er fand sich auf dem Laufband wieder, nur einen Meter von den Rollen entfernt. Als sich der Kopf des Mannes unmittelbar vor ihnen befand, beugte sich Evira vor und griff nach seinem Gewehr, nur, um festzustellen, daß es mit einem Riemen an seiner Schulter befestigt war. Sie stemmte sich gegen das Laufband und versuchte, das Gewehr loszureißen, doch die Bewegung machte einen Kollegen des Wächters auf sie aufmerksam.

Seine Kugeln streiften Evira an der Seite. Ihr Schrei verlor sich in dem letzten Aufschrei des Wächters, als die Knochen seines Gesichts und Halses von den Rollen zerschmettert wurden. Evira wußte nicht genau, wie schlimm ihre Verletzung war, aber auf keinen Fall schlimm genug, um sie von der Erkenntnis abzuhalten, daß sie dringend eine Waffe brauchte.

Vor ihr auf dem Boden lagen ein paar dicke Plastikstreifen, und sie stopfte sie in ihren Gürtel, bevor sie einen Satz nach dem Gewehr des toten Wächters machte, das von den Rollen noch nicht erfaßt worden war. Einer der beiden verbliebenen Angreifer war auf eine Preßmaschine drei Meter vor ihr geklettert und deckte sie mit einer Salve ein. Die Waffe des Toten hatte sich in dem Laufband verklemmt, doch Evira konnte den Lauf herumreißen und auf den Abzug drücken. Eine Kugel streifte ihr Schlüsselbein, und sie schrie vor Schmerz auf, hielt den Abzug jedoch gedrückt. Der Wächter griff sich an den Leib und stürzte kopfüber zu Boden.

Evira duckte sich und rammte die Schultern gegen das Laufband. Sie durfte sich nicht zu früh gehen lassen – der letzte Wächter lauerte hier noch irgendwo. Sie schob sich langsam vor. Die Schmerzen in ihrer Seite und ihrem Schlüsselbein schüttelten sie und ließen sie jeden Schritt spüren.

Der letzte Wächter tauchte rechts von ihr auf. Sie bemerkte, daß sein Bein blutverschmiert war; ihre Schüsse mußten auch ihn getroffen haben. Er feuerte eine Salve auf sie ab, doch sie hatte sich schon fallengelassen und war zur Seite gerollt, in der Hoffnung, die Treppe vielleicht vor ihm erreichen zu können. Doch sie stolperte über eine Kiste und stürzte. Noch heftigere Schmerzen raubten ihr fast die Besinnung. Der Wächter zielte mit seinem Gewehr auf sie.

Evira erinnerte sich an die schmalen Plastikstreifen, die sie in ihren Gürtel gesteckt hatte. Ohne bewußt darüber nachzudenken, zog sie einen heraus und warf ihn auf den Wächter, der schitternd zum Stehen kam, um sein Gewehr ruhighalten zu können. Ein gellender Schrei erklang, und sie sah, daß er verzweifelt nach dem Plastikstück griff, das sich in sein linkes Auge gebohrt hatte.

Ihren Vorteil ausnutzend, kam Evira auf die Füße und warf sich mit einer Wucht auf den Mann, die sie beide gegen die Front der Preßmaschine prallen ließ. Der Mann vergaß seinen Schmerz lange genug, um sie an den Schultern zu fassen und rückwärts gegen das Metall zu schleudern. Sie sah Sterne, als er sie über das Laufband zwang; den Plastikstreifen, den er aus seinem Auge gezogen hatte, hielt er noch in der Hand. Er schlug damit auf sie ein. Evira warf sich zur Seite, und er verfehlte knapp ihren Hals. Er holte erneut aus, und sie wehrte den Schlag mit ihrem unverletzten Arm ab, was neuerliche Schmerzen durch ihre Seite und das Schlüsselbein branden ließ.

Sein Schwung beugte sie weiter über das Band zurück. Sie

verlor den Boden unter den Füßen, und das unverletzte Auge des Mannes blitzte auf, als er auf die offensichtlichste Strategie zurückgriff. Er mußte sie nur weiter nach unten unten drücken, und die Preßmaschine würde sie verschlingen. Er drückte härter, und Evira fühlte, wie ihr Rücken und ihre Schultern nach unten glitten.

Es gelang ihr, das Geländer zu fassen, das sich ein Stück über das Laufband erhob, und sich daran festzuhalten. Doch mittlerweile stand der Wächter schon mit gespreizten Beinen über ihr, die Füße auf das Geländer gesetzt. Er zerrte eine Pistole aus seinem Gürtel und schnaubte; sein Rücken war kaum einen halben Meter von den monströsen Rollen entfernt, die das Plastik auf die programmierte Breite preßten und es auf der anderen Seite wieder ausspuckten.

Evira sah, wie er den Finger auf den Abzug legte, als ein verrostetes Rohr an der Decke direkt über ihm nachgab und schwer auf seine Brust prallte. Die Wucht des Schlages trieb ihn zurück. Er faßte wieder Fuß, doch da hatten ihn die sich ständig drehenden Rollen schon an der Hüfte erwischt und zogen ihn zurück. Er ließ die Pistole fallen und schlug mit den Armen um sich, um Halt zu bekommen und sich hinausziehen zu können, doch seine Hände griffen ins Leere. Seine Schreie übertönten den Lärm der Maschinen, und Evira glaubte hören zu können, wie seine Knochen zermalmt wurden, als er in dem Mechanismus verschwand.

Sie hatte die Herrschaft über ihre Sinne und motorischen Funktionen verloren und sank benommen zu Boden. Später erinnerte sie sich nur daran, daß eine kleine Gestalt von den Dachsparren herabkletterte, genau dort, wo sich auf wundersame Art und Weise das verrostete Rohr gelöst hatte und auf den letzten Wächter geprallt war. Und dann bückte sich die Gestalt über sie. Noch immer konnte sie sie nur verschwommen ausmachen.

Ein Junge! Es war ein Junge!

»Keine Angst«, sagte er, während er versuchte, sie hochzuziehen. »Bevor noch mehr kommen, bringe ich Sie hier heraus.«

10

»Sind Sie sicher, daß das die Adresse ist?«

Die Frage des Fahrers ließ McCracken jäh hochfahren. Er begriff, daß er das letzte Stück der Fahrt vom Flughafen gedöst haben mußte, und warf einen Blick auf den Computertaxameter, der die Gebühren in hellen Leuchtziffern sowohl in Yen wie auch in Dollar angab.

»Haben Sie schon Feierabend?« fragte Blaine auf Englisch.

»Ist das der Ort?« erwiderte der Fahrer; er wollte schnell wieder weg.

Blaine sah aus dem offenen Fenster in die späte Dämmerung hinaus. Er war sich selbst nicht sicher. Das Anwesen lag fünfzig Kilometer vor Tokio mitten auf dem Land. Das letzte Stück des Weges waren sie über eine unbefestigte Straße gefahren, an deren Ende eine Brücke stand, die über einen schmalen, aber wilden Bach führte. Sie befanden sich in einem üppigen Wald voller blühender Blumen und Bäume. Die einzigen Anzeichen für die Gegenwart von Menschen stellten die perfekte Landschaftsgestaltung und ein dunkel geflecktes Holzgebäude hinter der Brücke dar. Es war auf einem Hügelhang errichtet worden, nur über eine steile Steintreppe zugänglich und auf allen Seiten von dichten, vollen Bäumen umgeben, die schwach im Wind schwankten. Blaine sah zu dem Bach hinüber und fragte sich, ob Traymir ihn in die Irre geführt hatte, ob . . .

Plötzlich fiel ihm etwas auf, und genauso plötzlich fuhr seine Hand nach dem Türöffner.

»Danke, das ist in Ordnung«, sagte er zu dem Fahrer und suchte aus seinem Geldscheinbündel den Betrag heraus, den der Taxameter anzeigte.

Er stieg aus, und der Fahrer setzte schnell über die unbefestigte Straße zurück. *Bujin* bedeutete Krieger, und der Mann, der diesen Namen angenommen hatte, wollte ihm anscheinend auch gerecht werden. Das Gebäude vor ihm war ein *Dojo,* eine Turnhalle, in der asiatischer Kampfsport betrieben wurde. Blaine kannte solche Gebäude und fühlte sich augenblicklich zu Hause.

Nach seinem Einsatz in Israel – Vietnam lastete noch immer schwer auf seiner Erinnerung – war er nach Japan weitergezogen. Der Vietcong hatte ihm viel über das beigebracht, was Johnny Wareagle auch heute noch als das Höllenfeuer bezeichnete. Nicht zuletzt hatte er ihn gelehrt, wie unzureichend die amerikanischen Soldaten auf die orientalische Tapferkeit und Philosophie vorbereitet gewesen waren. McCracken war der Meinung, daß dieser Mangel an Verständnis die Vereinigten Staaten den Sieg und viele Soldaten das Leben gekostet hatte. Der wahre Krieger lernt von seinen Feinden, und Blaine war nach Japan gegangen, um sich in einer Reihe von Kampfsportarten ausbilden zu lassen. Schließlich hatte er sich einer Dai-Ito-Ryu-Ju-Jitsu-Schule angeschlossen, die neben den traditionellen Selbstverteidigungsarten auch den Kampf mit dem Holzschwert lehrte. Sein *Sensai* hieß Yamagita Hiroshi; er entstammte einer langen Ahnenfolge echter Samurai und war einer der besten Ausbilder der japanischen Polizei und Armee. Blaine trainierte Tag und Nacht und arbeitete an seinem Verstand so hart wie an seinem Körper, bis er allmählich begriff, was den Feind in Vietnam letztendlich unüberwindbar gemacht hatte. Sein Ziel war es, sich diese Fähigkeiten anzueignen, doch schließlich gelangte er nur zu der Erkenntnis, wieviel er niemals wissen würde. Er war danach jahrelang mit Hiroshi in Verbindung geblieben, bis der Meister schließlich bei der japanischen Regierung in Ungnade fiel und verschwand.

Blaine näherte sich langsam der Holzbrücke und achtete dabei sorgsam darauf, daß seine Hände immer sichtbar blieben. Er warf einen letzten Blick auf das Taxi, bevor es schließlich außer Sicht verschwand, und als er sich wieder umdrehte, stand eine dunkle Gestalt auf der Mitte der Brücke. Sie war gemäß der Tradition der Samurai-Krieger mit einer schwarzen Robe und einem *Hakama* bekleidet. An der linken Hüfte des Mannes war der Griff eines *Katana* auszumachen, eines rasiermesserscharfen Langschwerts; die schwarze Scheide war durch den Gürtel geschoben, der die Robe zusammenhielt. Die rechte Hand des Mannes ruhte auf dem ebenfalls schwarzen Schwertgriff.

Hinter Blaine raschelte es leise, und er fuhr herum und machte einen zweiten Samurai aus, dessen Hand über dem Schwertgriff an seiner linken Hüfte ruhte. Bevor Blaine sich bewegen oder etwas sagen konnte, traten von den beiden anderen Seiten zwei weitere Schwertkämpfer heran. Blaine hatte nicht damit gerechnet, es mit modernen Samurai zu tun bekommen; er hatte sich in eine Lage gebracht, aus der er sich kaum wieder herausreden konnte. Er war ein Eindringling, ein ungebetener Gast auf dem Land eines anderen, und das stellte eine Verletzung des geheiligten Ehrenkodex dar. Seine beste Überlebenschance bestand darin, genau das zu tun, was man ihm sagte.

Der Samurai auf der Brücke gab ihm ein Zeichen, und McCracken ging auf ihn zu. Die anderen Kämpfer blieben eine Schwertlänge hinter ihm zurück. Die Brücke ächzte leise, als er über sie hinwegschritt. Auf der anderen Seite wartete der erste Samurai, um ihn die steinerne Treppe hinaufzuführen. An ihrem Ende befand sich eine Schiebetür, und der Samurai öffnete sie und enthüllte eine kleine Eingangshalle, die auf der anderen Seite eine weitere Tür aufwies, diesmal aus Papier, *Shoji* genannt. Sein Führer öffnete auch diese Tür geräuschlos und stellte erfreut fest, daß Blaine sich niederkniete, um seine Schuhe auszuziehen. Mit einer leichten Verbeugung bat er Blaine einzutreten. Blaine erwiderte die Geste und fühlte eher, als daß er hörte, wie sich die *Shoji*-Tür hinter ihm schloß.

Er fand sich in einem großen Raum wieder, in dessen Decke in regelmäßigen Abständen Dachluken eingelassen waren. Der Ausblick war atemberaubend; der Himmel schien nur einen Handgriff von den Bäumen entfernt zu sein, die am Glas kratzten. Doch Blaines Interesse galt eher einer Gestalt, die vor einer Wand kniete, die von einer handgemalten Schriftrolle mit den japanischen Schriftzeichen für *Bujin* geschmückt wurde. Ein *Katana* lag in seiner Scheide in bequemer Reichweite neben der Gestalt.

Der knieende Mann schien seine Gedanken lesen zu können und deutete mit einer geöffneten Hand zur Seite. McCrackens Blick folgte der Geste, und er sah ein weiteres *Katana* in der Ecke des Raumes. Davor lag quer eine *Tatami*, eine Strohmatte.

Die unausgesprochene Anweisung befolgend, glitt Blaine zu der *Tatami* und verbeugte sich vor dem *Kamiza,* dem Ehrensitz, der seinem Gastgeber gegenüberlag. Dann rutschte er auf den Knien zu dem zweiten Schwert. Die Ehre galt hier alles. Es wäre sein sicherer Tod, auf irgendeine Art gegen die Ehrbegriffe zu verstoßen. Er war draußen nicht durchsucht worden, einerseits, weil die Samurai gespürt hatten, daß er keine Waffe bei sich trug, aber auch, um seine Ehre nicht zu verletzen. Falls er es nun wagen sollte, zu einer anderen Waffe als dem Langschwert an seiner Seite zu greifen, wäre er tot, bevor er sie berühren könnte. Er mußte mitspielen und hoffen, daß der *Bujin* ihm wenigstens die Gelegenheit geben würde, sich zu erklären.

Falls es nicht dazu kommen sollte, gebot die Ehre dem *Bujin* unter diesen Umständen, Blaine ein Schwert anzubieten und sich ihm zum Zweikampf zu stellen. Der Bujin würde schon an Blaines Bewegungen merken, daß er irgendeine Ausbildung genossen hatte. Doch da sich diese Ausbildung keineswegs mit der eines solchen Meisters vergleichen ließ, würde Blaine auf eine List zurückgreifen müssen, um zu überleben. Eine Eröffnung und ein schneller Stoß, das war alles, worauf er hoffen konnte. Viel länger würde es nicht dauern.

Endlich drehte der Bujin sich langsam um. Blaine spannte seine Muskeln an, dachte an das Schwert und daran, wie schnell er es ergreifen und ziehen konnte, falls es darauf hinauslief.

Doch der Bujin lächelte. Dann kicherte er, und schließlich lachte er sogar.

»Du bist zu häßlich, als daß man dich mit leerem Magen töten könnte, *Fudo-San*«, sagte die Gestalt in der schwarzen Robe und rutschte auf der *Tatami* vor, bis das Sonnenlicht auf ihr Gesicht fiel.

Es war Yamagita Hiroshi.

»Du bist der Bujin!« rief Blaine überrascht.

»Ja, *Fudo-San*«, erwiderte Hiroshi in perfektem Englisch. »Seltsam, daß sich unsere Wege hier kreuzen.«

»Noch seltsamer, da seit über zehn Jahren niemand mehr von dir gehört hat.«

»Es hat niemand mehr von Hiroshi gehört, weil es Hiroshi nicht mehr gibt.«

»Würdest du mir das vielleicht erklären?«

»Zu gegebener Zeit, *Fudo-San,* zu gegebener Zeit. Dein Aufzug verrät mir, daß du jetzt einen Sake und ein warmes Bett brauchst. Als du mich sahst, hättest du schon wissen müssen, daß ich es bin. Du mußt wirklich sehr erschöpft sein.«

Hiroshi erhob sich, und McCracken tat es ihm gleich. Die beiden Männer trafen sich auf der Mitte der Matte und wechselten einen warmen Händedruck. Der *Sensei* musterte seinen ehemaligen Schüler mit einem wissenden Grinsen.

»Du bist noch immer *Fudo-San*, so starrköpfig und unwillig, dich zu ändern, wie eh und je. Und du bist in den Jahren seit unserem Abschied stärker geworden. Ich kann diese Stärke spüren.«

»Ich bin jetzt vierzig Jahre alt, *Sensei.* Was du fühlst, sind meine verkalkenden Knochen.«

Hiroshi lachte erneut. »Rolle vor einer alten, schlafenden Katze ein Stück Garn aus und siehe, wie schnell sie sich an das erinnert, was sie einmal gelernt hat.«

»Weißt du, warum ich hier bin?« fragte McCracken ihn.

»Ich habe einen gewissen Verdacht. Sprechen wir bei dem Sake darüber, den ich dir versprochen habe. Komm.«

Sie schritten Seite an Seite durch eine weitere *Shoji*-Tür. McCracken erinnerte sich, daß das ursprüngliche *Dojo,* in dem Hiroshi ihn ausgebildet hatte, diesem hier ganz ähnlich gesehen hatte. Es war schlicht und einfach gewesen, wie es bei einer Übungshalle der Fall sein sollte. Schon damals war Hiroshis Schule für die Öffentlichkeit geschlossen gewesen, und nur aufgrund des Drucks von Beamten der japanischen Regierung war der *Sensei* bereit gewesen, Blaine anzuhören. Zu seiner großen Überraschung wußte Hiroshi über Blaines Unternehmungen in Vietnam bald mehr als er selbst.

»Es gibt in der japanischen Mythologie einen großen Kriegsgott«, hatte der Meister an diesem Tag zu ihm gesagt. »Er hieß Fudo und trug in der einen Hand ein Schwert und in der anderen ein Seil, die Werkzeuge, die man braucht, um das Böse zuerst zu unterwerfen und dann zu fesseln. Er tötete mit seinem Schwert nur, wenn das eines anderen bereits Blut vergossen hatte und es auch wieder tun würde. Er trat für die Schwachen und Unschuldigen ein und wurde von allen gefürchtet, in deren Herzen die Dunkelheit lauerte. Ich werde dich *Fudo-San* nennen, weil du solch ein Mann bist. Ich bin bereit, dich zu unterrichten, weil du solch ein Mann bist.«

McCrackens Ansichten über sein Leben und seine Arbeit stimmten fast völlig mit dem Glaubensbekenntnis der Samurai überein, und Hiroshi spürte, daß Blaine für ein Leben als *Ronin* bestimmt war, als herrenloser Samurai. Er würde ein Beschützer und einsamer Rächer sein, genau, wie der Gott Fudo es einmal gewesen war.

Doch die Bedeutung von ›*Fudo-San*‹ erstreckte sich noch auf eine subtilere Ebene. Das Wort *fudo* bedeutete auch *unbeweglich*, und auch das war eine Eigenschaft, die Hiroshi von Anfang an in McCracken gespürt hatte. Er war kein Mensch, der sich schnell änderte, würde es niemals sein. Die Zeit würde vergehen, und McCracken würde sich ihr anpassen, doch unter seinen eigenen Bedingungen.

Sie gingen durch einen schmalen Korridor in einen kleineren Raum, in dem eher formelle *Tatami*-Matten lagen. Blaines Nase fing den schwach an Medizin erinnernden Geruch von warmem Sake auf; die Keramikfläschchen befanden sich in einem Topf mit kochendem Wasser, der über einem offenen Feuer hing. Hiroshi kniete davor nieder und goß zwei Becher voll; den ersten gab er McCracken.

»Trinken wir auf die alten Zeiten, *Fudo-San*.«

»Und sprechen wir von neueren, Hiroshi. Warum bist du verschwunden? Was ist passiert? Warum bist du . . .?«

»Der Bujin geworden?« vollendete Hiroshi den Satz für ihn. »Die Antwort ist ziemlich lang und kompliziert, und auch ermüdend.«

»Ich habe heute nichts mehr vor.«

»Der Fluch unseres Volkes, *Fudo-San*, ist die Tradition. Sie fesselt uns auf eine Art und Weise an unsere Vergangenheit, die wir nicht immer verstehen, aber akzeptieren müssen, weil sie uns zu dem macht, was wir sind.« Er hielt inne und trank einen großen Schluck Sake. »Es gab einmal einen Mann, einen Schläger, der es zu seinem Geschäft machte, Geld von arbeitenden Menschen zu nehmen, damit er ihnen, ihren Familien oder Geschäften nichts antat. Dieser Mann wurde von einer Bande unterstützt, und bei den wenigen Gelegenheiten, da die Polizei hinzugezogen wurde, hatten die Ankläger niemals Zeugen für ihre Beschuldigungen. Kurz darauf verschwanden sie immer oder überlegten es sich plötzlich anders. So etwas ist in Japan nicht ungewöhnlich. Es ging mich auch nichts an . . . bis dieser Mann, dieser Schläger, sein Geschäft auf das Dorf ausweitete, in dem ich aufgewachsen war. Die Dorfältesten wandten sich an mich. Ich hatte keine Wahl, ich mußte eingreifen.

Ich versuchte, vernünftig mit dem Mann zu reden. Ich ging allein, um der Ehre Genüge zu tun. Er lachte mir ins Gesicht, spottete über meine altmodischen Vorstellungen und ließ seine Leute mir ihre Waffen zeigen. Er sagte mir, ich würde sterben, falls ich es noch einmal wagte, ihm unter die Augen zu kommen. Er entehrte mich, *Fudo-San*. Er ließ mir keine Wahl . . . falls ich überhaupt jemals eine gehabt haben sollte. Ich erwartete ihn eines Morgens auf dem Reisfeld, das er durchqueren mußte, um sein Büro zu erreichen. Er durchschritt es ohne Furcht, denn wer würde es schon wagen, ihn anzurühren?« Hiroshi hielt erneut inne, nippte diesmal aber nicht an seinem Becher. »Ich rührte ihn an. Ich zog ihn in den Schlamm und hielt ihn fest, bis er das Bewußtsein verlor. Dann ließ ich ihn dort liegen, damit er wie die Kanalratte ertrank, die er war.«

»Es hat dich niemand gesehen?«

»Das spielte keine Rolle. Ich war durch den Eid gebunden, den ich als Beamter in Diensten Japans geleistet hatte, mein Verbrechen zu melden. Es kam zu einem Aufruhr, einem öffentlichen Aufschrei, bei dem einige mein Handeln unterstützten und andere es verdammten. Die Freunde des Toten schworen Rache. Die Regierung konnte mir nicht helfen. Ich hatte mich in eine unmögliche Lage gebracht. Also machte ich den Rest für alle Betroffenen einfach. Ich verschwand. Ich wurde zu einem anderen Menschen.«

»Zu einem *Ronin*, der seine Dienste vermietet, herrenlos, nur sich selbst verpflichtet.«

»Um Geld zu beschaffen, mit dem ich die Leute unterstützen wollte, die der Mann, den ich getötet hatte, erpreßt hatte. Das war meine Art, die Schande auszugleichen, die ich über mich gebracht hatte, um meine Ehre zu wahren. Zug um Zug – eine komplizierte Situation, die nicht einfach zu lösen war. Ich wählte ein Vorgehen, mit dem ich leben konnte. Ich begann damit, Krieger so auszubilden, wie sie in den vergangenen Zeiten ausgebildet worden waren. Vier von ihnen haben dich in mein *Dojo* geleitet.«

»O ja. Harte Burschen.«

»Um meiner Sicherheit willen, *Fudo-San*. Sie und Dutzende andere wurden den alten Traditionen gemäß ausgebildet. Sie leben und arbeiten hier im *Dojo* als *Uchideshi*. Ihr Leben ist ihre Ausbildung.«

»Und ist es dein Leben, ihr *Sensei* oder der Bujin zu sein, Hiroshi?«

»Beides, und es ist ihre Aufgabe, mir in beider Hinsicht zu dienen. Ein Mann tut, was er tun muß, um zu überleben und einen Sinn in seinem Leben zu finden. Unsere Wege sind voneinander gar nicht so verschieden. Ich versuche, denen zu Diensten zu sein, die von den traditionelleren Stellen abgewiesen worden sind.«

»Mit einem wichtigen Unterschied, *Sensei;* ich verbringe meine Zeit nicht mit Menschen wie Yosef Rasin – einem deiner neueren Klienten.«

Hiroshi hatte bemerkt, daß Blaine seinen Sake noch nicht angerührt hatte, drängte ihn aber nicht. Er nickte. »Wie ich es mir gedacht habe. Ich war von Anfang an Rasin gegenüber argwöhnisch, doch er war sehr überzeugend und bot mir einen stattlichen Lohn für einen kleinen Dienst.«

»Laß mich entscheiden, wie klein dieser Dienst war.«

»Er mußte eine Bergungsoperation durchführen lassen. Er wollte, daß ich alles arrangierte und den Strohmann spielte, damit keine Spuren zu ihm oder nach Israel führten.«

»Und hast du eingewilligt?«

»Nein. Das Risiko, mich bloßzustellen, wäre viel zu groß gewesen, und außerdem fiel dieser Auftrag sowieso nicht in mein eigentliches Metier. Ich nannte ihm lediglich den Namen eines Bergungsspezialisten und erklärte mich zögernd bereit, als Mittelsmann zu fungieren.«

»Was genau wollte er bergen lassen?«

»Ich wollte es gar nicht wissen. Es handelte sich jedoch um einen großen Gegenstand. Das bewies schon die Ausrüstung, die er anforderte.«

»Und wurde die Bergung erfolgreich durchgeführt?«

Hiroshi widmete sich wieder seinem Sake.

»Sensei?«

»Ich . . . weiß es nicht. Es gab einen Unfall. Das Bergungsschiff explodierte auf See. Es gab keine Überlebenden.«

»Ein Unfall . . .«

»Ich hatte keinen Anlaß, etwas anderes zu vermuten.«

»Aber dein Gefühl hat dir etwas anderes gesagt. Rasin ließ die Männer töten und alle Beweise für seine Operation eliminieren, nachdem er bekommen hatte, was er wollte.«

Hiroshi nickte sehr langsam. »Er hat mich entehrt, *Fudo-San.* Er hat mein Vertrauen verraten. Als er diese Männer tötete, war ich daran beteiligt. Eines Tages wird sich mir die Gelegenheit bieten, es ihm heimzuzahlen. Mittlerweile habe ich mir geschworen, mich nie wieder mit jemandem zu treffen, der ohne Referenzen kommt.«

»Aber mich hast du zu dir gelassen.«

Hiroshi lächelte. »Ich habe gesehen, daß du es warst, bevor ich meinen Männern ihre Befehle gab. Ich wollte sehen, wie du auf mein kleines Spiel reagierst.«

»Und warst du zufrieden? Jetzt spricht wieder der Lehrer zu seinem Schüler, *Sensei.*«

Hiroshis Blick ließ sich nicht deuten. »Du hast etwas von einem großen Vulkan an dir, der nach Jahren der Untätigkeit kurz vor dem Ausbruch steht.«

»Körperlich?«

»Eher geistig, vielleicht sogar spirituell. Du hast dich zu lange von deiner Ausbildung entfernt. Du denkst, anstatt zu fühlen.

Jeder Gedanke ist ein Risiko, denn es kostet Zeit, ihn abzuschließen.«

»Aber das Risiko gehört zum Leben, und du bist eins eingegangen, als du einwilligtest, Rasin zu helfen. Du hast deine Ehre aufs Spiel gesetzt, Hiroshi. Du hast mit einem einzigen Zug all das Gute aufs Spiel gesetzt, das du tun wolltest.«

»Was meinst du damit?«

»Was ist, wenn ich dir sage, daß ich hier bin, weil Rasin eine Waffe hat, die imstande ist, die gesamte arabische Welt auszulöschen, während sie Israel verschont? Was, wenn ich dir sage, daß alles darauf hindeutet, daß dein Bergungsteam diese Waffe für ihn aus dem Meer geholt hat?«

Hiroshi füllte mit regloser Miene seinen Becher auf. »Du hast dich also entschlossen, dieser Sache nachzugehen. Und wer ist der *Ronin,* für den McCracken dies tut?«

»Ich habe mich nicht entschlossen, ich wurde gezwungen. Ich habe dir noch nicht alles gesagt. Da ist ein Junge, von dem ich vor kurzem erfuhr, daß er mein Sohn ist. Die Araber haben ihn.«

»Mein Gott . . .«

»Ich habe keine Wahl, Hiroshi, genausowenig, wie du eine hattest, als dieses Tier anfing, dein Dorf zu terrorisieren. Die gemäßigten Araber wollen, daß ich Rasin daran hindere, seine Waffe einzusetzen, während sie versuchen, einen verrückten Iraner daran zu hindern, die militanten Kräfte gegen Israel zu vereinigen.«

»Sehr kompliziert.«

»Nicht unbedingt, wenn wir herausfinden können, was das Bergungsteam aus dem Meer geholt hat, bevor Rasin es beseitigen ließ.«

Hiroshi nippte an seinem Sake, während McCracken den erkalteten Inhalt seines Bechers kreisen ließ.

»Ich kenne die Koordinaten der Bergungsoperation. Das ist alles.«

»Dann verrate sie mir, *Sensei,* und ich mache mich auf den Weg und trete wieder aus deinem Leben.«

Hiroshi schüttelte den Kopf. »Nein. Es muß mehr geben, was

ich tun könnte. Bitte laß mich dir helfen. Du hast von deinem Sohn gesprochen. Mit steht eine Armee von Kriegern zur Verfügung, die ich . . .«

»Nein, *Sensei.* Das ist etwas, das ich allein tun muß. Glaube mir, es geht nicht anders.«

Hiroshi musterte ihn streng. »Es gibt ein Zen-Sprichwort, *Fudo-San.* Der Mann, der versucht, das Gewicht der Welt auf seine Schultern zu nehmen, wird von seiner Last zerquetscht, bevor er sie anheben kann.«

»Diesmal ist es nicht die gesamte Welt, *Sensei.* Es ist nur mein kleiner Teil davon.«

11

Eviras Gedanken kokettierten mit dem Bewußtsein, schwebten irgendwo zwischen Traum und Wirklichkeit. Sie fühlte das Stechen einer kalten Flüssigkeit an ihren Lippen, fühlte, wie ihr Kopf angehoben wurde.

»Sie müssen das trinken«, sagte eine Stimme. »Der Arzt hat es befohlen.«

Ihre Augen waren geöffnet gewesen, doch erst jetzt konnte sie etwas sehen. An ihrer Seite, halb hinter ihr, um ihren Kopf von dem Kissen zu heben, kniete ein Junge. Ihr Blick war zu verschwommen, um sein Alter genau bestimmen zu können, doch sie schätzte, daß er elf oder zwölf Jahre alt sein mochte. Sein nußbraunes Haar hing verfilzt über seine Stirn und Ohren und fiel hinten bis zu den Schultern. Seine Augen von derselben Farbe leuchteten groß und breit und blickten so vertrauensvoll drein, wie es nur einem Kind möglich ist. Er trug lediglich Lumpen am Leib; ein Männerhemd, das ihm viel zu groß und am Rücken zusammengesteckt war; ein Paar Hosen, anscheinend aus Sackleinen, irgendwie in die Form von Beinkleidern geschnitten und zusammengenäht. Evira sah zahlreiche Schmutzflecke auf seinem Gesicht und richtete den Blick auf das Wasser, das er ihr reichte. Die Hand, die ihr die

Tasse an die Lippen hielt, war schwarz vor Dreck, der dort, wo etwas Wasser übergeschwappt war, aufzuweichen schien.

»Wo . . . bin ich?« brachte Evira zustande.

»In Sicherheit.«

Sie fühlte, wie die letzten Wassertropfen an ihren Mundwinkeln hinabliefen. Sie war zu schwach, um sie abzuwischen. »Wer bist du?«

»Kourosh«, erwiderte der Junge.

Langsam entfalteten sich die Erinnerungen in ihrem Gedächtnis und nahmen die richtige Reihenfolge ein. Sie entsann sich, wie sie geglaubt hatte, verloren zu sein, als der letzte Revolutionswächter in der Plastikfabrik über ihr stand. Sie entsann sich, wie ein Rohr auf ihn gestürzt und ihr Retter von den Deckenbalken herabgesprungen war. Sie entsann sich an das Gesicht ihres Retters – das Gesicht des jungen Kourosh. Von da an wurde alles verschwommen. Ein Mann, der nach Alkohol roch, hatte ihr Fragen gestellt, die sie vor Schwäche nicht beantworten konnte. Sie hatte neuen Schmerz in ihren Verletzungen empfunden und konnte nun – sie ruhte auf einer uralten Matratze, die auf zusammengeschobenen Kisten lag – fachmännisch angebrachte Verbände spüren, die ihr zerrissenes Gewebe zusammenhielten. Darüber hinaus entsann sie sich nur des Jungen, der ständig in ihrer Nähe war und ihr Wasser gab.

Kourosh war ein Stück zurückgetreten und setzte sich nun auf eine Kiste, deren Mitte sich unter seinem geringen Gewicht bog. Sein Körper war überraschend stämmig, berücksichtigte man, daß er offensichtlich an Unterernährung litt. Evira stellte fest, daß der größte Teil der Farbe auf seinem Gesicht von dem überkrusteten Dreck herrührte. Er schien sich in seiner Rolle als Krankenpfleger sichtlich wohl zu fühlen.

»Meine Verletzungen . . . wie schlimm sind sie?«

»Der Arzt hat gesagt, wenn Sie innerhalb von zwei Tagen wieder zu sich kommen, würden Sie überleben. Es ist gerade mal ein Tag vergangen.«

»Ich erinnere mich jetzt. Der Arzt war noch jung, sehr jung.«

Kourosh lächelte breit. »Oh, er ist eigentlich kein Arzt. Wir nennen ihn nur so, weil er Medizin studierte, bevor er untertauchen mußte.«

»Wir?«

»Unsere Leute«, erwiderte Kourosh.

»Du gehörst zum Untergrund«, sagte Evira.

»Und ich bin stolz darauf.«

Sie versuchte sich zu rühren; ihr war ein neuer Gedanke gekommen. »Wer weiß sonst noch, daß ich hier bin?«

»Niemand. Nur der Arzt, und der wird nichts sagen.« Kourosh deutete mit dem Daumen auf sich. »Er ist mir etwas schuldig.«

Endlich brachte Evira die Kraft auf, sich umzusehen. Sie befand sich in einem kleinen Raum mit nur einem – teilweise vernagelten – Fenster nicht weit entfernt von ihrer Behelfsliege. Der Raum war lediglich mit diversen Kisten und einem mitgenommenen Stuhl möbliert. Zahlreiche amerikanische Comic-Hefte lagen auf dem Boden, und an die Wände geklebte Doppelseiten dienten als Tapete.

»Wer hat mich hierher gebracht? Du ganz allein?«

»Wir sind nicht weit von der Fabrik entfernt. Nur ein paar Blocks.«

»Du wohnst hier.«

»Ich wohne hier«, sagte der Junge und senkte den Blick. Dann hob er den Kopf wieder, und sein Gesicht hellte sich auf. »Das ist mein Zuhause, und es ist ein schöneres Heim, als viele andere es haben.«

»Du warst in der Fabrik, als die Soldaten kamen.«

Kourosh nickte.

»Du hast gesehen, was dort passierte, bevor ich kam?«

Ein weiteres Nicken, dann ein Seufzen. »Sie haben mich auf einen Botengang geschickt. Ich komme und gehe immer durch den Keller, weil man mich dort nicht so schnell entdecken kann. Ich war gerade zurückgekommen, als ich die Schüsse hörte. Ich wußte, daß es nicht unsere Waffen waren. Ich erkenne sie am Geräusch.«

»Aber du bist nicht davongelaufen. Du bist geblieben.«

»Weil ich wußte, daß Sie kommen würden. Ich wollte Sie

warnen, mußte mich aber verstecken, als noch mehr Soldaten kamen. Ich versteckte mich oben auf den Dachbalken.«

»Zu meinem Glück . . .«

Kourosh lächelte sie an, und in diesem Augenblick sah Evira in ihm den Jungen, der er hätte sein sollen, aber in dieser Welt nicht sein durfte. Er war das Geschöpf einer Gesellschaft, die keine Jugend mehr kannte oder verstand und sich daher weigerte, sie zu dulden.

»Sie müssen sich ausruhen«, sagte er zu ihr.

»Ich habe genug geruht.«

»Sie müssen wieder zu Kräften kommen.«

»Kannst du die anderen zu mir bringen?«

Kourosh hob seine kleinen, müden Schultern. »Es gibt keine anderen.«

»Aber der Untergrund . . .«

»Die, die ich kenne, wurden verhaftet, sind verschwunden oder wurden in der Fabrik getötet.«

»Und der Arzt?«

»Ich habe heute morgen nach ihm gesucht. Er ist auch verschwunden.«

Verdammt, dachte Evira, ich bin ganz allein . . .

»Ich weiß, weshalb Sie gekommen sind«, sagte Kourosh plötzlich. »Sie sind gekommen, um Hassani zu töten, und der Untergrund wollte Ihnen helfen.«

Evira zwang sich, sich trotz der Schmerzen ein Stück aufzurichten.

»Sie brauchen sie nicht«, fuhr der Junge fort. »Ich kann Ihnen helfen. Ich kenne die Stadt und weiß, wo Sie ihn finden können.«

»Wo?«

»Er ist in den Königlichen Palast gezogen, den der Schah in Niavarin bauen ließ. Ich kann Sie dorthin bringen. Ich kenne den Weg. Wenn Sie soweit sind.«

Trotz ihrer Bemühungen, sich aufrecht zu halten, sanken ihre Schultern auf die schmutzige Matratze zurück. »Das kann noch eine ganze Weile dauern.«

»Sie sind stark. Ich habe gesehen, was Sie im Keller der Fabrik getan haben. Noch ein paar Tage, mehr nicht.«

»Wenn du dich weiterhin um mich kümmerst, bezweifle ich das nicht.«

»Ich weiß, wie ich Ihre Verbände wechseln muß. Der Arzt hat es mir gezeigt. Ich habe sie schon einmal gewechselt, als Sie schliefen.«

»Tja«, sagte Evira. »Wenn wir also Partner sind, muß ich etwas mehr über dich wissen als nur deinen Namen.«

Evira vergaß ihre Schmerzen, als sie sich seine Geschichte anhörte. Kourosh war ein Waisenkind, wie sie es vermutet hatte. Er war vor fast zwölf Jahren geboren worden. Von Anfang an war sein Leben nicht besonders gut verlaufen, und es war schnell schlechter geworden. Der Krieg mit dem Irak nahm ihm den Vater; er wurde einberufen und kehrte in einem Sarg wieder zurück. Da seine Mutter über kein Einkommen verfügte, gab sie den sieben Jahre alten Kourosh in eine vom Revolutionsrat geleitete Schule, und zwei Jahre später wurde auch er von der Armee eingezogen.

Nachdem immer mehr Soldaten im Krieg gegen den Irak gefallen waren, hatte man die Entscheidung getroffen, Kinder an der Front einzusetzen. Anfangs bekamen sie eine gewisse Ausbildung und wurden auch bewaffnet. Doch nachdem die Bewaffnung immer knapper wurde, wurden sie einfach mit Knüppeln oder Stöcken in irakische Festungen geschickt oder benutzt, um Minenfelder zu ›säubern‹. Jedes Leben, das ein Junge ließ, bedeutete, daß das eines Mannes geschont wurde, der damit den Kampf für das ›wahre islamische Schicksal‹ fortsetzen konnte. Der Revolutionsrat mußte diese Maßnahme nicht erklären, da sie von niemandem in Frage gestellt wurde.

Kourosh sollte an einer dieser Angriffswellen teilnehmen. Man schnitt ihm das Haar kurz und kleidete ihn wie einen Soldaten. Dann wurden er und die anderen Kinder auf Lastwagen verfrachtet und an einem regnerischen Tag in Richtung Westen transportiert. Mehrere Wagen des Konvois kamen von den schlammigen Straßen ab, und die Kinder mußten absteigen und sich unter Bäume setzen, während die noch manövrierfähigen Wagen die anderen auf die Straße zurückziehen sollten. Die Kinder wurden natürlich von Soldaten bewacht, aber die konnten nicht auf jeden achten. Als die Kinder zu einem der Wagen getrieben wurden, um zu helfen, ihn aus einem Graben zu ziehen, entkam Kourosh mit mehreren anderen Jungen in die Wälder.

Eine Zeitlang war es ein tolles Abenteuer. Die anderen Jungen waren älter als er, und sie nahmen ihn nach Teheran mit. Wollten sie dort überleben, hatten sie nur eine Wahl: sie mußten Frauen überfallen und ihnen ihr Geld und ihre Lebensmittel rauben. Das konnte Kourosh nicht akzeptieren. Jede Frau, die sie überfielen, erinnerte ihn an seine Mutter, so schwach er sich auch an sie erinnerte, und er sonderte sich von den anderen ab und trennte sich schließlich ganz von ihnen. Es war Jahre her, seit er zum letzten Mal zu Hause gewesen war, doch er erinnerte sich an die Adresse und kehrte dorthin zurück.

Seine Mutter war nicht mehr dort. Niemand wußte, wo sie war.

Kourosh mußte wieder auf der Straße leben, und die Straßen wurden seine einzigen Eltern. Er stahl, was er zum Überleben brauchte. Er fand das leere Zimmer, in das er später Evira brachte, und zog dort ein. Durch die Ritzen zwischen den Brettern über seinem Fenster konnte er die Plastikfabrik sehen und so beobachten, wer dort kam und ging. In vielen Nächten hörte er leise Schritte, die sich dem Gebäude näherten, und mit der Zeit erkannte er die, die regelmäßig dorthin gingen. Er vermutete, daß es sich um Konterrevolutionäre handelte, die sich aus unzufriedenen Studenten zusammensetzten, den Helden der Armen, und wünschte, alt genug zu sein, um bei ihnen mitzumachen. In seiner Phantasie wurden sie seine Freunde und Gefährten, die einzigen, die er hatte.

Eines Abends bemerkte er, daß ein Revolutionswächter um die Plastikfabrik schlich. Als der Wächter wieder abgezogen war, zögerte Kourosh keine Sekunde. Er stürmte aus seinem Zimmer über die Straße und durch die Tür, die er so oft beobachtet hatte. Er fand die Studenten in einem großen Konferenzraum. Zuerst taten sie ihn als lästigen Störenfried ab, der sich etwas eingebildet hatte, doch schließlich konnte

Kourosh sie überzeugen, daß eine Razzia kurz bevorstand. Alle Untergrundbewegungen lernen, schnell zu handeln und ihre Spuren zu verwischen, und als die Razzia kaum eine Stunde später tatsächlich stattfand, fanden die Soldaten keine Spur mehr von der Anwesenheit der Rebellen. Der Junge wurde von den Studenten aufgenommen; er verlangte nichts von ihnen, doch einige bemühten sich, ihn so sauber wie möglich zu halten, gaben ihm zu essen und lehrten ihn die englische Sprache, mit Hilfe der Comic-Hefte, wie er Evira erklärte.

»Glaubst du wirklich, daß du mich in den Palast bringen kannst, wenn Hassani dort ist?« fragte sie ihn, als er geendet hatte.

»Ich habe es dir doch gesagt, oder?«

»Warum erzählst du mir dann nicht, wie du es anstellen willst? Fangen wir mit einer Karte an.«

Die vier alten Männer saßen an einem schattigen Tisch auf dem Hinterhof eines geräumigen Landsitzes in Hertzelia, einer noblen Vorstadt eine halbe Stunde außerhalb von Tel Aviv. Zwei saßen einem dritten direkt gegenüber und waren in tiefer Konzentration über einem Damebrett versunken, auf dem noch annähernd so viele schwarze Steine wie rote übriggeblieben waren. Der bleichere der beiden, ein hagerer Mann mit einem Dreitagesbart, schlug mit seinem roten Spielstein einen schwarzen.

»Eine Dame!« forderte er triumphierend.

Sein etwas älteres Gegenüber, ein kleiner, untersetzter Mann, der kaum noch Haare auf dem Kopf hatte, verzog das Gesicht und setzte mit einer heftigen Bewegung einen geschlagenen roten Stein wieder auf das Spielbrett.

»Verdammt, Abraham. Du spielst *meschugge.*«

»Nur zu, verdamme mich, Isaac. Verdamme mich, soviel du willst. Diesmal gewinne ich.«

»Ihr beide solltet euch schämen, euch am Sabbat zu streiten«, tadelte ein Mann mit einem Glasauge, das sich beharrlich weigerte, in dieselbe Richtung zu blicken wie sein echtes. »Da habe ich ein paar Gewinner aufgetrieben.« Er rutschte unbehaglich auf seinem Stuhl hin und her.

»Hämorrhoiden, die hast du, Saul«, gab Isaac zurück.

»Ja, weil ich zu lange an derselben Stelle hocken bleiben muß, um auf euch beide aufzupassen.«

Die Reaktion des vierten Mannes auf all das bestand darin, ein Taschentuch hervorzuziehen und sich seine gewaltige Nase zu putzen.

»Mußt du das unbedingt vor uns allen tun, Joshua?« wollte Abraham wissen.

»Wieso denn nicht? Soll ich jedesmal in den Wald gehen, wenn ich mich schneuzen muß?«

»Nein«, sagte Saul. »Du würdest nur alle Vögel aufscheuchen.«

Nun war es Joshua, der das Gesicht verzog. Allerdings sprachen sich die Männer nicht mit den Namen an, die sie bei ihrer Geburt verliehen bekommen hatten. Sie waren in ihrem Leben unter so vielen Namen bekannt gewesen, daß es sie nicht mehr störte, besonders, da sie selbst sie gewählt hatten. Die vier Männer hatten die Namen von vier Königen und Kriegern angenommen. Namen, die gut zu dem Vorhaben paßten, das sie durchführen wollten.

Isaac war wieder an der Reihe, und er beugte sich so tief über das Schachbrett, daß er die Figuren hätte ablecken können, bevor er seinen Zug machte. Für die vier alten Männer ähnelte das Leben selbst einem Damespiel. Das Schachspiel mit all seinen Komplikationen konnte man vergessen. Das Leben ließ sich am einfachsten ertragen, wenn man es auf seine einfachsten Elemente reduzierte. Diesen Glaubenssatz hatten sie vor über vierzig Jahren angenommen und seitdem immer danach gehandelt.

»Noch immer keine Nachricht aus Teheran?« fragte Joshua.

»Erwartest du vielleicht ein Wunder?« gab Saul zurück.

»Ein Wunder brauchen wir nicht. Wir haben alles genau geplant. Diese Frau . . . wie hieß sie noch gleich?«

»Evira.«

»Sie hätte in Teheran sterben müssen. Man hat uns

versichert, daß es kein Problem geben würde. Was ist schiefgegangen?«

»Woher soll ich das wissen?« fragte Isaac, der immer ungeduldiger wurde, weil Abraham einfach nicht ziehen wollte. Er holte mit der Hand aus, zog sie aber wieder zurück, bevor er diese Sünde begehen konnte. »Wir haben uns vergewissert, daß die Nachricht von ihrer Ankunft an den Revolutionsrat durchsickert, doch die Soldaten, die sie in Empfang nehmen sollten, wurden alle getötet, und sie verschwand. Ende der Geschichte.«

Abraham lachte humorlos auf und machte endlich seinen Zug. »Nicht, wenn sie noch am Leben ist.«

»Nur zu«, stichelte Isaac. »Du willst jetzt das sagen, was du schon heute morgen gesagt hast. ›Warum suchen wir sie nicht und erledigen sie?‹ Weil sie verschwunden ist, deshalb. Jemand hat ihr geholfen, und dieser Jemand hilft ihr noch immer.«

»Keiner unserer Leute.«

»Bestimmt nicht. Vielleicht gehört er keiner Gruppierung an. So was soll ja mal vorkommen.«

»Es kommt nur darauf an«, sagte Saul, »daß sie wahrscheinlich auf der Flucht ist und daher keine Bedrohung unserer Pläne mehr darstellt.«

»Unterschätze sie nicht«, drängte Isaac und beobachtete Abraham, der sich eine Erwiderung seines letzten Zuges einfallen lassen mußte. »Wir wissen, was sie in Teheran bewerkstelligen will, und wir wissen ebenfalls, daß wir ihr das nicht erlauben dürfen.«

»Sie hat nur wenig Zeit.«

»Sie hat genug Zeit.«

»Wann ist es soweit?« fragte Isaac sich selbst und steckte sein Taschentuch ein, um es an seinen Fingern abzuzählen. »Kommt darauf an, ob man den heutigen Tag mitrechnet oder nicht.«

»*Putz*«, murmelte Saul. »Du kannst dich nicht an den vierzehnten Mai erinnern, den Unabhängigkeitstag? Und das, nachdem wir so schwer kämpfen mußten, um ihn zu bekommen?«

»Acht Tage«, sagte Joshua schließlich. »Den heutigen eingerechnet.«

»*Putz.*«

Und auf dem Spielbrett hatte Abraham auf Isaacs anscheinend schlecht durchdachten Zug reagiert, indem er zwei gegnerische Steine übersprungen hatte; einer davon war eine Dame gewesen. »Manchmal, alter Freund, machst du ein einfaches Spiel viel komplizierter, als es eigentlich sein sollte.«

Isaac reagierte augenblicklich, übersprang drei von Abrahams Steinen und ließ ihm nur noch einen einzigen Stein auf dem Brett. »Manchmal machst du es zu einfach.«

Yosef Rasin stand auf der Terrasse, von der aus man die Orangenhaine des Kibbutz überblicken konnte, in dem er als Kind gelebt hatte. Für ihn waren die Gerüche, die die steife Brise herantrug, mehr als nur die von Zitrusfrüchten; es waren die Gerüche von Israel, der Nation, der er sein Leben gewidmet hatte. Rasin fuhr mit einer Hand durch seine Locken, die merklich dünner als früher geworden waren. Er war kein junger Mann mehr. Wo früher Träume ganze Ewigkeiten warten konnten, bis sie wahr wurden, schien jetzt sogar der morgige Tag zu weit entfernt, um darauf zu warten.

Morgen sowieso nicht. Aber bald, sehr bald . . .

Rasin legte beide Hände fest um das Geländer. Sein Griff fühlte sich schwach an. Sein Bauch schien noch dicker geworden zu sein. Die Sonne über Israel schien Tag für Tag etwas von ihrer Kraft zu verlieren. In dieser Hinsicht war sein Schicksal das seiner Nation. Bitten. Verzweiflung. Kaum noch Zeit. Interessant, wie sie beide gemeinsam gealtert waren.

Und doch stand er hier als Gefangener seines Gewissens, dank des Plans, den er in Angriff genommen hatte. Als seine Feinde nach ihm zu suchen begannen, hatte er sich in dieses Kibbutz auf dem fruchtbaren Land in der Nähe des Negev zurückgezogen. Es stand viel auf dem Spiel, und Rasin konnte kein Risiko eingehen. Die Bewohner seines Kibbutz hielten ihn für einen Helden. Es war ein Privileg, ihn zu verstecken. Sie würden nichts über ihn verlauten lassen, und da das Kibbutz sehr abgelegen war, stellte er das perfekte Versteck dar. Es war nicht, wie so viele andere, kommerziell geworden. Hier gab es kein Hotel, keine Andenkengeschäfte, nicht den geringsten Tourismus. Die Menschen hier blieben unter sich und machten für ihre Existenz keine Reklame mit Werbeplakaten an der Autobahn. Rasin bekam eine Gänsehaut, als er dachte, wie viele andere sich der Kommerzialität ergeben hatten.

Er atmete noch einmal tief ein. Die Gerüche erinnerten ihn an vieles, hauptsächlich aber an die Heimat. Er sah über die Orangenbäume hinaus, die sich in regelmäßigen Reihen unter ihm erstreckten. In seiner Vorstellung wurden sie zu einer gewaltigen Menschenmenge, die ihm jubelnd zurief. Rasin konnte ihre Euphorie fühlen. Er berührte sein unrasiertes Gesicht und war froh, daß die Menschen unter ihm zu weit entfernt waren, um zu bemerken, wie ungepflegt er war. Unwillkürlich hob er die Hände von dem Geländer in die Luft, eine Geste, die das Volk zum Schweigen bringen sollte. Es gehorchte augenblicklich dem Befehl eines seiner Helden.

»Meine Freunde«, rief er den Menschen zu, »ein großer Tag ist hereingebrochen, ein *heiliger* Tag, denn sind wir nicht zum ersten Mal in unserer Geschichte, die so reich an Unterdrükkung ist, völlig unabhängig von dem Haß und der Häßlichkeit, die uns schon immer umgeben haben?«

»Ja!«

»Und stehen wir, das Volk von Israel, nicht zum ersten Mal vereint zusammen und betrachten unsere Grenzen ohne Furcht? Können wir nicht zum ersten Mal über die Straße gehen, über *jede* Straße, ohne Angst um unser Leben und das unserer Kinder haben zu müssen? Und diese Angst werden wir nie wieder empfinden!«

»Ja!«

Der Applaus und Jubel nahm tumultartige Züge an. Er hallte geradezu in Rasins Ohren, war so laut, daß er in sein imaginäres Mikrofon brüllen mußte.

»Die arabischen Völker sind endlich unterworfen worden! Die arabischen Völker sind so unbedeutend geworden wie der Sand, der ihre Wüsten bildet! Ihr gesamtes Dasein ist so unbedeutend wie eine Wüste geworden. Hatte ich das gewollt? Ist es mir leicht gefallen?«

Stille nun, gespannt und erwartungsvoll.

»Nein! Nein, sage ich euch! Ich habe diese Tat nicht leichten Herzens vollzogen. Aber ich übernehme die Verantwortung dafür. Ich akzeptiere sie, wie ich es akzeptiere, zum Führer dieses großen Landes bestimmt zu werden, das ich liebe und behüte. Schauen wir nicht in die Vergangenheit zurück. Man hat uns gezwungen, sie zu begraben. Schauen wir in die Zukunft, schauen wir auf das, was wir nun in Frieden aufbauen können.«

Seine letzten Worte übertönte der Applaus, und Rasin hob triumphierend, mit feuchten Augen, die Hände. Die Erfüllung seines größten Traumes . . .

»Yosef . . .«

. . . lag vor ihm.

»Yosef, es tut mir leid, aber ich muß Sie stören.«

Die Stimme hinter ihm riß Rasin aus seiner Trance. Vor ihm waren die Orangen wieder Orangen. Seine Hände umfaßten wieder das Geländer. Er war enttäuscht.

»Sie wissen, daß ich nicht gestört werden möchte, wenn ich nachdenke, Daniel.«

»Wir müssen uns um einige dringende Angelegenheiten kümmern. Sie erfordern Ihre augenblickliche Aufmerksamkeit.«

Rasin fuhr abrupt herum. »Israel erfordert meine Aufmerksamkeit, Daniel. Nicht mehr, und nicht weniger.«

»Genau darüber müssen wir sprechen, Yosef. Drohungen. Komplikationen.«

Rasins Augen zogen sich zu schmalen Schlitzen zusammen, aus denen unterdrückte Wut loderte. Daniel bemerkte, daß seine Stimme heiser war, als er wieder das Wort ergriff.

»Sie haben meine Aufmerksamkeit.«

Zuerst hatte Rasin versucht, der israelitischen Öffentlichkeit seinen Standpunkt auf friedliche Art und Weise zu verdeutlichen, innerhalb des Systems zu arbeiten, um die Veränderungen zu bewirken, die er für so dringend hielt. Militante Ansichten gewann er erst nach der Unterzeichnung des

Abkommens von Camp David. Es war ein tragischer Fehler, den Sinai zurückzugeben, weniger aus strategischen Gründen als wegen des Präzedenzfalles, den dieses Vorgehen darstellte. Sobald man erst einmal ein besetztes Gebiet zurückgab, hörte es nicht mehr auf. Die Gründung eines Palästinenserstaates auf der West Bank, die Israel und nur Israel gehörte, war wahrscheinlicher denn je zuvor. Glaubte die derzeitige Regierung, daß sich der arabische Mob damit zufriedengeben würde? Rasin wußte es besser. Für ihn war die Sache klar: Entweder die arabische Welt würde überleben, oder Israel. Und er war mit der Möglichkeit gesegnet worden, das Letztere durchzusetzen. Nein, nicht gesegnet – auserwählt. Und von wem, wenn nicht von Gott? Alles war zu glatt und sauber verlaufen, als daß es nicht vorbestimmt sein konnte. Er konnte die Waffe einsetzen, wann und wie er es für richtig hielt.

Der Wind fuhr durch seine Haare, und Rasin blinzelte mit zusammengekniffenen Augen in die Sonne. Auf einen beiläufigen Beobachter hätte er wie ein Lehrer oder ein weltlicher Beamter wirken können. Sein Gesicht war einfach und keineswegs besonders auffällig oder einprägsam, und Rasin war froh darüber. In der Einfachheit lag Stärke, und er benutzte sie, um den Kern der Wahrheit herauszufinden.

Man mußte den arabischen Völkern des Mittleren Ostens zeigen, daß sie einen falschen Weg eingeschlagen hatten. Punkt. So einfach war das. Er hatte die Möglichkeit dazu, wenngleich der Zweck nicht unbedingt die Mittel rechtfertigte. Diese Rechtfertigung kam aus der Vergangenheit, von der bewiesenen Brutalität einer Kultur, die seit Anbeginn ihrer Existenz Krieg führte. Die Barbaren der modernen Welt, voll von inbrünstigem Haß und Todessehnsucht. Die Namen, unter denen sie bekannt waren – Al-Fatah, Schwarzer September, PLO, PLF, der Islamische Dschihad – waren lediglich Fassaden, die ihre Existenz rechtfertigen sollten. Doch Rasin schaute hinter diese Fassaden; für ihn war die Sache ganz klar. Die Araber haßten die Israelis und würden sie vernichten, falls sie Gelegenheit dazu hatten. Die einzige Möglichkeit, sie aufzuhalten, bestand darin, diese Gelegenheit zuerst zu finden.

Und sie jetzt zu nutzen.

»Wir haben den Verräter Traymir verhört.«

»Und?«

»Unsere Befürchtungen haben sich bestätigt. Er hat McCracken nach Japan geschickt, zum Bujin.«

»Und was habt ihr unternommen?«

»Wegen Traymir?«

»Nein, wegen McCracken.«

»Der Bujin hat ihn fortgeschickt, bevor wir etwas tun konnten.«

»Das ist kaum eine Überraschung.«

»Sein nächstes Ziel ist gleichermaßen offensichtlich. Er könnte beträchtlichen Schaden anrichten, falls er etwas findet . . .«

»Was soll er denn finden, Daniel? Wir haben keine Spuren oder Beweise zurückgelassen. Darauf haben wir sorgfältig geachtet.«

»Wir sprechen hier von McCracken, nicht von einem normalen Menschen. Er hat Fähigkeiten und Hilfsmittel, die unsere Vorstellung übertreffen.«

Rasin trat vor und legte Daniel beide Hände auf die Schultern. »Haben Sie vergessen, unter welchen Umständen er diesmal agieren muß? Er hat keine Freunde, es steht keine Regierung hinter ihm, und das Leben seines Sohnes steht auf dem Spiel.«

»Er hat schon öfter Operationen ganz allein auffliegen lassen.«

»Dann werden wir uns eben mit ihm befassen. Wenn Ihre Informationen zutreffen, müßte das relativ einfach sein. Entspannen Sie sich.«

Doch Daniel verkrampfte sich und trat zurück.

»Sprechen Sie aus, was Sie denken, mein Freund«, bat Rasin ihn.

»Als wir erfuhren, daß er in die Sache verwickelt ist, hätten wir ihn sofort töten sollen. Ich habe Sie vor den Konsequenzen eines Versagens gewarnt.«

Rasin nickte. Daniel hatte natürlich recht. Die Probleme hatten angefangen, als sie entdeckten, daß Evira einen Agenten in hoher Position bei ihnen eingeschleust hatte. Sie mußten davon ausgehen, daß dieser Agent vor seiner Enttarnung weitergegeben hatte, daß Rasin die Superwaffe besaß. Als bekannt wurde, daß sich die Frau verzweifelt für McCracken interessierte, hatte Rasin den einzig logischen Schritt unternommen: Er hatte Evira geholfen, ihre Karten durch Fett auszuspielen, damit sie sich McCrackens Dienste vergewissern konnte und seine eigenen Leute über McCracken an sie herankamen. Alles wäre wie geplant gelaufen, wäre in Jaffa nicht plötzlich dieser Einarmige mit seinen Leuten aufgetaucht, die es ebenfalls auf Evira abgesehen hatten. Mit McCrackens überragenden Fähigkeiten hatten sie gerechnet, doch der unerwartete Zwischenfall hatte ihnen einen Strich durch die Rechnung gemacht.

»Ihr Einwand ist berechtigt«, gestand Rasin ein. »Jetzt erzählen Sie mir von der Frau.«

»Sie ist verschwunden.«

»Mehr habt ihr nicht herausgefunden?«

»Sie hat das Land verlassen.« Rasin genau musternd, fuhr er fort: »Das könnte schon reichen. Falls sie die Wahrheit auch nur ahnt, und falls dieser Verdacht sie . . .«

»Das reicht! Sie kann die Wahrheit nicht ahnen. Niemand kann das. Haben Sie verstanden, Daniel? Niemand! Jedes Detail dieser Operation wurde bis ins Kleinste durchdacht. Wir haben es nur mit unbedeutenden Zwischenfällen zu tun. Sehen Sie mich an, Daniel. Sehen Sie mich an!«

Rasin ergriff den Jüngeren wieder an den Schultern und zog ihn zu sich heran. »Glauben Sie, daß es mir gefällt, in diesem selbstauferlegten Exil zu leben? Wissen Sie, warum ich mit den Orangenhainen spreche? Nicht, weil ich verrückt bin, Daniel, sondern aus Frustration. Es schmerzt mich, isoliert und allein zu sein, während man mich so dringend braucht. Aber das wird sich bald ändern, und nichts und niemand kann das verhindern! Wir sind kaum noch eine Woche von der Vollendung meines Plans entfernt. Ich werde ein Held sein. Israel wird mir gehören, und ich werde es schützen und führen, wie es mir von Geburt an bestimmt war.«

Rasin beruhigte sich wieder, löste seinen Griff und trat einen Schritt zurück.

»Der Unabhängigkeitstag, Daniel. Der vierzehnte Mai. Der nächste Sonntag. Morgen in einer Woche.«

Daniels Erwiderung bestand nur aus einem Wort: »McCracken.«

»Wir kennen sein Ziel. Wir werden ihn dort erledigen.«

»Und wenn uns das nicht gelingt?«

Blinzelnd nickte Rasin. »Dann ist vielleicht wieder die Zeit gekommen, Eviras Plan gegen sie selbst zu benutzen.« Sein Blick war nun kalt und zeigte nicht das geringste Zögern. »Nehmen Sie mit den Frauen Kontakt auf. Sie sollen das Versteck aufsuchen, in dem McCrackens Sohn festgehalten wird. Sagen Sie ihnen, daß sie den Jungen töten sollen.«

DRITTER TEIL

INDIANAPOLIS

Guam: Montag, 8. Mai; elf Uhr

12

»Ho!« hörte McCracken, während eine Hand ihn an der Schulter rüttelte. »Hoffentlich haben Sie nichts dagegen, daß ich Sie wecke.«

»Sie haben mich aus einem schönen Traum gerissen«, sagte er zu der Frau, die mit den Händen auf den Hüften über ihm stand.

»Tut mir schrecklich leid. Aber ich dachte mir, Sie wollten auf Deck kommen, wenn wir Ihre gottverdammten Koordinaten erreichen.«

»Aye, aye, Sir«, erwiderte Blaine, doch Patty Hunsecker hatte seine Kabine schon wieder verlassen.

Blaine warf die Beine über den Rand der Koje und streckte sich. Sie waren jetzt seit fast vierundzwanzig Stunden auf See, und kaum eine davon war leicht gewesen. Der Pazifik war unruhig, der Seegang hoch und rauh. Windstill war es nur in den ersten Stunden nach dem Aufbruch von Guam gewesen. Wenn McCracken richtig schätzte, befanden sie sich nun ungefähr auf halber Strecke zwischen Guam und der Insel Leyte, mit nichts als Wasser und Himmel um sie herum.

Sechsunddreißig Stunden zuvor, am Samstag, hatte Hiroshi einen Privatjet bereitgestellt, der Blaine zum Flughafen Tamuning auf Guam gebracht hatte. Die starke Militärpräsenz der USA im Pazifik schloß einen Marinestützpunkt auf der Insel ein, der sehr wahrscheinlich über die Ausrüstung verfügte, die er benötigte. Leider konnte er sich unter den gegebenen Umständen nicht an die offiziellen Behörden um Hilfe wenden. Nicht nur, daß Evira ihm dies verboten hatte, nun war ihm auch noch der Mossad auf der Spur, und der Mossad hatte seine Ohren überall.

Erneut hatte Hiroshi ihm aus der Klemme geholfen. In den Gewässern um Guam, einschließlich der nahegelegenen Marianen, wurden zahlreiche Forschungsprojekte durchgeführt, deren Aktivitäten allesamt vom Marinestützpunkt gebilligt werden mußten. Hiroshi stieß bei seiner Überprüfung auf zahlreiche Teams mit der nötigen Ausrüstung, aber nur eine junge Forscherin namens Patty Hunsecker schien sofort zur Verfügung zu stehen. Sie betrieb Studien über das ökologische Gleichgewicht im Marianen-Graben, und ihr Schiff lag gerade im Hafen; sie schrieb an einem Bericht, den sie abliefern mußte, damit man ihr einen weiteren Forschungszuschuß gewährte.

Er hatte sie in einer kleinen Bar gefunden, von der aus man auf den Hafen Apra hinausschauen konnte, in dem ihr Boot kaum hundert Meter entfernt vertäut lag. Sie war attraktiv, sah aber nicht so aus, als hätte sie in letzter Zeit besonders viel daran getan. Auf ihrem Ecktisch stapelten sich Papiere, und ein halbvoller Krug Bier stand inmitten des Durcheinanders.

»Entschuldigung«, sagte Blaine, als er an ihren Tisch trat.

»Nein.«

»Was?«

»Ich habe nein gesagt. Ich entschuldige nicht. Verschwinden Sie. Worum auch immer es geht, ich habe keine Zeit.«

»Glauben Sie etwa, ich wollte Sie anbaggern?«

Sie musterte ihn von oben bis unten und runzelte mißbilligend die Stirn. »Mister, da hätten Sie keine Chance, selbst, wenn ich die Zeit hätte.«

»Es geht um Ihr Schiff, Miß Hunsecker.«

»Moment mal, woher wissen Sie, wie ich heiße?«

»Ich heiße McCracken, falls es Sie interessiert.«

»Interessiert mich nicht.«

Blaine wollte sich setzen, überlegte es sich dann anders und beantwortete ihre Frage. »Aus den Marineunterlagen«, sagte er, was zum größten Teil der Wahrheit entsprach.

Sie warf ihren Kugelschreiber auf den Tisch, wo er zwischen den Papierstapeln verschwand. »Was hat das mit meinem Schiff zu tun?«

»Ich möchte es gern chartern.«

Patty Hunsecker grinste. »Ach? Wissen Sie was? Nehmen Sie Ihr Angelzeug und versuchen Sie es zwei Bars weiter.«

»Was ich suche, liegt auf dem Meeresboden und wird wohl kaum nach einem Köder schnappen, Miß Hunksitter . . .«

»Hunsecker.«

». . . und ich brauche auch keinen Kapitän, der weiß, wo man Speerfische findet. Ich brauche ein Boot mit modernster technischer Ausrüstung.«

»Tut mir leid«, schnappte Patty zurück und tastete zwischen den Papieren nach ihrem Kugelschreiber, »aber ich habe keinen Bootsverleih.«

Diesmal glitt Blaine auf den Stuhl ihr gegenüber.

»Ich habe Sie nicht gebeten, Platz zu nehmen.«

»Und ich fürchte, es war keine Bitte, Ihr Boot benutzen zu dürfen. Verstehen Sie, jedes Schiff, das in diesen Gewässern kreuzen will, braucht die Erlaubnis der Navy der Vereinigten Staaten. Mit anderen Worten . . . Ihr Arsch gehört der Navy.«

»Mein Arsch gehört niemandem, Mister!«

»Miß Hunsecker«, erwiderte Blaine, »ich könnte jetzt sofort zur Navy gehen und Ihr Boot auf unbestimmte Zeit beschlagnahmen lassen. Ich versuche nur, diesen unangenehmen Schritt zu vermeiden.«

»Sie klingen ganz wie ein Bundesbulle.«

»Gewissermaßen.«

»Wie lange?« seufzte sie.

»Zwei Tage, höchstens drei.«

»Dann kann ich mir meinen Forschungszuschuß in den Wind schreiben. Hören Sie, Ihnen bedeutet das vielleicht nichts, aber die gesamte Zukunft der Welt ist mit den Geheimnissen des Ozeans verknüpft.«

»Ganz recht«, erwiderte McCracken, »aber nicht aus den Gründen, die Sie meinen.«

Und als Blaine nun seine Segeltuchschuhe anzog, um auf Deck zu gehen, dachte er darüber nach, wie gut er sie an nur einem Tag kennengelernt hatte. Patty Hunsecker mochte zwar mitunter etwas dick auftragen, war aber keine schlechte Frau, und auch keine unattraktive. Ihr blondes Haar war zu einem kurzen Bubikopf geschnitten, der keine große Pflege brauchte und es gut verkraftete, ständig der salzigen Luft und dem Wasser ausgesetzt zu sein. Sie hatte sich so sehr an die Sonne gewöhnt, daß ihre Bräune ganz natürlich wirkte. An den dunklen Stunden des Sonntagabend hatten sie auf Deck gesessen, während ihr Boot, die *Runaway*, vom Autopiloten durch die Strömungen gesteuert wurde.

»Ein sehr interessanter Name«, hatte McCracken gesagt.

»Mehr als interessant – zutreffend. Er beschreibt mein Leben.«

»In Bel Air?«

»In der wenigen Zeit, die ich dort verbracht habe. Ich ging auf die Schule, und wenn ich nach Hause kam, waren meine Eltern nie da. Aber ich habe schon immer das Meer geliebt. Meine Großmutter starb, und als ich einundzwanzig wurde, habe ich mit dem Geld, das sie hinterlassen hat, dieses Schiff gekauft, ausgerüstet und bin einfach abgehauen. Auf dem College habe ich alles Nötige gelernt. Meine Eltern dachten, ich ginge auf eine Schauspielschule.«

»Sie müssen ja allen Grund dazu gehabt haben, wenn Sie sie vier Jahre lang täuschen konnten.«

»Ich bin schon nach drei Jahren durchgebrannt«, berichtete Patty Hunsecker. »Da wußte ich schon, was ich wissen mußte. Den Rest konnte ich hier draußen lernen. So eine Art Praktikum.«

»Warum bemühen Sie sich bei all Ihrem Geld um dieses Stipendium?«

»Es stellt eine gewisse Rechtfertigung dar, zeigt mir, daß sich jemand für das interessiert, was ich tue. Ansonsten wäre ich wirklich nur die junge Träumerin, für die meine Eltern mich hielten, als ich davonsegelte.«

»Davondampfte«, sagte Blaine.

»Entschuldigen Sie meine Offenheit, Mister, aber für Sie scheint das ja keinen großen Unterschied zu machen.«

»Wir alle laufen vor etwas davon, Patty, und ich habe einen indianischen Freund, der behauptet, wir wären immer vor uns selbst auf der Flucht. Wir erschaffen uns unsere eigene kleine Welt der Illusionen, und sobald sie sich einmal aufgelöst haben, bleibt uns nur noch die Wirklichkeit. Und manchmal kann man das nur schwer verkraften.«

»Aber letzten Endes können wir doch nur selbst herausfinden, was Illusion und was Wirklichkeit ist, nicht wahr? Das gefällt mir wahrscheinlich am besten daran, daß ich mir mit der *Runaway* hier ein Heim geschaffen habe.«

»Bis auf die Tatsache, daß Sie noch immer auf der Flucht sind, sich noch immer etwas vormachen. Das hier ist der Pazifik, aber wenn Sie allein hier draußen sind, mit keinem einzigen anderen Menschen in der Nähe, ist es *Ihr* Ozean, und damit sind wir wieder da, wo wir angefangen haben. Glauben Sie mir, ich weiß, woher Sie kommen. Sie haben es darauf abgesehen, das Meer zu retten. Ich hatte es lange darauf abgesehen, die Welt zu retten.«

»Diesmal nicht?«

»Vielleicht läuft es wieder darauf hinaus, aber im Augenblick interessiert mich nur ein zwölf Jahre alter Junge, der es nicht verdient hat, als Druckmittel gegen mich eingesetzt zu werden.«

Patty Hunsecker warf ihm einen fragenden Blick zu, drang aber nicht tiefer in ihn. McCracken hatte sich kurz darauf zurückgezogen und war in einen unruhigen Schlaf gefallen, aus dem sie ihn erst vor ein paar Minuten geweckt hatte. Er gähnte, als er in die Morgensonne hinaustrat, und stellte fest, daß sich Patty vor einem der zahlreichen Instrumente auf Deck der *Runaway* niedergelassen hatte.

»Das könnte Ihr Glückstag sein, McCracken«, sagte sie, ohne zu ihm aufzusehen.

»Wollen Sie mich zu einem Bier einladen?«

»Noch besser.« Langsam hob sie den Blick. »Meine Instrumente zeigen an, daß Ihre Koordinaten haargenau eine große Wölbung auf dem Meeresboden bezeichnen.«

»Ist das gut?«

»Tja, da der Druck dort unten normalerweise ausreicht, jedes Schiff zu einer Blechdose zusammenzudrücken, können Sie zumindest darauf hoffen, ein einigermaßen intaktes Wrack zu finden.«

»Dann handelt es sich da unten um ein Schiff?«

»Die Magnetometermessungen lassen darauf schließen, daß direkt unter uns eine beträchtliche Menge Metall liegt.«

»Und können Sie das Wrack finden?«

»Mit etwas Hilfe von einem Freund auf jeden Fall.«

»Wie bitte?«

»RUSS.«

»Wer?«

»Nicht wer, sondern was. RUSS. R-U-S-S. Steht für Robotisches Unterwasser-Such-System. Kommen Sie mit, und ich stelle Sie ihm vor.«

McCracken folgte Patty zum Heck, wo unter einer fest zusammengezogenen Persenning ein großer Gegenstand lag. Sie öffnete die Reißverschlüsse und Schnüre, und er half ihr, die Hülle herunterzuziehen. Ein flacher Apparat kam zum Vorschein, der ein wenig wie ein Miniatur-U-Boot oder ein übergroßer Torpedo aussah.

»Das ist RUSS.«

»Sehr angenehm.«

RUSS war zum größten Teil weiß, wies nur einige rote Flecken auf und verfügte wie ein bemanntes U-Boot über einen Kommandoturm, allerdings ebenfalls im Miniaturformat. Der Bug bestand aus Spezialglas, und man mußte Blaine nicht erst erklären, daß eine Kamera dahinter alles, was sie sah, an Bord der *Runaway* übertrug. Das Gebilde ruhte auf einer mechanischen Hydraulik, mit der man es anscheinend ins Wasser lassen und wieder hinaufholen konnte.

»RUSS wiegt insgesamt über tausend Pfund«, erklärte Patty, als habe sie seine Gedanken gelesen.

»Ziemlich schwer für so ein kleines Kerlchen.«

»Muß er auch sein, wenn man bedenkt, welcher Druck in Tiefen wie dem Marian-Graben herrscht. Das hat etwas mit der Gewichtsverteilung und dem Druck pro Quadratzentimeter zu tun. RUSS' Hülle ist so dicht, daß er praktisch unter allen Druckverhältnissen einsatzfähig ist. Und er verfügt über eine

Spezialbatterie, die ihm eine beträchtliche Reichweite ermöglicht, bevor man sie wieder aufladen muß.«

»Also lassen wir ihn zu Wasser . . .«

»Und ich steuere ihn von hier oben. Hoffen wir nur, daß er findet, wonach Sie suchen.«

Patty warf den Anker der *Runaway* und aktivierte, während McCracken aufmerksam zuschaute, die Hydraulik, die das Tauchboot langsam über den Schandeckel hob und dann ins Meer senkte. Ein Knopfdruck gab RUSS frei, und er sank langsam, fast anmutig, hinab wie ein Fisch, den man geangelt hatte und wieder ins Wasser zurückwarf.

Sein Miniatur-Kommandoturm war gerade in den Fluten verschwunden, als Patty hinter einer tragbaren Instrumentenkonsole mit vier Hebeln und einem Joystick in der Mitte Platz nahm.

»So steuere ich ihn«, erklärte sie.

»Sieht ganz einfach aus.«

»Ist es auch. Voll transistorisiert und natürlich wasserdicht.«

Patty schob den Joystick vor, und Blaine sah, wie RUSS sich dicht unter der Wasseroberfläche geradelegte. Ein leichter Hebeldruck, und er senkte sich ins tiefere dunkelblaue Wasser hinab. Zum Glück konnte man seine Kameras sowohl nach oben wie auch nach unten richten, so daß nicht zu befürchten stand, daß er etwas übersah.

»Es wird zwanzig oder fünfundzwanzig Minuten dauern, bevor er die Anhebung im Meeresboden erreicht, über der wir uns befinden. Kommen Sie, ich zeige Ihnen den Rest meiner Ausrüstung.«

Sie traten zu einem überdachten Teil des Decks neben der Kabine, und Patty nahm hinter einem Gerät Platz, bei dem es sich um eine Kombination aus Computermonitor und Fernsehbildschirm zu handeln schien. Eine genauere Untersuchung enthüllt, daß Blaines Vermutung zutraf; der Bildschirm befand sich über dem Monitor und war über ein wahres Kabelgewirr mit ihm verbunden. Patty gab mit der Tastatur vor ihr

Anweisungen ein, und augenblicklich erhellte sich der Bildschirm.

»Ich steuere RUSS zwar, aber der Computer kommuniziert mit ihm.«

»Was meinen Sie damit?«

»Tja, die Forschung hat neue technologische Höhen erreicht – oder vielleicht sollte ich lieber Tiefen sagen. Sehen Sie das Bild, das auf dem Fernsehschirm entsteht?«

McCracken beugte sich vor, bis er etwas ausmachen konnte. »Sieht aus wie ein großer Swimming-pool.«

»Ein sehr großer. Wir sehen hier genau das, was RUSS auf seiner Tauchfahrt sieht. Angenommen, er findet, wonach auch immer Sie suchen.«

»Ich weiß selbst nicht, wonach ich suche.«

»Angenommen, er findet es trotzdem. Wir bekommen nicht nur Bilder davon, sondern dank des Computers auch Messungen, Strukturanalysen und sogar Infrarotbilder, mit denen wir ungefähr feststellen können, wie alt der Fund ist. Mit Hilfe des Computers können wir RUSS auch befehlen, eine Nahaufnahme oder einen Kameraschwenk zu machen. Das ist besonders nützlich, wenn man . . .«

Patty Hunsecker erklärte Blaine die verschiedenen Möglichkeiten und Vorteile des RUSS-Systems. RUSS und andere derartige automatische Tauchboote eröffneten zweifellos einen Blick in neue, noch nie zuvor gesehene Welten und reduzierten dabei die Gefahr für Menschen beträchtlich. Nachdem sie geendet hatte, beobachteten sie ein paar Minuten den Bildschirm, der genau das zeigte, was RUSS sah, während er in die Tiefen sank.

»Mir fällt auf, daß das Bild nicht dunkler wird, obwohl er immer tiefer sinkt.«

»Sehr gut«, lobte Patty. »Aus Ihnen mache ich vielleicht doch noch einen Wissenschaftler. Das habe ich Ihnen noch nicht erklärt. RUSS' Kameraauge stellt sich automatisch auf die Sichtverhältnisse ein, um uns eine gleichbleibende Bildqualität zu geben. Wäre es etwas dunkler, könnten wir überhaupt nichts sehen. Bei zuviel Licht würde der Kontrast eine genaue Identifizierung schwierig machen.«

»Wo ist er jetzt?«

Patty gab über ihr Terminal ein paar Befehle ein. Augenblicklich tanzten Zahlenreihen über den Bildschirm.

»Ich bekomme verworrene Daten. Zu viele Echos, zu viele . . .«

Sie hielt inne, als ein Piepton erklang. Blaine konnte nicht genau sagen, aus welchem der Geräte er kam.

»Was ist los?«

»Seine Vertikalsensoren, genauer gesagt der Sonar, haben etwas entdeckt.«

»Was?«

»Wahrscheinlich einen Schwarm Fische . . .«

Der Piepton wurde lauter. Patty warf einen Blick auf die Daten, die in schneller Folge über den Bildschirm huschten.

»Nein, es sind keine Fische, und es scheint sich direkt unter der Erhebung auf dem Meeresboden zu befinden, auf die RUSS sich senkt. Es sieht so aus, als hätten Sie mich nicht umsonst hierher geschleppt, McCracken. Wir haben etwas gefunden.«

Blaines Kopf berührte den ihren fast, während sie auf den Bildschirm sahen. Sein Herz schlug schneller. Etwas Kaltes und Scheußliches breitete sich in ihm aus und verriet ihm, daß er eigentlich gar nicht wissen wollte, was RUSS dort gefunden hatte. Der Piepton wurde unerträglich, und Patty drehte an einem Knopf, um die Lautstärke zu reduzieren. Als sie konstant blieb, legte sie einen Hebel auf dem Schaltbrett links neben ihr um und ließ RUSS damit anhalten.

»Mein Gott, er muß direkt darüber sein! Ihre Koordinaten waren hundertprozentig richtig.«

»Haben Sie etwas anderes erwartet?«

»Ich habe überhaupt nichts erwartet, aber eins kann ich Ihnen sagen: Für einen Gegenstand, der völlig auf dem Meersboden verankert liegt, muß das Ding verdammt groß und schwer sein.«

Patty drückte auf ein paar Knöpfe, und das Bild wurde schärfer. Blaine sah einen in der Dunkelheit kaum auszumachenden Umriß. Patty hellte das Bild soweit wie möglich auf, und nun erkannte Blaine einen gewaltigen Schiffsturm, wahrscheinlich den eines schweren Kreuzers oder eines Schlachtschiffs. Sein erster Gedanke war, daß Hiroshi ihm die falschen Koordinaten gegeben hatte. Hatte er den weiten Weg zurückgelegt, nur um ein weiteres Überbleibsel des Zweiten Weltkriegs zu finden?

Patty manövrierte RUSS mit dem Joystick näher heran und dann über das Schiff, das noch immer nicht besonders deutlich auszumachen war.

»Was ist das?« fragte sie Blaine.

»Ein Kriegsschiff«, bestätigte McCracken. »Ein schwerer Kreuzer, glaube ich. Die hatten ihre größte Zeit im Zweiten Weltkrieg und werden seitdem kaum noch gebaut. Sie sind einfach überholt.«

»Na ja, das sieht ja noch ziemlich intakt aus. Warten Sie, das habe ich zu früh gesagt. Sehen Sie sich das an.« Patty ließ RUSS langsam nach Steuerbord gleiten, zu einem gewaltigen Geschützturm. Sie zog RUSS mit dem Joystick tiefer und ließ ihn dann rückwärts fahren, damit sie besser sehen konnten, was die vordere Kamera zeigte.

»Mein Gott, wie kommt denn das zustande?«

McCracken sah die zerklüfteten Löcher in der Schiffshülle, antwortete aber nicht. Er glaubte zu wissen, was sie hier gefunden hatten, verdrängte diese Erkenntnis jedoch aus Angst vor ihren Konsequenzen.

»Wachen Sie auf, McCracken! Ich habe Sie gefragt, wie zum Teufel denn das zustande kommt!«

»Torpedos«, sagte er schließlich. »Das kann man am Eintrittswinkel und dem Radius der Löcher erkennen. Diese Babies haben genau ins Schwarze getroffen.«

»Wurde dieses Schiff im Zweiten Weltkrieg versenkt?«

McCrackens Antwort bestand darin, näher an den Bildschirm zu rücken. »Lassen Sie RUSS zum Bug fahren. Mal sehen, ob wir den Namen des Schiffes lesen können.«

Sie sah ihn an, bevor sie zum Joystick griff. »Sie wissen, was das für ein Schiff ist, nicht wahr?«

»Ich weiß gar nichts. Noch nicht.«

Achselzuckend bewegte sie den roten Griff und ließ RUSS das versenkte Schiff entlangfahren.

»Mein Gott, könnten da noch Leichen drin sein?«

»Der Lage der Treffer nach zu urteilen, die es versenkt haben, würde ich sagen, daß der Großteil der Mannschaft das Schiff verlassen konnte.«

»Und gerettet wurde?«

»Vielleicht.«

»Sie sagen mir nicht alles, was Sie wissen!«

»Ich will Sie nicht unnötig ablenken.«

RUSS hatte den vorderen Teil des Schiffs fast erreicht. Nun war auszumachen, daß es schräg nach steuerbord geneigt im Schlick einer Anhebung im Meeresboden lag. Es schien jede Sekunde über dem Tauchboot zusammenzubrechen zu wollen, das es in seiner letzten Ruhe gestört hatte.

»Es ist bemerkenswert gut erhalten«, stellte McCracken fest.

»Man kann in den Marianen jede Menge seltsame Wracks finden, und jeder hat eine andere Erklärung dafür. Warten Sie, ich glaube, wir haben da was . . .«

Patty ließ RUSS anhalten, und McCracken glaubte, auf dem Bildschirm vor ihm einige Buchstaben ausmachen zu können. Obwohl die Farbe schon vor Jahren abgeblättert war, waren die Schablonenränder noch zu erkennen. Patty ließ das Tauchboot rückwärts fahren und dann über den am deutlichsten auszumachenden Buchstaben anhalten.

US, dann ein Leerraum und einige unlesbare Buchstaben.

»Ich schalte auf Infrarot um«, sagte Patty und drückte auf einen weiteren Knopf. »Und jetzt schalten wir die Vergrößerung dazu. Mal sehen, was dabei herauskommt. Na also . . . Was zum Teufel . . .?«

McCracken sah die Buchstaben und empfand den gleichen kalten Schrecken, den vor fünfundvierzig Jahren die Besatzung gespürt haben mußte, als ihr Schiff den Treffer abbekam. Sein Atem schmeckte plötzlich trockener als Salz. Bis zum letzten Augenblick hatte er gehofft, sich in seinem ursprünglichen Verdacht getäuscht zu haben. Aber der Name auf der Schiffshülle ließ nicht mehr den geringsten Zweifel übrig:

USS *Indianapolis*

13

»Ich kenne diesen Namen«, sagte Patty. »Irgendwoher kenne ich ihn . . .«

»Die *Indianapolis* war das Schiff, das die Atombomben beförderte, die Hiroshima und Nagasaki vernichtet haben. Sie lieferte sie auf Tinian ab, legte einen kurzen Zwischenhalt auf Guam ein und fuhr dann nach Leyte weiter. Dabei wurde sie von einem japanischen U-Boot versenkt.«

»Natürlich! Diese Löcher, die wir auf der Steuerbordseite fanden! Es paßt zusammen!« Sie war auf einmal ganz aufgeregt. »Wir haben einen der größten Funde der Bergungsgeschichte gemacht!«

»Nur, daß wir ihn leider nicht für uns beanspruchen können«, erwiderte Blaine. »Denn es war jemand vor uns hier.«

»Lassen Sie RUSS an der Hülle zur Schiffsmitte zurückfahren«, sagte Blaine.

»Warum?«

»Weil ich dachte, etwas bemerkt zu haben, als er an der Stelle vorbeifuhr. Der Kamerawinkel stimmte aber nicht, und so konnte ich es nicht richtig sehen.«

»Wenn Sie meinen . . .«

Patty ließ RUSS tatsächlich rückwärts fahren, wobei er wegen des höheren Widerstands zwar nur langsam vorankam, doch dafür bekamen sie eine ausgezeichnete Sicht auf die langgezogene Schiffshülle.

»Da!« sagte McCracken plötzlich. »Halt!«

Patty zog an dem kleine Joystick, und die Kamera des Tauchboots verharrte auf einem großen Loch etwa auf einem Drittel Höhe des Rumpfs der *Indianapolis.*

»Das sieht nicht wie ein Torpedotreffer aus«, sagte sie. »Ein kreisrundes Loch . . .«

»Sieht eher nach Schweißbrennern aus.«

Sie schaltete wieder die Vergrößerung ein, und der Bildschirm zeigte eine Nahaufnahme des Lochs. »Ich gehe jede Wette darauf ein, McCracken. Die Kanten sind völlig gleichmäßig. Hier hat sich jemand Zutritt zum Schiff verschafft, und das kann noch gar nicht lange her sein.« Sie sah zu ihm auf, während er angestrengt über ihre Schulter blickte. »Das Bergungsteam, das uns hier zuvorkam?«

»Das vermute ich auch. Aber mir scheint das Schiff ein wenig zu tief für Taucher zu liegen.«

»Vielleicht sind sie in einem bemannten U-Boot runtergegangen und erst ausgestiegen, nachdem sie das Loch geschnitten haben. Sie wären überrascht, wenn Sie wüßten, über welche Ausrüstung die großen Bergungsfirmen verfügen. Die können auf die modernste High-Tech zurückgreifen. Mit Schiffsbergungen läßt sich richtig Geld machen.«

»Holen Sie RUSS hoch.«

»Aber er paßt wahrscheinlich durch dieses Loch. Sie haben uns eine Tür ins Schiff aufgelassen, und wir könnten feststellen, was sie mitgenommen haben. Wollen Sie nicht . . .«

»Holen Sie ihn hoch. Wir müssen von hier verschwinden.«

Sie spürte die Nervosität in seiner Stimme und machte sich augenblicklich an der Computerkonsole an die Arbeit. Einen Augenblick später hatte RUSS mit dem Aufstieg begonnen, und die *Indianapolis* verschwand vom Bildschirm und kehrte in die Einsamkeit zurück, in der sie seit über fünfundvierzig Jahren gelegen hatte.

»Sie haben von einer Waffe gesprochen, die diese Bergungsmannschaft hier gesucht hat«, sagte Patty. »Also hat sie sie von diesem Schiff geholt.«

»Zumindest hat sie es versucht.«

»Erzählen Sie mir doch nichts. Sie hat sie gefunden, und wenn wir RUSS hineinschicken, könnten wir . . .«

»Holen Sie ihn einfach hoch.«

»Sie haben Angst. Ich höre es aus Ihrer Stimme heraus. Aber was hat das mit dieser Waffe zu tun, die Sie jetzt suchen? Sie haben es doch selbst gesagt. Die *Indianapolis* hat ihre Fracht auf Tinian abgeliefert. Ihre Laderäume waren leer, als sie sank.«

»Vielleicht. Vielleicht auch nicht.«

»Was meinen Sie damit?«

»Keine Ahnung. Ich weiß nur, daß wir das hier nicht herausfinden werden, mitten auf dem . . .«

»Fahren Sie fort. Was wollten Sie sagen?«

Doch McCracken hörte ihr nicht zu. Seine Ohren hatten ein leises Summen wahrgenommen, das langsam näherkam.

»Gehen Sie an Ihr Funkgerät und rufen Sie den Miltärstützpunkt.«

»Was?«

»Schicken Sie ein Mayday! Geben Sie unsere Position durch!« befahl Blaine, denn das Summen war zu einem lauteren Dröhnen geworden, und er konnte nun einen kleinen Punkt am Himmel ausmachen – ein Flugzeug, das langsam an Größe und Substanz gewann, während es sich näherte.

»Gott im Himmel«, murmelte Patty Hunsecker und lief schon zum Funkgerät in der Kabine.

Blaine folgte ihr hinein. Das Flugzeug war nur noch Sekunden entfernt.

»Was für Waffen haben Sie an Bord?«

»Die Rettung der Meere ist eine pazifistische Mission.«

»Das hatte ich befürchtet . . .«

»Ein paar Harpunen, eine Leuchtpistole. Das wäre es aber auch schon, fürchte ich.« Patty suchte, das Mikrofon an die Lippen gedrückt, nach der richtigen Frequenz. »Guam Station, hier ist die *Runaway*. Das ist ein Notruf. Ich wiederhole, das ist ein Notruf. Unsere Position ist . . .«

Der Rest ihrer Nachricht ging in dem Kreischen des über ihnen kreisenden Flugzeuges und einer Detonation im Wasser unter, als eine Granate unmittelbar hinter dem Heck der *Runaway* explodierte.

»Die wollen uns umbringen!« schrie Patty in die Wiederholung ihres Funkspruchs an Guam Station. Durch das kleine Bullauge vor ihnen sahen sie, wie die zweimotorige Maschine zu einem weiteren Sturzflug ansetzte.

»Sehr gut beobachtet. Senden Sie weiter . . . nachdem Sie mir diese Harpunen gegeben haben.«

Patty Hunsecker protestierte gar nicht erst, sondern lief zu einem Wandschrank am Fuß der Kabinentreppe und holte drei moderne Harpunen heraus. Wenn man damit umgehen konnte, waren sie ziemlich gefährlich, doch es handelte sich um Unterwasserwaffen, die in der Luft nur beschränkt einsatzfähig waren.

»Runaway, *wir hören Sie«,* erklang im Funkgerät eine blecherne Stimme. *»Hier ist Guam Station. Bitte melden Sie sich. Ich wiederhole, bitte melden. Over . . .«*

Das angreifende Flugzeug senkte sich nun über dem Bug des Schiffes, und das Bullauge explodierte in tausend Glassplittern, als eine Kugelsalve es zerfetzte. McCracken warf sich auf Patty und ließ die Harpunen fallen, um sie zu Boden zu ziehen. Über ihnen qualmte und zischte das Funkgerät.

»Verdammt«, stöhnte die Frau.

»Haben Sie ihnen unsere Koordinaten gegeben?«

»Ja, aber das bedeutet nicht, daß sie sie auch verstanden haben.«

Blaine hörte, wie der Motor des Flugzeugs wieder lauter wurde, als es erneut auf sie hinabstieß, diesmal über dem Heck. Geduckt zog er die Harpunen wieder an sich und bewegte sich zur Kabinentür, als die nächste Explosion ihn von den Füßen riß. Die *Runaway* schwankte wie ein Schiff, daß von einer hohen Welle getroffen worden war, und legte sich dann schwer auf die Steuerbordseite. Er glitt auf die Treppe zu, die zum Deck hinaufführte, und konnte gerade noch dem verschmorten Funkgerät ausweichen, das von seinem Regal fiel. Er versuchte Patty festzuhalten, doch sie entglitt ihm, und er sah, wie sie mit dem Kopf schwer gegen die Wand prallte. Sie sackte in sich zusammen, und Blaine setzte sie an der Wand neben der Tür auf, um sie vor dem Wasser zu bewahren, das jeden Augenblick in die Kabine strömen würde.

McCracken kroch gerade, die Harpunen in der Hand, zum Deck hinauf, als das Flugzeug erneut hinabstieß. Die nächste Salve traf sie am Heck, und der schreckliche Geruch von Rauch und auslaufendem Öl drang in seine Nase. Er stieß mit den Schultern die Kabinentür auf, und dicker, schwarzer Qualm quoll in die Kabine hinab. Das Heck der *Runaway* nahm Wasser auf, und das hinterste Teil des Schankleids lag auf gleicher

Höhe mit dem Wasser, das den Hydrauliklift von RUSS schon verschlungen hatte.

Das Flugzeug näherte sich erneut, diesmal von der Seite, und Blaine sah zum ersten Mal, womit er es zu tun hatte. Es war eine rot-weiße Cessna 310, die jeder Trottel bei einem Flugzeugverleih mieten konnte. Ein vergrößerter Treibstofftank und eine Zwischenlandung auf der nächsten Insel waren alles, was dieser Angriff an logistischer Planung erforderte. Obwohl es sich nur um ein ganz normales Flugzeug handelte, kamen die Granaten und Maschinengewehrsalven aus einem geöffneten Seitenfenster, das viel zu klein war, um es als Ziel in Betracht zu ziehen.

Aber welche Möglichkeit blieb ihm sonst noch?

Das Flugzeug kam brummend näher, und Blaine ergriff eine Harpune und kniete in dem dichten Rauch nieder, der noch schwärzer geworden war. Er wollte sichergehen, daß der Schütze ihn sah, damit er den Piloten drängte, noch tiefer zu gehen, was es Blaine erleichtern würde, sein Ziel zu treffen.

Die Kugeln trafen das Schankleid, und Blaine blieb an Ort und Stelle, obwohl Holzsplitter ihn umsprühten. Er wartete, bis er die Identifikationsnummer des Flugzeugs lesen konnte, und nahm erst dann mit der Harpune genaues Ziel. Er merkte gar nicht, wie er auf den Abzug der Waffe drückte, und wußte nur, daß sich der Speer gelöst hatte, als er einen leichten Rückstoß spürte. Der Speer schoß noch nach oben, als das Flugzeug kaum zehn Meter über dem Wasser vorbeiflog. Doch der Speer verfehlte das offene Fenster und prallte, ohne Schaden anzurichten, von der Hülle der Cessna ab.

Blaine mußte hilflos zusehen, wie das Flugzeug zu einem weiteren Angriff wendete. Sekunden später stieß es wieder auf die *Runaway* hinab, und der Schütze feuerte eine Salve ab, die Blaine festnagelte, als er auf einen anderen Teil des Decks springen wollte. Eine Granate verfehlte das Schiff knapp, explodierte im Wasser und deckte ihn mit weißer Gischt ein. Jetzt hatte er ein paar Sekunden, und er nutzte sie aus; plötzlich wußte er, wie er vorgehen mußte.

Es war lebenswichtig, statt des Schützen den Piloten auszuschalten. Das würde ihm mit der Harpune allein jedoch niemals gelingen; dazu war der Schußwinkel zu schlecht. Er brauchte eine andere Waffe, doch wo sollte er die finden? Er stieß sich durch das immer höher stehende Wasser am Heck und griff in die treibenden Holzsplitter hinab. Seine Hand schloß sich um einen langen, dicken Gegenstand, der sich in den Trümmern des Decks verkeilt hatte, um ein Bruckstück der Titaniumhydraulik von RUSS. Er atmete tief ein und tauchte unter, um das Teil loszureißen.

Als er mit dem Bruchstück in der Hand wieder nach oben kam, senkte sich die Cessna direkt auf ihn. Diesmal war die Granate gut gezielt, zerfetzte das Kabinendach und ließ den oberen Teil der Wand gemeinsam mit dem Holzdach über Pattys Instrumenten in sich zusammenbrechen. Er roch schwelendes Holz und mußte durch Wasser waten, während die *Runaway* immer tiefer unter die Oberfläche sank. Er kam an der Tür des Maschinenraums vorbei und roch den beißenden Gestank eines Ölfeuers, das versuchte, sich unter dem durch die Luke schießenden Meerwasser auszubreiten.

Als das Flugzeug wieder ein gutes Stück über ihm kreiste, griff Blaine nach den beiden verbliebenen Harpunen und bereitete sich auf den nächsten Angriff vor. Er riß das Stahlseil von einer der Harpunen und befestigte damit das zwanzig Zentimeter lange Titaniumbruchstück der Hydraulik an der Spitze des zweiten Speers.

Halte schon, verdammt! Halte schon!

Als sich die Cessna erneut senkte, schätzte der Schütze Blaines Position falsch ein, und die Kugeln peitschten das Meer. Erneut dröhnte das Flugzeug auf, und der Motor stotterte, als der Pilot sie zu scharf herumriß. Die Cessna kam wieder auf ihn zu, und Blaine vergewisserte sich, daß der Stahlsplitter fest auf dem Speer saß. Dann erhob er sich. Er versuchte gar nicht erst, für seinen Schuß den Kurs der Maschine zu berechnen, sondern verließ sich völlig auf sein Gefühl, wann und in welchem Winkel er den Speer abfeuern mußte.

Die Maschine flog nun genau auf die Sonne zu. Der Pilot mußte die Augen zusammenkneifen; der blendende Glanz des

Pazifiks nahm ihm zumindest einen Teil seiner Sicht. Das war ein weiterer Vorteil, den Blaine ausnutzen konnte.

McCracken spreizte die Beine. Das Wasser stand ihm nun bis an die Oberschenkel und stieg von Sekunde zu Sekunde höher. Er wollte, daß die Angreifer den Eindruck bekamen, dies sei sein letzter verzweifelter Widerstand. Er wollte, daß sie dachten, er hätte sich mit dem Tod abgefunden, damit sie ganz hinabkamen, um ihn endgültig zu erledigen.

Er stellte sich vor, die Hitze der Kugeln spüren zu können, die die Luft um ihn herum zerpflügten, konnte aber nicht sagen, wie nah ihm die letzten gekommen waren, als er die Harpune an die Schulter hob. Das Flugzeug raste auf ihn zu, und er stellte sich vor, die Augen des Piloten sehen zu können, nicht mehr zusammengekniffen, sondern vor Schreck und Überraschung plötzlich weit aufgerissen. Die Maschine war keine fünfzehn Meter mehr entfernt, als Blaine auf den Abzug drückte.

Der Speer schoß vor und schien sich kurz unter dem zusätzlichen Gewicht des an seiner Spitze befestigten Stahls zu senken, bevor er dann, als das Flugzeug kaum sechs Meter über ihm war, gegen die Windschutzscheibe prallte. McCrakken sah nicht, wie die Wucht des Aufschlags die Scheibe zertrümmerte und dem Piloten, der die Hände vom Steuerknüppel nahm und schützend hochriß, Glassplitter ins Gesicht trieb. Er sah nur, wie die Cessna plötzlich kippte und steil nach unten fiel, als hätte man sie von einer Tischkante gestoßen. Sie prallte auf das Wasser und brach auseinander. Blaine wartete vergeblich auf Flammen oder Rauch; der Rumpf glitt wie auf Wasserskiern über die Oberfläche und verlor dabei immer mehr Teile.

Blaine blieb nur dieser Augenblick, um seinen Triumph auszukosten, denn auch die *Runaway* lag in den letzten Zügen. Als er wieder in der Kabine war, stand ihm das Wasser bis zum Bauch und schlug gegen Pattys Brust. Ihr Puls schlug noch kräftig, und er legte wie ein Rettungsschwimmer einen Arm um ihren Hals und zog sie an sich. Dann verließ er mit ihr die Überreste der Kabine und schwamm von dem sinkenden Schiff davon.

Nach einem Augenblick ließ er sich nur noch treiben. Er wollte sich nicht zu weit von dem Boot entfernen; es stellte ihre einzige Hoffnung auf Überleben dar. Die Schwimmwesten befanden sich jedoch unter drei Metern Wasser in der Kabine, und hätte er sie holen wollen, hätte er Patty loslassen müssen. Er wußte, selbst wenn Pattys Notruf durchgekommen sein sollte, würde es bestenfalls einige Stunden dauern, bevor die Rettungsmannschaft von Guam sie finden würde, jedenfalls viel zulang, um Patty bis dahin über Wasser zu halten. Und es würde noch viel, viel länger dauern, falls ihre Koordinaten nicht deutlich durchgekommen waren. Dann mußte man eine weiträumige Suchaktion beginnen, und es könnte Tage dauern, bis man sie fand. In diesem Augenblick sah Blaine, wie etwas Weißes vor ihm an der Oberfläche trieb. Sein erster Gedanke war: *Ein Hai!*, doch dann wußte er, worum es sich handelte. Patty festhaltend, paddelte er darauf zu.

Schließlich war er dem Gegenstand nahe genug, um nach RUSS' transistorisiertem Kontrollpult greifen zu können. Er klemmte es zwischen Patty und sich fest, tastete nach dem Joystick und zog ihn zu sich heran. Das Tauchboot war ihre letzte Hoffnung; eine andere blieb ihnen nicht mehr.

Rechts neben ihm brodelte plötzlich das Wasser auf. RUSS' Miniaturturm hob sich über die Oberfläche, und die automatischen Bilgenpumpen nahmen ihre Arbeit auf. RUSS sah aus wie ein kleiner, aber majestätischer Wal, der sich stolz aus dem Meer erhob. McCracken holte RUSS mit dem Joystick nahe genug heran, um ihn leidenschaftlich zu tätscheln und dann die bewußtlose Patty auf seine zylindrische Hülle zu legen, bevor er sich selbst hinaufzog. Schließlich saß er auf dem Tauchboot wie auf einem Pferd. Er fühlte, wie RUSS leicht unter ihm schwankte, vergewisserte sich, daß Patty nicht herunterrutschen konnte, und rammte dem Tauchboot nur in seiner Phantasie vorhandene Sporen in die Seite.

»Komm, Fury!« sagte er. »Wie wär's mit einem kleinen Ausritt?«

14

Amir Hassani stand mitten in der üppig eingerichteten Bibliothek tief in den befestigten Gewölben des ehemaligen Königlichen Palasts des Schahs im Stadtteil Niavarin im Nordosten von Teheran. Ein großer Teil des Raumes wurde von Bücherregalen beherrscht, die die Königliche Bibliothek von Erstausgaben in allen möglichen Sprachen beherbergten. Vier lange Regale enthielten in allen erdenklichen Farben gebundene Bücher, und an den drei Wänden, die die Regale umschlossen, erhoben sich bis zur Decke ordentlich aufeinandergeschichtete Bücherstapel.

Doch während Hassani über den hohen, dunkelroten Teppich mit seinem Blumenmuster schritt, nahm er die Bücher nur anhand des Ledergeruchs wahr, der in seine Nase drang. Er konzentrierte sich voll auf seine Gäste. Die Repräsentanten der verschiedenen Gruppen, die sich unter ihm geeinigt hatten, saßen in sieben Sesseln mit hohen Lehnen und rotem Samtbezug, der farblich genau auf den Teppich abgestimmt war. Im Augenblick lauschten sie alle gleichermaßen sprachlos, ja sogar benommen, seinen Ausführungen über den ersten Teil des Plans, der letztendlich dazu führen sollte, daß sie die alleinige Macht im Mittleren Osten ergriffen.

»Der Schlüssel zu dem Erfolg, den wir alle gemeinsam anstreben«, sagte er, sich dem Ende seines Vortrags nähernd, »lag und liegt auch weiterhin in der Geheimhaltung, die wir während der ersten Phase unserer Operation gewährleisten konnten. Es hat keine Sicherheitslecks gegeben. Wir stehen auf der Schwelle einer atemberaubenden Entwicklung. Wir müssen nur zugreifen, und wenn wir auch weiterhin dazu entschlossen sind, wird es den Staat Israel bald nicht mehr geben.«

Die Bibliothek war riesig, und daher hallten seine Worte im Hintergrund wider. Dieses Echo hätte seine Zuhörer vielleicht gestört, hätten sie nur darauf geachtet. Von den sieben Männern waren drei in Militäruniformen gekommen, drei im traditionellen arabischen Burnus und einer in einem teuren westlichen Anzug. Sie kamen aus Syrien, Libyen, Jordanien, dem Irak und Saudi-Arabien. Hassani selbst trug – wie immer – die Generalsuniform des Revolutionsrats, dem er noch immer voller Stolz angehörte. Er trug sie kühn und herausfordernd, als weigere er sich einzugestehen, daß er einen Krieg verloren hatte, oder, was noch wichtiger war, als wolle er darauf hinweisen, daß ein wesentlich wichtigerer Krieg bald gewonnen werden würde.

»Sie sprechen von der Vernichtung Israels«, sagte der irakische Delegierte, »und doch teilen Sie uns keine genaueren Einzelheiten mit. Ich befürchte, daß wir hier der gleichen hirnlosen Rhetorik zuhören, die Ihrem erfolglosen Feldzug gegen mein Land vorausgegangen ist.«

Hassani bemühte sich nach Kräften, dem Mann, mit dem er sich noch vor ein paar Jahren im Krieg befunden hatte, ein Lächeln zu schenken. Seine Mütze war tief in die Stirn gezogen, so daß sein Gesicht bis zum Bart in Schatten lag. Er hatte die Augen zusammengekniffen, und sein Blick begegnete selten dem seines jeweiligen Gesprächspartners. Er gestattete es niemandem, ihn genau zu mustern, als könne ein einziger kurzer Blick ihn seiner Aura entkleiden. Er war ein Phantom, das der abendländischen Presse, die ihn als rätselhafte und zurückgezogen agierende Gestalt verdammte, noch nie ein Interview gegeben hatte, da sie ihn zum Spottbild der Wirtschaftslage des Irans nach dem Krieg gemacht hatte.

Doch sein Lächeln war das eines Mannes, der sah, was andere nicht einmal bemerkten. Während des Kriegs mit dem Irak war er einer der militärischen Führer und ein Volksliebling gewesen. Seine militante Einstellung hatte ihn jedoch gezwungen, nach der Hinnahme der erniedrigenden Friedensbedingungen zu fliehen. Er war jedoch während des Militärcoups nach Khomeinis Tod zurückgekehrt, nachdem es keinem von seinen Nachfolgern gelungen war, sich als Präsident des Irans einsetzen zu lassen, um dem Land neuen Stolz und neue Hoffnung zu bringen.

»Und ist es kein großer Segen«, fuhr er fort, den Delegierten aus dem Irak nur von der Seite ansehend, »daß die Zwistigkeiten zwischen unseren Nationen endlich beendet sind, damit wir uns mit unserem wahren Feind befassen können? Niemand wollte dem Krieg zwischen unseren Ländern dringender ein Ende machen als ich, und nicht, weil ich eine Niederlage befürchtete, sondern weil sich ein größerer Sieg, ein Sieg mit dem Wort Allahs dahinter, am Horizont abzeichnet. Man darf erst erfahren, welche Rollen ihr in diesem Sieg einnehmen werdet, sobald der letzte Tag herangebrochen ist.«

»Aber ich muß meine Leute organisieren«, protestierte der syrische Delegierte. »Sie haben uns versprochen, daß wir Israel in einem schnellen Handstreich nehmen können und das Land zurückbekommen, das rechtmäßig uns gehört.«

»Den Palästinensern, meinen Sie wohl!« rief der Repräsentant der PLO. »Die, wie ich euch in Erinnerung bringen darf, den größten Teil der Truppen stellen, die an dieser Invasion teilnehmen.«

»Augenblick mal . . .«

»Meine Herren«, unterbrach Hassani, wobei er seine Stimme nur leicht hob und schnell von einem Mann zum anderen sah. »Hören Sie sich doch einmal zu! Sie machen es den Juden einfach, indem Sie übereinander herfallen. Nicht Israel ist unser größter Feind; wir selbst sind unser größter Feind, und das hat in der Vergangenheit das Wunder verhindert, das wir nun bewerkstelligt haben, indem wir unsere Kräfte vereinigten. Aber diese Einstellung trägt auch dazu bei, daß ich die letzten Einzelheiten unseres Plans für den Augenblick noch für mich behalten möchte.«

»Soll das heißen, daß Sie uns nicht vertrauen?« fragte der Delegierte aus Saudi-Arabien, der einzige, der einen abendländischen Anzug trug.

»Natürlich nicht. Aber ich habe von Anfang an gesagt, soll diese Organisation erfolgreich verlaufen, brauche ich *Ihr* Vertrauen, Ihre ungeteilte Hingabe an eine große Sache, bei der die Unterwerfung Israels erst der Anfang sein wird. Wenn einer von Ihnen mit dem Inhalt meines Plans nicht einverstanden ist, könnte er jetzt aufstehen und ihn vereiteln. Daß ich die Einzelheiten zurückhalte, ist nur eine Rückversicherung gegen ein solches Fehlurteil. Es wäre töricht, die Lektionen der Vergangenheit nicht zu beherzigen. Sie werden erfahren, was Sie wissen müssen, sobald es soweit ist.«

»Hah!« lachte der libysche Delegierte und stand auf. Die medaillenbehangene Khakiuniform war ihm viel zu klein; er wirkte darin wie eine Wurst in der Pelle. »Wir sitzen hier und hören einem Mann zu, der schon einen Krieg verloren hat. Ich sage Ihnen, General, Sie haben Ihre Aufgabe bereits bewältigt, indem Sie uns zusammengebracht und für das gemeinsame Ziel vereinigt haben, Israel zu vernichten. Aber jetzt lassen Sie es uns auf unsere Art machen. Habe ich recht?« fragte er, um Unterstützung heischend, den irakischen Delegierten.

»Nein«, entgegnete der dunkelhäutige Mann, »das haben Sie nicht.« Der Blick des Irakers richtete sich auf Hassani, der sich die Tirade des Libyers ohne Regung und stumm angehört hatte. »General Hassani hat den Krieg nicht verloren. Niemand hätte mehr erreichen können, wenn er einer Macht wie dem Irak gegenübersteht.«

»Hören Sie«, erwiderte der Libyer, »ich spreche hier nicht von unserer Absicht, sondern nur von unserem Vorgehen. Genossen, wir müssen die Fehler von 1967 und 1973 vermeiden. Gemeinsam stehen uns Millionen von Soldaten zur Verfügung, die von allen Seiten in Israel einmarschieren können. Wir können sie innerhalb von vierzehn Tagen aufmarschbereit haben. Dann sprechen Taten anstatt Worte.«

»Sie würden zulassen, daß sie für diese Sache sterben?« fragte Hassani.

»Natürlich! Jeder Araber würde dafür sterben!«

»Bei der Verfolgung eines Traums sterben, anstatt dafür zu sorgen, daß dieser Traum Früchte trägt? Das glaube ich nicht. Unsere Völker brauchen keine weiteren Märtyrer. Ich will nicht abstreiten, daß die Araber Gelegenheit bekommen sollten, für das zu kämpfen, was ihnen gehört. Aber sie sollen für den sicheren Sieg kämpfen und nicht für den fast sicheren Tod unter den Händen des verfluchten Judenstaats.«

»Der Tod ist den Israelis ebenfalls sicher«, fügte der PLO-Delegierte hinzu.

»Sie werden ihre Bomben einsetzen, um uns alle in einem letzten verzweifelten Angriff auszulöschen. Was haben wir damit gewonnen? Nichts, meine Herren, überhaupt nichts. Die Unterwerfung Israels ist kein Ziel, sondern ein Mittel zum

Zweck, damit Sie alle in Ihren jeweiligen Ländern an die Macht kommen und den Mittleren Osten vereinigen können, wie er noch nie vereinigt war. Wir haben in der Vergangenheit den Fehler gemacht, in der Wahl unseres Ziels zu kurzsichtig und engstirnig gewesen zu sein.«

»Sie ignorieren weiterhin das Offensichtliche«, protestierte der Saudi. »Israel mag vielleicht noch nie einem so starken Feind gegenübergestanden haben, wie wir einer sind, aber wir haben auch noch nie mit einem so starken Feind wie Israel zu tun gehabt. Von Atomwaffen einmal abgesehen, verfügt das Land über ein erschreckendes konventionelles Arsenal, darunter auch die modernsten Kampfflugzeuge.«

»Was ich gern eingestehen will, Herr Botschafter. Und um gegen diese Macht zu Felde ziehen zu können, haben wir nun eine Waffe in unserem Besitz, gegen die Israel keinen Schutz hat.«

»Warum haben wir noch nichts von dieser Waffe erfahren?«

»Weil dazu kein Grund bestand. Genausowenig, wie heute Grund besteht, tiefer in die Einzelheiten zu gehen.«

»Wann denn?« fragte der Syrer.

»Bei unserem nächsten Treffen: Am Sonntag, dem vierzehnten Mai«, erwiderte der General. »Dem israelischen Unabhängigkeitstag. Drei Tage, bevor unsere Invasion beginnt.«

Auf einer Straße, die zum Platz vor dem Königlichen Palast führte, stand ein Lieferwagen mit einer traditionellen islamischen Aufschrift. Solche Lieferwagen waren auf den Straßen Teherans ein alltäglicher Anblick, wenngleich kaum einer so recht zu wissen schien, welchen Sinn diese Fahrzeuge hatten, abgesehen von einer gewissen Indoktrination der Mengen.

In diesem Lieferwagen jedoch saßen zwei Männer, die mit den modernsten Abhörgeräten arbeiteten, die es auf der Welt gab. Vor einigen Monaten war es dem Mossad gelungen, Wanzen im Königlichen Palast zu installieren, eine ganz neue Generation von Wanzen mit eingebauten Störsendern, die verhinderten, daß sie mit elektronischen Hilfsmitteln aufgespürt werden konnten.

Trotz allem war ihre Mühe bislang kaum belohnt worden, denn General Hassani sprach kaum einmal über etwas, das ihnen weiterhelfen konnte. Die Männer in dem Lieferwagen hatten nicht gesehen, wie die Delegierten den Palast betreten hatten, so daß das Treffen einen gelinden Schock für sie darstellte. Der Mann, der die Kopfhörer trug, machte sich wie üblich Notizen, doch schon bald zitterten seine Hände so sehr, daß er damit aufhören mußte.

Diese Mistkerle wollten Israel vernichten!

Der Mann, der die Kopfhörer trug, kannte die Vorschriften und Vorsichtsmaßnahmen in- und auswendig. Er wußte, daß er eigentlich zuhören sollte, bis das Treffen endgültig beendet war. Doch auf einmal war die Zeit zum wichtigsten Faktor geworden; nun ging es nicht mehr um Tage, sondern um Stunden.

»Bring uns hier raus!« sagte er zu dem Agenten, der die Aufzeichnungs- und Meßgeräte bediente.

»Was?«

»Setz dich hinters Lenkrad und fahr los!«

»Aber wir sollen doch . . .«

»Ist mir egal! Hörst du? Ist mir völlig egal! Bring mich zum Treffpunkt. Und mach schnell!«

Evira kam allmählich wieder zu Kräften. Der Montag war ihr dritter Morgen in dem kleinen Raum, und jeden Tag war es ihr etwas besser gegangen. Sie machte nun regelmäßige Übungen auf dem schmutzigen Boden, um wieder in Form zu kommen, und ihre verletzte Seite und der Hals wurden allmählich wieder beweglicher.

Kourosh hatte jeden Morgen, wenn sie erwachte, schon ein Frühstück bereitet, ein paar Backwaren, die er aus einer Bäckerei sechs Häuserblocks entfernt gestohlen hatte. Vor zwei Tagen hatte er auch Kaffee auftreiben können, der aber schon kalt geworden war, als er ihn zu ihr hinaufgetragen hatte. Wenn er das Haus wieder verließ, sah sie ihm durch die Spalten zwischen den Brettern über dem Fenster nach und war jedesmal erstaunt darüber, wie ungezwungen er sich draußen bewegte, als ob die Straßen ihm gehörten. Er wich geschmeidig jedem offenen Abwasserloch und jedem Graben im Bürgersteig aus, und sein langes Haar wehte im Wind.

Kourosh hatte sich auf den Straßen seine eigene Welt geschaffen, aber dennoch war er so abhängig von ihr geworden, wie sie von ihm. Sie wußte, daß er ihre Fragen nicht alle auf einmal beantwortet hatte, weil er befürchtete, sie wäre nicht mehr da, wenn er von einem seiner Streifzüge zurückkam, würde ihn nicht mehr brauchen. Evira hätte ihm vielleicht gesagt, daß er sich keine Sorgen machen müsse, doch das hätte auch nichts geändert. Im Leben des Jungen gab es so etwas wie Vertrauen nicht. Also beruhte ihre seltsame Beziehung auch weiterhin auf Bedürfnissen, die zwar völlig unterschiedlich waren, im Augenblick aber stark genug, daß sie zusammenblieben.

Sie sah nun aus dem Fenster; allzu lange konnte es bis zu seiner Rückkehr nicht mehr dauern. Bislang hatte er sie mit mehreren hastig gezeichneten Karten des Königlichen Palasts versehen. Er hatte die verschiedenen Teile des Gebäudes auf grauer Pappe dargestellt und im Stil seiner Comic-Hefte übertrieben ausgemalt. Um sich ein Bild vom gesamten Palast und dem umliegenden Gelände zu verschaffen, mußte Evira die Pappkartons nur wie ein Puzzle zusammenlegen. Es handelte sich um ein gewaltiges Gebäude aus Stein und weißem Marmor, das der Schah vor kaum zwanzig Jahren hatte errichten lassen. Der Palast war von einer über vier Meter hohen Außenmauer umgeben, die auch eine Schule, die Kaserne des Wachpersonals und einen älteren Palast umschloß, der nach der Errichtung des neuen zu einem Bürogebäude umfunktioniert worden war. Der Haupteingang befand sich in der Vordermauer und war nur über eine Auffahrt erreichbar, die sich durch einen hügeligen Garten wand; damit sollte verhindert werden, daß die Tore eingerammt werden konnten. In der nördlichen Mauer, in der Nähe der Schule, befand sich ein Dienstboteneingang, und in der südlichen, in der Nähe der Kaserne, einer für das Wachpersonal.

Das Innere des Komplexes war eigens angelegt worden, um dort rauschende Feste abzuhalten. Die Vordertür öffnete sich zu einem riesigen, sich über zwei Stockwerke erhebenden Ballsaal. Ein Dienstboteneingang auf der Nordseite öffnete sich zur Küche, und zwischen Küche und Ballsaal lag ein großer Speiseraum. Die Schlafzimmer im ersten Stock hatte man in getrennten Flügeln für Kinder und Erwachsene untergebracht, wobei die der Kinder den östlichen und die der Erwachsenen den südlichen Teil beanspruchten.

Allerdings verrieten ihr die Zeichnungen nicht, wie man überhaupt in den Palast eindringen konnte. Dabei würde sie sich wieder auf Kourosh verlassen müssen, wie auch bei dem Problem, herauszufinden, wann der General sich im Palast aufhielt.

Da Eviras Verletzungen schon zum größten Teil abgeheilt waren und sie während dieser langen Stunden nicht mehr soviel Schlaf brauchte, langweilte sie sich bald. Sie griff nach einem von Kourosh' Comic-Heften und blätterte darin, erstaunt darüber, daß solche Hefte die Kinder aller möglichen Kulturen ansprachen. Sie las das Heft durch und wollte es gerade wieder schließen, als ihr etwas auffiel: ein Stempel des Ladens, in dem es gekauft worden war – Steimatzky, die größte Buchhandelskette in Israel. Seltsam. So unbedeutend diese Beobachtung auch schien, hatte Evira doch schon vor langer Zeit gelernt, daß auch die kleinste Abweichung von der Norm wichtig sein konnte. Sie sah alle Hefte durch und stellte fest, daß es sich um keinen Ausnahmefall handelte. Ein jedes Heft war in der Steimatzky-Kette erstanden worden.

Kourosh platzte hinein, während sie die Comics noch inspizierte, und sie blickte verlegen zu ihm hoch, als hätte sie seine Privatsphäre verletzt.

»Superman ist mein Lieblingsheld«, sagte er, und sie bemerkte, daß er ein fest verschnürtes Päckchen unter dem Arm trug. »Ich habe eine Überraschung für dich.«

»Hoffentlich eine angenehme.«

»Warte nur, bis du es siehst!« Er legte das Päckchen auf zwei Kisten und schickte sich an, die Kordel zu lösen.

»Kourosh«, sagte Evira zu ihm. »Wer hat dir Englisch beigebracht?«

Stirnrunzelnd drehte er sich zu ihr um. »Die Studenten, wie ich es dir gesagt habe.«

»Waren das dieselben Studenten, die dir die Comic-Hefte gegeben haben?«

»Ja. Ist das wichtig?«

»Nein. Nur . . . nun, ich spreche auch Englisch, und ich könnte dort weitermachen, wo sie aufgehört haben.«

Aufgeregt ließ er die Kordel Kordel sein. »Könntest du das wirklich?«

»Es wäre mir ein Vergnügen. Das ist das mindeste, das ich tun kann, nach allem, was du für mich getan hast.«

Er schaute plötzlich traurig drein. »Ich vermisse sie.«

»Wen?«

»Die Studenten.«

»Die, die in der Plastikfabrik getötet wurden?«

»Nein, die, die mir die Comics geschenkt und mir Englisch beigebracht haben. Ich habe sie schon eine ganze Weile nicht mehr gesehen.«

»Sag irgend etwas auf Englisch zu mir.«

Kourosh' Miene wirkte plötzlich verschmitzt. »Was willst du hören?« fragte er in besserem Englisch, als sie es für möglich gehalten hätte.

»Irgendwas.«

Schon ein paar Sätze reichten aus, um ihren Verdacht zu bestätigen, auch wenn sie sich noch keinen Reim darauf machen konnte. Sie war gut in Sprachen, hatte eine natürliche Begabung, sie zu erlernen und Klang und Betonungen zu erkennen. Daher war sie völlig sicher, daß Kourosh sein Englisch von Israelis gelernt hatte!

»Wie viele Studenten waren es?« unterbrach sie ihn.

»Oh, viele. Und alle haben Ungerechtigkeit und Armut gehaßt.«

»Und du hast sie erst kennengelernt, als . . .«

»Ich weiß nicht mehr. Vor sechs Monaten, vielleicht auch vor neun. Ich habe sie durch die anderen in der Plastikfabrik kennengelernt.«

»Aber du hast sie in letzter Zeit nicht mehr gesehen?«

»Nein, sie sind nicht mehr da. Sie haben sich immer in einem

Gebäude nicht weit von hier getroffen, aber es ist jetzt leer. Es sieht dort so aus, als wäre nie jemand dort gewesen.«

Evira hörte ihn kaum. Hier wurde ein geradezu klassischer Trick ausgespielt. Die aufrührerischen Zellen in Teheran waren von Israelis infiltriert worden.

Worüber bin ich hier gestolpert? Israelis, die sich in Teheran als Studenten ausgeben?

Eine große Gruppe, die sich in dieser Gegend niedergelassen hatte und dann wieder aufgebrochen war. Möglicherweise waren einige davon zurückgeblieben.

»Willst du nicht deine Überraschung sehen?« fragte Kourosh.

Sie nickte, und er fuhr damit fort, das braune Packpapier auseinanderzureißen, bis er den Inhalt des Päckchens vorsichtig hochheben und ihr zeigen konnte.

»Was hältst du davon?«

Sie sah ihn sprachlos an, denn er hatte ihr damit Zugang zum Palast und zu Hassani verschafft.

Kourosh hielt die Uniform einer Palastbediensteten hoch.

Die beiden Frauen näherten sich der schweren Vordertür des Backsteinhauses in Falmouth, England, ohne zu befürchten, gesehen zu werden. Das Haus lag viel zu abseits, als daß die Nachbarn Probleme bereiten konnten, und es hielt sich auch kein unerwarteter Besucher hier auf. Das hätte eine von ihnen bestimmt gespürt.

Die kleinere der beiden ging voran, die größere sicherte mit der gefährlichen Geschmeidigkeit einer Dschungelkatze nach hinten. Sie war außerordentlich groß für eine Frau, knapp zwei Meter, ohne die Stiefel, die sie stets trug. Sie bewegte sich geräuschlos, sah man einmal von dem leisen Knistern ihrer hautengen Lederhosen und des dazu passenden Lederblousons ab. Ihr Haar war kurz und im Punkstil geschnitten; einzelne Strähnen standen in alle Richtungen ab. Das Haar der kleineren Frau war ganz kurz geschnitten; sie trug einen einfachen Rock und einen grünen Pullover und sah wie ein Schulmädchen aus. Ihr ständiges Lächeln wirkte so falsch wie das ständige Stirnrunzeln der größeren Frau echt wirkte.

Die Tür öffnete sich, als die beiden Frauen gerade die Treppe hinaufzusteigen begannen.

»Was habt ihr hier zu suchen?« Es war die verwirrte Stimme des arabischen Nachrichtenhändlers Mohammed Fett.

»Wir wollen den Jungen holen«, sagte die kleinere Frau.

»Ach, Tilly«, entgegnete Fett, »da kommt ihr zu spät. Er wurde vor zwei Tagen in das andere Versteck gebracht.«

»In das andere Versteck«, echote die größere.

»Auf wessen Befehl?« fragte Tilly.

»Auf Rasins Befehl natürlich.«

Tilly drehte sich zu der großen Gestalt in der schwarzen Ledermontur um. »Lace, hast du das gehört?«

»Sehr bedauerlich«, sagte Lace. Sie trat vor, bis sie neben Tilly stand.

»Was ist los?« fragte Fett.

»Rasin hat uns geschickt«, erwiderte Lace. »Wir sollen den Jungen töten.«

»*Was*?« rief Fett verblüfft, und dann begriff er, was geschehen sein mußte. »Evira! Das muß Eviras Werk sein! Natürlich! Sie hat . . . Aber ich weiß, wohin er gebracht wurde. Ich werde es euch sagen.«

Lace schüttelte den Kopf. »Dort wird er auch nicht mehr sein.«

»Du hättest nicht so unvorsichtig sein dürfen«, fügte Tilly hinzu.

»Ich bringe das in Ordnung«, versicherte Fett ihnen und trat auf die Veranda hinaus. »Ich alarmiere meine Leute. Man wird den Jungen finden, ganz bestimmt.«

»Ja«, sagte Lace, und ihre Hände schossen von ihren Hüften hoch und legten sich um Fetts Kopf. »Das wird man.«

Mit diesen Worten hob sie Fett ohne die geringste Anstrengung hoch, bis sein Kopf auf der gleichen Höhe mit ihrem war und seine Füße in der Luft baumelten. Er wollte noch etwas sagen, doch sie drehte seinen Kopf heftig nach rechts. Es knackte laut, und sein gesamter Körper verkrampfte sich. Lace zog ihn eng an sich, um den letzten Atemzug auf ihrem Gesicht zu spüren, der seinem baumelnden Körper entwich. Er war plötzlich ziemlich kalt.

»Du Narr«, sagte sie zu ihm und warf ihn zur Seite. Ihr war sehr warm. »Tilly«, rief sie.

Die kleinere Frau öffnete die Tür und trat an Lace vorbei, die Fetts Leiche hinter sich herzog. Sie setzte sie auf einen Stuhl und drehte den Mann so, daß er mit seinen toten Augen zusehen konnte. Es gab nur zwei Dinge, die Lace Spaß machten, und es war schön, sie nacheinander zu machen, denn das erhöhte das Vergnügen, das sie an beiden empfand. Sie küßte die Leiche einmal auf die Lippen und drehte sich zu Tilly um, die schon Rock und Slip hinabgezogen hatte, mit gespreizten Beinen auf dem Boden lag und sich zwischen den Beinen streichelte.

»Es war wunderschön, Lace«, sagte sie zu ihrer Freundin, die die Lederjacke auszog. »Wunderschön.«

»Wie du, Tilly. Wie du.«

Und dann war Lace über ihr. Ihre Lippen trafen sich in heißer Leidenschaft, und Laces Hand verdrängte die Tillys. Während die toten Augen Fetts zusahen, fuhren die Finger der kleineren Frau durch das blonde Stoppelhaar ihrer Partnerin.

»Wunderschön«, sagten sie fast im Gleichklang.

15

McCracken und Patty Hunsecker verbrachten sechs elende Stunden auf RUSS, bevor die Suchflugzeuge des Marinestützpunkts Guam sie schließlich am späten Montag nachmittag entdeckten. Blaine nahm das Signal, daß sie ihn gesichtet hatten, mit keiner geringen Erleichterung zur Kenntnis; er hatte schon befürchtet, daß sie einige Tage aushalten mußten, bevor man sie entdecken würde. Und er wußte, daß Patty ohne medizinische Versorgung nicht überleben würde. Nachdem sie während ihrer ersten Stunden auf der RUSS nicht zu sich gekommen war, mußte er befürchten, daß sie in ein Koma gefallen war.

Die Dämmerung senkte sich schon, als ein düsengetriebener

Helikopter in den Farben der Navy über ihnen kreiste und ein Seil hinabließ. McCracken schickte Patty zuerst hinauf; als er dann in die Kabine kletterte, kümmerten sich schon Sanitäter um sie.

»Nach Guam«, sagte er mit einem breiten Grinsen zu dem Piloten. »Und drücken Sie auf die Tube.«

Patty Hunsecker kam in den frühen Stunden des Dienstagmorgen im Marinekrankenhaus wieder zu sich. Blaine war an ihrer Seite, als sie erwachte, froh über die Gelegenheit, noch mit ihr sprechen zu können, bevor er die Insel verlassen mußte.

»Aber mir ist es gelungen, RUSS zu retten«, sagte er, nachdem er sich für das entschuldigt hatte, was er ihr angetan hatte. »Die Besatzung des Hubschraubers hat sich nicht gerade vor Freude überschlagen.«

»Wie ich Sie kenne, haben Sie ihr keine große Wahl gelassen.«

»Ich war ein perfekter Gentleman. Ich mußte nur drohen, ihnen nacheinander alle Finger zu brechen.«

»Wie haben Sie der Navy erklärt, was uns passiert ist?«

»Ein paar Ausflüchte über eine Explosion. Damit komme ich hoffentlich durch, bis ich mich von hier wegschleichen kann.«

»Es würde wahrscheinlich helfen, wenn ich Ihre Geschichte bestätige.«

»Das kam mir auch schon in den Sinn.«

»Dann sagen Sie mir, was Sie ihnen erzählt haben.«

Als Blaine sie informiert hatte, entschuldigte er sich noch einmal. »Wenn all das vorbei ist, werde ich dafür sorgen, daß die Regierung Ihnen das Boot ersetzt.«

»Und wie wollen Sie das schaffen?« fragte sie skeptisch.

»Sagen wir einfach, daß sie mir noch ein paar Gefallen schuldig ist. Bis dahin könnten Sie sich ja in Bel Air erholen. Machen Sie sich wieder mit Ihrer Familie vertraut. Sie ist wirklich um Sie besorgt.«

»Sie haben mit ihnen gesprochen?«

»In Ihrem Zustand hielt ich es für das beste, Ihre nächsten Verwandten zu benachrichtigen.«

»Sie sind ein Arschloch, McCracken.«

»Gehen Sie nach Hause, Patty.«

»Hören Sie auf, vor sich selbst wegzulaufen, meinen Sie doch.«

Er nahm ihre Hand. »Ich muß los.«

»Aber Sie haben gewartet, bis ich wieder bei Bewußtsein bin.«

»Das schien mir nur anständig zu sein.«

»Und wenn ich noch einen Tag gebraucht hätte?«

Blaine zuckte die Achseln.

»Sie sind ein seltsamer Kauz, McCracken.«

»Ich gebe mein Bestes.«

Der Chef des Mossad, Isser, beriet sich mindestens einmal am Tag, oftmals jedoch noch häufiger, mit dem israelischen Premierminister. Aufgrund der Sicherheitsprobleme, die Issers Geheimidentität aufwarf, trafen sie sich jedoch nur selten persönlich. Der Kopf des Mossad brauchte eine gewisse Anonymität, um seine Pflichten wahrzunehmen, und ging diesbezüglich niemals ein Risiko ein, wenn es sich vermeiden ließ.

Heute ließ es sich nicht vermeiden. Isser hatte um ein persönliches Gespräch gebeten, und der Premierminister war so klug, ihn nicht nach dem Grund zu fragen. Sie trafen sich im Arbeitszimmer des älteren Mannes in dessen Haus. Er hatte am Vormittag ein Unwohlsein vorgetäuscht, um jede Aufmerksamkeit zu vermeiden, und Isser wartete bereits auf ihn, als er durch die Tür trat. Sein weißes Haar war ungekämmt und struppig, und er trug seinen Bademantel. Die Krankheit mochte ein Vorwand gewesen sein, doch Isser war betroffen, wie seine Schultern eingefallen waren und wie alt und zerbrechlich er aussah.

»Setzen Sie sich lieber«, riet der Mossad-Chef.

»Mir geht es überhaupt nicht schlecht, wissen Sie noch? Das ist nur eine Tarnung, falls jemand durchs Schlüsselloch spähen sollte.«

»Das bedeutet aber nicht, daß es Ihnen noch gut geht, nachdem Sie mich angehört haben.«

Der Premierminister machte es sich in einem Ledersessel bequem, und Isser legte einen Kassettenrecorder auf den Tisch vor ihm. Er drückte auf den Abspielknopf und erklärte, worum es sich handelte, während er darauf wartete, daß die Stimmen aus Teheran die seine ersetzten. »Das hat mich vor ein paar Stunden von unserem Team erreicht, das Hassani beschattet. Es spricht für sich selbst.«

Wie auf ein Stichwort erklang General Amir Hassanis Stimme. Er begrüßte die Delegierten in der Bibliothek, und Isser spulte das Band zu der Stelle voran, bei der die Diskussion interessant wurde. Der Premierminister lauschte gebannt, und schließlich klaffte sein Mund auf. Als General Hassani geendet hatte, schaltete Isser das Gerät aus.

»Die ›Delegierten‹ wurden nicht namentlich genannt, aber ich habe ihre Stimmen erkannt. Ich kenne sie, nicht wahr, Isser?«

»Sieben der größten Feinde unserer Nation.«

»Und sie haben sich zusammengefunden, um unsere Vernichtung zu planen.«

Isser nickte. »Hassani hat ihren Fanatismus in Ehrgeiz verwandelt. Ein ehrgeiziger Mensch kann ein viel gefährlicherer Feind sein.«

Der Premierminister erhob sich aus seinem Sessel, schritt nervös zum Fenster und dann wieder zurück. »Mein Gott, könnte das wirklich stimmen?«

»Sie haben das Band gehört. Wir haben keine Wahl – wir müssen davon ausgehen, daß sie es ernst meinen.«

»Eine Invasion, die dem Einsatz dieser . . . Waffe folgen soll. Um was für eine Waffe handelt es sich, Isser?«

»Meine Männer haben nicht die geringste Ahnung. Sie haben das Band gehört. Anscheinend haben auch die Delegierten zum ersten Mal davon erfahren.« Isser zögerte und überlegte kurz. »Hassani benimmt sich seltsam, seitdem er an die Macht gekommen ist. Er verschwindet manchmal für Tage oder gar für Wochen. Erst jetzt können wir Schlußfolgerungen ziehen, daß dieses Verschwinden in direktem Zusammenhang mit seinem Versuch, die militante arabische Welt zu einigen, und mit dieser Superwaffe steht.«

»Eine Bande von Verrückten!«

»Die jederzeit an unseren Grenzen aufmarschieren können.«

»Jeden konventionellen Angriff können wir abwehren, doch anscheinend hat General Hassani noch etwas in der Hinterhand.«

»Sehr wahrscheinlich«, stimmte Isser zu. »Und Sie gehen ganz recht damit, unser Problem auf den General selbst zu beschränken.«

Der Premierminister kehrte zu seinem Sessel zurück und ließ sich hineinfallen; das massige Möbelstück schien ihn zu verschlucken. »Fahren Sie fort.«

»Das Tonband besagt, daß sie ihr nächstes Treffen an unserem Unabhängigkeitstag abhalten werden. Dementsprechend würde ich vorschlagen, daß wir die Operation Feuersturm vorzeitig einleiten.«

»Die alten Mistkerle werden niemals damit einverstanden sein.«

»Wir lassen ihnen einfach keine Wahl. Wir haben ihrem bizarren Plan nur unter der Bedingung zugestimmt, daß die letzte Kontrolle darüber uns vorbehalten wird. Ich schlage vor, daß wir sie nun ausüben.«

»Leichter gesagt als getan. Die alten Männer haben alles auf die Minute genau geplant. Und Sie vergessen, mein Freund, daß wir der Operation Feuersturm hauptsächlich zugestimmt haben, weil dabei die herkömmlichen Kommunikationswege umgangen werden. Die Soldaten der alten Männer haben sich in verschiedene aufrührerische Zellen gespalten, die bis zum Anbruch des Feuersturms keinen Kontakt zueinander haben. Es ist einfach nicht möglich, sie vor dieser Zeit zu erreichen, um die Operation vorzeitig einzuleiten.«

So schnell wollte Isser nicht aufgeben. »Ich suche Isaac noch einmal in Hertzlia auf. Vielleicht können wir etwas ausarbeiten.«

»Sie scheinen sich ja gut mit dem alten Schlachtroß zu verstehen.«

Isser nickte. »Ich habe mich zum letzten Mal vor zwei Tagen

mit ihnen getroffen. Anscheinend hatten ihre Leute sie gerade vor dem nächsten Schritt gewarnt, den Evira nach dem mißglückten Versuch Ben-Nesers, sie in Jaffa zu stellen, unternommen hatte.«

»Und woraus bestand dieser Schritt?«

»Sie ist nach Teheran geflogen, um Hassani zu töten.«

»Und der alte Mann hat sie zweifellos aufgehalten. Mein Gott, wenn es um ihre Mission geht, übersehen sie aber auch gar nichts. Hätten sie Evira unbehelligt gelassen, hätte Hassani vielleicht gar nicht mehr die Versammlung abhalten können, die wir gerade gehört haben. Die reinste Ironie, nicht wahr?«

»Sie haben sie aufgehalten, aber nicht ausgeschaltet. Evira lebt noch, wenngleich sie jetzt allein dasteht und wahrscheinlich auf der Flucht ist.«

Der Premierminister lachte erneut, doch diesmal lag nicht die geringste Erheiterung darin. »Ha! Vielleicht sollten wir ihr helfen. Die Bedrohung, mit der wir es zu tun haben, beginnt und endet mit Hassani. Wenn wir ihn eliminieren . . . ach, was sage ich? Wir müssen nach anderen Optionen suchen, wo auch immer sie sich bieten.«

»Eine ist vielleicht greifbarer, als wir glauben.«

Der Premierminister beugte sich vor. »Wovon sprechen Sie?«

»Denken Sie an Jaffa. Haben Sie meinen Bericht gelesen?«

»Ja, natürlich.«

»Mein Gespräch mit dem amerikanischen Geheimdienst hat mich überzeugt, daß der amerikanische Agent McCracken allein agierte, als er sich mit Evira traf. Das Bild bleibt verschwommen, doch die Spur, die ihn hierher führte, läßt darauf schließen, daß irgend jemand Druck auf ihn ausübt.«

»Evira? Aus welchem Grund?«

»Das wissen wir nicht. Wir wissen aber, daß McCracken von hier aus nach Japan und dann nach Guam flog.«

»Nach Guam?«

»Sein genaues Ziel spielt keine Rolle. Wichtig ist nur, daß er offensichtlich eine Spur verfolgt, auf die Evira ihn gesetzt hat. Und irgend etwas verhindert offensichtlich, daß er Außenstehende um Hilfe bittet, zumindest offiziell.«

»Worauf wollen Sie hinaus?«

»Evira wollte McCracken, und nur McCracken, für diesen Job. Und worauf immer sie ihn angesetzt hat, es muß etwas mit dem zu tun haben, was sie nach Teheran führte, um Hassani zu töten.«

»Sie springen von einer Schlußfolgerung zur nächsten, Isser.«

»Der Schlüssel zu allem sind diese ehemaligen Soldaten, die in Jaffa in die Menge geschossen haben. Nehmen wir einmal an, sie wollten Evira töten, und vielleicht auch McCracken. Dann taucht Evira in Teheran auf, um Hassani zu töten. Da gibt es offensichtlich eine Verbindung.«

»Nicht für mich.« Der alte Mann seufzte.

»Evira brauchte McCracken, und der Grund muß irgend etwas mit ihrem Plan zu tun haben, Hassani auszuschalten. Wenn wir herausfinden können, welcher Sache McCracken auf der Spur ist, werden die Umrisse von Hassanis Plan hoffentlich Gestalt annehmen. Also ist McCracken hinter den Antworten her . . .«

»Während wir hinter McCracken her sind«, vollendete der Premierminister den Satz. »Ich erinnere mich vom Yom-Kippur-Krieg 1973 noch an ihn und seine Männer. Viel Glück bei dem Vorhaben, ihn zu finden, Isser.«

»Die Amerikaner werden uns helfen.«

»Bei McCracken könnte das gegen uns arbeiten.«

Yosef Rasin lauschte Daniels Bericht mit wachsender Ungeduld. Durch die Entfernung war die sowieso schon umgeleitete Verbindung noch schlechter geworden.

»Sie sagen, als die Frauen dort eintrafen, sei der Junge schon weggebracht worden«, führte Rasin aus, als Daniel geendet hatte. Anscheinend interessierte ihn diese Panne mehr als der gescheiterte Versuch, McCracken im Pazifik zu töten.

»Das war Eviras Werk. Soviel haben wir herausgefunden.«

»Sehr interessant. Anscheinend ist ihr der Junge wichtig genug, um soviel Mühe auf sich zu nehmen.«

»Wir haben sie schon des öfteren falsch eingeschätzt. Es

heißt, sie sei noch immer in Teheran. Haben Sie mich verstanden? Teheran!«

»Ich habe Sie verstanden, Daniel. Es besteht kein Grund zum Schreien.«

»Was, wenn sie die Wahrheit kennt? Was, wenn sie den wahren Kern unseres Plans kennt? Was, wenn sie herausgefunden hat, daß . . .«

»Sie weiß gar nichts! Sie kann unmöglich derartige Schlußfolgerungen gezogen haben.«

»Aber sie ist noch da draußen und stellt eine Gefahr dar.«

»*Sie* ist nicht das Problem, Daniel. McCracken ist das Problem.« Rasin hielt inne. »Wir müssen natürlich davon ausgehen, daß er gefunden hat, was er suchte.«

»Ja.«

»Dann ist sein nächster Zug offensichtlich. Wir müssen seine Fragen voraussehen und ihn dort ergreifen, wo es Antworten auf diese Fragen gibt. Ja . . . Ja.«

»Und dann?«

»Schicken Sie unsere beiden Frauen nach Amerika. Diesmal sollten sie ihn eliminieren. Wir dürfen keinen Fehler mehr machen, Daniel«, sagte Rasin. »Keinen einzigen Fehler mehr.«

16

»Morgen, Hank«, sagte McCracken zu der Gestalt, die auf den Stufen des Lincoln Memorial saß. Und als Belgrade sich erheben wollte, bedeutete Blaine ihm, sitzen zu bleiben. »Diese Formalitäten sind unter Freunden überflüssig. Außerdem wollen wir doch nicht, daß der Inhalt dieser Akten unter deinem Bein vom Winde verweht wird, oder?«

»Großer Gott, McCrackensack«, erwiderte Belgrade in seinem breiten Südstaatendialekt. »Hoffentlich ist die Sache wirklich so wichtig, wie du es behauptest.«

»Wie viele Terroristen habe ich dir schon auf dem Präsentierteller überreicht, alter Kumpel? Damit sind wir quitt.«

»Trotzdem, wenn sie mir den Arsch aufreißen, möchte ich gern glauben, daß es die Sache wert war.«

»Ich kenne kein Händepaar, das stark genug wäre, dir den Arsch aufzureißen, Hank.«

McCracken war am Dienstagabend in Washington eingetroffen und hatte zuerst einmal dem dringenden Bedürfnis nach einer ausgedehnten Dusche nachgegeben. Dann hatte er sich vom Zimmerservice eine Mahlzeit bringen lassen, und danach fühlte er sich so weit gestärkt, daß er Hank Belgrade aus dem Bett holen konnte. Das Telefonat mit seinem alten Freund, der nun als Verbindungsmann zwischen dem Außen- und dem Verteidigungsministerium fungierte und die schmutzige Wäsche beider Abteilungen waschen mußte, hatte nicht sehr lange gedauert. Belgrade hatte keine Fragen gestellt, doch Blaine hatte an seiner Stimme erkannt, daß die Art der gewünschten Informationen ihn doch sehr verblüffte.

Als Blaine schließlich einschlief, träumte er von Matthew, wie er den Jungen zum ersten Mal gesehen hatte, als er an der Seitenauslinie des Rugbyfelds entlanglief. In seinem Traum wurde Blaine vor Stolz ganz warm, und er spürte nicht mehr die beißende Kälte dieses feuchten Tages. Doch dann schlug der Traum um, und er stand an der Seitenauslinie und suchte nach Matthew, ohne ihn unter den anderen Jungen ausmachen zu können. Und dann stand John Neville plötzlich neben ihm, den Kopf in einem bizarren Winkel verdreht. Blut lief aus seinen Mundwinkeln, und er schien nicht zu wissen, daß er tot war.

Laß mich in Ruhe, wollte Blaine der Leiche in dem Traum zurufen. *Es war nicht meine Schuld!*

Doch er wußte nicht genau, was oder wen er damit meinte. Als er schließlich erwachte, war es draußen noch dunkel, und er schwitzte trotz der niedrigen Temperatur in dem voll klimatisierten Hotelzimmer und der Decke, die er bis zum Kinn hochgezogen hatte. Er duschte noch einmal, diesmal kalt, setzte sich dann ans Fenster und schaute in die Stille der Nacht über Washington hinaus.

Auf dem Stuhl schlief er wieder ein, und die allmählich durch das Fenster fallenden Sonnenstrahlen erwärmten ihn. Um acht

Uhr riß ihn der bestellte Weckruf endgültig aus dem Schlaf. Er duschte und hatte sich kaum abgetrocknet, als der Zimmerservice mit dem am Abend zuvor bestellten Frühstück kam. Danach besorgte er sich in einem nahegelegenen Kaufhaus neue Kleidung.

Um Punkt zehn Uhr setzte ihn ein Taxi vor der Vietnam-Gedenkstätte ab, und unwillkürlich zog es ihn zu dem schwarzen Granitblock hin. Die Männer seiner Einheit, die den Krieg nicht überlebt hatten, waren hier nicht einmal genannt, so geheim war ihre Mission gewesen. Niemand durfte auch nur erfahren, daß sie gefallen waren. Wie bedeutungslos wirkte angesichts dessen doch ihr Tod. Blaine ging an den Zetteln vorbei, die man in die Ritzen des Steins geschoben hatte, und an den Blumen, die am Fuß der Mauer lagen. Er warf einen letzten Blick zurück auf den dunklen Stein und ging dann zum Lincoln weiter, wo Hank Belgrade auf ihn wartete.

»Okay, McCrackensack«, sagte Belgrade und vergewisserte sich, daß die Schnellhefter noch unter seinen dicken Schenkeln lagen, als Blaine sich setzte. »Ich hab' das Zeug, um das du mich gebeten hast. Aber ich werde dieses Bein erst heben, wenn ich weiß, wieso du dich plötzlich für die schon lange tote *Indianapolis* interessierst.«

»Wie es heißt, waren die Berichte über ihren Untergang etwas übertrieben.«

»Mein Junge, ich mag dir zwar so einiges zu verdanken haben, aber ich bin auch immer verdammt mies gelaunt, wenn mich jemand mit einem Rätsel aus meinem Schönheitsschlaf reißt und mich am Morgen dann mit einem weiteren begrüßt.«

»Dann will ich sofort zur Sache kommen. Die *Indianapolis* ist wieder auferstanden.«

Belgrade riß die Augen auf. »Du meinst, jemand hat sie gefunden?«

»Allerdings.«

»Du sprichst wie jemand, der . . .«

»Sie gesehen hat? Darauf kannst du deinen Arsch verwetten, Hank. Nicht aus der Nähe und persönlich, aber scharf und deutlich auf einem Bildschirm.«

»Was hat das zu bedeuten?«

»Eine lange Geschichte. Da ich weiß, wie müde du bist, beschränke ich mich auf das Wesentliche. Sagt dir der Name Yosef Rasin irgend etwas?«

»Na klar. Ein militanter Israeli, der gern jeden Araber auf der Welt in der Hölle schmoren sehen möchte.«

»Er hat die *Indianapolis* vor mir gefunden und etwas herausgeholt.«

»Das ist doch verrückt! Weißt du überhaupt, was du da sagst?«

»Ich weiß, was ich gesehen habe. Man hat ein schönes Loch in ihre Seite geschnitten, durch das bequem ein paar Taucher passen. Und sie sind nicht reingegangen, um sich nur mal umzusehen, das ist klar.«

»Was haben sie also gesucht?«

»Ich dachte, du könntest mir das sagen.«

»Tut mir leid.«

»Wie wäre es denn mit einer Waffe, die alle arabischen Nationen auslöschen kann, während Israel völlig unbeschadet bleibt?«

»Du meinst das ernst, nicht wahr?« fragte Belgrade und öffnete den Mund, doch das Lachen blieb ihm im Hals stecken.

»Unter den gegebenen Umständen möchte ich nicht gern *todernst* sagen.«

»Wenn diese Waffe an Bord der *Indianapolis* war, hat sie uns gehört.«

»So ist es.«

»Du willst also sagen, daß das Schiff nicht nur Atombomben, sondern noch etwas anderes befördert hat.«

»Ganz recht.«

Belgrade schaute ehrlich betroffen drein. »Na schön. Wonach suchst du?«

»Falls die *Indianapolis* sonst noch etwas befördert hat, wird die Mannschaft davon nichts gewußt haben, vielleicht nicht einmal der Kapitän. Aber jemand muß diese Waffe an Bord gebracht haben, und darüber muß es Aufzeichnungen geben.«

»Sie wurde in San Francisco beladen«, sagte Belgrade.

»Aber auf dem Weg nach Tinian machte sie einen Zwischenhalt bei Pearl Harbor. Dort könnte man die zusätzliche Fracht an Bord gebracht haben.«

Belgrade schüttelte den Kopf. »Nee. Ich habe mir die Logbücher angesehen. Sie hat bei Pearl Harbor nur die Beobachter an Bord genommen, die die Atombombenexplosionen in Wort und Bild festhalten sollten. Für den Fall, daß du es nicht mehr weißt – wir wußten damals, daß wir Geschichte schreiben würden.«

»Ich vermute, daß es damals auch noch um einen ganz anderen Eintrag in den Geschichtsbüchern ging.«

»Womit du unsere geheimnisvolle Superwaffe meinst.«

»Natürlich.«

»Aber die Akten, Kurzmitteilungen und Berichte, zu denen ich mir Zugang verschafft habe, erwähnen nichts davon, Blaine. Ich habe alles hier, genau, wie du es verlangt hast, aber ich kann dir die Mühe ersparen, die ganzen Aufzeichnungen durchzuarbeiten. Glaub mir, selbst in den Berichten, die der höchsten Geheimhaltungsstufe unterliegen, steht nichts über eine andere Waffe an Bord der *Indianapolis.*«

»Dann haben sie die Sache begraben, Hank. Damals ging das noch etwas einfacher als heute.«

»So einfach war es nun auch wieder nicht. Sie hätten die Existenz einer Waffe, wie du sie beschreibst, nicht einfach verheimlichen können.«

»Außer, sie haben gute Gründe dafür gehabt.«

»Und du behauptest also, daß dieser Rasin ans Tageslicht gebracht hat, was sie damals begraben wollten.«

»Wie der berühmte Phönix, Hank. Wir beide haben ja schon des öfteren mit diesem Fabelwesen zu tun gehabt.«

»Der langen Rede kurzer Sinn«, sagte Belgrade, »von den ursprünglichen Besatzungsmitgliedern, die die *Indianapolis* beladen haben, bevor sie nach Tinian dampfte, lebt nur noch eins. Ein Matrose namens Bart Joyce, dem heute ein Restaurant in Boston gehört.«

»Sollte ich sonst noch etwas über ihn wissen?«

»Abgesehen von seiner Adresse ist das alles, was ich dir geben kann.«

McCracken musterte ihn eindringlich. »Über ihn weißt du

vielleicht tatsächlich nicht mehr. Aber deine Reaktion auf meine Worte verrät mir, daß du diese Nacht noch wesentlich mehr ausgegraben hast. Wärest du so gütig, mich kurz aufzuklären?«

Belgrade zögerte. »Es steht alles hier drin. In den Akten.«

»Wie wäre es denn mit einer kurzen Zusammenfassung?«

Belgrade seufzte und warf einen schnellen Blick über die Schulter, als befürchtete er, belauscht zu werden. »McCracken, du hast einen Sack voller Würmer geöffnet, der groß genug ist, um alle Fische im Mississippi damit zu füttern. Hör mir gut zu, denn ich werde diese Geschichte nicht zweimal erzählen. Die *Indianapolis* lieferte ihre Bomben auf Tinian ab und fuhr wie geplant nach Guam weiter. Dort wurde sie ohne jede Erklärung – oder Eskorte – nach Leyte umgeleitet.«

»Du meinst, man hat sie dorthin geschickt, und ihre geheime Waffe war noch an Bord?«

»*Deine* Geheimwaffe, nicht ihre. Auf jeden Fall wurde sie kurz vor Mitternacht versenkt. Dem Captain gelang es noch, ein Notsignal zu senden. Das SOS wurde innerhalb von fünf Minuten in Tolosa empfangen, und man benachrichtigte den Kommandanten persönlich.«

»Und er war plötzlich auf einem Ohr taub, nicht wahr?«

»Und auf einem Auge blind. Er befahl, weder zu antworten noch eine Rettungsmannschaft loszuschicken. Sein Adjutant sollte ihn – und *nur* ihn – benachrichtigen, falls noch weitere Nachrichten empfangen werden sollten.«

»Er schickte einem Schiff, das mitten im Pazifik versank, keine Hilfe?«

»Genau. Frage mich nicht nach dem Grund, und auch nicht danach, wie man das schließlich vertuscht hat.«

»Mann . . .«

»Es wird noch schlimmer. Wenn der Notruf der *Indianapolis* Tolosa erreichte, muß man davon ausgehen, daß er auch noch von zahlreichen anderen Marinestützpunkten empfangen wurde, aber niemand hat reagiert. *Niemand.*«

»Aber nur bei Tolosa wissen wir das mit Sicherheit.«

»Ja und nein.«

»Was soll das heißen?«

»Als offizielle Nachforschungen angestrengt wurden, war der Stützpunktkommandant tot und das Funklog verschwunden. Alles andere war Hörensagen.«

»So ein Zufall . . .«

»Ich überlasse dir die Deutung des Geschehens, McCracken. Aber da wurde so einiges unter den Tisch gekehrt, und es ging noch weiter. Einen Tag später sichtete ein Pilot sechshundert Kilometer von Manila ein paar treibende Trümmer . . .«

»Sag es nicht, laß mich raten. Sein Bericht verschwand ebenfalls.«

»Richtig getippt. Aber bitte vergiß, woher du das alles weißt.«

»Diese Informationen fallen doch nicht mehr unter die Geheimhaltungsstufe.«

»Das zwar nicht, aber man muß wissen, wo man suchen muß, und das wissen nicht viele. Man kann sie an einer Hand abzählen.«

»Wieso wurden die überlebenden Mannschaftsmitglieder der *Indianapolis* überhaupt gerettet?«

»Ein junger Pilot in einer Ventura sichtete sie auf einem Routinepatrouilleflug und forderte ein Rettungsteam an, ohne den Dienstweg einzuhalten.«

»Ein tapferer junger Mann.«

»Er wurde dafür auch belobigt, aber ich vermute, daß einige Jungs in Washington gekocht haben. Nur dreihundert der zwölfhundert Besatzungsmitglieder haben überlebt, und einen oder zwei Tage länger, und sie wären auch draufgegangen.«

»Ich habe den Eindruck, Hank, unserer Regierung lag viel daran, daß man von der *Indianapolis* keine Spur mehr fand, die Mannschaft eingeschlossen. Dieses japanische U-Boot, das sie versenkt hat, muß Onkel Sam und Harry Truman einen großen Gefallen getan haben.«

»Diese Vermutung ist geradezu lächerlich. Auf diesen Gedanken ist noch keiner gekommen.«

»Bis jetzt«, erwiderte McCracken.

Evira waren die frische Luft und der Sonnenschein auf ihrem Gesicht niemals willkommener gewesen. Nach vier Tagen in Kouroshs kleinem Zimmer fühlte sie sich endlich gut genug, um sich hinauszuwagen. Kourosh hatte erfahren, daß der General im Zuge seiner Versuche, das Land wieder zu einigen, einen Galaempfang für die höchsten iranischen Beamten gab. Diese Veranstaltung war für den morgigen Tag vorgesehen, so daß Evira nur noch ein paar Stunden blieben, sich mit dem Gelände vertraut zu machen und einen Plan auszuarbeiten. Mit der Dienstmädchenuniform, die der Junge aus einer Wäscherei gestohlen hatte, kam sie durch den Dienstboteneingang und konnte sich unter das andere Personal mischen. Da anzunehmen war, daß jeder, der das Palastgebäude betrat, einer gründlichen Untersuchung unterzogen wurde, würde sie jedoch waffenlos hineingehen müssen. Doch dies bereitete ihr weniger Sorgen als die Möglichkeit, daß einer der Aufseher vielleicht merkte, daß sie gar nicht zum Personal gehörte. Sie konnte nur hoffen, daß die Hektik, die bei solch einem Empfang herrschte, Tarnung genug sein würde.

An diesem Morgen hatte Kourosh sie mit schwerer, grober Kleidung versorgt, darunter auch der typische Schal und Schleier einer verarmten Iranerin. Heutzutage lungerten viele solcher Frauen vor den Mauern von Hassanis Palast. Es bereitete mehr Mühe, sie zu verscheuchen, so daß die Revolutionswächter sie die meiste Zeit über dort duldeten.

Das größte Problem war, überhaupt zum Palast zu kommen. Der Bezirk Niavarin lag unter den derzeitigen Bedingungen drei Stunden von Naziabad entfernt. Kourosh führte sie die lange Strecke zur nächsten Bushaltestelle, doch als Evira die Dutzende von Menschen sah, die dort vor ihr in der Schlange standen, verließ sie der Mut.

»Tu so, als wärst du blind!« flüsterte er ihr zu.

»Blind?«

»Na los! Schnell! Bevor sie etwas merken!«

Evira gab ihr Bestes. Der Junge gab vor, ihr Sohn zu sein, und aufgrund ihrer vermeintlichen Behinderung ließen sogar die Armen Teherans sie an den Anfang der Schlange vor. Mehr noch, sobald sie sich erst an Bord des völlig überfüllten Busses befanden, bot man ihnen sogar Sitzplätze an. Sie mußten viermal umsteigen und dabei stets beträchtliche Strecken von einer Haltestelle zur anderen zurücklegen. Schließlich war Evira völlig erschöpft; ihr blieb nichts anderes übrig, als auf ihre sowieso schon zusammengeschrumpften letzten Kraftreserven zu vertrauen, und sie befürchtete allmählich, ihre Mission nicht mehr vollenden zu können.

Insgeheim hoffte sie, daß sie und Kourosh einem der ›Studenten‹ begegneten, die dem Jungen Englisch beigebracht und die Comic-Hefte gegeben hatten. Doch in ihrem Hinterkopf störte sie die Gegenwart einer beträchtlichen Anzahl Israelis in der Stadt auch weiterhin. Wer waren diese Leute? Weshalb waren sie hier? Ihre Quellen im Mossad wußten von keiner Operation, und sie konnte sich sowieso nicht vorstellen, was ein kleiner Haufen Israelis hier bewerkstelligen wollte.

»Wir sind da«, sagte Kourosh schließlich. »Du kannst jetzt aufschauen. Es sieht niemand hin.«

Evira richtete den Blick langsam auf den Haupteingang des Königlichen Palastes. Aus dieser Entfernung verdeckte die vier Meter hohe Sicherheitsmauer den größten Teil des weißen Gebäudes. Doch auch aus dieser Entfernung wurde deutlich, daß Kouroshs Zeichnungen der Größe des Komplexes keine Gerechtigkeit hatten widerfahren lassen. Betroffen registrierte sie, wie gewaltig das Gelände mit seinen Blumenbeeten und Grünstreifen war, das zwischen der Mauer und dem Palast selbst lag. Sie mußte ihren Plan überdenken. Es blieb gefährlich, die Dienstmädchenuniform zu benutzen, doch Zutritt mußte sie sich auf andere Art verschaffen.

Was würde Blaine McCracken tun?

Zuerst einmal nur einen Schritt nach dem anderen machen. Er würde nicht weiter als bis zur nächsten Ecke denken. Alternativen boten sich immer. Es kam nur darauf an, die richtige Gelegenheit zu erkennen und zu ergreifen.

»Du hast gesagt, unter dem Palast verliefen Gänge«, wandte sie sich an Kourosh. »Kennst du einen Eingang zu diesem Tunnelsystem? Könnte ich auf diese Art in den Palast kommen?«

Der Junge zuckte die Achseln. »Wenn du dich nicht verirrst.

Die Gefahr dafür wäre zu groß. Und selbst, wenn es dir gelingen sollte . . .«

»He, du da«, sagte eine heisere Stimme hinter ihnen. »Wen haben wir denn da?«

Evira stellte sich augenblicklich wieder blind und tastete nach der Schulter von Kourosh.

»Ist die blinde Schachtel deine Mutter, Kleiner?« fragte ein zweiter Mann. Er trug einen Bart, roch unangenehm und war älter als der erste.

»Ein Glück, daß sie blind ist, sonst würde sie sehen, wie häßlich du bist«, erwiderte Kourosh.

Der erste Mann lachte, und dann fiel der zweite ein. »Du hast aber 'ne große Klappe, was, Kleiner? Wird Zeit, daß man dir mal Manieren beibringt.« Er blinzelte seinem Kumpan zu. »Und dann nehmen wir uns mal deine Mutter vor.«

Er holte aus, um dem Jungen eine kräftige Ohrfeige zu geben. Im letzten, allerletzten Augenblick nahm Evira die Hand von Kouroshs Schulter und fing seinen Arm in der Luft ab. Sie verdrehte heftig das Gelenk des Mannes, bis der Knochen knackte. Während der Mann vor Schmerz aufschrie, sprang der zweite auf sie zu, doch Evira konterte mit einem Tritt, der ihn genau zwischen den Beinen traf. Aufstöhnend brach er zusammen.

»Ihr hättet meine Mutter nicht wütend machen sollen«, rief Kourosh und führte Evira weiter.

17

Bart Joyces Restaurant, das *Cityside Deli*, befand sich im Quincy Market in der Faneuil Hall, einem Einkaufszentrum mit zahlreichen kleinen Läden im Süden Bostons. Blaine stieg an der Congress Street aus dem Taxi aus und trat in einen unverhältnismäßig warmen Maitag. Das Geschäftsviertel war gut besucht, und Blaine bemerkte einen Menschenauflauf um einen riesigen Show-Truck mit dem Aufdruck *Godzilla* und gigantischen Walzenreifen, der für die bevorstehende Automobilausstellung im Boston Garden warb.

McCracken versuchte das Schicksal mit einem Spurt über die dicht befahrene Straße und näherte sich der Statue Samuel Adams', die am Eingang des Einkaufszentrums sämtliche Besucher begrüßte. Man konnte den Eindruck haben, daß Adams' steinerne Augen ungehalten zu *Godzilla* auf der anderen Straßenseite blickten, als wollte er den riesigen Truck mit seinem Monster-Fahrwerk davon abhalten, in sein Reich einzudringen. Blaine tätschelte leicht den Fuß der Statue, um sie zu beruhigen, bevor er über das Kopfsteinpflaster zum Cityside weiterging.

Faneuil Hall war zu einem Modell für andere Bauvorhaben dieser Art im ganzen Land geworden. Der Komplex kombinierte bewußt historische Elemente mit modernen Einkaufsmöglichkeiten. Die Gebäude aus der Kolonialzeit, die in ihrer ursprünglichen Schönheit wiederhergestellt worden waren, beherbergten zahlreiche Läden, in denen man von Lebensmitteln über Kleidung bis hin zu modernen elektronischen Geräten und Schnickschnack für die Touristen alles erstehen konnte. Obwohl man mit dem Begriff Faneuil Hall normalerweise den gesamten Komplex bezeichnete, war er eigentlich der Name eines einzigen großen Gebäudes direkt hinter der Congress Street. Blaine ging daran vorbei zum Quincy Market mit seinen teureren Geschäften. Er bestand aus drei parallelen Gebäuden, getrennt von zwei dreihundert Meter langen und etwa dreißig Meter breiten Kopfsteinbürgersteigen.

Besucher bewegten sich in alle Richtungen; sie schlenderten umher, sahen sich die Schaufensterauslagen an, tauchten mit Tüten in den Händen aus Geschäften auf oder saßen auf Bänken und aßen Süßigkeiten oder Eiscreme. Blaine ging weiter, bis ihn ein Schild schließlich auf das Cityside Deli aufmerksam machte, das zu seiner Linken im mittleren Gebäude lag. Ein großer Baldachin erstreckte sich über mehrere Tische, die vor dem Restaurant aufgebaut waren und von denen man einen guten Blick auf die Geschäfte hatte, die den South Market bildeten. Selbst zu dieser nachmittäglichen Stunde konnte Blaine kaum leere Plätze ausmachen, und

Kellnerinnen eilten mit Tabletts voller Getränke und kleinen Imbissen flink durch die Gänge.

McCracken trat zur Kasse und wartete, bis ein älteres Ehepaar seine Rechnung bezahlt hatte; dann beugte er sich zu der Angestellten hinter dem Schalter vor.

»Ist Bart Joyce da?«

»Ich glaube, er ist im Büro. Wen soll ich melden?«

»Er wird mich nicht kennen. Sagen Sie ihm, es sei eine wichtige persönliche Angelegenheit.«

Die Angestellte griff hilfsbereit zum Telefon, drückte zwei Ziffern und sprach kurz in den Hörer.

»Er kommt sofort«, sagte sie und blickte wieder zu McCrakken hoch.

Kaum zwei Minuten später hörte Blaine eine Stimme neben sich. »Hallo, ich bin Bart Joyce. Was kann ich für Sie tun?«

Joyce war vielleicht als zwanzigjähriger Matrose auf große Fahrt gegangen, doch heute war er ganz ein Bostoner. Er sprach seinen Vornamen eher wie ›Baaaaaht‹ aus und war auch sonst ganz in die Rolle eines typischen Neuengländers geschlüpft: groß und stämmig, mit einem Bauch, der über den Gürtel quoll, und einer leichten Sonnenbräune auf dem kahlen Schädel und den vollen Wangen.

Blaine zeigte ihm den Ausweis, den Hank Belgrade ihm gegeben hatte, um Gespräche wie dieses etwas einfacher zu gestalten. »Können wir uns irgendwo unterhalten, Mr. Joyce?«

Joyce überprüfte den Ausweis und richtete sich argwöhnisch auf. »Da drüben an der Kette ist ein unbesetzter Tisch.«

»Können wir uns nicht irgendwo unterhalten, wo wir ungestört sind?«

»Der Tisch reicht.«

Blaine folgte Bart Joyce zu dem Tisch, der zwischen anderen Tischen auf der einen Seite und Spaziergängern auf dem South Market eingeklemmt war.

»Sie haben nichts mehr mit mir zu schaffen«, schnappte Joyce barsch, als sie Platz genommen hatten.

»Es hat sich etwas geändert.«

»Ach ja? Und was, bitte?«

»Warum erzählen Sie mir nicht einfach, wie Sie die

Indianapolis in San Francisco beladen haben, bevor sie dann nach Tinian weiterfuhr?«

Bart Joyce musterte ihn verkniffen. »Augenblick mal, worum geht es hier überhaupt?«

»So ziemlich genau um das, was ich Sie gerade gefragt habe.«

Joyce schüttelte den Kopf. »Sie sind kein Schnüffler, zumindest nicht im traditionellen Sinn, doch selbst, wenn Sie einer wären, würde es Sie nicht die Bohne interessieren, was ich vor über vierzig Jahren getan habe.«

»Was bin ich also?«

»Ein Reporter oder so, der noch eine Story über die geheimnisvolle, versunkene *Indianapolis* schreiben will. Ich fresse Arschlöcher wie Sie zum Frühstück. Aber ich will mal nicht so sein und lasse Sie jetzt an einem Stück gehen.«

Joyce schien sich erheben zu wollen. McCracken ließ es nicht dazu kommen, sondern griff mit der Hand über den Tisch und hielt seinen Unterarm fest. Mehr als die Bewegung selbst überraschte Joyce die Tatsache, daß sein Arm von dem Druck, den der Mann ausübte, schon taub wurde.

»Warum bleiben Sie nicht noch eine Weile sitzen? Sehen Sie, Sie waren auf der richtigen Spur. Ich bin ein Schnüffler, wenn auch nicht im traditionellen Sinn.«

»In welchem Sinn dann?«

»Ich arbeite für mich. Normalerweise nehme ich nur Aufträge an, hinter denen ich stehe. Diesmal war es anders. Diesmal hat man mich gezwungen, einigen Leuten zu helfen, die ich nicht besonders mag, und deshalb bin ich ziemlich schlecht gelaunt.« Blaine kniff die Augen zusammen, wie ein Dobermann, der jeden Augenblick springen würde, und verstärkte seine Druck auf Joyces Arm. »Wissen Sie was, Mr. Joyce? Man kann einen Menschen in zwei Sekunden mit bloßen Händen töten, wenn man weiß, wie es gemacht wird, und es gibt ziemlich viele Möglichkeiten. Ich könnte jetzt über den Tisch greifen, es Ihnen beweisen und aufstehen und verschwinden, ohne daß jemand von seiner Hühnersuppe aufsieht. Aber das war eigentlich nicht meine Absicht. Ich will nur, daß Sie begreifen, daß ich schon ziemlich sauer bin. Und Leute, die den harten Mann markieren, wenn ich ihnen ein paar ernstgemeinte Fragen stelle, kann ich überhaupt nicht ausstehen. Noch weniger ausstehen kann ich aber, daß unschuldige Menschen sinnlos sterben, und genau das wird geschehen, wenn wir beide uns jetzt nicht in aller Freundschaft unterhalten.«

Joyce hob beschwichtigend den anderen Arm. »Hören Sie, Kumpel, ich habe eine Vergangenheit, die ich gern vergessen möchte, und ich reagiere ziemlich empfindlich, wnn mich ein Fremder daran erinnert. Fangen wir noch. mal von vorn an, einverstanden?«

»Fangen wir mit der *Indianapolis* an«, sagte Blaine und ließ Joyce los.

Joyce rieb sich den Arm, um den Blutkreislauf wieder in Gang zu bringen. »Was wollen Sie wissen?«

»Sie haben das Schiff beladen, oder?«

»Richtig. Ich hab' nie im Leben größere Angst gehabt. Ich meine, wir haben ja nicht irgend etwas an Bord gebracht, sondern ein paar verdammte Atombomben. Damals wußte keiner so genau, worum es sich dabei handelte. Wie heute bei den verdammten Laserstrahlen. Wir haben nicht die Bomben selbst an Bord gebracht; eine Menge Leute glauben das, aber es stimmt nicht. Es waren nur die noch nicht zusammengebauten Einzelteile, und die meisten davon steckten in verschlossenen Kisten.« Joyce beugte sich vor; er wirkte jetzt etwas umgänglicher. »Schauen Sie, ich weiß, daß Sie wahrscheinlich hier sind, weil Sie irgendwo aufgeschnappt haben, es hätten sich mehr als zwei Bomben an Bord der *Indy* befunden. Aber glauben Sie mir, das ist nicht wahr. Und selbst, wenn es wahr sein sollte, wären sie mit dem Schiff untergegangen.«

»Jemand hat die *Indianapolis* gefunden.«

Joyces Mund schien aufzuklappen. »Was?«

»Wieso diese plötzliche Besorgnis? Was kümmert Sie das, wenn das Schiff nur zwei Bomben geladen hatte? Über deren Verbleib geben die Geschichtsbücher Auskunft.«

»Treiben Sie gefälligst keine Spielchen mit mir, Mister. Sagen Sie mir, was Sie wollen.«

»Na schön. Ich weiß, daß sich neben den beiden noch nicht zusammengesetzten Atombomben noch etwas an Bord der

Indianapolis befand. Ich weiß es, weil es vor etwa einem Jahr aus dem Schiff geborgen wurde.«

»Mein Gott . . .«

»Ich will Ihnen reinen Wein einschenken. In Israel gibt es einen Verrückten namens Rasin, der es auf alle Araber abgesehen hat. Ob gute oder schlechte Menschen, das macht für ihn keinen Unterschied. Er will sie alle mit dieser anderen Waffe umbringen, die Sie an Bord der *Indianapolis* gebracht haben, ohne daß seinem Land dabei auch nur ein Härchen gekrümmt wird.«

»Ich habe nichts an Bord der *Indianapolis* gebracht!« rief Joyce so laut, daß sich Gäste an anderen Tischen zu ihm umdrehten. »He, wollen wir uns nicht woanders unterhalten, wo wir ungestört sind?«

»Der Tisch ist doch in Ordnung. Fahren Sie fort.«

»Ich habe geholfen, die Bomben einzuladen, das gestehe ich ein, aber mehr nicht. Wir kamen uns vor, als hätten wir gerade Geschichte geschrieben, und da war es nur recht und billig, daß wir einen draufmachten, bevor wir am nächsten Morgen ausliefen. Wir waren zu fünft, und wir hatten Glück und hatten ziemlich bald ein paar Schnecken aufgerissen. Diese Mädchen waren richtig nett zu uns patriotischen Soldaten, und wir dachten, sie würden uns schneller ranlassen, wenn wir ihnen das Schiff zeigen, das die *Atombomben* transportiert.«

»Das Wort *Verrat* hatte damals keine große Bedeutung für Sie?«

»Mister, das einzige Wort, an das ich an diesem Abend denken konnte, war *geil*. Und was konnten wir damit schon großartig anrichten? Die Mädchen waren viel zu besoffen, um sich am nächsten Morgen an irgendwas zu erinnern, abgesehen davon, daß wir sie ordentlich durchgevögelt haben.«

»Kommen wir zum Schiff zurück.«

»Ja, genau das haben wir getan. Mitten in der Nacht haben wir sie zum Dock mitgenommen. Die *Indy* sollte erst im Morgengrauen auslaufen. Das Problem war nur, daß es auf dem Dock vor Leuten nur so wimmelte. Eine Menge davon kannte ich nicht, und an ein paar andere will ich mich nicht unbedingt mehr erinnern.«

»Warum nicht?«

»Darauf kommen wir später. Auf jeden Fall sah ich, wie ein paar Burschen noch etwas an Bord des Schiffes luden.«

»Was?«

»Kanister. Immer nur einen auf einmal. Sie waren richtig vorsichtig.«

»Beschreiben Sie diese Kanister.«

»Ich weiß nicht, sie hatten wohl die Größe von Sauerstofftanks, wie Taucher sie benutzen. Sie waren glatt und silbergrau und mit einem komischen Symbol bemalt.«

»Was für ein Symbol?«

»Sah aus wie ein seltsames *V.* Ja, ich glaube, es war der griechische Buchstabe Gamma.«

»Kommen wir auf diese Leute zurück, an die Sie sich nicht mehr unbedingt erinnern wollen.«

»He, ich habe allen Grund dazu. Einer davon ging an zwei Krücken. Obwohl ich sturzbetrunken war, werde ich den Mann nie vergessen. Er schien die Aufsicht über alles zu haben, und ich habe noch nie im Leben ein häßlicheres Gesicht gesehen. Ich sah es erst ein paar Jahre später wieder.«

»Wo haben Sie es gesehen?«

»Sein Bild war auf der ersten Seite der Zeitung. Es ging um Nazis, um berüchtigte Nazis, die noch auf freiem Fuß waren.«

»Hat in der Zeitung gestanden, wer er war?« fragte Blaine nach einer langen Pause.

»Ein Wissenschaftler. Namens Bachmann. Sonst weiß ich nichts über ihn, eben nur, daß er ein Nazi war. Wir müssen ihn damals wohl dringend gebraucht haben, und woran auch immer er für uns gearbeitet hat, es muß wohl zu den Bomben an Bord der *Indianapolis* gebracht worden sein.«

»Also haben Sie die Klappe gehalten.«

»Worauf Sie sich verlassen können. Ich hatte eine höllische Angst. Wir glaubten, die gefährlichste Waffe, die die Menschheit jemals entwickelt hat, an Bord gebracht zu haben, und sahen zufällig, wie insgeheim noch etwas eingeladen wurde. Scheiße, zumindest wußten wir, wobei es sich bei den Atombomben handelte. Wir hatten keine Ahnung, was das für ein Zeug in diesen Kanistern war, und keiner von uns ließ durchsickern, daß er wußte, daß sie sich an Bord befanden. Ich bin der einzige, der von den Kanistern wußte und den man lebendig aus dem Meer gezogen hat, und ich habe nie etwas darüber erzählt, auch nicht, nachdem . . .«

»Nachdem was, Bart?«

»Ich habe schon genug gesagt.«

»Nicht annähernd.«

Die vollen Wangen des Mannes erzitterten vor Furcht. Er beugte sich über den Tisch und senkte die Stimme.

»Sie müssen mich verstehen . . . mir hätte niemand geglaubt. Ich hatte keine Beweise.«

»Nur zu.«

»Na ja . . . im Wasser bildeten wir enge Kreise und hielten uns gegenseitig fest, damit wir nicht abtreiben konnten, falls wir einschliefen. Und wir hielten ständig nach Haien Ausschau. Ich schwamm direkt neben dem Captain, hatte ihn mit eigenen Händen in unseren Kreis gezogen. Ein paar Minuten später tritt der Mond hinter den Wolken hervor, und plötzlich glotzt der Captain ganz komisch. Ich schaue in dieselbe Richtung wie er, und was sehe ich, Mr. Schnüffler? Den Kommandoturm eines U-Boots.«

»Die *Indianapolis* wurde von einem U-Boot versenkt.«

»Klar. Nur . . . es war eins von unseren Schiffen.«

18

»Muß ich es Ihnen extra buchstabieren?« sagte Bart Joyce. Nachdem er sein Geheimnis nun endlich gelüftet hatte, überkam ihn der Zorn. »Ein verdammtes amerikanisches U-Boot hat unser Schiff versenkt. Es hätte ein Unfall sein können, nur, daß es an die Oberfläche kam und uns nicht aufnahm. Sie wollten uns tot sehen, Mr. Schnüffler, und taten alles, um dafür zu sorgen, daß man uns nur so fand. Unser *eigenes* U-Boot, verdammt, unsere *eigene Regierung* . . .«

Joyces Stimme verklang, und Blaines Gedanken rasten. Er

war verblüfft, aber irgendwie nicht überrascht. Joyce hatte das fehlende Stück zu seinem Puzzle geliefert, und aus dem anscheinenden Wahnsinn ergab sich nun ein Sinn. Die *Indianapolis* war in der Tat mit etwas anderem als nur Atombomben an Bord von San Francisco in See gestochen: mit Kanistern, von denen nur wenige Menschen wußten und die mit dem griechischen Buchstaben Gamma gekennzeichnet waren. Offensichtlich sollten sie auf Tinian mit den – oder vielleicht auch anstelle der – Atombomben ausgeladen werden. Doch genauso offensichtlich war die Tatsache, daß nach dem Auslaufen des Schiffes etwas passiert war, das eine Änderung der Pläne bedingte. Die Kanister waren niemals ausgeladen worden, und die *Indianapolis* war versenkt worden, um ihre Existenz zu verheimlichen.

Aber warum nur?

Der Schlüssel war Bachmann. Joyce erinnerte sich, daß er ein Nazi-Wissenschaftler gewesen war, und es war allgemein bekannt, daß, was Waffen betraf, die Nazis den Alliierten ein paar Jahre voraus gewesen waren. Am Ende des Krieges war es sogar zu einem Wettlauf zwischen den Russen und Amerikanern gekommen, als sich beide Nationen der Dienste der deutschen Wissenschaftler versichern wollten. Bei Bachmann mußten die Amerikaner schneller gewesen sein, und sie hatten ihn sich wegen der Gamma-Kanister geholt. Worum auch immer es sich bei dem Inhalt der Kanister handelte, um ihre Existenz und alle Spuren davon auszulöschen, hatte man die *Indianapolis* auf ihrer letzten Mission versenkt.

»Ich habe nie jemandem etwas davon erzählt«, sagte Bart Joyce. »Ich habe nie . . .«

Joyces Kopf schnappte plötzlich zurück, und ein roter Kreis erschien in der Mitte seiner Stirn. Er brach zusammen, als habe jemand den Stuhl unter ihm weggerissen. Blaine warf sich hinter Joyces Leiche zu Boden, und schon ließ die nächste Salve die leeren Gläser auf dem Tisch zersplittern. Blaine zog den Tisch über sich hinab, um Deckung zu haben, während die Gäste an den Nebentischen schreiend auseinanderliefen. Da er einen normalen Flug von Washington hierher genommen und kein Gepäck gehabt hatte, hatte er auch keine Waffe mitnehmen können, ohne unnötige Aufmerksamkeit auf sich zu ziehen. Er hatte sich noch nie im Leben hilfloser gefühlt.

Die Salven der Maschinenpistole fetzten weiterhin Splitter aus dem Tisch und erzeugten im Restaurant und auf dem Kopfsteinpflaster des Bürgersteigs davor ein Pandämonium. Wer immer der Schütze war, er war gut. Trotz des Durcheinanders konzentrierte er sich voll auf sein Opfer. Sein Fehler war es gewesen, McCracken nicht zuerst zu erledigen.

Dann schlugen keine Kugeln mehr in das Holz über ihm ein, doch McCracken blieb liegen, während die in Panik geratenen Gäste in alle Richtungen gleichzeitig flohen. Wenn er herausfand, von wo die Schüsse abgegeben wurden, würde er auch den Schützen finden. Das pyramidenförmige Dach des South Market dreißig Meter hinter dem Kopfsteinpflaster bot die einzige Möglichkeit. Blaine rappelte sich hoch und suchte den Dachrand mit den Blicken ab, konnte jedoch niemanden dort entdecken.

Der Schütze hatte das Dach also verlassen, um zu fliehen oder Blaine vielleicht doch noch zu erwischen. McCracken senkte den Blick nach unten und machte dort einen kleingewachsenen Mann aus, der gerade völlig gelassen aus einem Laden trat. Ein zweiter Blick verriet ihm, daß es sich um eine Frau mit einem jungenhaften Haarschnitt handelte, die enge Jeans und eine Lederjacke trug. Sie wirkte völlig unbeeindruckt von der Panik um sie herum.

Blaine drängte sich durch die Menge, um der Frau den Weg abzuschneiden. Als sie schnellen Schrittes zum Marktplatz an der Congress Street ging, klangen in der Ferne Sirenen auf. Sie warf jedoch keinen Blick zurück, so daß Blaine ihr Gesicht nicht genau ausmachen konnte, als er ihr durch die auseinanderlaufende Menge folgte.

Er hatte sich so sehr auf diese Frau konzentriert, daß er die zweite beinahe übersehen hätte. Er erhaschte in den Augenwinkeln eine Gestalt ganz in Schwarz, die aus dem Nichts aufzutauchen schien. Fünfundzwanzig Meter von der Straße entfernt trennte sich die Menge plötzlich vor ihr. Dann sah Blaine die Maschinenpistole und warf sich der Länge nach hinter einem Blumenkasten zu Boden. Ein lautes *Rat-tat-tat* zerfetzte die Luft; die Kugeln prallten gegen den Kasten und flogen als Querschläger in alle Richtungen davon. Das Glas der Schaufensterscheibe eines Blumenladens zersplitterte in tausend Scherben, und die Menge rannte in panischer Angst auseinander. McCracken lief geduckt weiter, um die Lücke zwischen sich und der Schützin zu schließen.

Zwei Polizeiwagen kamen mit kreischenden Reifen auf der Congress Street zum Stehen, und die Beamten sprangen mit gezogenen Pistolen heraus.

»Stehenbleiben! Polizei!«

McCracken hörte den Befehl, als die Frau sich auch schon umdrehte und den Rest ihres Magazins in Richtung der Polizisten leerte. Der eine Cop wurde augenblicklich zurückgeworfen, während es dem anderen noch gelang, einen Schuß abzugeben, bevor seine Brust zerfetzt wurde. McCracken war jetzt wieder auf den Füßen und arbeitete sich vor, wobei er die spärliche Tarnung so gut wie möglich ausnutzte. Als ein weiterer Polizeiwagen quietschend vor der größeren Frau anhielt, ließ sie die Maschinenpistole fallen. Die Polizisten waren kaum aus dem Wagen gesprungen, als die kleinere Frau eine Neun-Millimeter-Automatik aus ihrer Lederjacke zog. Sie machte einen Satz, schoß wiederholt und hörte auch nicht damit auf, als die Polizisten zusammenbrachen. Sie hielt erst inne, als sie ihre viel größere Gefährtin erreicht hatte.

Die große Frau drehte sich um, und Blaines Blick begegnete dem ihren. Sie war ganz in schwarzes Leder gekleidet und hatte blondes Stoppelhaar. Sie war groß, ihre Stiefel eingerechnet vielleicht sogar über zwei Meter.

McCracken dachte an die Mörder von John Neville und Henri Dejourner, und plötzlich wurde ihm ganz kalt.

Diese beiden! Sie mußten es sein!

Sie mußten seinen Gesichtsausdruck richtig gedeutet haben, denn bevor Blaine sich wieder in Bewegung setzen konnte, führte die große mit der Punkfrisur die andere zu dem nächsten leeren Polizeiwagen und sprang hinein. Diese beiden Frauen hatten rücksichtslos in die Menge geschossen, um ihn zu erledigen, und zuvor zwei Männer getötet, die er gemocht hatte. Und sie hatten Matthew entführt und stellten vielleicht seine einzige Chance dar, den Jungen zu finden, falls es Evira nicht gelingen sollte, ihn aus Rasins Klauen zu befreien.

Der Polizeiwagen mit den beiden Frauen fädelte sich in den Verkehr auf der Congress Street ein und bog dann auf die North Street. Blaine setzte ihm nach, erkannte dann aber, daß dies völlig sinnlos war. Er brauchte ein Fahrzeug, und genau das richtige stand unmittelbar vor ihm.

Godzilla vibrierte wie ein Pferd, daß zu lange keinen Auslauf bekommen hatte. Der Fahrer hatte den Wagen fluchtartig verlassen, als die ersten Schüsse erklungen waren; die Tür stand noch auf. Ein gewaltiger Satz trug Blaine zum Führerhaus hoch, und er knallte die Tür zu. Das Führerhaus unterschied sich kaum von dem eines normalen Lastwagens, von ein paar zusätzlichen Instrumenten im Armaturenbrett einmal abgesehen. Neu für ihn war lediglich die Vorstellung, den Wagen von einem Sitz aus zu steuern, der über drei Meter über der Straße lag.

McCracken legte den Rückwärtsgang ein, und der sich im Leerlauf drehende Motor des gewaltigen Trucks hieß die Bewegung mit einem kräftigen Stoß willkommen, der Blaine beinahe vom Sitz geworfen hätte. Blaine zog den Sicherheitsgurt über die Schulter und drehte das Lenkrad; er wollte quer über die Congress, um den Polizeiwagen mit den beiden Frauen dann auf der North Street zu verfolgen. Er legte den Gang ein und drückte leicht aufs Gaspedal.

Godzilla schoß vor, doch zwei Polizeiwagen jagten aus entgegengesetzten Richtungen heran und kamen mit kreischenden Reifen, Motorhaube an Motorhaube direkt vor ihm zum Stehen. Die Polizisten sprangen heraus. Blaine war jedoch nicht gewillt, sich von ihnen aufhalten zu lassen; die beiden Frauen hatten bereits einen beträchtlichen Vorsprung. Blaine hielt den Fuß einfach auf dem Gaspedal.

Er spürte nur einen leichten Stoß, als die Alaska-Tundra-Reifen des Trucks auf die Motorhauben rollten, ein Reifen über jeweils eine Haube. Dann fühlte er ein leises Schütteln und hörte das Knirschen von sich verbiegendem, zusammengedrücktem Metall. *Godzilla* wurde nicht einmal langsamer. Die Hinterreifen beendeten das Werk, das die vorderen begonnen hatten, bevor die verblüfften Polizisten auch nur ihre Waffen ziehen konnten. Blaine warf einen Blick in den Rückspiegel und sah, daß die Polizeiwagen zu kleinen, ordentlichen Würfeln mitten auf der Congress Street zusammengedrückt worden waren.

Er bog in die North Street und nahm die Verfolgung der beiden Mörderinnen auf. Faneuil Hall lag zu seiner Linken. Wo der dichte Verkehr keinen Platz zum Manövrieren ließ, schuf ihn Blaine sich einfach. Zerquetschte Kotflügel, Türen, Motor- oder Kofferraumhauben waren das Ergebnis. McCracken fühlte kaum einmal eine Erschütterung, und nur gelegentliche Blicke in *Godzillas* Rückspiegel enthüllten das Ausmaß des Schadens in seinem Kielwasser.

Er bog nach rechts auf die Surface Road ein, die unter der Brücke der Autobahn 93 herführte, und steckte fast augenblicklich in einem hoffnungslosen Verkehrsstau fest. Wütend schlug er auf das Lenkrad, als er ein Stück die Straße hinauf einen Polizeiwagen sah, den einzigen, der sich von dem Chaos entfernte, anstatt sich ihm zu nähern.

Die Frauen! Sie mußten es sein!

Jetzt hatte er sie. Er mußte nichts mehr überstürzen, konnte sich Zeit lassen und warten, bis der Verkehr wieder in Gang kam.

Wem wollte er etwas vormachen? Er saß hinter dem Steuer eines gewaltigen Ungetüms, das die Frauen mittlerweile mit Sicherheit bemerkt haben würden. Sie würden wissen, daß er es war. Sie würden es wissen, weil sie Profis waren.

Noch während ihm dieser Gedanke durch den Kopf ging, kam der Verkehr langsam wieder in Fluß, und der Polizeiwagen bog augenblicklich am Ende des Marktplatzes nach rechts auf die Central Street ab.

»Na komm schon!« drängte Blaine den Verkehr vor ihm, verlor in der letzten Sekunde die Geduld und stieß kurz zwei Wagen an, als er sich zwischen sie drängte, um die Verfolgung wieder aufzunehmen.

Er erhaschte einen Blick auf den Polizeiwagen, als dieser das Heck eines blindlings zurücksetzenden Lieferwagens streifte. Der Fahrer war gerade hinausgesprungen und winkte dem

Einsatzfahrzeug hinterher, als *Godzilla* sein Auto seitlich aus dem Weg schob. Der Kastenwagen schaukelte wie ein gewichtsloses Kinderspielzeug, und McCracken preschte den Frauen hinterher, die mittlerweile auf die Milk Street abgebogen waren.

Auf der Milk Street herrschte kaum Verkehr, doch dafür war die India Street völlig verstopft. Die Frauen hatten endlich ihre Sirene eingeschaltet, um sich einen Weg zu bahnen, der viel zu schmal für *Godzilla* war, wollte Blaine nicht das Leben Dutzender von Fahrer in Gefahr bringen, indem er ihre Wagen zerquetschte. Damit blieb ihm nur eine Möglichkeit.

Blaine riß *Godzillas* Steuer nach rechts herum und fuhr mit den beiden linken Reifen auf den Dächern der Wagen, die Stoßstange an Stoßstange am Straßenrand abgestellt waren, während er mit den rechten vorsichtig auf dem Bürgersteig balancierte. Parkuhren knickten wie dünne Zweige um. Wasser schoß aus einem umgekippten Hydranten, und McCracken schaltete den Scheibenwischer ein. Dabei ließ er den Polizeiwagen nicht aus den Augen; das fliehende Fahrzeug fuhr wieder unter der Brücke der Route 93 hindurch und auf die Surface Road zu.

Ein Stück weiter führte eine Auffahrt auf die Autobahn. Die Frauen hielten darauf zu; sie wußten genau, daß er sie auf freier Strecke niemals einholen konnte. Blaine versuchte sein Möglichstes, an ihnen dranzubleiben, und drückte auf die Hupe, um sich freie Bahn zu schaffen und Fahrzeuge vor ihm zu warnen.

Es schien völlig sinnlos. Der Streifenwagen raste schon die Auffahrt hinauf, und McCracken mußte eine rote Ampel überfahren, um ihnen zu folgen. Auf der Autobahn würden die beiden Frauen schnell vorankommen, während die Größe des Trucks, und die schlechte Sicht, die man aus ihm hatte, innerhalb kürzester Zeit eine Massenkollision verursachen würde, in der er steckenbleiben mußte. Trotzdem gab Blaine Gas und erreichte das Ende der Auffahrt. Enttäuschung nagte an ihm, und er wollte schon vor Wut ein zweites Mal auf das Lenkrad schlagen, als sich ihm der schönste Anblick seines Lebens bot:

Dichter Verkehr, so dicht, daß auch der Streifenwagen nicht vorankam. Schon hielten die Frauen auf eine Ausfahrt mit der Bezeichnung ›South Station‹ zu. Blaine empfand neue Hoffnung. *Godzilla* füllte eine gesamte Fahrspur aus, kam jedoch gut voran. Vor ihm wechselten die Fahrzeuge immer wieder die Spuren, und Blaine nutzte jede Lücke aus. Schon der Anblick des gewaltigen Trucks in den Rückspiegeln der anderen Fahrzeuge schien zu genügen, ihm den Weg freizumachen. Er folgte dem Polizeiwagen die Ausfahrt hinab, und er bog nach rechts auf die Summer Street ab, in ein Viertel, in dem emsig gebaut wurde.

Godzilla folgte dem Wagen von der Summer auf die High Street, indem er eine Abkürzung über die Bay Bank Plaza nahm. Fußgänger liefen in alle Richtungen auseinander. Um der High Street parallel zu folgen, überrollte Blaine, wenn nötig, auch am Straßenrand abgestellte Autos. Die Zeit, die er dabei verlor, wurde durch die ständigen Ausweichmanöver wettgemacht, die der Streifenwagen unternehmen mußte, um andere Fahrzeuge zu überholen. Schließlich erreichten die beiden Frauen die Bedford Street und brachen durch eine Straßensperre, ohne auf die Warnung WEGEN BAUARBEITEN GESPERRT zu achten.

Wegen der Reparatur eines Wasserrohrs war die Straße vom Anfang bis zum Ende aufgerissen, doch der Streifenwagen konnte jetzt nicht mehr zurück. Er mußte einen Hindernisparcours mit tiefen Schlaglöchern, Absperrungen und breiten Gräben überwinden.

Der Wagen der beiden Frauen wurde ordentlich durchgeschüttelt, doch *Godzilla* wurde spielend mit der Strecke fertig. McCracken wurde auf dem Sitz hin- und hergeworfen, doch er holte auf, verdammt noch mal, er holte auf.

Als er nur noch eine Wagenlänge hinter dem Fluchtfahrzeug lag, lehnte sich die große Blondine aus dem Beifahrerfenster und feuerte mit beiden Händen Pistolen ab. *Godzillas* Windschutzscheibe zersplitterte, und Blaine duckte sich, um den Scherben auszuweichen. Die nächste Salve prallte an der Stoßstange ab, und Blaine wußte, daß die Blondine nun auf die Reifen oder den Kühlergrill zielte. Doch die Reifen waren überaus widerstandsfähig, und der Kühler war mit einer zusätzlichen Stahlschicht verstärkt.

Voll neuer Zuversicht rutschte Blaine gerade so weit hoch, daß er über das Armaturenbrett sehen konnte, und trat das Gaspedal bis zum Boden durch. *Godzillas* Motor dröhnte auf, als der Truck mit einem Satz vorschoß, der die monströsen Reifen bis auf einen Meter hinter den Polizeiwagen brachte. Doch dann rutschte einer der Vorderreifen in ein nicht gekennzeichnetes Schlagloch. Der plötzliche Ruck hätte Blaine trotz des Sicherheitsgurts fast aus dem Sitz gerissen. Er drückte wieder auf das Gaspedal, doch der riesige Truck befand sich in einer selbst für den starken Motor schwierigen Schräglage. Während der Polizeiwagen nun etwas langsamer den Rest der Bedford Street entlangfuhr, legte Blaine abwechselnd den Vorwärts- und Rückwärtsgang ein und ließ den Truck schaukeln. Schließlich kam *Godzilla* frei; Blaine gab wieder Gas und raste die Bedford Street bis zum Ende entlang. Sie mündete auf dem Lafayette Place, und Blaine konnte sich nun entweder nach rechts oder nach links wenden. Er war sicher, daß die Frauen nach rechts abgebogen waren.

Kaum befand er sich auf der Chauncy Street, sah er das Heck des Polizeiwagens, der erneut nach rechts abbog. McCracken raste an den ihm ausweichenden Autos vorbei und folgte den beiden Frauen auf die Summer Street. Hier herrschte wieder dichterer Verkehr, doch indem er unablässig auf die Hupe drückte, konnte er die meisten Fahrzeuge vor sich verscheuchen und hatte ziemlich freie Bahn.

Zwischen der South Station und dem Federal Reserve Building wurde der Verkehr plötzlich dünner. Er sah den Streifenwagen deutlich vor sich. Nur hundert Meter trennten sie, doch die beiden Frauen gaben Gas und nutzten das freie Stück der Summer Street, um ihn endgültig abzuhängen.

McCracken versuchte, noch mehr Geschwindigkeit aus *Godzilla* herauszuholen, als er sah, wie vor ihm ein Lastwagen quer über die Summer Street zurücksetzte. Offensichtlich bemühte sich der Fahrer, den Wagen rückwärts in eine Baustellenauffahrt zu bugsieren. Mit kreischenden Reifen kam der Polizeiwagen zum Stehen; nun saß er endgültig in der Falle!

Blaine erkannte seine Chance, steuerte *Godzilla* auf die leere Gegenfahrbahn und gab Gas. Er streifte einen Wagen und zwängte sich zwischen zwei anderen hindurch. Plötzlich war der Streifenwagen direkt vor ihm. Er drückte noch einmal aufs Gaspedal, und der Truck schoß vor, als freue er sich auf die von ihm zu bewältigende Aufgabe.

Godzilla rollte über das Polizeifahrzeug, dessen Motorhaube und Dach wie Plastik nachgaben. Es knallte laut, als das zerbrochene Metall in die Reifen fuhr und die Luft aus ihnen entwich. Der Polizeiwagen sank noch tiefer, und Blaine trat auf die Bremse.

Schließlich berührten *Godzillas* Reifen wieder das Straßenpflaster, und Blaine warf den Leerlauf ein und sprang hinaus. Er griff zur Fahrertür, bereit, es mit den beiden Mörderinnen aufzunehmen.

Ein völlig verängstigter Polizeibeamter der Stadt Boston, dessen Gesicht aus mehreren Schnittverletzungen blutete, sah mit geistesabwesendem Entsetzen zu ihm hoch. Und McCrakken blieb nur übrig, einen überstürzten Rückzug anzutreten und sich zu fragen, wo genau die beiden Frauen ihn abgeschüttelt hatten.

19

»Sie gestatten mir doch die Bemerkung, Mr. M., daß Sie . . . verdammt beschissen aussehen.«

McCracken hätte dem Hafenmeister mit seiner sonnenverbrannten Haut, den eingefallenen Augen und leberfleckigen Händen beinahe gefragt, wer zum Teufel er sei, daß er sich ein Urteil erlauben durfte. Doch statt dessen zuckte er nur die Achseln und lehnte sich auf der Bank zurück, um auf die Fähre zu warten, die ihn über die Bucht zu Great Diamond Island bringen würde.

»War ein ruhiger Abend, was, Abner?«

»Bis vor zwei Stunden durchaus. Ich würd' sagen, auf der Insel muß jemand 'ne Party geben.«

Blaine setzte sich wieder aufrecht. »Eine Menge Leute sind rübergefahren?«

»'n Dutzend, zehn mindestens«, erwiderte der Hafenmeister. Sein Gesicht verzog sich zu dem ihm eigenen fragenden Ausdruck. »Komisch, jetzt, wo ich drüber nachdenke, fällt mir auf, daß es nur Männer waren. Drei Wagen, drei oder vier Mann pro Wagen.«

»Scheiße«, sagte McCracken und stand auf.

»Was?«

»Wann war das, Abner?«

»Vor ein paar Stunden, wie ich gesagt habe.«

»Wann genau?«

Der Hafenmeister kratzte sich mit einem wuchtigen Finger an den Runzeln unter einem Auge. »Mal überlegen. Vor zweieinhalb Stunden, würd' ich sagen.« Plötzlich wurden seine Augen größer. »Moment mal. Sie haben wieder denselben Gesichtsausdruck wie damals, als Sie diesen Mann zwangen, seinen Wagen in die Bucht zu fahren. Ich brauchte einen halben Tag, um ihn wieder 'rauszuziehen. Das wollen Sie doch jetzt nicht mit drei Wagen machen, oder? Bitte nicht mit drei Wagen!«

»Keine Angst, Abner, ich bin nicht in der richtigen Stimmung.«

Blaines Gedanken rasten. Nachdem er *Godzilla* stehengelassen hatte, hatte er auf dem Parkplatz vor dem Boston Aquarium einen Wagen gestohlen und war direkt nach Maine gefahren. Er hatte den Hafen zwei Stunden nach Sonnenuntergang erreicht, womit die beiden Frauen genug Zeit gehabt hatten, dafür zu sorgen, daß ihn in seinem Haus auf der Insel ein Killerteam erwartete. Sie hatten wohl damit gerechnet, daß er unter den gegebenen Umständen auf direktem Weg nach Hause zurückkehren würde. Es kam ihm nur seltsam vor, daß sie keine Leute hier am Hafen zurückgelassen hatten. Andererseits . . . wenn sie hier wieder gepatzt hätten, wäre er endgültig verschwunden. Auf der Insel waren ihre Chancen wesentlich besser, und es blieben ihm auch kaum Fluchtmöglichkeiten. Sie hätten jedoch auf Abner achten und vielleicht nur einen oder zwei Wagen gleichzeitig hinüberschicken sollen, um Aufsehen zu vermeiden. Doch sie würden ihre Lektion lernen, wenn er nicht erschien.

»Haben Sie noch diese doppelläufige Flinte, Abner?« fragte er den Hafenmeister.

»Mr. M., Sie haben versprochen, Sie würden keinen . . .«

»Ich will sie ja nicht benutzen, Abner. Ich brauche nur eine kleine Rückversicherung. Würden Sie sie mir borgen?«

Der alte Mann schlurfte hinter den Schalter und holte das eiserne Relikt hervor. »Passen Sie gut auf sie auf. Sie gehörte meinem Daddy.«

»Dann ist sie ja älter als Sie.«

»Das ist sie. Beträchtlich.«

»Toll.«

Abner gab ihm die Waffe. »Nach dem Trinkgeld, das Sie mir Weihnachten gegeben haben, kann ich Ihnen das ja wohl schlecht abschlagen, aber wenn Sie Ärger haben, Mr. M., würd' ich an Ihrer Stelle 'ne Weile hier sitzen bleiben und mir alles in Ruhe überlegen.«

»Geht leider nicht, Abner«, sagte Blaine und ging schon zur Tür.

»Müssen Sie irgendwo hin?«

»Nur einen Freund besuchen.«

McCracken ließ Johnny Wareagle wissen, daß er sein Land betreten hatte, indem er einige Stolperdrähte auf eine Art durchtrennte, die auf ein absichtliches Muster hindeutete. Nachdem er so weit gekommen war, wollte er nicht unbedingt von einem von Johnnys zahlreichen Pfeilen erwischt werden.

»Wie überflüssig, Blainey«, sagte Wareagle, nachdem McCracken durch eine Tür getreten war, die Johnny ihm schon geöffnet hatte.

»Ich wünsche auch dir einen guten Abend, Indianer. Ich nehme an, du hast mich erwartet.«

»Seit einigen Tagen schon. Die Zerrissenheit deines Manitou strahlt heller als ein Leuchtfeuer. Schon kurz, nachdem wir uns vor zehn Tagen voneinander verabschiedeten, spürte ich, wie du immer näher kamst.«

»Ich habe viel von der Welt gesehen«, erwiderte Blaine, »und einiges davon hat seit fünfundvierzig Jahren kein Mensch mehr gesehen.«

Wareagle betrachtete ihn genauer.

»Es ist eine lange Geschichte, Indianer. Aber jetzt muß ich den letzten Teil davon erst einmal einem anderen erzählen. Können wir deinen Wagen nehmen?«

McCracken unterrichtete Johnny über alles, was sich in den letzten zehn Tagen ereignet hatte, angefangen von Matthews Entführung bis hin zu seinen Reisen nach Israel und Japan und dann in den Pazifik. Der Indianer hatte vor einer Woche Blaines Nachricht mit den Anweisungen, was im Fall seines Todes zu tun sei, erhalten, behauptete aber, ihr keine Beachtung geschenkt zu haben, da er gewußt habe, daß McCracken zurückkehren würde.

»Es läuft wohl darauf hinaus, Indianer«, sagte Blaine schließlich, »daß mir das Schicksal der Welt noch niemals gleichgültiger gewesen ist. Es kommt mir diesmal nur darauf an, ein bestimmtes Menschenleben zu retten, und wenn ich den Jungen lebendig zurückbekomme, ist es mir scheißegal, was Rasin anstellt.«

»Aber du würdest trotzdem versuchen, ihn aufzuhalten, auch ohne den Jungen.«

»Vor ein paar Jahren bestimmt. Heute bin ich mir nicht mehr so sicher. Die ganze Sache hat mir eins gezeigt . . . Diese Unzufriedenheit, die ich in den letzten Monaten verspürt habe, war nur ein Geisteszustand.«

»Alles ist ein Geisteszustand, Blainey, und dieser Geisteszustand hat auch Auswirkungen auf unser Dasein. Befinden sich beide in Harmonie miteinander, sind wir zufrieden mit dem Leben, das wir führen. Wenn eins davon aus dem Gleichgewicht geraten ist, suchen wir blindlings nach etwas, das wir nur in uns selbst finden können.«

»Soll ich mir das zu Herzen nehmen?«

»Der Junge wurde zu der Naht, die diese beiden Teile deines Ichs wieder zusammengefügt hat. Genau das hat dich in den letzten Monaten verändert, auch wenn ich es erst jetzt so deutlich sehe.«

Blaine ertappte sich, wie er nickte. »Es war wie eine Leere. An dem Tag, den ich mit ihm in London verbrachte, fühlte ich, wie sie sich zurückzog, und selbst nachdem diese Frauen ihn entführt hatten, kehrte sie nicht mehr zurück.«

»Weil der Junge deinem Leben einen Sinn gegeben hat. Während all unserer Jahre im Höllenfeuer und darüber hinaus hat der Sinn, den das Leben für uns hatte, die Harmonie im Dreieck aus Verstand, Körper und Geist aufrecht erhalten. Die Treubrüche – und daß du sie akzeptiert hast – nahmen dir diesen Sinn. Du warst auf dich allein angewiesen und mußtest deinem Leben einen neuen Sinn geben. Manchmal mangelte es dir an einer Rechtfertigung. Du wurdest ein Waisenkind deiner verlorenen Gefühle. Doch dann hast du dich selbst in dem Jungen gesehen, und das hat alles geändert.«

»Er ist mein Sohn, Johnny. In dem ganzen verrückten Leben, das ich geführt habe, ist er alles, was ich wirklich habe.«

Wareagle betrachtete ihn vom Fahrersitz des Jeeps aus, der durch die Nacht glitt. »Nein, Blainey, er ist lediglich ein weiterer Anlaß in deinem Bemühen, den Sinn und Zweck deines Lebens zu finden. Das hast du selbst gesagt. Denke an das ursprüngliche Höllenfeuer, das uns zum ersten Mal zusammengeführt hat. Uns lag weniger an dem Sieg als daran, einfach weitermachen zu können. Eine jede Mission war für uns nur in dieser Hinsicht bedeutend, das sie die nächste vorbereitete. Sie nannten es das Projekt Phönix, nach einem Vogel, der sich aus seiner eigenen Asche erhob, in der Hoffnung, daß unsere Kriegsanstrengungen das gleiche vollbringen könnten. Doch während wir dieses Ziel anstrebten, wurde unser Geist zu Asche reduziert.«

»Willst du mir damit sagen, daß ich aufhören soll, ein Ziel zu verfolgen, immer weiter hinauszugreifen?«

»Ich will dir gar nichts sagen, Blainey. Nur eins vielleicht – wenn es nicht der Junge gewesen wäre, wäre es etwas anderes gewesen. Das ist weder gut noch schlecht, einfach nur unbedingt nötig für deine Existenz. Du mußt lernen, das zu begreifen.«

»Jetzt muß ich erst mal telefonieren«, sagte McCracken, als die Tankstelle vor ihnen auftauchte.

Hank Belgrade war nicht so erfreut, von ihm zu hören.

»Mein Telefon könnte abgehört werden«, sagte der Verbindungsmann zwischen Außen- und Verteidigungsministerium. »Spreche auf dein eigenes Risiko weiter.«

»Das ist keine Art, einen alten Freund zu begrüßen, Hank.«

»Hört, hört, wer da spricht. Als wir uns in Washington trafen, hättest du mir sagen können, daß man dich klassifiziert hat.«

»Klassifiziert? Schon wieder? Mit welcher Farbe denn diesmal?«

»Du meinst, du weißt es gar nicht? Mein Gott . . . du fällst jetzt unter Kode Blau.«

»Na ja, dann kann ich ja noch dankbar sein. Ich bin eher den Kode Rot gewöhnt.«

»Augenblick mal, weißt du wirklich nichts davon?«

»Ich habe es gerade zum ersten Mal gehört. Wer ist hinter mir her?«

»Kann ich nicht genau sagen, aber ich werde die Vorstellung nicht los, daß sie von unserem Treffen wissen und die Sache ganz ruhig angehen lassen, in der Hoffnung, daß wir in baldiger Zukunft mal gemeinsam zu Mittag essen werden.«

»Nur, wenn du die Rechnung übernimmst.«

»Sie wissen nichts von dem Material, das ich dir über die *Indianapolis* gegeben habe. Das ist zumindest etwas.«

»Wissen sie denn von Boston, Hank?«

»Was ist mit Boston?«

»Ich habe mich mit Bart Joyce getroffen, der mir ein paar sehr interessante Informationen geben konnte, bevor zwei Damen dafür sorgten, daß die Regierung die Pensionszahlungen an ihn einstellen kann.«

»Wovon zum Teufel sprichst du?«

»Sieh dir mal die Nachrichten im Fernsehen an, dann wirst du es wissen.«

Belgrade zögerte. »Du hast mich nicht angerufen, um mit mir über meine Fernsehgewohnheiten zu sprechen.«

»Nein. Du mußt mir noch einen Gefallen tun . . .«

»Bezahlst du meinen Kindern die Collegeausbildung, wenn man mich aus dem Öffentlichen Dienst entfernt?«

»Wenn die Regierung davon erfährt, ist schon längst alles ausgestanden. Dann wird sie mir auf die Schulter klopfen, und dir auch.«

»Was ist es diesmal?«

»Es beruht auf unserem ersten Gespräch. An Bord der *Indianapolis* befand sich noch etwas, und zwar Kanister, die mit dem griechischen Buchstaben Gamma gekennzeichnet waren. Bart Joyce hat gesehen, wie sie eingeladen wurden. Die Arbeiten hat ein sehr interessanter Herr überwacht, bei dem es sich zufälligerweise um einen ehemaligen Nazi-Wissenschaftler namens Bachmann handelt.«

»Augenblick mal, McCracken, jetzt komme ich nicht mehr mit. Ein Ex-Nazi, der für unsere Regierung gearbeitet hat? Warum wendest du dich nicht an deine Freunde in der GAP?«

»Ich habe gerade ihre Nummer nicht zur Hand. Außerdem will ich nicht noch jemanden in diese Geschichte hereinziehen. Jemand hat es auf mich abgesehen, oder hast du das schon vergessen?«

»Aber, du weißt nicht, wer oder warum?«

»Na ja, ich habe da so ein paar Ideen . . .«

»Und ich soll herausfinden, was mit Bachmann geschehen ist?«

»Zumindest, woran er während der letzten Kriegstage in unserem Auftrag gearbeitet hat.«

»Diese Informationen könnten so tief vergraben sein, daß selbst ich sie nicht ans Licht bringen kann.«

»Ich habe volles Vertrauen in deine Fähigkeiten, mit Hacke und Schaufel umzugehen.«

»Ja, du warst noch nie ein guter Menschenkenner.« Belgrade hielt inne. »Ich weiß, daß du einer großen Sache auf der Spur bist, Blaine, und das reicht mir. Aber es würde mein Leben etwas einfacher machen, wenn ich einen Grund hätte, deine Besorgnis zu teilen.«

»Na klar, Hank. Ich reime mir die Sache folgendermaßen zusammen. Falls Joyce die Wahrheit gesagt hat, müssen wir davon ausgehen, daß diese Gamma-Waffe mit der Absicht an Bord der *Indianapolis* gebracht wurde, sie entweder anstelle oder als Ersatz für die Atombomben einzusetzen. Aber irgend etwas hat das verhindert. Und etwas hat zu der Entscheidung geführt, die *Indianapolis* zu versenken und die Verluste abzuschreiben.«

»*Was?*«

»Joyce hat das U-Boot gesehen, von dem das Schiff versenkt wurde. Die Behauptung, die Japaner seien es gewesen, diente nur zur Tarnung. Das erklärt auch, weshalb der *Indianapolis* kein Begleitschiff zugeteilt, das Notsignal ignoriert und alles Menschenmögliche getan wurde, damit keine Überlebenden gerettet wurden.«

»Ach du Scheiße . . .«

»Und nun ist Yosef Rasin im Besitz der Superwaffe. Wir haben die *Indianapolis* versenkt, um ihre Existenz geheimzuhalten, und es muß einen Grund geben, daß wir sie nicht benutzt haben, als wir die Gelegenheit dazu hatten. Ich frage mich, was geschehen wird, wenn Rasin diesen Grund nicht kennt. Ist das jetzt klar genug, Hank?«

»Klar wie Kloßbrühe. Und jetzt leg auf, damit ich ein paar Anrufe machen kann.«

»Bleib vom Fenster weg«, sagte der Mann und faßte den Jungen an der Schulter.

»Warum?« fragte Matthew und wand sich unter dem Griff des Mannes.

Der Mann zuckte zurück, als habe er sich die Hand verbrannt. Nachdem sie Matthew bei Fett abgeholt hatten, hatten er und die beiden anderen Männer, die den Jungen bewachen sollten, erwartet, daß er Furcht, Gehorsam und Unterwerfung zeigte. Statt dessen hatten sie es mit Halsstarrigkeit und Aufsässigkeit zu tun bekommen.

»Es ist sicherer«, sagte der Mann. »Das ist alles.«

»Wieso?«

»Es gibt ein paar Leute, die dir etwas tun wollen.«

»Um *die* zu sehen, muß ich nicht ans Fenster gehen«, erwiderte der Junge und hielt den Blick stur aus dem Fenster gerichtet.

»Wir sind nicht deine Feinde.«

»Das hat der Mann, von dem Sie mich geholt haben, auch gesagt.«

»Er hat gelogen.«

»Und Sie lügen nicht?«

Der Mann griff an ihm vorbei und zog die Jalousie herab.

»Warum lassen Sie mich nicht einfach gehen?« fragte der Junge sachlich.

»Es ist zu deinem eigenen Besten.«

»Das hat der andere Mann auch gesagt.«

»Diesmal ist es die Wahrheit.«

Matthew legte den Kopf zurück und sah wieder zum Fenster. »Er wird mich finden.«

Der Mann lächelte, froh darüber, daß seine beruhigenden Worte etwas bewirkt hatten. »Das wird er nicht. Ich verspreche es dir. Du brauchst keine Angst haben.«

»Nicht der Araber«, sagte der Junge geringschätzig. »Blaine McCracken. Wenn er herausfindet, was Sie getan haben, wird er mich suchen. Ich möchte nicht in Ihrer Haut stecken, wenn er mich findet.«

Der Mann sah ihn verblüfft an. Er hatte keine große Erfahrung im Umgang mit Kindern, und wenn dieses Benehmen typisch sein sollte, hatte er nicht den geringsten Wunsch, noch einmal mit ihnen zu tun zu bekommen. Wütend beobachtete er, wie sich der Junge arrogant zum Fenster drehte und mit einer schnellen Handbewegung die Jalouise wieder aufrollen ließ.

»Er wird kommen«, versicherte Matthew. »Und es wird nicht mehr lange dauern.«

»Du hast betrogen! Kaum nehme ich die Augen vom Spielbrett, und du ziehst ein zweites Mal!«

»Putz!« schnappte Abraham und fuhr mit der Hand vor Joshuas Gesicht hin und her.

»Du hast drei meiner Steine geschlagen, aber das konntest du gar nicht, weil dein Stein auf einem ganz anderen Feld stand.«

»Du hast vergessen, daß ich mit dem letzten Zug dorthin gesprungen bin. Du hast es vergessen, und jetzt willst du mir die Schuld geben, weil du langsam matschig in der Birne wirst.«

»Putz!« schnaubte diesmal Joshua.

Im Schatten hinter dem Haus in Hertzelia, nicht weit von der Stelle entfernt, wo die beiden alten Männer Dame spielten, fingen Isaac und Isser einen Teil des Streits auf.

»Benehmen sie sich immer so?« wollte der Leiter des Mossads wissen.

»Verlangst du, daß sie sich – daß wir uns nach all den Jahren noch ändern? Wir sind Soldaten, Isser, und nichts frustriert Soldaten mehr als das Alter.« Er blickte verstohlen zu dem Tisch hinüber. »Sie streiten sich hauptsächlich, um sich daran zu erinnern, wie es war. Glaube mir, ich bin nicht besser, und eines Tages wird es dir auch nicht anders ergehen.«

»Wird es dieses ›eines Tages‹ für mich und meine Kinder geben, Isaac?«

»Es hat seit fünfundvierzig Jahren eins gegeben, und daran wird sich nichts ändern. Vergiß nicht, wir waren von Anfang an dabei. Wir haben alles gesehen.«

»Das stimmt nicht. Hassani hast du nicht gesehen.«

»Ich habe andere wie ihn gesehen. Genug andere.«

»Also machst du dir keine Sorgen.«

»Sorgen? Natürlich mache ich mir Sorgen. Ich habe mir auch 1948 und 1967 und 1973 Sorgen gemacht. Und nach dem, was du mir heute berichtet hast, mache ich mir ebenfalls Sorgen. Aber du wirst nach einer Weile einsehen, daß wir noch immer unter Gottes Schutz stehen. Sonst hätten wir nicht bis heute überlebt.«

»Gottes Hilfe reicht diesmal vielleicht nicht aus. Ich habe ein

Szenario der bevorstehenden Ereignisse ausgearbeitet. Vielleicht wäre es besser, die Operation Feuersturm vorzuziehen.«

Isaac sah ihn nur an, und sein strähniges weißes Haar wurde vom Wind zerzaust.

»Mein Vorschlag scheint dich nicht zu überraschen.«

»Ich habe mir schon gedacht, daß du nicht extra hierher gekommen bist, um mit mir über Geschichte zu sprechen.«

»Wäre es möglich?«

»Du kanntest die Antwort darauf schon, bevor du hierher gekommen bist, Isser. Du kennst die Logistik. Unsere Leute sind zu weiträumig verteilt und stehen nicht miteinander in Verbindung. Wir alle waren der Meinung, so sei es am sichersten, für den Fall, daß eine Zelle unterwandert werden sollte. Keine Spuren hinterlassen, weißt du noch?«

»Ja, leider.«

»Seit einem Jahr nun haben wir alle Planungen auf diesen Tag ausgerichtet. Tausende Menschen sind davon betroffen, *Hunderttausende.* Wir können Feuersturm nicht vorziehen. Nicht um eine Woche, nicht um einen Tag, nicht einmal um eine Stunde. Wir haben alles festgelegt, als wir diese Komantschen von den Amerikanern bekamen.«

»Apatschen, Isaac. Sie werden Apaches genannt.«

»Wie auch immer man sie nennt, ich kann den Zeitplan nicht beschleunigen.«

»Selbst, wenn das bedeutet, daß Hassanis Armeen uns vernichten?«

Bevor Isaac antworten konnte, flogen weiße und schwarze Damesteine vom Tisch, gefolgt von dem Spielbrett selbst. Saul versuchte, sich zwischen Abraham und Joshua zu drängen.

»Man kann nicht immer gewinnen«, sagte der alte Mann zum Leiter des Mossad, »aber man kann stets sein Bestes geben.« Er verzog das Gesicht, als er das zerrissene Spielbrett auf dem Boden sah. »Das Problem ist nur, daß, ganz gleich, was man tut, manchmal niemand gewinnt.«

Mitternacht war schon vorbei, als Blaine Hank Belgrade unter der zweiten Nummer anrief, die ihm der Verbindungsmann am Ende ihres letzten Gesprächs gegeben hatte.

»Ich habe deinen Nazi aufgetrieben, McCracken«, sagte Belgrade.

»Lebt er noch?«

»Ja und nein.«

»Der Klang deiner Stimme gefällt mir nicht.«

»Warte, bis du erst die Einzelheiten kennst. Dr. Hans Bachmann war Gründungsmitglied des Büroklammerklubs, wie man ihn damals nannte. Klingelt da etwas bei dir?«

»Nazis, die wir vor dem Kriegsende ins Land holen wollten, wurden mit einer Büroklammer an ihrer Akte identifiziert. Richtig?«

»Ganz genau. Nur kam Bachmann so früh rüber, daß er nicht mal eine Akte hatte. Ich habe nicht die geringste Ahnung, woran er 1945 für uns arbeitete, doch ich konnte zumindest herausfinden, daß seine Spezialität im Dritten Reich die Genforschung war.«

»Gensplitting, wieder zusammengefügte DNS und so weiter?«

»Ja. Der Mann war seiner Zeit weit voraus. Zum Glück hielt Hitler nicht viel von seiner Arbeit. Die Nervengase, die andere Nazis entwickelten, waren ihm lieber, und so fand Bachmann kaum ein interessiertes Publikum. Andernfalls . . .«

»Du hast mir noch nicht gesagt, ob er noch lebt oder nicht.«

»Ja, er lebt; zumindest deutet alles, was ich ausgraben konnte, darauf hin. Er ist jetzt über achtzig und in wer weiß was für einem Zustand, aber er lebt. Das Problem ist nur, daß du nicht an ihn herankommst.«

»Das wollen wir erst mal sehen«, sagte Blaine.

»Schau, McCracken, das ist sogar für dich eine Nummer zu groß.«

»Sag mir nur, wo er ist, Hank.«

»Das ist nicht so einfach. Dir ist klar, daß die Regierung Leuten wie Bachmann nicht erlaubt, ihren Ruhestand in einem luxuriösen Altenheim in Florida zu verbringen. Sie sorgt auf eine andere Art für sie, und ich riskiere Kopf und Kragen, wenn ich auch nur eine Andeutung darüber fallenlasse.«

»Bislang hast du noch nicht einmal das getan.«

Hank Belgrade atmete tief ein. »Ältere Mitbürger, die unter die höchste Geheimhaltungsstufe fallen, erfordern eine besondere Obhut. Denk nur mal an all die dunklen Geheimnisse in einem Gehirn, das langsam senil wird, McCracken. Für unsere Feinde würden Weihnachten und Ostern auf einen Tag fallen, wenn sie diese Gehirne ausquetschen könnten.«

»Also kein Bridge an der warmen Küste Floridas. Was also dann?«

»Ein luxuriöser Lebensabend in einem höchst geheimen Altersheim, das nur als der O.K.-Corral bekannt ist.«

»Jetzt sag mir bloß nicht, wenn ich es gefunden habe, soll ich nach Wyatt Earp fragen.«

»Nicht ganz. Der Beamte, der dieses Heim leitet, nennt sich Doc Holiday.«

VIERTER TEIL

DER O.K.-CORRAL

Teheran, Donnerstag, 11. Mai; zwanzig Uhr

20

»Ich bleibe wohl besser hier«, sagte Kourosh zu Evira und zögerte einen Augenblick. Nachdem sie in den letzten Tagen von dem Jungen so abhängig geworden war, wollte sie jetzt nicht ohne ihn weitergehen.

Sie zerrte an dem alten Kleid, das sie über der Uniform eines Dienstmädchens im Kaiserlichen Palast trug. »Ich bin bereit.«

»Nein, bist du nicht«, sagte der Junge trotzig. »Wie kannst du Hassani ohne Waffe töten? Ich habe dir doch gesagt, daß ich versuchen will, dir eine zu besorgen.«

»Man wird mich durchsuchen, bevor man mich in den Palast läßt. Wenn man dabei eine Waffe findet, ist alles, was wir bislang erreicht haben, vergebens.«

»Aber du wirst ihn töten.«

»Ich werde ihn töten.«

»Wenn du wieder herauskommst, werde ich auf dich warten.« Kourosh gab ihr kurz die Hand und ging davon. Bevor er um die erste Ecke bog, sah er noch einmal zurück. Evira war keineswegs davon überzeugt, ihr Versprechen einhalten zu können. Zum einen waren ihre Verletzungen zwar einigermaßen abgeheilt, schmerzten aber noch immer und würden sie zweifellos in ihren Bewegungen behindern. Darüber hinaus behagte ihr die Art der Mission, die sie in der Festung vor ihr erfüllen wollte, ganz und gar nicht. Diese Aufgabe war eher McCrackens Spezialität als die ihre. Sie verabscheute das Töten. Bei all ihren Unternehmungen hatte sie bislang nur zur Selbstverteidigung getötet. Sie versuchte sich einzureden, daß es heute nicht anders sei, konnte es aber nicht so ganz glauben.

Evira zog das Kleid aus und trat in der Dienstmädchenmontur aus dem Schatten auf den Platz vor dem Königlichen Palast. Ihr Herz pochte in dem Bewußtsein, daß die nächsten paar Minuten entscheidend waren. Wenn ihr Plan scheiterte, sich Zugang auf dem Gelände zu verschaffen, war alles verloren. Sie glitt zwischen zwei Limousinen hindurch, in denen Gäste eintrafen, und ging am Haupttor vorbei zu der Seitenstraße, die zu dem Dienstboteneingang neben der Schule führte. Sie blieb eng an der Mauer, um nicht entdeckt zu werden und ihre Rolle nicht früher als unbedingt nötig spielen zu müssen.

So oder so, sie würde sich auf jeden Fall mit Revolutionswächtern befassen müssen, die sie ohne den richtigen Ausweis nicht durchlassen würden, außer, sie *benahm* sich auch wie jene Person, die zu sein sie vorgab. Und diese Illusion würde sie mit Hilfe der Uniform erzeugen.

Noch einmal tief durchatmend trat sie aus dem Schatten des Tors auf die Wächter zu, die in Wachhaltung vor der Absperrung der Seitenstraße standen, die den ganzen Nachmittag über von Lieferwagen benutzt worden war.

»Dieser Wagen, den ihr gerade durchgelassen habt«, rief sie ihnen aus einigen Metern Entfernung zu, beschleunigte ihre Schritte und setzte ein besorgtes Gesicht auf, »war das der Bäcker? Sagt mir, ob ihr den Bäcker gesehen habt!«

Der Wachhabende drehte sich verblüfft zu ihr um. »Wer bist du, daß dich das interessiert?«

»Ich bin die Süßspeisenköchin, und es wird ein gewaltiges Theater geben, wenn er nicht bald mit dem Rest seiner Waren auftaucht.«

»Wo ist dein Ausweis?« fragte er mit einem Blick auf ihren leeren Blusenaufschlag.

»Den hab ich abgenommen, damit er nicht in den Punsch fällt. Wäre doch zu peinlich, meinst du nicht auch? Was ist nun mit dem Bäcker?«

»Er war noch nicht hier.«

»Verdammt! Dafür werden Köpfe rollen, das sag' ich dir!« Sie trat näher an den Posten heran. »Du wirst mich benachrichtigen, sobald er mit seinen Waren kommt. Du rufst in der Küche an und fragst nach Manijeh. Klar?«

Der Posten richtete sich steif auf. »Ich werde ihn durchschikken, wie ich die anderen durchgeschickt habe. Ich bin kein Botenjunge.«

»Wie du willst. Aber wenn mich jemand fragt . . .«

Sie schob sich an ihm und den aufmerksamen Wachen vorbei, die sie noch immer musterten, wenn auch eher amüsiert über ihre Schimpftirade denn argwöhnisch.

»Verschwinde!« rief der Wachtposten. »Verschwinde und laß mich meine Arbeit tun!«

Einen Augenblick später erregte ein weiterer Lieferwagen seine Aufmerksamkeit lange genug, um sie vor weiteren Fragen zu bewahren, während sie an der Wand entlangging. Sie schritt schnurstracks zu einem zweihundert Meter entfernt liegenden Eingang neben einem Gebäude, das sie anhand von Kouroshs Zeichnung als die Schule erkannte. Die dort postierten Wachen ließen sie problemlos passieren, doch einer bestand darauf, sie zur Küche zu begleiten, wie die Vorschriften es verlangten.

Er führte sie zum Dienstboteneingang, der direkt in die Küche führte. Wie sie sich erinnerte, lag der Speiseraum direkt zwischen diesem Gebäudetrakt und dem majestätischen, sich über zwei Stockwerke erstreckenden Ballsaal.

Um jede Aufmerksamkeit zu vermeiden, reihte sie sich einfach in die lange Schlange der Dienstmädchen ein, die Tabletts mit Gläsern und Hors d'œuvres aufnahmen. Sie verließen die Küche durch eine Tür, die am Speisesaal vorbei und durch ein Vestibül direkt in den Ballsaal führte. Im Augenblick hatte sie nicht die geringste Ahnung, wie die nächste Phase ihres Plans aussehen würde, und sie zwang sich zur Ruhe, damit ihre Gedanken frei fließen konnten.

Genau, wie McCracken es tun würde.

Evira verschanzte sich hinter ihrem Tablett mit Hors d'œuvres und betrat den Ballsaal. Unwillkürlich war sie beeindruckt. Nicht einmal Kouroshs übertriebene Zeichnungen taten ihm Genüge. Er war riesig, fast sechzig Meter breit, die zum größten Teil von einem handgeknüpften Kerman-Teppich bedeckt wurden. Die Tische, an denen die Gäste saßen, standen auf dem Teppich. Eine ganze Reihe Kristallkronleuchter unterschiedlicher Größe baumelten an der Decke, die man, falls das Wetter danach war, öffnen konnte, damit man den freien Himmel sah. Gewaltige Blumenbukette und zahllose Topfpflanzen trugen zur Schönheit des Raums bei. Des weiteren verfügte der Ballsaal an einer Seite über eine Galerie, so daß man einen wahrhaft großen Auftritt hatte, wenn man die Wendeltreppe hinabstieg.

Zum Glück hatte General Hassani jedoch, wenn sie sich nicht irrte, seinen Auftritt noch vor sich. Natürlich. Man würde das Abendessen erst spät servieren, damit er den bestmöglichen Eindruck machen konnte und seine mächtigen Gäste Gelegenheit hatten, sich miteinander bekanntzumachen. Schließlich würde sich nach seinem Auftritt ja alle Aufmerksamkeit auf ihn richten.

Eviras Verstand begann zu arbeiten.

Sie stellte das Tablett mit den warmen Hors d'œuvres auf einen Tisch und nahm eins mit leeren Sektgläsern auf. Der Iran mochte zornig alle Verbindungen mit dem Westen abgebrochen haben, doch bedient wurde hier genau wie im Abendland. Ein Rückfall in die Tage des Schahs und ein deutliches Anzeichen für Hassanis Bemühungen, die Unterstützung der Reichen und Mächtigen zu gewinnen.

Evira kehrte in die Küche zurück und bekam dort ein neues Tablett mit vollen Gläsern. Sie balancierte das Tablett vorsichtig mit einer Hand, wie die anderen Dienstboten es auch taten, damit sie mit der anderen Hand servieren konnte. Dies fiel ihr anfangs nicht ganz leicht, und sie mußte sich unentwegt vorstellen, wie ihr Tablett auf den Teppich fiel und damit die Aufmerksamkeit jedes Anwesenden auf sie zog, was sie noch nervöser machte. Doch der Sekt war gefragt, und ihr Tablett war schnell leer, womit sie sich wieder eine Atempause verschafft hatte. Ihre Gedanken widmeten sich wieder der nächsten Phase ihres Plans.

Da Hassani seinen großen Auftritt noch vor sich hatte, mußte er noch oben sein; wahrscheinlich entspannte er sich oder kleidete sich gerade an. Er würde natürlich Wachen um sich haben, doch die rechneten in diesem Augenblick wohl kaum mit einem Zwischenfall. Jetzt bot sich ihr also die beste Gelegenheit.

Falls sie ihn finden konnte.

Und falls sie eine Waffe finden konnte. *Ich hätte auf Kourosh hören sollen. Nun hat man mich doch nicht durchsucht . . .*

Ihr Blick fiel auf die Frauen. Sie waren allesamt elegant nach westlicher Mode gekleidet. Evira beobachtete sie aufmerksam, noch nicht sicher, wonach sie überhaupt suchte.

Die Antwort kam ihr in den Sinn, als sie auf einem Tisch, der anscheinend eine endlose Vielfalt bot, die Schalen mit Früchten neu arrangierte. Zahlreiche Frauen verschwanden in einem Alkoven an der der Küche gegenüberliegenden Wand und kehrten kurz darauf wieder in den Ballsaal zurück. Evira nahm an, daß sie dort die Damentoilette finden würde, und mit dieser Beobachtung nahm endlich der Plan erste Züge an, wie sie an Hassani herankommen würde.

Mit ihrem fast leeren Tablett näherte sie sich unauffällig dem Alkoven und tat so, als wolle sie den aus der Toilette kommenden Damen Sekt anbieten. Als der Strom der Frauen kurz abriß, huschte Evira in den Alkoven. Wie erwartet lag vor ihr die schwere Holztür der Damentoilette, die, wenn sie sich nicht völlig täuschte, im Augenblick nicht besetzt war. Sie stellte das Tablett gegen die Wand, legte die Hand auf die Klinke, drückte sie hinab und stieß die Tür auf. Dann trat sie ein, notfalls bereit, so zu tun, als wolle sie dort saubermachen.

Die Toilette war in der Tat nicht besetzt. Sie war sehr groß und roch angenehm nach Lavendel. Evira betrat eine der Kabinen und zog die Tür hinter sich bis auf einen Spalt zu, durch den sie hinausschauen konnte. Ungeduldig wartete sie das Kommen und Gehen mehrerer kleiner Frauengruppen ab; sie wußte, daß sie ihren Plan nur ausführen konnte, wenn eine Frau allein hereinkam. Schließlich wurde ihre Geduld mit dem Anblick einer wunderschönen jungen Frau belohnt, die die Damentoilette allein betrat. Als sie die Tür einer Kabine aufdrückte, sprang Evira aus der ihren hinaus und ergriff sie am Hals. Schnell hatte sie die Halsschlagader ausfindig gemacht und drückte den Blutzufluß der Frau ab. Dann zerrte sie sie in die Kabine, für den Fall, daß eine weitere Frau eintreten würde.

Ihr Opfer war innerhalb von zwanzig Sekunden bewußtlos. Eviras nächste Aufgabe bestand darin, sie in den Lagerraum rechts neben der Tür zur Toilette zu schaffen. Eviras Herz pochte heftig, als sie aus dem Raum glitt und darauf zutrat. Mit dem einen Arm hielt sie die bewußtlose Frau fest, mit der anderen Hand griff sie nach der Klinke des Vorratsraums.

Die Tür öffnete sich nicht. *Abgeschlossen, verdammt, abgeschlossen!*

Augenblicklich lauschte Evira nach dem unausweichlichen Klappern hoher Absätze auf den Fliesen, wo der Teppich vor der Haupttür endete. Sie schätzte, daß ihr höchstens eine Minute blieb, wahrscheinlich aber wesentlich weniger. Sie ließ die Frau hinab und tastete in ihrer Tasche nach den Sicherheitsnadeln, die Kourosh ihr besorgt hatte.

Als Evira niederkniete, um sich mit der Nadel an dem Schloß schaffen zu machen, fühlte sie, wie sich auf ihrer Stirn Schweiß bildete. Sie drückte zu fest, und die Nadel verbog sich. Vorsichtig zog sie sie zurück und versuchte es mit der zweiten. Nun behutsamer vorgehend, schob sie sie ins Schloß und tastete nach der Zuhaltung. Sie schloß die Augen, um sich das Innere des Schlosses besser vorstellen zu können, und fühlte endlich, wie es nachgab. Die Klinke senkte sich, und sie konnte die Tür öffnen.

Sie zog die bewußtlose Frau in den Lagerraum und schloß die Tür in dem Augenblick hinter sich, als eine weitere Gruppe von Frauen die Toilette betrat. Evira verharrte regungs- und geräuschlos, die Hand auf den Mund der Frau gedrückt, falls sie sich unerwartet rühren sollte. Als die Frauen wieder gegangen waren, tastete sie nach dem Lichtschalter und betrachtete ihre Gefangene genau.

Ein Segen, die Frau hatte in etwa ihre Größe. Sie zog ihr schnell das Kleid, Strümpfe und Schuhe und einen Teil ihrer Unterwäsche aus, die sie zerriß, um die Frau damit zu fesseln und zu knebeln. Um ganz sicher zu gehen, band sie die gefesselten Hände der Frau an ein Regal, das weit genug von der Tür entfernt war. Nachdem sie sich noch einmal vergewissert hatte, daß ihre Gefangene sicher untergebracht war, zog Evira die Dienstmädchenuniform aus und kämpfte sich in das Kleid, das sie so gut wie möglich zurechtzog. Die Strümpfe paßten ausgezeichnet, doch die hochhackigen Schuhe stellten ein Problem dar. Evira verzog das Gesicht, als sie die Füße hineinzwängte. Es war Jahre her, daß sie solche Schuhe getragen hattae, und diese hier waren mindestens eine Nummer zu klein.

Evira zog sich um, während ihr Geräusche aus der Toilette verrieten, daß dort reger Betrieb herrschte. Doch sie konnte sich den Luxus von Ungeduld nicht mehr leisten; Hassani würde bestimmt bald seinen Auftritt haben. Als die Toilette das nächste Mal leer war, schlüpfte sie aus dem Lagerraum hinaus und trat direkt zum Spiegel. Alles in allem machte sie gar keinen so schlechten Eindruck, einmal abgesehen von ihrem Haar, das einfach nicht zu der Rolle paßte, die sie nun spielen wollte. Sie rückte es einigermaßen zurecht und konnte nur hoffen, einer oberflächlichen Betrachtung standzuhalten, wenn sie in den Ballsall zurückkehrte.

Die Tür zum Badezimmer öffnete sich, und Evira fuhr erschrocken herum. Zwei Frauen traten ein, schenkten ihr jedoch keine weitere Beachtung. Ihre Blicke meidend, schlüpfte sie zur Tür hinaus.

Sie konnte bereits sagen, daß die zu engen Schuhe ihr gewaltige Schwierigkeiten bereiten würden, falls sie sich schnell bewegen mußte, doch daran ließ sich jetzt auch nichts mehr ändern. Es war undenkbar, in den Ballsaal zurückzukehren. Sie würde vielleicht einem der anderen Dienstmädchen auffallen, oder – noch schlimmer – der Begleiter der Frau im Lagerraum würde deren Kleid erkennen, und ihr ganzer schöner Plan wäre zum Teufel.

Nein, sie mußte jetzt auf direktem Wege nach oben. Das Problem daran war nur, daß die einzige Treppe, die Kourosh eingezeichnet hatte, auf der anderen Seite des Ballsaals lag und auf jeden Fall schwer bewacht werden würde. Sie trat aus dem Alkoven und wandte sich nach links anstatt nach rechts zum Ballsaal.

Ihr Herz hämmerte aufgeregt, als sie eine weitere Tür

erblickte. Sie öffnete sie und atmete leichter, als sie sah, daß dahinter eine Treppe zur ersten Etage und zu den Königlichen Gemächern führte, in denen Hassani sich aufhalten mußte. Sie war breit genug, um selbst mit etwaigen Wachen fertig zu werden. Evira begriff, daß sie über eine hervorragende Verkleidung verfügte, denn die Wachen würden sich ihr mit Respekt und Höflichkeit nähern, da sie es nicht riskieren wollten, bestraft zu werden, weil sie einen geehrten Gast beleidigt hatten. Das würde ihr die Zeit geben, die sie brauchte, um sich mit ihnen zu befassen.

Sie stieg die Stufen hinauf und dachte darüber nach, wie sie sich eine Waffe beschaffen sollte, als sie am Kopf der Treppe einen Wachtposten bemerkte. Plötzlich war ihr auch dieser Teil des Plans klar, und Evira näherte sich dem Posten mit einem breiten, entwaffnenden Lächeln. Als er sich in Reichweite befand, schoß ihre rechte Hand vor. In dem trüben Licht sah er den Schlag gar nicht, und die Handkante prallte gegen seinen Adamsapfel und zerquetschte ihn. Der Posten sank keuchend auf die Knie, noch so weit bei Sinnen, daß er nach seiner Waffe griff. Evira trat sie mit dem Fuß zu Boden, beugte sich vor und rammte ihm den Unterarm ins Gesicht. Der Posten verlor das Bewußtsein; er war so gut wie tot, und da Evira das Risiko vermeiden wollte, daß jemand zufällig seine Leiche fand, zerrte sie ihn in eine dunkle Nische im ersten Stock.

Nun konnte sie sich eine Waffe aussuchen, und sie zog eine sowjetische Neun-Millimeter-Pistole der Marke Greysa dem Gewehr vor. Die Greysa war zwar klobig und schlecht ausgewogen, ließ sich aber unter ihrem Kleid verbergen.

Da sie dank Kouroshs Zeichnung genau wußte, wo die Königlichen Gemächer lagen, lief sie über den Gang zur gegenüberliegenden Mauer. Evira erzitterte leicht, als sie die Erkenntnis überkam, daß sich ihr Opfer in allernächster Nähe befand. Sie erreichte die Mauer und spähte um die Ecke. Vor ihr, auf drei Viertel des Weges zur Halle, standen zwei bewaffnete Posten wachsam vor der massiven Tür, die in die Königlichen Gemächer führte. Evira beobachtete die Männer aufmerksam, ohne bemerkt zu werden. Es handelte sich um zwei mit Maschinenpistolen bewaffnete große, stämmige Posten, die offensichtlich den General selbst bewachten.

Eviras Herz hämmerte erwartungsvoll. Der Umstand, daß sie so weit gekommen war und kurz vor der Vollendung ihrer Aufgabe stand, ließ sie beinahe die Tatsache vergessen, daß sie nicht nur die Wachen überwinden mußte; dies mußte auch noch geschehen, ohne daß Hassani in seinen Gemächern davon etwas bemerkte. Der kleinste Fehler ihrerseits, das leiseste Geräusch, und er löste einen Alarm aus, der augenblicklich die gesamten Sicherheitskräfte im Palast hierherlocken würde.

Dementsprechend spielte sie kurz mit dem Gedanken, einfach zu warten, bis der General herauskam, und ihn zu erschießen, wenn er zur Treppe ging. Doch dieser Plan war mit einem Risiko behaftet; die Greysa war nicht völlig zuverlässig, wenn man nicht aus nächster Nähe schoß. Überdies konnten die Wachtposten sie vorher entdecken und ausschalten. Nein, sie mußte Hassani dort angreifen, wo er sich am sichersten fühlte. Sie atmete noch einmal tief durch und trat um die Ecke.

Sie versuchte gar nicht erst, ihre Gegenwart vor den Wachtposten zu verheimlichen; das wäre sinnlos gewesen. Statt dessen spielte sie die Betrunkene und ging leicht schwankend den Korridor entlang.

»Mein General«, rief sie frivol. »Wo ist mein General? Hier bin ich . . . wie du es mir gesagt hast.«

Sie ging direkt auf die beiden Posten zu.

»Er hat nach mir geschickt«, sagte sie zu ihnen, auf ihren hohen Absätzen umknickend.

Die beiden Posten sahen einander an, sagten aber nichts und rührten sich auch nicht.

»Sagen Sie ihm bitte, daß ich hier bin«, verlangte sie, als ginge sie davon aus, daß die Posten wüßten, wer sie sei, und von ihrer erwarteten Ankunft benachrichtigt worden seien. »Beeilen Sie sich lieber. Die Gäste unten werden langsam ungeduldig.«

Der nächste Augenblick war kritisch, doch Evira nutzte ihn. Die Greysa lag in ihrer Hand, ohne daß einer der beiden Posten die Bewegung mitbekam. Aber sie wollte nicht schießen; das hätte ihr Opfer nur gewarnt. Statt dessen rammte Evira dem einen Posten den schweren Pistolenknauf gegen das Nasenbein. Der Mann war noch nicht zusammengebrochen, als sie schon herumwirbelte und dem zweiten den Lauf durch das Gesicht zog und eine häßliche Wunde verursachte. Der Posten war benommen, wollte aber noch nach seiner Waffe greifen, als Evira mit der freien Hand seinen Kopf faßte. Sie hielt ihn lange genug fest, um ihm mit der Greysa zwei Schläge versetzen zu können, und er sackte in sich zusammen.

Evira spürte eine Bewegung und fuhr zu dem ersten Posten herum. Sein Gesicht war blutüberströmt, doch er versuchte, seine Maschinenpistole zu heben, und öffnete den Mund zu einem Schrei, um den Mann hinter der Tür zu warnen. Bevor er ihm jedoch über die Lippen kam, trieb Evira ihm den spitzen Absatz ihres Schuhs in die Kehle. Der Posten sackte mit hervorquellenden Augen zurück, und Evira schlug ihm mit aller Kraft die Pistole gegen die Schläfe. Er bäumte sich einmal auf und blieb dann reglos auf dem Boden liegen.

Da es Evira doch nicht gelungen war, die Wachen so leise wie erhofft auszuschalten, zögerte sie keinen Augenblick mehr. Sie hielt die Greysa in der einen Hand und griff mit der anderen nach der Türklinke.

21

Die Tür öffnete sich nicht; sie war von innen verschlossen. Das war eigentlich nicht überraschend, aber irgendwie hatte sie nicht damit gerechnet. Sie hatte sich vorgestellt, hineinzustürzen und Hassani zu erschießen, das gesamte Magazin in ihn zu leeren. Nun mußte sie sich etwas anderes einfallen lassen.

Die Tür bestand – wie die Wand, in die sie eingebettet war – aus dickem, altem Holz. Es war unmöglich, sie einzutreten oder aufzubrechen, ohne Hassani über den bevorstehenden Angriff zu warnen. Auf keinen Fall konnte sie einfach warten, daß er von allein herauskam. Evira dachte schnell nach. Sie wischte sich die schweißnassen Hände ab, faßte die Greysa fester und klopfte leise gegen die Tür.

»Eine Nachricht für Sie, General«, sagte sie mit tiefer Stimme, die vielleicht als die eines Mannes durchgehen würde.

Sie wartete, hörte aber nichts. Es überkam sie die schreckliche Furcht, daß sie in eine Falle gelaufen war, daß die Gemächer hinter der schweren Tür entweder leer waren oder Wächter der Revolution dahinter lauerten. Dennoch klopfte sie noch einmal.

»General?«

Sie hörte zuerst Schritte, dann eine ungeduldige Stimme. »Ich komme ja schon.« Das Geräusch eines Schlüssels, der im Schloß umgedreht wurde. »Hoffentlich besteht ein guter Grund für diese Störung. Ich wollte gerade . . .«

Evira sah, wie sich die Doppeltür öffnete.

». . . herunterkommen. Was ist denn . . .?«

Sie zögerte nicht. Sie erhaschte einen Blick auf Hassanis Gesicht und die protzige schwarz-grüne Uniform darunter. Die Greysa fuhr hoch, und bevor sie wußte, was sie tat, explodierte sie in ihrer Hand. Die erste Kugel traf den General ins Gesicht und machte Brei daraus. Die zweite fuhr in seine Brust, als er schon hilflos zurücktaumelte. Evira schoß ihm eine dritte in den Kopf und eine vierte genau ins Herz. Sie stand über ihm, die qualmende Pistole noch in der Hand, wußte, daß er tot war, und verspürte eine tiefe Befriedigung. In diesem Augenblick bedeutete ihr ihr Leben nichts, doch nur in diesem Augenblick, denn schon im nächsten hörte sie die Schritte von Wachen, die durch die Schüsse alarmiert worden waren.

Ihre kalte Entschlossenheit hatte sie vergessen lassen, wie laut die Detonationen gewesen waren. Die Wachen waren schon hierher unterwegs. Evira stürzte zur Tür zurück, die Greysa noch immer in der Hand, obwohl sie ihr nun von keinem großen Nutzen mehr sein konnte. Nun war nur noch die Flucht wichtig, und die tiefe Befriedigung, Hassani hingerichtet zu haben, schwand schnell. Rufe und Schreie aus allen Etagen des Palastes hallten in ihren Ohren, als sie auf den Gang hinauslief.

Vor den Königlichen Gemächern wandte sie sich nach links

statt nach rechts, in der Hoffnung, auch auf dieser Seite des Gebäudes eine private Treppe zu finden. Und dann sah sie sie schon, praktisch ein Zwillingsmodell derjenigen, über die sie hierher gelangt war. Evira rannte zu ihr; als sie sie erreichte, hörte sie auch schon, wie laute Schritte hinaufpolterten. Ihr blieb gerade noch die Sekunde, die sie brauchte, um hinter die Tür zu schlüpfen und lautlos dort stehenzubleiben, nachdem sie aufflog und ein Dutzend Wachen zu den Gemächern des Generals stürmten. Sie wartete ab, bis sie alle darin verschwunden waren, erwischte genau den richtigen Moment, hastete um die Tür und die Treppe hinab, ohne gesehen zu werden.

In ein paar Sekunden, nachdem die Anwesenheit eines Attentäters offenbar geworden war, würden Wachen auf allen Etagen Stellung beziehen. Im Augenblick jedoch gehörte die Treppe noch ihr. Sie zog die hochhackigen Schuhe aus, um schneller voranzukommen, und hätte sie fast fallengelassen, doch dann begriff sie, daß die Schuhe den Wachen verraten hätten, daß sie nach einer Frau Ausschau halten mußten. Also nahm sie sie mit, bis sie sie irgendwo verschwinden lassen konnte, wo man sie nicht so schnell finden würde. Falls sie in den nächsten Minuten keinen Wachen begegnen sollte, bestand die Chance – nur eine Chance – daß sie lebend aus der Sache herauskam. Aber wie? Sie könnte sich im Labyrinth der Palasträume verstecken. Doch da das Gebäude mit Sicherheit abgeriegelt und gründlich durchsucht werden würde, konnte sie damit das Unvermeidliche nur etwas hinauszögern. Nein, sie mußte eine Möglichkeit finden, den Palast zu verlassen.

Zuerst einmal wies ihr Kleid zahlreiche Blutspritzer auf. Sie mußte in den Lagerraum in der Damentoilette zurückkehren und wieder die Dienstmädchenuniform anziehen. Ihre einzige Überlebenschance schien darin zu bestehen, den Palast auf die gleiche Art zu verlassen, wie sie ihn betreten hatte. Wenn sie in dem Kleid von jemandem entdeckt werden sollte, war sie verloren.

Sie folgte der Treppe bis ganz nach unten, in einen Keller, der, wie sie vermutete, direkt unter dem Parterre lag. Durch einen Gang gelangte sie in einen großen, feuchten Raum, der wohl einmal als Spielzimmer für die königlichen Kinder geplant gewesen war. Das einzige Licht kam von der spärlichen Treppenbeleuchtung, und Evira ließ sich von der Dunkelheit umschließen. Sie wußte, daß sie ihre Flucht erschweren würde, und spielte mit dem Gedanken, sich hier zu verstecken, bis sich ihr eine bessere Möglichkeit bot. Wenn sie sich doch nur die Lage des unterirdischen Fluchttunnels eingeprägt hätte, auf den Kourosh sie hingewiesen hatte. Ja, wenn . . .

Evira glitt so schnell wie möglich durch die Dunkelheit; sie mußte sich ihren Weg jetzt ertasten. Schließlich erregte ein Lichtschein, der unter einer Tür herfiel, ihre Aufmerksamkeit, und sie öffnete die Tür und betrat einen Vorratsraum, in dem zahlreiche Lebensmittel und verschiedene Küchengeräte gelagert waren. Ein stechender Geruch drang in ihre Nase; sie hatte ihn schon einmal wahrgenommen, als sie die Küche oben erstmals betreten hatte, und begriff, daß dieser Vorratsraum direkt unter der Küche liegen mußte. Wenn sie sich die Dienstmädchenuniform beschaffen wollte, befand sie sich genau auf der falschen Seite des Palasts, und es bestand keine Aussicht, es von hier aus ungesehen zu der Damentoilette zu schaffen. Und vielleicht hatten die Revolutionswächter die Frau, die sie gefesselt und geknebelt hatte, mittlerweile gefunden, so daß sie genau wußten, nach wem sie suchen mußten.

Und jetzt?

Nutze aus, was du hast, hätte Blaine McCracken ihr geraten. Und sie hatte die Küche direkt über ihr.

Eine Treppe vor ihr führte in das Vestibül hinauf, durch das man sowohl den Speisesaal wie auch die Küche und den Ballsaal betreten konnte. Sie entschied sich für den Speisesaal, in der Hoffnung, eine Serviererin zu finden, die sie überwältigen könnte. Doch der Raum war verlassen. Die Tische waren gedeckt; der erste Gang lag auf, *Dolmas,* gefüllte Weinblätter und Käse. Damit blieb ihr nur noch die Küche, und sie wandte sich zu den Schwingtüren, die hineinführten, und schob eine einen Spalt breit auf. Dahinter stritten Köche mit Wachtposten lauthals über das Mahl, das sie vorbereitet hatten. Soweit Evira es mitbekam, hatte das Küchenpersonal die Anweisung bekommen, mit den Vorbereitungen wie geplant weiterzumachen.

Das war verrückt! Es ergab keinen Sinn – ein Festmahl, während oben die von Kugeln durchsiebte Leiche des Führers der Nation lag? Was ging hier vor?

Evira konzentrierte sich wieder auf ihre Flucht. Sie trat durch die Tür, hielt die beiden Hälften fest, damit ihr Schwingen sie nicht verraten konnte, kniete hinter hohen Reihen mit Töpfen und Pfannen nieder und warf einen Blick in die Küche vor ihr. Sie war mit Gasherden ausgestattet; auf mehreren standen Töpfe, aus denen der scharfe, beißende Geruch drang. Das brachte sie auf eine Idee.

Die Gasherde selbst waren zwar ungefährlich, doch das galt – unter den richtigen Umständen – nicht für die offenen Flammen. Evira rutschte ein Stück vor. Auf einem Regal direkt vor ihr standen zwei Flaschen mit Pflanzenöl; daneben lagen Streichhölzer.

Sie sprang auf, ergriff eine Flasche und die Streichhölzer und kniete wieder nieder; die Bewegung hatte nur einen kurzen Augenblick in Anspruch genommen. Die Flasche war schwerer als erwartet und wäre beinahe umgekippt, als sie sie zum nächsten Ofen schob, auf dessen Flammen Töpfe standen.

Sie schraubte die Flasche auf und kippte sie, bis das dicke Öl hinausquoll. Sie goß es um den Ofen herum und rutschte auf dem Boden zurück, eine Ölspur hinter sich herziehend. Nachdem ein großer Teil des Bodens fettigglänzend schimmerte, rieb sie ein Streichholz an und warf es ein Stück vor ihr zu Boden.

Das Ölf fing sofort Feuer, und die Flammen schossen in einer geraden Linie zu der Ölpfütze, die sich unter dem Herd gesammelt hatte. Es zischte leise, und dann quoll schwarzer Rauch empor, als Flammen aus dem Ofen schlugen. Töpfe spuckten ihren kochenden Inhalt in alle Richtungen, und die Flammen hüllten den gesamten Ofen ein und griffen auf die daneben über.

Einer der Köche betätigte den Feueralarm, und das Schellen einer altmodischen Glocke hallte durch den Palast. Zwei

Küchenchefs kamen mit Feuerlöschern in den Händen angelaufen, wichen aber wieder zurück, als ihnen die Flammen entgegenschlugen. Die automatische Feuerschutzanlage schaltete sich ein, doch eine weitere Explosion setzte einen anderen Teil der Küche in Brand, und das Feuer breitete sich schnell aus; die Sprinkleranlage war überfordert. Die Glocke gellte weiterhin, und Evira sah, wie das Küchenpersonal zum nächsten Notausgang stürzte. Doch die Revolutionswächter hatten ihn von außen verschlossen – schließlich befand sich noch ein Mörder im Palast! –, und das Personal kehrte um und strömte statt dessen in den Ballsaal.

In der Dunkelheit und dem dichten Rauch schlich Evira zu einem Dienstmädchen, das so heftig husten mußte, daß es stehengeblieben war. Evira packte es von hinten, und bevor es um Hilfe schreien konnte, hatte Evira es bewußtlos geschlagen und in die Schatten gezerrt.

Evira zog der Frau schnell die Uniform aus und schlüpfte aus ihrem Kleid. Sie zog die Uniform über und lief in das Vestibül, das zum Ballsaal führte.

Sie betrat den Ballsaal gemeinsam mit einem Schwung hustendem Küchenpersonal, das um Atem rang oder sich Ruß aus den Gesichtern rieb. Um sie herum herrschte das nackte Chaos. Die Revolutionswächter hielten alle Ausgänge geschlossen; niemand durfte hinaus, bis die Ordnung wiederhergestellt war. Doch im nächsten Augenblick kam es in der Küche zu einer gewaltigen Gasexplosion, die die Mauern des Palastes erzittern ließ. Eine zweite Explosion folgte unmittelbar darauf, und dichter, schwarzer Rauch breitete sich im Erdgeschoß aus.

Ein Pandämonium war die Folge. Verzweifelte Menschen drängten sich gegen die Haupttüren, zwangen sie auf und flohen in die Nacht hinaus. Gäste und Personal gleichermaßen strömten aus dem Palast ins Freie. Für das gemeine Volk, das sich auf den Straßen hinter dem Palast drängte, mußte der Anblick sehr erfreulich sein: Menschen in Abendkleidung rannten in nackter Panik aus dem Palast. Ein paar Passanten klatschten, andere jubelten. Es waren nur wenige Soldaten da, die sie zum Schweigen bringen konnten.

Die Haupttore waren geöffnet worden, damit die Feuerwehr auf das Gelände kam, und in der allgemeinen Verwirrung gelang es Evira, ungesehen in die Nacht zu entkommen.

Zwei Männer, die wie arme Leute gekleidet waren, betrachteten das Feuer, das im Palast tobte, gleichermaßen verwirrt wie erfreut.

»Was hältst du davon?« fragte der Bärtige seinen glattrasierten Begleiter. In Augenblicken wie diesen griffen sie immer auf das Hebräische zurück und flüsterten nur.

»Unsere Leute waren das nicht«, erwiderte der Glattrasierte. »Auf keinen Fall.«

»Außer, der alte Mann hat uns nicht alles gesagt. Außer, wir wurden in einen Teil der Operation nicht eingeweiht.«

»Beruhige dich. Es ist nur ein Zufall, nichts weiter.«

Der Bärtige beobachtete, wie der schwarze Rauch aus den Fenstern quoll. Immer wieder erklangen Explosionen, und die Feuerwehr bekam den Brand nicht unter Kontrolle.

»Ich mache mir nur Sorgen, daß der Feuersturm womöglich ohne uns angefangen hat.«

»Wie könnte er das, mein Freund? Schließlich *sind* wir und die anderen der Feuersturm.«

»In drei Tagen?« fragte der Bärtige.

»In drei Tagen«, bestätigte der andere.

Kourosh wartete auf Evira in dem kleinen Raum, der ihr Heim und ihre Zuflucht geworden war. Als sie eintrat, ergriff er sie an den Armen und sprang freudig auf und ab. »Ich habe gesehen, wie es brennt! Als ich die Sirenen hörte, lief ich davon. Ich wußte, daß du es warst! Ich wußte es!«

»Ich habe Glück gehabt«, sagte Evira und fuhr ihm durchs Haar.

»Wie hast du es gemacht? Hast du ihn umgebracht?«

Der Haß in seiner Stimme störte sie, doch sie nickte.

»Wie? Mit einer Pistole? Einem Messer? Dem Feuer?«

Seine morbide Neugier hätte sie abstoßen sollen, tat es aber nicht. Sie hatte mittlerweile begriffen, daß er es aufgrund seiner Jugend nicht besser wissen konnte. Außerdem hatte er ein Recht darauf, es zu erfahren.

»Mit einer Pistole«, sagte sie knapp.

»Sind sie dir auf der Spur? Kommen Sie vielleicht hierher?«

»Das glaube ich nicht.«

Er ergriff ihre Arme fester, und der Schmutz auf seinen Wangen kam ihr dunkler denn je vor. »Ich kenne andere Orte, wo wir uns verstecken können. Sie werden uns nie finden! Bestimmt nicht!«

Evira schüttelte den Kopf. »Keine Angst. Es gibt einen Fluchtweg. Du mußt mich morgen nur zum Flughafen bringen.«

»Ein Fluchtweg?«

»Ja.«

»Für . . . dich?«

Sie nickte. »Und für dich, mein junger Freund. Du hast mir das Leben gerettet. Ich könnte dieses Land niemals ohne dich verlassen.«

Der Junge warf sich in ihre Arme, und Evira drückte ihn fest an sich. Sie konnte sich nicht erinnern, daß ihr eine Umarmung jemals wohler getan hatte.

Um sechs Uhr am nächsten Morgen stand Evira vor dem Ticketschalter der Iran Air. Da viele internationale Flüge von Teheran aus noch früher gingen, wäre sie gern eher dort gewesen, doch ihre Kontaktperson, die ihr die Tickets für den ersten verfügbaren Flug außer Landes besorgen würde, trat den Dienst erst um sechs Uhr an. Evira stellte sich an der Schlange an und wartete geduldig. Seltsamerweise hatten weder die Zeitungen noch die Nachrichten im Fernsehen etwas über den Anschlag auf Hassani verlauten lassen. Das Feuer wurde erwähnt und eine Stellungnahme verlesen, angeblich vom General persönlich. Sie fragte sich, wann man die Nachricht über seinen Tod verbreiten würde und warum sie zurückgehalten wurde.

Evira hatte keine Sekunde lang in Betracht gezogen, Kourosh in Teheran zurückzulassen. Sie wußte, daß es ein Problem geben würde, denn der Fluchtplan war für eine Person und nicht für zwei ausgearbeitet worden, und Kourosh hatte auch keinen Paß. Dennoch blieb sie zuversichtlich. Er würde sie begleiten, oder sie würde hierbleiben, bis sich eine Möglichkeit fand, auch ihn außer Landes zu bringen. Sie klammerte sich an der Hoffnung fest, daß ihre Kontaktperson das Problem in ein paar Minuten würde lösen können.

Schließlich war sie an der Reihe. Sie trat zum Schalter. Die Frau dahinter lächelte unverbindlich, und Evira gab ihr einen Paß. Die Angestellte griff unter den Schalter und holte einen Umschlag hervor.

»Kairo«, sagte sie nur. »Flugsteig fünfzehn.«

»Komplikationen«, erwiderte Evira. »Ich brauche zwei.«

Der Gesichtsausdruck der Angestellten veränderte sich leicht. »Das wird etwas dauern.«

»Ich habe Zeit.«

»Der Paß?«

»Mein Problem. Besorgen Sie mir nur das Ticket.«

Die Frau verschwand durch eine Tür hinter dem langen Schalter, und Evira bereitete sich auf eine lange Wartezeit vor, als hinter ihr laute Geräusche erklangen. Sie drehte sich um und sah, wie ein halbes Dutzend Revolutionsgardisten in ihre Richtung durch das Terminal marschierten. Evira drehte sich wieder um; ihr Herz hämmerte laut in ihrer Brust. Doch solche Anblicke waren nicht ungewöhnlich. Sie mußte nur die Ruhe bewahren. Ihre Kontaktperson würde sich schon um sie kümmern.

»Ich fürchte, in Kairo ist es um diese Zeit viel zu warm«, erklang eine Stimme unmittelbar hinter ihr, eine Stimme, die sie kannte, die es aber nicht mehr geben konnte. »Ja, Evira, ich spreche mit Ihnen.«

Sie drehte sich um und erstarrte. Einen Schritt vor sechs Revolutionswächtern, hinter denen sich Passanten drängten, stand General Amir Hassani, lebendig und unverletzt. Zwei weitere Soldaten näherten sich ihr mit schußbereiten Gewehren von den Seiten.

Du bist tot! wollte Evira schreien, doch ihr Blick richtete sich auf den Jungen, der zitternd vor Wut hinter den Soldaten stand.

»Lauf!« rief sie ihm zu. »Lauf!«

Um die Soldaten abzulenken, sprang sie auf Hassani zu, obwohl sie wußte, daß es aussichtslos war. Evira fühlte ganz kurz den Schlag, den ein Soldat ihr mit einem Gewehrkolben versetzte, dann nahm sie das Vergessen in sich auf.

22

»Tja, Indianer, komme, was wolle, hier wären wir«, sagte McCracken und hielt am Straßenrand an.

Wareagle deutete mit dem Kopf auf ein Schild vor ihnen, das in seiner Aussage nicht den geringsten Zweifel ließ.

WARNUNG!
SCHIESSÜBUNGSGELÄNDE
DER AIR FORCE
STRASSE ENDET NACH EINER MEILE

Hank Belgrade hatte ihm gestern abend am Telefon alles erklärt. Das angebliche Schießübungsgelände, das zwischen der Sierra Estrella in Arizona und den Maricopa Mountains lag, diente lediglich dazu, die Existenz des O.K.-Corrals zu verschleiern. Den genauen Ort konnte Belgrade ihm auch nicht nennen; er wußte nur, daß die kleine Gemeinde, in der alte Regierungsangestellte ihren Ruhestand verbrachten, irgendwo zwischen Phoenix und Casa Grande lag, bevor die Route 85 den südlichen Teil des Staates erreichte.

Nachdem sie diese Information erhalten hatten, waren Blaine und Johnny zum Flughafen Logan in Boston gefahren und hatten die nächste Maschine in Richtung Phoenix genommen. Sie mußten zweimal umsteigen und verpaßten einmal die Anschlußmaschine. Als sie schließlich landeten, brach schon der Donnerstagmorgen herein.

»Und was nun, Blainey?« fragte Wareagle. Die Buchstaben des Warnschilds vor ihnen schienen in der Sonne zu flimmern.

»Wir fahren einfach weiter und sehen, was wir finden. Das Gelände ist unwegsam. Wird wohl nicht das erste Mal sein, daß jemand von der Straße abgekommen ist und sich verirrt hat.«

»Willst du direkt vor ihrer Vordertür halten?«

»Im Augenblick habe ich keine bessere Idee, Indianer. Achte nur darauf, daß deine Geister den Sicherheitsgurt angelegt haben.«

»Sie waren heute ziemlich still, Blainey.«

»Vielleicht sind sie zu beschäftigt damit, auf uns aufzupassen.«

»Eher damit, sich wegzulachen.«

Das Gebiet, durch das sie fuhren, bestand zum größten Teil aus Wüste, und Blaine sah sich gezwungen, die Klimaanlage des Mietwagens auszuschalten, als die Nadel des Temperaturanzeigers der roten Warnzone beträchtlich näherkam. Sie öffneten alle vier Fenster der Limousine, was sich als Segen erwies, nachdem sie etwa zehn Kilometer zurückgelegt hatten.

»Ich höre etwas, Blainey«, sagte Wareagle plötzlich.

»Ich nicht.«

»Es kommt aus westlicher Richtung, vielleicht anderthalb Kilometer entfernt.«

»Was ist es – ein Hubschrauber?«

Wareagle hielt den Kopf aus dem Fenster, als würde der Wind es ihm verraten. »Ein Hughes Thunderhawk, schon im Höllenfeuer im Einsatz und generalüberholt.«

»Von dem Modell kommen wir nicht los, was, Indianer?«

»Er kommt näher, Blainey.«

»Ich habe damit gerechnet, daß man uns über kurz oder lang entdecken würde. Wahrscheinlich haben sie das Gelände mit Sensoren im Boden gesichert. Oder es handelt sich um eine Routinepatrouille.«

»Das glaube ich kaum.«

»Was hältst du denn davon, wenn wir ihnen was vorspielen?«

McCracken hatte die Limousine an den Straßenrand gefahren, die Motorhaube geöffnet und den Kopf daruntergesteckt, als er endlich hörte, was Johnny Wareagles Ohren schon lange vor ihm vernommen hatten. Das gleichmäßige *Wop-wop-wop* legte sich immer lauter über den Wind, bis schließlich aufwirbelnder Staub von der Ankunft des Hubschraubers zeugte. Blaine sah nach oben und täuschte absolute Überraschung über das Erscheinen des schwarzen Choppers vor. Er winkte heftig mit den Armen, wie ein Autofahrer es getan hätte, der Probleme mit dem Wagen hatte.

Er konnte sich genau vorstellen, wie der Pilot einen Bericht an die Kommandozentrale des O.K.-Corrals durchgab, vielleicht sogar mit dem Lagerchef Doc Holiday persönlich sprach. Ein Wagen war ins Sperrgebiet eingedrungen und mit überhitztem Kühler liegengeblieben. Kein Grund, um einen großen Aufstand zu machen. Schicken Sie einfach Hilfe oder benachrichtigen Sie den nächsten Abschleppdienst. Wareagle hatte sich die ganze Zeit über, da der Hubschrauber über ihnen kreiste, vor dem Rücksitz niedergekauert. So würde der Hubschrauberpilot melden, daß es sich nur um eine Person handelte, was Blaines Plan größere Erfolgsaussichten verlieh.

»Sie haben ein Schießübungsgelände der Air Force betreten und befinden sich in Lebensgefahr«, kam der übliche Spruch über die Außenlautsprecheranlage des Hubschraubers. *»Bitte verlassen Sie mit Ihrem Fahrzeug das Gebiet umgehend. Ich wiederhole, bitte verlassen Sie das Gebiet umgehend.«*

McCracken warf erneut die Arme hoch und deutete dann hilflos auf den Motor. Er vergewisserte sich, daß sie mitbekamen, wie er mit den Schultern zuckte, und sah das Handzeichen des Piloten, bevor der Hubschrauber herumschwang und in westliche Richtung zurückflog, wohl zum O.K.-Corral.

»Wie lange wird es wohl dauern, bis die Hilfe eintrifft, die sie uns schicken, Indianer?« fragte Blaine, nachdem Wareagle aus dem Wagen herausgekommen war.

»Zehn, fünfzehn Minuten, schätze ich. Wir sind ganz in der Nähe des Lagers.«

»Verraten dir die Geister irgend etwas über den Corral?«

»Ein Gefängnis, Blainey, in dem die Seelen der Vergangenheit in der Gegenwart verweilen, ohne etwas um die Zukunft zu geben.«

»Das wußte ich auch schon.«

Wie Wareagle es vorausgesagt hatte, näherte sich fünfzehn Minuten später ein Jeep in einer gewaltigen Staubwolke über die ungepflasterte Straße. Blaine trat vor die noch immer geöffnete Motorhaube und winkte erneut, als wolle er die Aufmerksamkeit des Fahrers erregen. Der Jeep war in den Farben der Air Force lackiert und auch mit deren Symbolen gekennzeichnet, doch die beiden Insassen trugen Zivilkleidung.

»Wie ich mich freue, Sie zu sehen!« rief er lauthals, als der Jeep nicht weit von ihm anhielt.

Sie stiegen wortlos aus; ihre Gesichtszüge wurden von den dunkel gefärbten Schutzbrillen unkenntlich gemacht, die beide trugen, damit ihnen der Wüstenstaub nicht in die Augen drang, wenn sie in dem offenen Jeep fuhren.

»Was haben Sie für ein Problem?« fragte einer von ihnen.

»Das Kühlwasser kocht. Hätte es besser wissen müssen und mich in dieser gottverdammten Gegend nicht auf einen Mietwagen verlassen dürfen.«

Einer der beiden Männer nahm die Schutzbrille ab und enthüllte ein ausdrucksloses Augenpaar. Er nickte dem anderen zu, und der ging zum Jeep zurück.

»Ich weiß Ihre Hilfe wirklich zu schätzen«, sagte Blaine. »He, seid ihr Jungs bei der Air Force, oder was?«

Der Mann sagte nichts, stand einfach da.

»Na ja, dann richten Sie bitte auch den Jungs in dem Hubschrauber meinen Dank aus.«

Beim Jeep hatte der zweite Mann gerade zum Rücksitz hinabgegriffen, um einen Wasserkanister hervorzuholen, als sich Johnny Wareagle hinter dem Wagen erhob und ihn am Handgelenk festhielt, damit er nicht törichterweise nach einer Waffe griff. Mittlerweile hatte McCracken dem Mann neben ihm eine Faust in den Magen gerammt. Der Mann klappte zusammen, und Blaine ließ einen Schlag unter sein Kinn folgen. Der Mann flog zurück und verlor augenblicklich das Bewußtsein. Blaine drehte sich um und sah, wie Wareagle zu ihm kam, ein leichtes Grinsen auf seinem wettergegerbtem Gesicht und den Mann, den er ausgeschaltet hatte, mühelos über die Schulter geworfen.

»Du mußt lernen, feinfühliger vorzugehen, Blainey.«

»Du kennst doch das Sprichwort über alte Gewohnheiten, Indianer.«

»Vielleicht. Aber es ist nie zu spät, sich zu ändern.«

»Warum sollte man das, wenn dafür doch nicht der geringste Grund besteht?«

Sie fuhren den Mietwagen mit den beiden Gefangenen darin ein Stück von der Straße. Während Blaine ihn dann so gut wie möglich mit Ästen und Zweigen tarnte, fesselte und knebelte Wareagle die Soldaten. Sie legten sie auf den Vorder- und den Rücksitz und drehten die Scheiben hinab, damit sie Luft bekamen. Dann kehrten sie zu dem Jeep zurück. Blaine fuhr und Johnny Wareagle nahm neben ihm Platz. Sie hatten die großen Brillen aufgesetzt, einerseits, um sich vor dem Wüstenstaub zu schützen, andererseits, um ihre Gesichter unkenntlich zu machen. Da die Männer vom O.K.-Corral Zivilkleidung getragen hatten, würde ihre Kleidung wohl kein Problem darstellen.

»Rover One, hier ist Holiday«, drang eine Stimme aus dem Funkgerät des Jeeps, nachdem sie sechs Minuten gefahren waren. »Wollt Ihr Jungs in diesem Leben noch mal Bericht erstatten?«

Blaine hielt das Mikrofon weit vom Mund entfernt und antwortete. »Wir haben Hilfe geleistet. Sind auf dem Rückweg.«

»Weshalb seid ihr denn so formell, Jungs? Wir sehen uns beim Mittagessen«, sagte Holiday und schaltete ab.

Der große Stahlzaun kam zehn Minuten später in Sicht, als sie die Steigung eines Hügels erreichten, der sich auf der anderen Seite in ein Tal am Fuß der Maricopa Mountains senkte.

»Ich sehe keinen Schlagbaum«, stellte Blaine fest. »Und auch keine Wachen, mit denen wir uns befassen müßten.«

»Elektronische Überwachung«, vermutete Wareagle. »Kameras auf und neben dem Zaun. Das Tor läßt sich wahrscheinlich von einer Zentrale aus öffnen . . . falls man uns überhaupt durchläßt.«

Als sie sich dem Zaun näherten, warnten weitere Schilder, daß man sich auf einem Schießübungsplatz der Air Force befand; ein beträchtlicher Teil des Gitters war mit ihnen gepflastert.

»Das geht leider nicht«, sagte Blaine laut zu dem größten davon, das allen Fremden befahl: KEHREN SIE SOFORT UM!

Sie erreichten das Tor und warteten. Als es sich nicht sofort öffnete, musterte Blaine es vom Fahrersitz und überlegte, ob er mit dem Jeep einfach durchbrechen konnte. Es wäre wahrscheinlich möglich, war aber kaum eine gute Idee. Wenn sie keinen Zutritt zum O.K.-Corral bekamen, wäre es wohl besser, das Gelände zu Fuß zu umkreisen und den Zaun nachts zu überwinden. Doch dann glitt das Tor auf, und Blaine warf Wareagle einen Blick zu, fuhr hindurch und das letzte Stück der Steigung hinauf. Im Rückspiegel sah er, daß sich das Tor hinter ihnen wieder schloß.

»Jetzt müssen wir immer noch Bachmann finden«, sagte er.

»Die Geister hätten uns erst gar nicht so weit kommen lassen, läge das nicht in ihrer Absicht«, entgegnete Johnny.

»Hoffen wir's.«

Die Frühnachmittagssonne brannte auf sie hinab, und Blaine hatte den Eindruck, seine Haut würde einfach verdorren. Aufgrund der trockenen Wüstenhitze hatte er in seinem Mund den Geschmack von Staub, und er wollte gerade nach einer der Wasserflaschen auf dem Rücksitz greifen, als sie den Gipfel des Hügels erreichten und unter sich das Tal erblickten. Blaine riß die Augen unter der Schutzbrille auf.

»Mein Gott, ist das eine Luftspiegelung, Indianer, oder bin ich verrückt geworden?«

»Es ist in der Tat eine Illusion, Blainey, aber sie ist nicht für uns bestimmt.«

In dem Tal vor ihnen hatte man eine perfekte kleine Stadt aus Holzhäusern errichtet. Bei dem einzigen hohen Gebäude handelte es sich um eine Kirche am Stadtrand, und Blaine konnte kleine Parks und sogar einen Bach ausmachen, um den herum man die Ruhestandsgemeinde errichtet hatte.

»Hier ist es nicht unbequemer als an der Küste Floridas«, sagte Blaine, während er den Jeep hügelabwärts lenkte.

Als sie näherkamen, konnten sie sehen, daß praktisch alle Häuser einstöckig waren und sowohl über Rollstuhlrampen wie auch über Treppen verfügten. Der ganze Ort war mit Rücksicht auf die Bewohner des O.K.-Corral angelegt worden, von denen die meisten alt oder behindert waren.

Er nahm kurz den Fuß vom Gas, als sie an einem Schild am Straßenrand – von hier aus war die Straße wieder gepflastert – vorbeifuhren, das weit weniger professionell als die vorherigen gefertigt war und auch ganz anders klang:

WILLKOMMEN
IM O.K.-CORRAL!

»Mal sehen, ob sie das Angebot ernst meinen, Indianer.«

»Warum nicht?« Wareagle zuckte die Achseln.

McCracken setzte den Weg in die Stadt fort. Sie behielten die Brillen auf und waren bereit, den Jeep bei der ersten sich bietenden Gelegenheit zu verlassen. Wohin sie auch sahen, die Zeit schien hier stehengeblieben zu sein. Der Ort mutete an wie eine alte Westernstadt. Jeder kleine Laden wies sein handgeschnitztes Schild über der Schwelle auf, was die Illusion noch vertiefte. Es gab einen Eissalon und sogar ein kleines Kino, dessen Plakatae auf das kommende Programm hinwiesen; große Buchstaben auf einer Tafel priesen den derzeit laufenden Film an. Sie fuhren mit dem Jeep um einen kleinen Park, in dessen Mitte ein Teich lag, um den herum Tische und Stühle aufgebaut waren. Zahlreiche dieser Tische waren von Menschen besetzt, die vor sich hindösten, den Teich beobachteten oder ein Buch oder eine Zeitung lasen.

»Ob sie wohl auch eine eigene Druckerei haben?« fragte sich Blaine.

»Warum nicht?« erwiderte Johnny Wareagle. »Sie haben sich hier ihre eigene Wirklichkeit geschaffen. Die Zeit scheint stillzustehen, nichts verändert sich. So haben die Bewohner keine Möglichkeit, das Voranschreiten der Zeit zu bemerken. Sie verlieren die Verbindung mit dem, was sie waren, bevor sie hierher kamen, mit ihrem Ich.«

»Sie leben fügsam und still vor sich hin. Verhaltenskontrolle auf einer ganz neuen Ebene. Gott im Himmel, Indianer, wenn man an all die Geheimnisse in den Köpfen der Menschen denkt, die hier leben . . .« Blaine fuhr langsam weiter und nahm die Umgebung in sich auf. »Ob die Stadtbibliothek wohl auf dem neuesten Stand ist?« fragte er, als sie daran vorbeikamen.

»Uns müßte mehr interessieren, Blainey, ob das Büro des Sheriffs dort drüben über Zellen verfügt oder nicht.«

»Oh.«

Blaine bog hinter dem Büro des Sheriffs nach links ab und hielt vor einer Bäckerei, aus der der Geruch nach frisch gebackenem Brot und anderen Backwaren drang.

»Nicht unbequemer als an der Küste Floridas, was, Indianer?« wiederholte Blaine.

»Eine Lüge, Blainey, die die Realität der Vergangenheit verschleiern soll, damit diese Realität in der Welt vergraben wird, in der sie begangen wurde.«

»Mit anderen Worten, ein Friedhof für Geheimnisse.«

»Und eine Ruhestätte für die Seelen von Menschen, die noch nicht bereit sind, sich zu den Geistern zu gesellen.«

Sie stiegen aus dem Jeep und sahen sich nach einem Unterschlupf um. Plötzlich stürmte ein alter Mann mit strubbligem grauem Haar aus der Tür der Bäckerei, winkte aufgeregt mit den Armen und schrie sie an: »Wie sollen meine Kunden denn hereinkommen können, wenn Ihr verdammter Wagen vor der Tür steht?«

»Was?«

Der Mann wischte sich die Hände an seiner schmutzigen Schürze ab. Er kam Blaine irgendwie bekannt vor.

»Gleich fängt die Hauptgeschäftszeit an! Schaffen Sie Ihren Wagen aus dem Weg. Verziehen Sie sich! Aber sofort! Den verdammten Ordnungshütern waren die Bedürfnisse der anderen Leute schon immer egal. Sie nehmen immer nur, nehmen nur. Großer Gott . . .«

Der alte Mann verschwand kopfschüttelnd wieder in der Bäckerei.

»Wir fahren den Jeep lieber fort, Blainey.«

Doch Blaine war mit den Gedanken woanders. »Ich kenne diesen Mann«, murmelte er. »Ich weiß genau, daß ich ihn schon einmal gesehen habe . . . Scheiße, sein Name ist Kirkland. Er war Allen Bulles' Einsatzleiter des alten CIA unter Kennedy und Johnson. Was zum Teufel ist das für ein Ort?«

»Genau der, den wir erwartet haben.«

Sie hatten mittlerweile den Jeep erreicht und setzten ihn rückwärts in eine Parklücke vor der Buchhandlung, die heute geschlossen hatte.

»Sie müssen den alten Leuten Jobs gegeben haben«, vermutete McCracken.

»Und ihrem Leben damit einen Sinn. Sie sollen die Aufgaben vergessen, die sie vor ihrer Ankunft gehabt haben. Man hat ihnen eine ganz neue Existenz gegeben.«

»Drogen?«

»Eine Zeitlang bestimmt. Aber das Dasein dieser alten Menschen ist sinnlos geworden. Da sie nichts mehr haben, zu dem sie zurückkehren können, heißen sie ihr neues Leben wohl willkommen.«

»Und wir, Indianer?«

»Ich glaube nicht, daß man für uns schon Betten vorbereitet hat.«

»Aber denk mal darüber nach. In gewisser Hinsicht hat unser Dasein auch seinen Sinn verloren. Doch anstatt uns zu einem Ort wie diesem zurückzuziehen und Dame und Bridge zu spielen, haben wir unseren Lebenszweck nach unseren Bedingungen neu definiert. Wenn man es so sieht, unterscheiden wir uns gar nicht so sehr von diesen Leuten.«

Sie waren nur ein paar Schritte weitergegangen, als hinter ihnen eine laute Stimme erklang. »Wird auch Zeit, daß ihr zurückkommt, Jungs. Der Doc war schon ziemlich sauer, das kann ich euch sagen.«

McCracken, der dem Sprecher näher stand, drehte sich langsam um und erblickte einen tabakkauenden Mann mit eiskalten Augen, der wie ein Pistolenheld aus dem Wilden Westen gekleidet war, wenngleich auch ohne den Sechsschüsser. Blaine zuckte die Achseln und ging gleichmütig auf ihn zu. Der Blick des Mannes fiel auf Wareagle.

»He, Augenblick mal, ihr seid nicht . . .«

Er wollte nach seinem Walkie-talkie greifen, doch Blaine hatte ihn erreicht und hielt ihn fest. Der Mann sah ihn an und spuckte Tabak auf die Straße.

»Wer zum Teufel seid ihr?« fragte er.

»Ike Clanton, und das da ist mein kleiner Bruder Billy. Und wenn Sie nicht Wyatt Earp sind, stecken Sie verdammt tief in der Klemme.«

Der Mann spuckte erneut aus. »Soll das ein Witz sein?«

»Oh, ja. Der Witz heißt O.K.-Corral, und die Pointe läuft darauf hinaus, daß ein paar bescheuerte Cowboys eine Herde von alten Männern zusammengetrieben haben.«

Blaine schob seinen Gefangenen die Straße entlang, und Wareagle trat auf die andere Seite des Mannes.

»Das ist eine Einrichtung der amerikanischen Regierung, Mister. Ich weiß nicht, wer oder was Sie sind, aber Sie stecken viel tiefer in der Scheiße als ich, und es wird von Sekunde zu Sekunde schlimmer für Sie.«

Sie hatten die Buchhandlung erreicht. Ein kurzer Stoß von Wareagles Schulter, und die abgeschlossene Tür schwang auf. Blaine drängte den Pistolenhelden hinein und übergab ihn dann der Obhut des großen Indianers. Wareagle legte ihm mit einem Griff, der ihm praktisch die Luft abschnürte, den Arm um den Hals.

»Ich habe einen schlechten Tag gehabt«, sagte Blaine zu dem Mann, der sich auf Zehenspitzen erhoben hatte, um den Druck zu lindern, der auf seine Kehle ausgeübt wurde. »Eigentlich war sogar die ganze Woche ziemlich beschissen, und mir ist es scheißegal, ob der Indianer Ihnen den Hals bricht oder nicht.

Was er natürlich nur tun wird, wenn Sie uns nicht sagen, was wir wissen wollen.«

Der Mann mit dem eisigen Blick rang nach Atem, und brauner Tabaksaft tropfte auf sein weißes Cowboyhemd.

»Damit kommen Sie nie durch.«

»Ein interessantes Klischee. Leider trifft es nicht zu. Wir suchen nach einem gewissen Hans Bachmann. War früher mal ein deutscher Wissenschaftler, bis er sich dann in dieser Klapsmühle niederließ.«

Wareagle ließ den Mann etwas zu Atem kommen. »Keine Namen, jedenfalls keine echten. Die echten Namen verrät man uns nie.«

»Unser Mann sitzt in einem Rollstuhl«, erklärte Blaine und rief sich Bart Joyces Beschreibung des Mannes in Erinnerung zurück, der das Einladen der Kanister an Bord der *Indianapolis* überwacht hatte.

»Hier haben wir jede Menge Leute im Rollstuhl, Mister.«

»Unser Mann ist schon in einem gekommen. Und er spricht mit deutlichem deutschen Akzent. Kennen Sie ihn?«

»Nein.«

»Sie lügen. Ich kann es an Ihren Augen sehen. Schauen Sie, mein Freund, es ist ein neuer Sheriff in der Stadt, und er wird Ihnen das Genick brechen. Ihre letzte Chance. Kennen Sie ihn?«

Wareagle verstärkte den Druck und hob den Mann vom Boden hoch.

»Ja! Ja!«

Johnny lockerte den Griff wieder und ließ den Mann ein Stück hinab.

»Er wohnt in Nummer Neunundvierzig«, sagte der Deputy. »Aber er kommt so gut wie nie raus. Bleibt ganz für sich allein.«

»Sehr schön.«

»Ganz und gar nicht. Sie verschwenden Ihre Zeit, wenn Sie hoffen, von ihm etwas zu erfahren. Der Mann hat völlig den Verstand verloren. Die meiste Zeit über weiß er nicht mal, wer er ist.«

»Dann werden wir seinem Gedächtnis wohl auf die Sprünge helfen müssen«, sagte McCracken.

Er nickte Wareagle zu, und der Indianer vergrößerte den Druck, bis der Deputy das Bewußtsein verlor.

»Müssen wir ihn fesseln, Indianer?«

»Nur, wenn wir vorhaben, nach Mondaufgang noch hier zu sein, Blainey.«

Das Haus mit der Nummer neunundvierzig befand sich im nördlichen Teil des O.K.-Corral, ein ganzes Stück entfernt von den Geschäften und den Parks, in denen den ganzen Tag über alte Menschen im Schatten der Bäume saßen. Es sah – genau wie die anderen in seiner Nähe – aus wie ein Blockhaus, womit der Eindruck einer alten Westernstadt aufrechterhalten wurde. McCracken hatte festgestellt, daß sich die meisten Bewohner des Ortes für sich hielten, wenngleich es dafür keine Bestimmungen zu geben schien. Auf ihrem Weg durch die Stadt sahen er und Wareagle kaum Menschen, die sich zu Gruppen zusammenfanden. Es hatte den Anschein, als wollten die Bewohner sich für den Rest des Lebens starrköpfig an die Geheimnisse klammern, die sie hierhergebracht hatten. Vielleicht bestand in dem Festhalten an diesen Geheimnissen, koste es auch, was es wolle, die einzige Möglichkeit, die Vergangenheit, die wie Staub vom Wind ihrer Erinnerungen verweht wurde, einigermaßen im Griff zu halten. Es gab kaum ein Geräusch in der Ortschaft, einmal abgesehen von einem gelegentlichen Jeep auf Streifenfahrt oder den Kirchturmglokken, die jede Viertelstunde schlugen.

Blaine vergewisserte sich, daß niemand in der Nähe war, bevor er und Wareagle sich der Tür mit den Ziffern 49 darauf näherten. Sie hatten nicht die geringste Vorstellung, was sie dahinter erwartete, und konnten nur hoffen, daß Hans Bachmann noch so weit bei Sinnen war, daß er ihnen das letzte Stück des Rätsels liefern konnte, das 1945 mit dem Beladen der *Indianapolis* begonnen hatte. Wareagle blieb im Schatten, während McCracken zur Tür ging und klopfte. Als alles still blieb, klopfte er noch einmal, lauter.

Schließlich hörte er das Knirschen von Rädern auf Holz, dann eine Hand, die am Türknopf drehte. Die Tür öffnete sich ein Stück und enthüllte eine hagere Gestalt in einem Rollstuhl, die sich eine Decke über die Beine gelegt hatte.

»Haben Sie die Handtücher?« fragte Hans Bachmann.

»Ja«, erwiderte Blaine wie aus der Pistole geschossen.

»Gut. Ich habe keine mehr. Ich habe gestern angerufen. Sie sind nicht gekommen.« Verwirrung legte sich auf sein Gesicht. »Es war doch gestern, oder . . .«

Der alte Wissenschaftler sprach noch immer mit deutlichem deutschen Akzent. Die wenigen Haare, die er noch hatte, standen ungekämmt vom Kopf ab. Blaine hörte, wie er auf Deutsch etwas murmelte, während er zurückfuhr, damit McCracken – und direkt hinter ihm Wareagle – eintreten konnten.

»Wohin wollen Sie sie haben?« fragte Blaine. »Die Handtücher, meine ich.«

»In die Küche . . . nein ins Badezimmer . . . nein, in die Küche.«

Blaine drehte sich zu Johnny um. »Bring Dr. Bachmanns Handtücher in die Küche.«

In den Augen des alten Mannes flackerte Leben auf. »Mein Name. Sie haben meinen Namen genannt.«

»Natürlich, Dr. Bachmann.«

»Ich höre ihn nicht mehr oft. Ich höre ihn überhaupt nicht mehr. Vielleicht läßt mein Gehör nach. Aber ich höre ihn gern.« Sein Blick wurde fragend. »Kenne ich Sie?«

»Nein«, erwiderte McCracken einfach. »Ich bin neu hier.«

»Gut. Die anderen mag ich nicht. Sie sprechen nicht mit mir. Sie reden mich nicht mit meinem Namen an.« Seine Augen strahlten voller Hoffnung. »Werden Sie mit mir sprechen?«

»Sehr gern«, erwiderte Blaine.

23

Das Gesicht des alten Mannes nahm plötzlich einen gequälten Ausdruck an.

»Wie spät ist es?«

»Kurz vor zwei.«

»Was für ein Tag?«

»Donnerstag.«

»Welches Jahr?«

»Neunzehnhundert . . . undneunzig.«

»Haben Sie *neunzig* gesagt? Das kann doch nicht sein. Auf keinen Fall. Sagen Sie mir die Wahrheit. Belügen Sie mich nicht wie die anderen.«

McCracken warf Wareagle einen Blick zu, der sich neben dem Fenster aufgebaut hatte und darauf achtete, ob sich jemand dem Haus näherte.

»Was, wenn wir 1945 hätten?« fragte Blaine den alten Mann.

Bachmanns Stirn glättete sich etwas. »Dann hätte ich noch meine Arbeit.«

»Was für eine Arbeit, Herr Doktor?«

»Sie wissen ja, daß ich mein Land verraten habe. Ich hätte ihm meine Entdeckung geben können. Dann hätten wir den Krieg gewonnen. Aber . . . aber . . . Warten Sie, ich kenne Sie! Sie sind von der Gestapo! Sie wollen mich abführen! Ich gehe nicht mit! Hören Sie, ich gehe nicht mit!«

Bachmanns letzte Worte wandelten sich in einen schrillen Schrei, und Blaine mußte den Rollstuhl festhalten, damit der alte Mann nicht davonfuhr.

»Ich bin nicht bei der Gestapo«, sagte McCracken ganz ruhig. »Achten Sie auf meine Stimme. Ich bin Amerikaner. Die Amerikaner haben Sie vor der Gestapo gerettet. Wir haben Sie in die Vereinigten Staaten geholt und Ihnen ein neues Leben gegeben.«

Wieder legte sich ein fragender Ausdruck auf Bachmanns Gesicht. »Was für ein Jahr schreiben wir noch gleich?«

»Neunzehnhundert . . . undneunzig.«

Er schüttelte den Kopf. »Was ist nur mit all den Jahren

passiert? Wo sind sie geblieben? In meinem Verstand ist eine Lücke, und sie rutschen einfach hindurch. Was kann ich nur tun, um diese Lücke zu stopfen?« fragte er bittend. »Sagen Sie mir, was ich tun kann!«

»Sie können sich erinnern.«

»Aber wo soll ich anfangen?«

»1945, als die Amerikaner Ihnen ein neues Leben gaben.«

»Kein neues Leben. Nein, nur eine Verlängerung des alten. Es war meine eigene Schuld. Ich hatte Angst. Ich wollte, daß sie mich akzeptierten. Also verriet ich ihnen das Geheimnis, das ich vor den Nazis verborgen hatte.«

»Was haben Sie ihnen verraten?«

»Alles über meine Experimente. Hitlers Leute haben niemals begriffen, worauf ich gestoßen war. Und selbst wenn, sie hätten es nicht verstanden. Meine Entdeckung war meiner Zeit um Jahre voraus, um Generationen! Sie war brillant. Brillant, sage ich Ihnen! Aber ich habe sie ihnen nicht gegeben.«

»Sie haben sie den Amerikanern gegeben.«

»Weil ich wollte, daß es keine weiteren Kriege mehr gab, daß keine Unschuldigen mehr sterben mußten. Die Amerikaner konnten die Waffe mit Bedacht und Klugheit einsetzen. Ja, ich habe sie ihnen gegeben. Ich hatte meine Forschungsarbeiten abgeschlossen. Es war nur noch eine Frage der Produktion . . . nur noch ein paar zusätzliche Tests waren erforderlich.«

Blaine stellte seine nächste Frage ganz ruhig. »Was genau wurde produziert?«

»Wann?«

»1945, Dr. Bachmann. Von den Amerikanern.«

Die Gesichtszüge des alten Mannes verzerrten sich wieder. »Wieso kennen Sie meinen Namen? Ich kenne Sie nicht. Ich bin ganz sicher, ich kenne Sie nicht.«

»Ich will Ihnen helfen.«

»Haben Sie mir die Handtücher gebracht?«

»Sie sind schon in der Küche.«

»Weshalb sind Sie dann noch hier?«

»Um Ihnen zuzuhören. Sie möchten sich doch gern unterhalten, nicht wahr, Herr Doktor? Sie möchten gern von Ihrer Vergangenheit sprechen.«

Bachmanns Ausdruck wurde verträumt. »Ja, ich glaube schon.«

»Was für eine Waffe haben Sie den Amerikanern gegeben, Doktor Bachmann?«

Der Blick des alten Mannes konzentrierte sich plötzlich wieder. »Wissen Sie, zuerst haben sie mir nicht geglaubt. Sie hielten mich verrückt, als ich darauf beharrte, daß es so etwas geben könne. Aber ich wußte, daß es so etwas gab, weil ich es geschaffen hatte.«

»In Deutschland. In den letzten Kriegsmonaten.«

»Ja! Ja! Hitler war von Anfang besorgt, wie die USA sich verhalten würden. Er hoffte, daß sie erst dann in den Krieg eintraten, wenn das Team, zu dem ich gehörte, eine Waffe geschaffen hatte, die die USA vernichten konnte. Hitler wollte die ganze Nation plötzlich und mit einem Schlag auslöschen.«

»Und Ihre Forschungen galten der Genetik.«

Bachmann sah ihn aus dem Rollstuhl herablassend an. »Natürlich. Bevor jemand diesen Begriff überhaupt kannte, teilten wir schon Zellen und arbeiteten mit der DNS.«

»Sie haben etwas entdeckt.«

»Ja, aber rein zufällig, ob Sie es nun glauben oder nicht. Ein reiner Zufall, der sich bei all unserem Herumprobieren ergab. Wir arbeiteten mit Viren, um den idealen Stoff für eine bakterielle Kriegsführung zu entwickeln. Wir wollten die DNS des Virus verändern, damit es sich anders verhielt. Doch die manipulierte DNS produzierte ein Enzym, das erschreckende Eigenschaften hatte, die in ihrer Konsequenz einfach fürchterlich waren.«

»Ein Enzym?« fragte Blaine, bemüht, sich seinen Mangel an Kenntnissen nicht anmerken zu lassen.

»Ein Enzym ist ein biologischer Katalysator für eine Reaktion. Wir arbeiteten auf der Zellebene. Das gesamte menschliche Leben beruht darauf, daß die Zellen sich teilen, reproduzieren, spalten. Aber wie? Wie?«

»Ich . . .«

»Glukose!« rief Bachmann, wieder ganz der Wissenschaftler. »Der Zuckerstoffwechsel ist die Grundlage des Lebens auf der Zellebene und daher des Lebens überhaupt. Zellen nehmen auf der Stoffwechselebene Glukose auf und erzeugen damit Energie für die grundlegenden Lebensfunktionen. Diesen Prozeß nennt man Phosphorylierung. Jetzt stellen Sie sich mal vor, man überträgt unser Enzym mit Hilfe des Virus auf ein Körpersystem. Dort dringt es in die DNS der Stammzellen ein, von denen alle anderen Zellen abstammen, und verändert sie. Das Enzym sorgt nun dafür, daß der Zucker effektiver aufgenommen wird, und verändert die DNS bis zu dem Punkt, da sie die Glukose auf die herkömmliche Art überhaupt nicht mehr verwenden kann. Die Zellen werden augenblicklich von dieser neuen Verwertungsmethode abhängig und können ohne sie nicht mehr arbeiten. Und all das wegen unseres Enzyms. Wegen *meines* Enzyms!«

McCracken fühlte, wie sich eine unheimliche Kälte in ihm ausbreitete. Trotz seiner begrenzten wissenschaftlichen Kenntnisse wurde ihm die Bedeutung dessen klar, was er da hörte. »Sie wollen also sagen, wer auch immer mit Ihrem Virus in Berührung gekommen ist, wird von ihm abhängig, kann nicht überleben, wenn er ihm nicht weiterhin ausgesetzt ist.«

»Genau! Ein Kontakt genügt, um eine vollständige Abhängigkeit zu erzeugen. Der Prozeß ist danach nicht mehr umkehrbar. Wenn der betreffende Organismus danach nicht auch weiterhin dem Virus ausgesetzt wird, das mein Enzym enthält, ist er zum Untergang verurteilt. Alle Körperfunktionen erlöschen, weil ohne die Stammzellen keine Phosphorylierung mehr stattfinden kann.«

»Die ultimate Form der biologischen Kriegsführung«, murmelte Blaine. Er sah Wareagle an. Langsam dämmerte ihm, was die Kanister enthalten hatten, die unter den Augen von Bart Joyce an Bord der *Indianapolis* geladen worden waren. »Das Virus dringt in den Körper ein, und der Organismus stirbt, wenn er nicht regelmäßig mit dem Enzym versorgt wird, das es enthält.«

»Eine Krankheit, die den Geist wie auch den Körper bricht, Blainey. Schlimmer als der Tod. Und gleichzeitig die ultimate Form der Kontrolle.«

»Jetzt verstehen Sie, warum Hitler das Virus nicht bekommen durfte«, unterbrach Bachmann. »Stellen Sie sich vor, er hätte die Truppen der Vereinigten Staaten vernichtet und gleichzeitig die Industrien und unermeßlichen Rohstoffe des Landes in die Hand bekommen! Es wäre auf die nackte Sklaverei hinausgelaufen.«

»Aber wie wollten Sie das Virus aufbewahren? Wie wollten Sie verhindern, daß es sich über die feindlichen Grenzen hinaus ausbreitet?«

»Wir haben zahlreiche Möglichkeiten erörtert. Es kam nicht in Frage, es einfach in der Luft freizusetzen . . . wir hätten keine Kontrolle mehr über ihn gehabt. Es war auch zu gefährlich, ein bestimmtes Lebensmittel zu infizieren oder ein Virus zu suchen, das nur eine bestimmte Volksgruppe angreift. Wir kamen überein, das Trinkwasser zu infizieren. Das Virus, das das Enzym enthielt, würde nur zwei oder drei Tage im Wasser überleben . . . Wir konnten es darauf programmieren, nur so und so viele Generationen zu überstehen. Bis dahin würden die Zellen der Opfer auf der DNS-Ebene abhängig sein, und wollten sie nicht den sicheren Tod erleiden, mußten sie das Enzym weiterhin aufnehmen. Die Wirkung zeigt sich erst nach ein paar Tagen. Meine Schätzung lief darauf hinaus, daß fünfhundert deutsche Agenten genügten, um die Aufgabe zu vollbringen. Deutschland oder eine andere angreifende Nation konnte danach ein Ultimatum stellen: Unterwerfung oder Tod.«

»Hast du gehört, Indianer?« sagte McCracken. »Und dieses Virus besitzt nun Rasin. Er wird es in der arabischen Welt freisetzen.«

»Einem Menschen den Tod zu verweigern, ist schlimmer als der Tod selbst, Blainey.«

»Das sieht Rasin ganz ähnlich.« Blaine fröstelte plötzlich. »Aber wir hatten dieses Enzym in unserem Besitz und haben es nicht benutzt. Und dann haben wir die *Indianapolis* versenkt, um die Kanister, die es enthielten, auf ewig zu begraben. Warum, Doktor Bachmann, warum?«

Der alte Mann schaute plötzlich verwirrt drein. »Ich weiß nicht, was Sie meinen.«

»Erinnern Sie sich. Sie müssen sich erinnern!«

»Erinnern . . . woran erinnern?«

»Wir haben wieder 1945. Sie überwachen, wie Dutzende von Kanistern, die mit dem griechischen Buchstaben Gamma gekennzeichnet sind, an Bord der *Indianapolis* gebracht werden.«

»Ja, Kanister, die das Virus enthalten. Es soll gegen Japan eingesetzt werden, um den Krieg zu beenden.« Bachmanns Blick wurde wieder klar, sein Verstand arbeitete wieder. »Sie haben es die Gamma-Option genannt.«

Blaine fröstelte noch stärker. »Aber es waren auch Atombomben an Bord der *Indianapolis!*«

»Die stellten die Beta-Option dar, auf die zurückgegriffen werden sollte, falls etwas mit Gamma schiefging. Die Alpha-Option bestand darin, Japan mit konventionellen Mitteln zu bezwingen. Wir arbeiteten unter Zeitdruck. Die letzten Tests mit Gamma waren noch nicht abgeschlossen, als die *Indianapolis* San Francisco verließ. Es war die perfekte Waffe, die ultimate Waffe.«

»Sieg ohne Blut, Blainey«, versetzte Wareagle. »Aber kaum ohne Schmerz. Eine andauernde Qual, die über Generationen anhalten würde . . . wenn nicht für immer.«

»Aber wir haben die Waffe nicht eingesetzt«, wiederholte Blaine. »Warum haben wir nicht auf die Gamma-Option zurückgegriffen, Doktor? Was haben die letzten Tests enthüllt? Wieso haben sie es sich anders überlegt?«

Bachmann schaute perplex drein. »Sie haben es sich anders überlegt?«

»Sie müssen sich daran erinnern!«

Das schien nicht der Fall zu sein. »Ich erinnere mich . . . ich mußte meine Arbeit unterbrechen. Meine Papiere, meine Viren, meine Ausrüstung . . . alles wurde konfisziert. Sie haben mich zu einem Gefangenen gemacht. Meinem Assistenten wäre es genauso ergangen, hätte er nicht fliehen können.«

»Sie hatten einen Assistenten?«

Der alte Mann nickte. »Sein Name war Eisenstadt, Martin Eisenstadt.«

»Haben Sie seitdem von ihm gehört, ihn gesehen?«

»All die Jahre nicht. Wie viele sind es jetzt? Was für ein Jahr schreiben wir?«

»Neunzehnhundert . . . undneunzig. Sehen Sie mich an. Was ist in jenen letzten Tagen passiert, nachdem die *Indianapolis* aus San Francisco auslief?«

»Nichts . . .«

»Die letzten Stunden, bevor das Schiff Tinian erreichte. Was haben Sie entdeckt?«

»Nichts!«

»Die Amerikaner haben nicht auf die Gamma-Option zurückgegriffen und dann die *Indianapolis* versenkt, um sicherzustellen, daß die Waffe spurlos verschwindet. Warum, Doktor, warum? Was war so wichtig, daß man dafür tausend Menschen auf See opfern mußte?«

Bachmann lächelte versonnen. »Ich bin entkommen. Soll ich Ihnen sagen, wie? Möchten Sie gern hören, wie ich den Nazis entkommen bin, obwohl ich rund um die Uhr bewacht wurde?«

»Sicher, aber zuerst möchte ich etwas über die letzten Stunden der *Indianapolis* hören, als sie nach Tinian unterwegs war. Ich möchte von den letzten Versuchen hören, die Sie mit Ihrem Enzym gemacht haben.«

»Ja.« Bachmann strahlte. »Ich habe mein gesamtes Lebenswerk mitgebracht. Ich helfe Ihnen, es zu verwirklichen. Wir müssen dafür sorgen, daß es nie wieder ein zweites Nazideutschland geben wird. Ich kann das gewährleisten. Meine Entdeckung kann das gewährleisten. Warum? Sie fragen mich nach dem Grund? Ich will es Ihnen erklären. Hören Sie zu, und Sie werden verstehen. Hören Sie zu . . .«

Bachmann plapperte weiter, doch Blaine unterbrach ihn. Der alte Mann war eindeutig erschöpft. McCracken hatte zu viel von ihm gefordert, und nun bezahlte er dafür. Gut vorstellbar, daß die letzten Geheimnisse der Gamma-Option auf ewig verloren waren, versunken mit der *Indianapolis.* Rasin war es zwar gelungen, die Kanister mit Bachmanns tödlichem Virus zu bergen, doch diese Geheimnisse hatte er auch nicht gelöst. Vielleicht gab es gar keine. Vielleicht konnte sich Bachmann nicht an mehr erinnern, weil es nicht mehr gab. Truman hatte es sich einfach anders überlegt, nachdem er genau abgewogen hatte, was Gamma für die Zukunft der Welt bedeuten würde.

Das ergab ebenfalls Sinn – wenn auch auf sehr unheimliche Art und Weise.

»He, Jungs«, sagte plötzlich eine andere Stimme. »Ich glaube, ihr habt den alten Mann für heute genug belästigt.«

Die Stimme war rauh und heiser, wie die eines Mannes, der früher zu viele Zigaretten geraucht hatte. McCracken und Wareagle fuhren gleichzeitig herum, um den Raum abzusuchen, obwohl sie doch schon wußten, daß sie aus einem verborgenen Lautsprecher gedrungen sein mußte.

»Und jetzt solltet ihr wissen . . .« Ein leises Gelächter folgte. »He, klingt meine Stimme komisch. Nun, ist auch egal. Wir haben euch jedenfalls umzingelt, und ich wäre euch dankbar, wenn ihr die Arme heben würdet, aber so, daß ich es über die Kamera auch sehe.«

Blaine tat wie befohlen, während Wareagle in eine Ecke des Zimmers glitt.

»Wäre schön, wenn Ihr ziemlich großer Freund sie auch heben würde, Mister.« McCracken nickte dem Indianer zu. »Ja, schon besser. Und jetzt rührt euch eine Minute nicht vom Fleck . . .«

Aber es dauerte bei weitem nicht so lange, bis die Tür zu Bachmanns Wohnung aufgebrochen wurde und sechs mit Gewehren bewaffnete Männer hereinstürmten. Drei richteten ihre Waffen auf Blaine, die anderen drei auf Johnny. Zwei Minuten verharrten sie so, dann hielt vor dem Haus mit quietschenden Reifen ein Jeep. Schwere Schritte näherten sich dem Haus, und es trat ein Mann ein, der mit einem schwarzen Anzug, einer schwarzen Weste und einer altmodischen Westernschleife bekleidet war. Er hatte einen schweren, schwarzen Schnurrbart und welliges Haar, das zum Teil unter einem schwarzen Cowboyhut mit schmaler Krempe verborgen war. In den Händen hielt er eine doppelläufige, abgesägte Schrotflinte, die so genau zu seiner Erscheinung paßte, daß man den Eindruck haben konnte, er würde nachts auch mit ihr schlafen.

»Guten Tag, Jungs«, grüßte er förmlich. »Mein Name ist Holiday. Doc Holiday.«

»Sagen Sie nichts, lassen Sie mich raten«, erwiderte Blaine

wie aus der Pistole geschossen. »Ihre Freunde hier sind die Gebrüder Earp, Bat Masterson und Wild Bill Hickcock.«

Doc Holiday bedachte ihn mit einem kalten Blick. »Und ihr steckt ganz schön tief in der Scheiße, würde ich sagen.«

»Lassen Sie uns bis zum Sonnenuntergang Zeit, die Stadt zu verlassen?«

»Nee.«

»Dann ein Duell im Morgengrauen?«

»Tut mir leid.«

»Dann also nur wir beide, um zwölf Uhr mittags.« Mit einem Seitenblick auf Wareagle fügte er hinzu: »Don't forsake me, o my darlin'.«

Holiday hielt die abgesägte Schrotflinte etwas höher. »Reden Sie nur weiter, mein Freund, ich hab' einen höllischen Spaß daran. Tut mir leid, daß ich Ihnen den Spaß verderben muß, aber Sie und Ihr Indianerfreund wandern jetzt in mein Gefängnis.«

»Seien Sie vorsichtig, Doc. Die anderen Jungs werden uns bestimmt da rausholen. Am besten, Sie stellen schon mal einen Suchtrupp zusammen. An Ihrer Stelle würde ich diesen Greenhorns hier mein Leben aber nicht anvertrauen.«

Doc Holiday gab einen Schuß aus der Schrotflinte ab, der zehn Zentimeter vor McCracken ein großes Loch in den Boden riß und ihn mit Holzsplittern übersäte. Bachmann blickte ganz erstaunt drein und winkte protestierend.

»Wenn es nach mir ginge, Mister«, fuhr Holiday fort, »würde ich Sie sofort am nächsten Baum aufhängen, aber ich wette, die Regierung der Vereinigten Staaten hat andere Pläne mit Ihnen und dem großen Burschen dort drüben.«

»Einen Augenblick lang«, sagte Blaine, »dachte ich schon, wir hätten ernsthafte Schwierigkeiten.«

»Ich weiß, wer Sie sind«, sagte Holiday zu ihm und senkte die noch rauchende Schrotflinte, als seine Deputies herantraten und Handschellen um Blaines und Johnnys Gelenke legten. »Vietnam, richtig? Projekt Phönix?«

»Wissen Sie, Doc, an diesem Land habe ich besonders geliebt, daß es da keine strengen Einreisevorschriften gab.«

»Ich war im Eye-Corps. Arschlöcher wir ihr haben uns ganz schön einen reingewürgt.«

»Weil sie ihre Befehle befolgten?«

»Eher, weil sie sie recht eigenwillig interpretierten.«

»Ich nehme an, wenn ich mich dafür entschuldige, werden Sie mich und den Indianer trotzdem nicht laufen lassen?«

Doc Holiday nahm den Cowboyhut ab und fuhr sich mit dem Ärmel über die Stirn. McCracken bemerkte, daß sein Haar genauso schwarz war wie sein Schnurrbart.

»Das liegt nicht mehr in meiner Hand, Kumpel. Auf euch wartet direkt um die Ecke der Knast.«

Die einzige Zelle des O.K.-Corral lag im hinteren Teil des altmodisch gehaltenen Sheriffbüros. Sie war allerdings ganz modern eingerichtet: eine Plastiktoilette, ein Waschbecken aus demselben Material und zwei Pritschen an gegenüberliegenden Wänden. Holidays Deputies nahmen den Gefangenen die Handschellen ab; einer bezog vor der Zelle Stellung. Holiday ging kein Risiko ein, baute sich in Sichtweite am Ende des Ganges auf und zwirbelte die Enden seines breiten Schnurrbarts.

»Zeugt aber von keiner guten Kinderstube, hier drinnen einen Hut zu tragen, Doc«, tadelte Blaine.

»Ich wollte schon immer mal einen Spinner wie Sie in meinem Gefängnis haben, McCracken. Habe von England und Frankreich und all Ihren anderen verdammten Unternehmungen gehört, seitdem man Sie wieder auf die Menschheit losgelassen hat. Wegen Leuten wie Ihnen haben Leute wie ich einen schlechten Ruf.«

»Ja, ich weiß, was Sie meinen. Sie kümmern sich hier um einen Haufen alte Leute, lassen sie baden und ihre Bettpfannen ausleeren. Vielleicht veranstalten Sie am Sonntagnachmittag auch mal eine Runde Bingo. Sie sind wirklich ganz oben an der Spitze. Verdammt, tut mir leid, daß Sie wegen mir einen schlechten Ruf haben.«

Holiday trat etwas näher an die Gitterstäbe heran. »Wissen Sie, was ich hoffe? Daß Washington das Telegramm verschlampt, das ich geschickt habe, und ich in den Genuß komme, Sie hier in meiner Zelle verfaulen zu sehen . . .«

Holiday hätte vielleicht noch weitergemacht, doch einer seiner Deputies trat mit einer Nachricht ein. Holiday nahm sie entgegen, und der Deputy übernahm seinen Posten. Blaine setzte sich neben Johnny Wareagle auf eine der Pritschen.

»Ob *unser* Ruhestand auch mal so aussehen wird, Indianer? Unter der Obhut eines verrückten Pappkameraden in einer zum Altenheim umgebauten Klapsmühle?«

»Wir haben unseren Ruhestand schon längst angetreten, Blainey. Schon seit einigen Jahren.«

»Das hat uns aber kaum gebremst.«

»Ganz meine Meinung«, bestätigte Wareagle mit der Andeutung eines Lächelns.

»Wir müssen uns ziemlich bald überlegen, wie wir hier herauskommen, Indianer.«

»Die Geister haben schon mehrere Möglichkeiten offenbart.«

»Die du mir bislang aber verschwiegen hast.«

»Es hat den Anschein, daß wir hierher gehören. Eine Zeitlang zumindest.«

In diesem Augenblick kehrte Holiday zurück. Er wirkte aufgebracht, und sein Gesicht hatte sich leicht gerötet. »Man scheint meinen Wunsch nicht erfüllen zu wollen, McCrackensack. Es kommt jemand aus Washington, um Sie abzuholen.«

»Ich wußte ja, daß unsere gesegnete Regierung dieses Unrecht korrigieren wird.«

»Nicht unsere Regierung, Kumpel. Ihr Chauffeur stammt aus Israel.«

Sechs Stunden später – die Nacht hatte sich bereits über den Himmel von Arizona gesenkt – führte Doc Holiday einen kleingewachsenen, aber kräftig gebauten Mann durch den Gang zu der Zelle. Die Gesichtszüge des Mannes waren scharfgeschnitten und eckig, sein Haar war gewellt und braun, und seine Augen von einem seltsamen, kristallklaren Blau.

»War das wirklich nötig?« fragte der Mann Holiday.

»Das ist meine Stadt, Kumpel.«

»Aber es sind jetzt meine Gefangenen, nicht wahr? Ihr Mann dort kann gehen.«

Holiday gab den Befehl, rührte sich jedoch nicht vom Fleck, bis der kleingewachsene Mann mit dem Daumen auf das Büro zeigte. »Wären Sie so freundlich?«

»Ich bleibe hier.«

»Das war keine Bitte. Geben Sie mir einfach den Schlüssel.«

Holiday war stinksauer. »Kumpel, wenn Sie allein zu den beiden in die Zelle gehen und ich Schreie hören sollte, erwarten Sie nicht, daß ich angelaufen komme.«

»Wenn sie mich umbringen wollten, käme ich nicht mehr zum Schreien.«

»Sie wissen, wer ich bin«, sagte der Israeli zu McCracken, nachdem Holiday gegangen war. »Ich sehe es in Ihren Augen.«

»Nur ein Israeli, den ich kenne, würde allein hierher kommen. Sie sind Isser, der Leiter des Mossad.«

Der kleinere Mann nickte. »Ihre Regierung war so freundlich, Sie meiner Obhut zu unterstellen. Wir suchen schon seit Tagen nach Ihnen.«

»Die Leute in meinem Haus . . . die haben Sie also geschickt?«

Isser nickte erneut. »Ja. Ich vermute, sie haben nur dafür gesorgt, daß Sie endgültig untertauchten. Es war wohl eine überaus törichte Aktion, aber meine Männer waren verzweifelt . . . genau wie ich.«

»Sie kennen noch nicht die ganze Geschichte.«

Issers Ausdruck entspannte sich etwas. »Genau deshalb habe ich alles Menschenmögliche versucht, Sie zu finden, nachdem man Sie auf dem Marktplatz von Jaffa identifiziert hat.«

»Sie wollen wissen, wieso ich für die Araber arbeite.«

»Mit ihnen zusammen, nicht für sie. Soviel ist schon offensichtlich.«

»Es steckt wesentlich mehr dahinter, Isser. Die Zeit wird knapp, und ich wüßte keinen, dem ich die Geschichte lieber erzählen würde.« Blaine dachte kurz nach. »Leider muß ich noch etwas hinter mich bringen, bevor wir uns unterhalten können.«

»Und das wäre?«

»Ich muß sterben.«

Der bärtige Mann beobachtete sie vom Stuhl aus, den Kopf fest gegen die Lehne gedrückt, so daß er den Blick nicht vom Bett wenden konnte.

»Bitte«, murmelte Tilly und wand sich, um direkt unter Lace zu kommen.

Ihre Lippen trafen sich wieder, als Laces Hand Tillys Bauch hinabglitt. Tilly stöhnte auf. Lace arbeitete jetzt hektisch mit der Hand, ließ die Finger vor und zurück gleiten.

Der Bärtige beobachtete alles stumm und regungslos; er war schon seit einigen Stunden tot. Der Fehlschlag in Boston hatte die Frauen aus der Fassung gebracht; sie scheiterten selten einmal und hatten noch nie ein Debakel von der Größenordnung wie am Mittwoch erlebt. Das Morden, die letztendliche Vermischung von Leben und Tod, bereitete Tilly und Lace höchste Lust. Sie sahen nichts Metaphysisches darin; es war lediglich ein Mittel zum Zweck, ihr Vergnügen über die kurzzeitige Leidenschaft hinaus zu verlängern.

Aber es hatte kein Vergnügen gegeben, nachdem Blaine McCracken ihnen in Boston zuerst entkommen war und dann den Spieß umgedreht hatte. Die Leidenschaft verflog, und die beiden Frauen fühlten sich völlig leer. Die Tatsache, daß er der bei weitem gefährlichste Widersacher war, mit dem sie es je zu tun bekommen hatten, hatte ihre Erwartungen nur erhöht. Die Leidenschaft, die sie nach seinem Tod empfinden würden, mußte sie zu einer noch nie wahrgenommenen Ekstase führen. Doch die Aussicht auf diesen Genuß ließ die Enttäuschung nur noch größer werden. Blaine McCracken würde unter ihren Händen sterben. Bald. Sehr bald. Doch bis dahin, bis dahin . . .

Sie hatten drei Bars aufsuchen müssen, bis sie einen bärtigen Mann fanden, der McCracken so ähnlich sah, daß er als Ersatz dienen konnte. Es war nicht schwierig gewesen, ihn auf ihr

Hotelzimmer zu locken. Er war kaum durch die Tür getreten, als Lace ihn an den Schultern ergriffen, den Kopf gesenkt und ihren Mund auf den seinen gedrückt hatte.

Tilly war hinter ihn geschlüpft.

Lace war leidenschaftlicher geworden, drückte ihre Zunge gegen die seine und fühlte, wie der McCracken-Bart an ihren Wangen kratzte.

Tilly zog eine Schnur hervor und hob sie zu seinem Kopf.

Lace zog das Gesicht zurück, und in perfektem Einklang mit ihrer Bewegung legte die kleinere Frau dem Mann die Schnur über den Kopf. Sie zog sie um seinen Hals zusammen, zerrte kräftig daran und trat ihm gleichzeitig in die Kniekehlen, damit sein eigenes Gewicht ihn erdrosselte. Der Bärtige schlug wild mit den Händen um sich, griff nach ihr – nach irgend etwas –, und sein ersterbender Blick war auf Lace gerichtet.

Lace stand lächelnd da und ließ Tilly das Töten auskosten.

Schließlich wehrte er sich nicht mehr. Seine Arme zuckten noch einmal und fielen dann schlaff hinab. Ein heiseres Röcheln zwängte sich seine Kehle hinauf und an der heraushängenden Zunge vorbei, und es war schneller zu Ende, als es den beiden Frauen lieb war.

Sie setzten ihn auf den Stuhl vor dem Bett, und im Halbdunkel des Zimmers hätte er fast als McCracken durchgehen können. Leidenschaft. Vergnügen. Doch sie wußten, daß beides nur flüchtig war. Mit der Rückkehr des Lichts würde ihre Phantasievorstellung ersterben. Die beiden Frauen wanden sich in der Dunkelheit und dachten an McCracken, doch McCracken war noch irgendwo dort draußen, und die Leiche auf dem Stuhl war ein bloßer Ersatz.

Solch ein Stuhl wartet auf dich, Blaine McCracken, dachte Lace, während Tilly unter ihr die Hüften nach oben bog und in Ekstase aufschrie. Laces Finger hatten ihr Werk vollbracht.

Der bärtige Leichnam sah zu.

24

»Endlich können wir uns einmal unterhalten«, sagte General Amir Hassani.

Evira sah ihn aus ihrer Zelle tief unten im Königlichen Palast an. Am gestrigen Morgen hatte man sie vom Flughafen direkt hierher gebracht, und in den letzten vierundzwanzig Stunden hatte sie nur eine Tasse Wasser zu trinken bekommen. Der Palast mochte zwar erst vor verhältnismäßig kurzer Zeit erbaut worden sein, doch der Schah war ein Mann gewesen, der alle Eventualitäten bedachte. Daher auch das hochmoderne Gefängnis in seinem größten Bauwerk.

»Ich habe Ihnen nichts zu sagen.«

»Doch zumindest ein Kommentar, wie sehr es Sie überrascht, daß ich noch lebe.«

»Oder wie sehr ich es bedauere.«

Hassani drohte ihr mit dem Zeigefinger. »Sie enttäuschen mich, Evira.«

»Ich habe ein Double getötet. Aber warum haben Sie einen Doppelgänger beauftragt, Ihre Rolle zu spielen?«

»Sie haben es immer noch nicht herausbekommen, nicht wahr?«

»Was?«

»O nein, das verrate ich Ihnen nicht. Damit würde ich mir nur den Spaß verderben. Aber ich hätte gedacht, Sie würden es genauso durchschauen wie« – sein Blick wurde scharf – »McCracken.«

Sie trat vor, bis sie den Stahl der Gitterstäbe riechen konnte. »Woher wissen Sie von McCracken?«

»Ah, Sie streiten es nicht ab. Das ist ein guter Anfang.«

»Überhaupt kein Anfang. Seine Rolle in dieser Sache hat nicht die geringste Bedeutung für Sie«, beharrte Evira, verblüfft von der Richtung, die Hassanis Interesse eingeschlagen hatte.

»Dann werden Sie mir sicher verraten, was er weiß.«

»Ich habe nicht die geringste Ahnung.«

Sein Blick vedüsterte sich. »Evira . . .«

»Wir stehen nicht in Kontakt. Ich habe ihn nur beauftragt . . .«

»Ich höre.«

»Das geht Sie nichts an.«

»Es geht mich nichts an, daß Sie McCracken gezwungen haben, Yosef Rasin zu suchen und ihn davon abzuhalten, eine Waffe einzusetzen, die meine Welt vernichten könnte? Jetzt hören Sie aber auf. Für wie dumm halten Sie mich? Sie haben mir von Anfang an geholfen. Warum helfen Sie mir nicht weiterhin?«

Evira fühlte sich wie betäubt. »Sie haben es gewußt. Wie konnten Sie es nur erfahren?«

»Das geht Sie nichts an«, erwiderte der General, ihre eigenen Worte benutzend.

»Sie stellen mir Fragen, auf die Sie die Antworten schon kennen.«

»Dann brauchen Sie ja nichts für sich zu behalten. Wo kann ich McCracken finden? Wie wollen Sie mit ihm in Verbindung treten?«

»Überhaupt nicht«, beharrte Evira und versuchte, die Ruhe zu bewahren und ihre Gedanken zu sammeln. Wichtig war nicht, wieso Hassani von McCrackens Auftrag erfahren hatte, sondern, warum er sich nun so beharrlich dafür interessierte. Dank ihr waren diese beiden Männer, wie er mittlerweile herausbekommen hatte, auf irgendeine verdrehte Art und Weise zu Verbündeten geworden.

»Ich will Ihnen die Gnade des Zweifels lassen, Evira. Aber nur, wenn Sie mir die Antwort auf eine Frage geben, die Sie mit Sicherheit kennen: Wo wird McCrackens Sohn versteckt gehalten?«

Eviras Reaktion bestand darin, Hassani mit verwirrter Hilflosigkeit anzustarren.

»Sie wissen es doch, oder?«

»Warum ist das für Sie wichtig?«

»Es ist nun einmal wichtig. Mehr müssen Sie nicht wissen.«

»Der Junge kann Ihnen kaum von Nutzen sein.«

»Diese Einschätzung überlassen Sie doch bitte mir.«

»McCracken hat nichts mit Ihnen zu tun!«

Hassani blieb ganz ruhig. »Ich habe mehr von Ihnen erwartet, Evira. Sie enttäuschen mich. Aber ich will Ihnen noch eine letzte Gelegenheit geben, meine Fragen zu beantworten.«

»Und dann? Folter? Wahrheitsdrogen?«

Er wirkte ehrlich beleidigt. »So würde ein Gentleman doch niemals eine Lady behandeln. Aber . . .«

Mit diesen Worten drehte sich der General zu der Treppe um und gab seinen Wachen ein Zeichen. Sekunden später traten zwei vor, einen hageren Jungen in ihrer Mitte.

»Den kennen Sie doch, oder?« sagte Hassani.

Kourosh wand sich und trat um sich, doch die beiden Soldaten zerrten ihn vor. Seine Lippen waren aufgeplatzt, und sein langes, braunes Haar war vorn vom Blut eines Schnittes auf seiner Stirn gerötet.

»Nein!« rief Evira.

Die Wachen blieben neben dem General stehen. »Jetzt werden Sie mir verraten, wo ich Blaine McCrackens Sohn finde, oder?«

»Ich . . .«

Hassani nickte, und ein Wachtposten zog seinen Revolver aus dem Halfter und drückte dem Jungen die Mündung an den Kopf, während der zweite Kourosh festhielt.

»Ich stelle die Frage noch einmal, und wenn Sie nicht antworten, wird mein Mann abdrücken.«

»Sie . . . *Tier!*«

»Wo finde ich Blaine McCrackens Sohn?«

Tausend Gedanken rasten durch Eviras Kopf. Sie befand sich in einer Zwickmühle, aus der sie nicht mehr herauskam; der Tod wäre ihr lieber gewesen als die Wahl, die man von ihr verlangte.

»Töten Sie statt dessen mich!« bat sie.

»Aber wer wird mir dann sagen, was ich wissen will?«

»Ich kann es nicht! Ich *kann* es einfach nicht!«

»Wie schade«, sagte Hassani und nickte dem Wachtposten mit dem Revolver zu.

Der Mann drückte ab.

»Eine Rückversicherung«, erwiderte Blaine auf Issers Frage, warum sie seinen Tod vortäuschen mußten, bevor sie den O.K.-Corral verlassen konnten. »Bevor wir uns in Jaffa getrennt haben, hat Evira mir versichert, daß sie meinen Sohn von Fett wegholen könne – und damit auch von Rasin. Doch falls es ihr nicht gelungen sei und er noch leben sollte, besteht seine beste Chance, am Leben zu bleiben, darin, daß wir die Nachricht von meinem Tod verbreiten.«

»Weil Rasin dann keinen Grund mehr hätte, ihn zu töten«, fügte Isser hinzu.

Blaine nickte. »Diese beiden weiblichen Killer, die mir in Boston auflauerten, haben von Anfang an für ihn gearbeitet. Er hat nur zugelassen, daß Evira mit mir Kontakt aufnimmt, damit ich ihn zu ihr führe. Und das hätte ich auch beinahe getan.«

»Ja«, erinnerte sich Isser. »Ben-Neser in Jaffa. Sie haben ihm das Leben gerettet.«

»Und er hat zuerst meins gerettet, ohne es zu wissen.«

In Washington stiegen sie aus dem kleinen Lear Jet in einen großen um, der sie nach Tel Aviv bringen sollte. Alle notwendigen Vorkehrungen waren getroffen: Niemand bekam Blaine zu Gesicht, so daß die Geschichte, er sei im O.K.-Corral von Holiday und seine Deputies getötet worden, weiterhin Bestand hatte.

»Unglaublich«, sagte Isser, als sie wieder in der Luft waren. »Die ganze Affäre ist unglaublich. Diese Gamma-Option«, fuhr er in dem Versuch fort, die Zusammenhänge zu klären. »Sie behaupten, es gehe darum, ein ganzes Land zu übernehmen, indem man es einem Virus aussetzt, das ein Enzym enthält, von dem die Bevölkerung augenblicklich abhängig wird?«

»Um überleben zu können, ja. Doch ›Übernahme‹ ist ein schlechter Begriff. Wir haben es hier mit etwas viel Fürchterlicherem zu tun. Mit einer Invasion, ohne auch nur einen Fuß auf fremden Boden zu setzen. Mit einer Unterwerfung, ohne daß auch nur ein Schuß aus einer konventionellen Waffe abgegeben wird. In ein paar Tagen verwandelt sich ein feindliches Land in ein riesiges Gefangenenlager. Die DNS der gesamten Bevölkerung wurde verändert, und will sie überleben, braucht sie Bachmanns Enzym.«

»Aber wenn solch eine Technologie schon zur Verfügung steht . . . warum töten sie statt dessen nicht einfach alle Bewohner des feindlichen Landes?«

»Zum einen haben wir die Theorie des Indianers dort drüben«, sagte Blaine und deutete auf Wareagle. »Für eine stolze Nation wäre solch ein Schicksal schlimmer als der Tod. Aber neben diesem psychologischen Aspekt gibt es auch noch einen praktischen. Wenn man die Wasservorräte mit einem Gift verseucht, das stark genug ist, um die Menschen zu töten, könnte man es vielleicht noch rechtzeitig entdecken und die Wasserzufuhr abstellen. Und wenn man das tödliche Enzym einfach in der Luft freisetzt, könnte man es nicht mehr kontrollieren. Bedenken Sie doch einmal den amerikanischen Standpunkt. Japan wäre nicht nur völlig hilflos und unser industrieller Sklave gewesen, auch Rußland hätte gewußt, wo es langgeht. Verdammt, genau deshalb haben wir schließlich die Atombomben geworfen. Sehen Sie keine große Versuchung darin? Auf eine perverse Art und Weise hätte das Enzym all unsere Probleme lösen können.«

»Genauso sieht es Rasin, nur auf Israel bezogen. Aber wie hat er von der Existenz der Gamma-Option erfahren?«

»Bachmann können wir ausschließen, womit sein Assistent Eisenstadt übrigbleibt. Vielleicht haben noch andere von Gamma gewußt, doch nur ein Wissenschaftler, ein Fachmann, der an dem Projekt gearbeitet hat, kennt genügend Einzelheiten, um Rasin dafür zu interessieren.«

»Und Sie sind sicher, daß Rasin die Waffe hat?«

»Alles deutet darauf hin. Das Problem ist nur, Isser, wir vergessen immer wieder, daß trotz alledem die Amerikaner die Waffe nicht eingesetzt haben, als sie die Gelegenheit dazu hatten. Wir müssen davon ausgehen, daß im letzten Augenblick noch etwas entdeckt wurde. Nur . . . Bachmann konnte sich an nichts dergleichen erinnern.«

»Und wird Eisenstadt ebenfalls davon gewußt haben?«

»Angenommen, er wußte es nicht. Angenommen, er händigte Rasin das Virus aus, ohne die ganze Geschichte zu kennen.«

Isser war nicht überzeugt. »Wir können nicht wissen, ob es

überhaupt noch etwas gibt. Truman könnte es sich einfach anders überlegt haben.«

»Das wäre möglich, doch die Versenkung der *Indianapolis* weist darauf hin, daß es um mehr ging. Die Frage ist nur – um was? Und Rasin hat auch keine Antwort darauf. Verdammt, er kennt nicht einmal die Frage.«

»Was schlagen Sie also unter den gegebenen Umständen vor?«

»Wir können immer nur einen Schritt nach dem anderen tun. Wir müssen erst einmal Eisenstadt finden und Rasin aufhalten, bevor er die Gamma-Option nach fünfundvierzig Jahren entfesseln kann.«

»Das sind zwei Schritte, mein Freund, nicht einer.«

»Mathematik war noch nie meine Stärke. Außerdem ist der dritte Schritt der wichtigste überhaupt.«

»Ich höre.«

»Wir müssen das, was von Gamma noch übrig ist, so tief begraben, daß es niemand mehr hervorholen kann.«

Während der letzten Etappe des Fluges nach Tel Aviv gelang es Isser endlich, etwas Schlaf zu finden, doch Blaine und Johnny Wareagle blieben wach.

Blaine sah den Indianer an. »Du mußt mir etwas versprechen.«

»Wenn die Geister es erlauben, Blainey.«

»Es geht um folgendes. Wir befinden uns zwar auf demselben Weg, legen ihn aber mit unterschiedlichen Schritten zurück. Ich habe mich immer auf das Glück verlassen, und bei Gott, ich habe genug davon gehabt, während du . . . nun, ich weiß nicht, ich bin einfach nur der Ansicht, daß deine Chancen, aus dieser Sache herauszukommen, besser sind als meine. Irgendwann läßt das Glück einen im Stich, nicht wahr?«

»Es gibt Menschen, die nicht an das Glück glauben. Sie nennen es statt dessen Schicksal, und das Schicksal wird von den Geistern bestimmt. Sie haben uns durch das Höllenfeuer geführt und uns vor ein paar Jahren, als wir schließlich erkannten, was es mit unseren Seelen wirklich auf sich hat, wieder zusammengebracht.«

»Dann sieh es mal so, Indianer. Ich habe ein schlechtes Gefühl, das ist alles. Vielleicht höre ich endlich die Worte deiner Geister, und mir gefällt nicht, was sie sagen. Es kommt nur auf den Jungen an, Johnny. Wenn die Sache nicht hinhaut, mußt du ihn zurückholen. Du mußt dich darum kümmern, wie ich mich darum gekümmert hätte.«

»Es wird geschehen, Blainey.«

»Und wenn du zu spät kommst, wenn der Junge schon . . .«

»Das Gleichgewicht wird bewahrt bleiben«, unterbrach ihn Johnny Wareagle zuversichtlich. »Die das Geschenk der Geister annahmen, werden verlieren, was ihnen am kostbarsten ist.«

»Solange es wehtut, Indianer. Solange es wehtut.«

Klick . . .

Der harmlose Schlag des Hahns der Waffe ließ Evira zusammenfahren. Sie rang nach Atem.

»Oh, habe ich Ihnen das nicht gesagt?« höhnte Hassani. »Der Revolver hat sechs Kammern, doch nur eine davon ist geladen. Ihre Chancen stehen jetzt eins zu fünf und werden von Mal zu Mal schlechter, Evira. Oder sollte ich sagen, die Chancen des Jungen? Sagen Sie mir einfach, wo ich McCrackens Sohn finde, und ich verspreche Ihnen, den Jungen am Leben zu lassen. So einfach ist das.«

»Was interessiert Sie das? Was interessiert McCracken Sie überhaupt? Er hilft Ihnen, verdammt noch mal. Das haben Sie selbst gesagt!«

»Sie verstehen es immer noch nicht, Evira. Sie sehen das Bild nicht in seiner Gesamtheit. Es liegt direkt vor Ihnen, und Sie sehen es einfach nicht.«

Ihr kam ein Gedanke. »Irgendwie arbeiten Sie und Rasin zusammen. Warum? *Wieso?*«

Hassani hätte beinahe gelacht. »Ich warte.«

»Zwingen Sie mich nicht, solch eine Wahl zu treffen. Das können Sie nicht!«

»Das ganze Leben besteht aus solchen Entscheidungen. Ich

habe auch einige treffen müssen . . . mehr als genug sogar. Genau wie Sie. Und jetzt müssen wir beide wieder eine treffen. Sie zuerst. Sagen Sie mir, wo McCrackens Sohn versteckt gehalten wird, oder dieser Junge stirbt.«

Sie sah durch die Gitterstäbe ihrer Zelle zu Kourosh hinüber, der verzweifelt versuchte, tapfer zu bleiben. Ihre Blicke trafen sich, und der seine verriet ihr sehr viel.

Es ist schon in Ordnung. Ich verstehe es . . .

Aber es war nicht in Ordnung, in keiner Hinsicht.

»Wenn Sie ihn töten, erfahren Sie gar nichts von mir«, fauchte sie Hassani an. »Das wissen Sie.«

»Meine liebe Evira, wenn Sie mich zwingen, ihn zu töten, ist das für Sie schon Strafe genug. Ich werde Ihnen nicht den Gefallen tun, Sie umzubringen und damit von Ihrem Elend zu erlösen. Treffen Sie Ihre Wahl und leben Sie damit. McCrakkens Sohn oder dieser Junge. Wählen Sie!«

»Ich kann nicht!«

»Das ist Ihre letzte Chance.«

»Nein!«

Wütend drehte Hassani sich um und nickte erneut dem Wachtposten zu, der Kourosh den Revolver an den Kopf hielt. Eviras Gesicht verzerrte sich vor Qual, als der Mann den Finger auf den Abzug legte.

»General!« hallte eine Stimme die Treppe hinab.

Eine schnelle Handbewegung Hassanis, und der Wachtposten nahm den Finger wieder vom Abzug.

»Ich habe eine Nachricht für Sie, General!« erklärte ein Soldat und salutierte vor Hassani. Dann gab er ihm einen Zettel, den der General schnell las und danach mit einem Lächeln zusammenknüllte.

»Ihnen scheint die Notwendigkeit der Wahl erspart geblieben zu sein«, sagte er zu Evira. »Blaine McCracken wurde getötet, als er der Spur von Rasins Waffe folgte. Ich brauche seinen Sohn nicht mehr. Steckt den Jungen zu ihr in die Zelle«, sagte er dann zu seinen Wachen. »Sollen sie zusammen sterben.« Er wandte sich wieder Evira zu. »Wenn Sie mich jetzt entschuldigen, ich werde dringend gebraucht . . .«

Der Premierminister stand an seinem Erkerfenster und hörte sich Issers Bericht an, ohne ihn auch nur einmal zu unterbrechen. Als der Mossad-Chef geendet hatte, blieb der Premierminister stumm stehen, als habe ihn der Anblick des über Jerusalem dämmernden Tages völlig in den Bann geschlagen.

»Sie sind fest davon überzeugt, daß Rasin diese Waffe hat?« fragte er schließlich.

»McCracken ist davon überzeugt. Das reicht mir, Sir.«

»Also sind wir auf allen Seiten von Verrückten umgeben. Einer möchte alles, was wir sind, von außen vernichten. Ein anderer möchte alles, wofür wir stehen, von innen zerstören. Es läuft darauf hinaus, sich das kleinere der beiden Übel auszusuchen, nicht wahr?«

»Ich verstehe nicht . . .«

»Doch, Sie verstehen, Isser. Ich habe es an Ihrer Stimme gehört, als Sie mir Bericht erstatteten. McCracken weiß weder, daß Hassanis Anschlag unmittelbar bevorsteht, noch, daß auch er anscheinend über eine Superwaffe verfügt, nicht wahr?«

»Ich habe ihm nichts gesagt.«

»Dann hat er keinen Grund für diese Annahme.«

Isser begriff, welche Absicht hinter den Worten des Premierminsters stand, und erhob sich wieder. »Operation Feuersturm wird in knapp vierundzwanzig Stunden beginnen.«

»Genau wie die erste Phase von Hassanis Plan, und nach allem, was wir wissen, können wir nicht davon ausgehen, daß Feuersturm ihr Einhalt gebietet, oder?« Isser blieb still. »Antworten Sie mir, Isser.«

»Nein, das können wir nicht.«

»Dann sollen Ihre Leute die Nachricht verbreiten. Ich will mich mit Rasin treffen. Unter seinen Bedingungen. Ich gehe auf alles ein.«

Der Chef des Mossad sah ihn nur an. »Was ist aus uns geworden, Sir?«

»Wir sind zu dem geworden, was wir sein müssen, Isser. Was wir sein müssen, um zu überleben. Nur darauf kommt es an.«

»Soll ich meine Bedingungen wiederholen?« fragte Yosef Rasin, während die Sonne schon tief am Nachmittagshimmel stand.

»Nein«, antwortete der Premierminister dem jüngeren Mann. »Ich habe sie verstanden.«

Rasin beugte sich vor und tupfte mit einer Serviette den Schweiß von seinem sonnengebräunten Gesicht. Er lächelte leicht und schenkte aus einer Glaskaraffe vor ihm Orangensaft nach. Er hatte zugestimmt, sich allein mit dem Premierminister in seinem Kibbutz im Negev zu treffen. Rasin gefiel diese symbolische Geste. Ohne zu fragen, füllte er das Glas des alten Mannes auf und leerte das seine dann mit einem einzigen Schluck; lediglich ein Rest von Fruchtfleisch blieb am Boden zurück. Um ihn herum raschelten die Bäume des Orangenhains im Wind. Für Rasin klang es wie der Applaus einer großen Menschenmenge. Seines Volkes.

»Sie sind also einverstanden?«

»Sie als meinen Verteidigungsminister und Thronerben zu akzeptieren? Ich bin mir nicht sicher, was für Israel schlimmer wäre.«

Der Premierminister hatte einen Zornesausbruch erwartet, doch er bekam nur ein seltsam gepreßtes Lächeln.

»Sie haben nichts mehr in der Hand, Herr Premierminister. Sie haben Ihr Blatt ausgespielt. Ich halte alle Trümpfe.«

»Es geht hier nicht um Karten, Rasin, sondern um Menschenleben. Haben Sie verstanden? Um Menschenleben!«

»Sie sind zu mir gekommen. Sie sind gekommen, um mich zu bitten, meine Waffe unter Ihrer Anweisung und auf Ihren Befehl einzusetzen.«

»Und ich hasse mich dafür.«

»Es geschieht auf meine Art oder gar nicht!«

»Das ist doch nackter Wahnsinn! Hören Sie nur, was Sie sagen!«

»Ich höre lieber Ihnen zu. Ich höre Worte der Verzweiflung, des Scheiterns, der Vergeblichkeit. Dieselben Worte, die ich seit Jahren, Jahrzehnten höre. Wir sind eine Insel, die von einem riesigen Meer umgeben ist, in dem es vor Haien nur so wimmelt. Anstatt zu lernen, diese Haie zu beherrschen, haben Sie zugesehen, wie sie sich vermehrten und stärker wurden, bis sie nun imstande sind, unsere Insel wie auch ihr Meer zu beherrschen. Es kann keinen Kompromiß geben.«

»Keinen Kompromiß, nur eine Neusetzung der Ziele«, drängte der Premierminister. »Unser größtes Problem ist Hassani, und daher bitte ich Sie, Gamma zuerst im Iran einzusetzen. Sobald die anderen Nationen das Ergebnis sehen, werden sie aufgeben. Wir können verhindern, daß Hassani seine Superwaffe einsetzt, und damit wird die Invasion scheitern.«

»Diese Invasion, ja. Aber was ist mit der nächsten und der danach? Sie – Sie alle – sind so kurzsichtig. Sie akzeptieren alle zehn Jahre einen Krieg, solange es dazwischen nur das gibt, was Sie Frieden nennen. Wenn wir Gamma in einem einzigen Land freisetzen, werden die anderen nur noch militanter und nur noch stärker auf die Terrortaktiken zurückgreifen, die unserem Land so zusetzen. Unser Feind fürchtet den Tod nicht, er sehnt ihn herbei. Er braucht nur einen Grund zum Sterben. Die Gemäßigten und die Radikalen werden sich zusammentun. Wir selbst werden bewerkstelligen, was Hassani nur schwer gelingen kann.« Er beruhigte sich etwas. »Also muß es alle Nationen treffen, in denen Mörder sich als Politiker und Diplomaten tarnen. Wir müssen klarmachen, daß jede Drohung, uns zu vernichten, nur ihre eigene Vernichtung bedeutet und nur wir ihr Überleben gewährleisten können.«

»Sie vergessen die *Indianapolis*«, wendete Isser ein. »Die Amerikaner haben das Schiff versenkt, um Gamma für immer zu vergraben. Sie müssen dafür einen Grund gehabt haben, und nun wollen Sie Gamma trotzdem freisetzen.«

»Ein Risiko, das einzugehen ich bereit bin, genau wie Sie, wie Ihre Anwesenheit hier beweist, Herr Premierminister. Seit der Gründung unseres Staates war seine Existenz bedroht. Doch diesmal sind wir in der Lage, unser Schicksal selbst in die Hand zu nehmen und die radikalen Araber zu vernichten, die sonst uns vernichten würden.«

»Und was, wenn sie ihren Kampf fortsetzen, obwohl Sie Ihre Kanister geöffnet haben, Rasin? Wollen Sie ein halbes Land sterben lassen, wenn sie hundert von uns töten? Ein ganzes Land, wenn sie tausend töten?«

»Wenn nötig, ja. Unbedingt.«

»Sie spielen Gott, Rasin.«

»Jemand *muß* Gott spielen, aber Sie haben es in Ihrer Weisheit nie gewagt. Ich verhandle nicht über meine Bedingungen. Am Morgen des Unabhängigkeitstages werden Sie im Kabinett meine Bedingungen bekanntgeben – und meine Ernennung zum Minister.«

»Zweifellos als Rückversicherung.«

»Genau. Als Rückversicherung dagegen, daß Sie es sich anders überlegen, sobald ich Ihre Drecksarbeit erledigt habe. Aber keine Bange, Herr Premierminister. Ich werde Sie nicht lange brauchen. Das Volk wird mir zujubeln. Es wird mit meiner Haltung einverstanden sein. Ich spreche für die Massen, die es leid sind, in Furcht und unter der ständigen Bedrohung des Todes zu leben.«

»Dann lieber ein Leben in der Hölle, Rasin?«

»Ein besseres Leben. Nicht mehr und nicht weniger.«

25

»Wird aber auch langsam Zeit«, sagte McCracken zu Wareagle, als er hörte, wie im Schloß ein Schlüssel gedreht wurde.

Als sie vor über zwölf Stunden in Israel eingetroffen waren, hatte Isser sie zu einem Wohnhaus im Jerusalemer Stadtteil Bayet-Gan gefahren, bei dem es sich in Wirklichkeit um ein Schutzversteck des Mossad handelte. Blaine und Wareagle wurden in einem fensterlosen Kellerraum untergebracht, und Isser versprach, sofort zurückzukommen, nachdem er gewisse Dinge mit dem Premierminister geklärt habe. Nach sechs Stunden hatten sie sich allmählich Sorgen gemacht. Nach zwölf Stunden – mittlerweile war Samstag, und die Sonne mußte schon aufgegangen sein – hatten sich diese Sorgen in die Gewißheit verwandelt, daß etwas schiefgelaufen sein mußte.

Nun endlich wurde die Tür wieder geöffnet. Ein runzliger alter Mann mit krummen Schultern trat ein.

»Was ist los?« fragte Isaac, der ihre Überraschung bemerkt hatte. »Haben Sie vielleicht Moses erwartet?«

»Nein«, erwiderte McCracken. »Nur den Premierminister. Oder zumindest den Chef des Mossad.«

Der alte Mann hob eine knorrige Hand. »Ach, für die existieren Sie nicht mehr. Wir übrigens auch nicht.«

»Wir?«

»Wir sind zu viert. Ich werde Ihnen alles erzählen, sobald wir auf dem Weg sind, dann haben wir genug Zeit. Kommen Sie«, bat der alte Mann, »wir verschwinden lieber von hier, bevor Ihre Wachen zweimal über die Geschichte nachdenken, die ich ihnen aufgetischt habe.«

»Klingt ganz so, als würden wir zum zweiten Mal aus dem Knast geholt, Johnny«, sagte Blaine zu Wareagle. »Wohin geht es diesmal?« fragte er den alten Mann.

»Zu einer Partie Dame. Vielleicht retten wir dabei die Welt.«

Isaac rutschte unbehaglich hinter das Lenkrad eines fünf Jahre alten Mercedes. Er hatte hastig eingeparkt, und die rechten Reifen des Wagens standen auf dem Bordstein des Bürgersteigs vor dem Steinhaus, das sie gerade verlassen hatten. Bei jeder Bewegung verzog der alte Mann vor Schmerz das Gesicht.

»Wenn Sie wollen, fahre ich«, bot Blaine ihm an.

Isaac winkte ab. »Keine Angst, sobald ich einmal aus der Parklücke bin, komme ich schon zurecht. Außerdem wissen Sie nicht, wohin es geht.« Er kniff die Augen zusammen, um an seinem Schlüsselbund den Zündschlüssel ausfindig zu machen. Seine Hand zitterte jedoch, und die Schlüssel klimperten leise. »Warten Sie, ich setze nur meine Brille auf . . .« Als er dies getan hatte, musterte er Blaine genauer. »Na also, schon viel besser. Sie kenne ich. Aber Ihren Freund da hinten nicht.« Er deutete auf Wareagle, der auf dem Rücksitz Platz genommen hatte.

»Er ist nur mein Fremdenführer. Er zeigte mir gerade Jerusalem, aber irgendwo müssen wir falsch abgebogen sein.«

»Wenn ich nicht gekommen wäre, hätten Sie in diesem Haus versauern können.«

»Ja, dieses Gefühl hatte ich auch. Aber das verrät mir noch immer nicht, wer Sie sind.«

»Was spielt das schon für eine Rolle? Ein wenig hiervon, ein wenig davon, aber hauptsächlich« – er hob stolz den Finger – »ein Soldat. Schon lange ein Soldat, bevor Sie überhaupt auf der Welt waren, Mr. Blaine McCracken.« Mit diesen Worten fädelte Isaac, ein wütendes Hupen hinter sich ignorierend, den Mercedes in den Verkehr ein.

»Ein *Haganah!* Sie waren ein *Haganah!*«

»Nicht waren, Mr. Blaine McCracken, sind. Die Namen ändern sich, doch die Symbole bleiben gleich.«

»Und Ihr Name . . .«

»Isaac, zumindest in der letzten Zeit. Erneut ein Symbol. Ich bin wiedergeboren worden, verstehen Sie? Wir alle sind das.«

»Schon wieder der Plural.«

»Ja, denn ich stecke nicht allein in dieser Sache.« Als sie durch eine Kurve fuhren, riß Isaac den Wagen unvermittelt herum, um auf seiner Straßenseite zu bleiben. Beinahe hätte er einen Wagen gestreift, der am rechten Straßenrand abgestellt war. Er kniff die Augen zusammen und beugte sich vor. »Und wir alle wurden abgeschnitten, genau wie Sie.«

»Wovon abgeschnitten?«

»Von der Wahrheit«, sagte Wareagle, bevor der alte Mann antworten konnte.

Isaac sah zu ihm zurück, und der Mercedes geriet erneut über die Mittellinie. Ein Chor von Hupen erklang.

»Würden Sie mir das vielleicht mal erklären?« verlangte Blaine.

»Passen Sie auf«, sagte Isaac, während er sich an einem weiteren Hupkonzert beteiligte, das einer Verkehrsstockung vor ihnen galt. Die Autos auf den Straßen von Jerusalem nahmen auf den Sabbat keine Rücksicht. »Die jungen Menschen in diesem Land sind *meschugge*. Wir versuchen ihnen beizubringen, was wir wissen, damit sie aus unseren Fehlern lernen können, aber nein, sie haben Besseres zu tun. Dennoch beobachten wir ständig und geben Ratschläge. Wir haben auch diesen Hassani im Auge behalten. Ein gefährlicher Mann. Steht für alles, was falsch ist. Wir wußten, wohin der Weg ihn führt, den er einschlug. Es war unausweichlich. Das brachte uns auf eine Idee. Hören Sie zu?«

»Sprechen Sie weiter . . . und fahren Sie. Der Stau hat sich aufgelöst.«

Ein neues Hupkonzert hinter ihnen unterstrich McCrackens dringlichen Vorschlag. Isaac gab Gas. »Lenken Sie mich nicht ab, ja? Wo war ich noch gleich? Ah, ja, Hassani muß aufgehalten werden, bevor er die Radikalen der arabischen Welt zusammenbringen kann. Wir haben einen Plan namens Operation Feuersturm ersonnen. Er ist ziemlich kompliziert, aber ich will versuchen, ihn zusammenzufassen. Wir haben mehrere hundert israelische Agenten in Teheran eingeschleust, die die unzufriedenen Massen und die Studenten zu einer konterrevolutionären Kraft organisieren sollen, die zu einer vorbestimmten Zeit zuschlagen soll. Jede Phase des Plans war durchdacht, jede Möglichkeit eingerechnet.«

»Ein klassisches Manöver.«

»Besonders, was den Iran betrifft. Hassani hat eine Nation übernommen, die völlig bankrott ist, sowohl was die geistige Einstellung als auch was das Bankkonto betrifft. Doch anstatt sie von unten wieder aufzubauen, hat er es von oben versucht, indem er um die Gunst der Reichen buhlte und die Armen ignorierte. Die Stimme der Armen wurde lauter, doch Hassanis neuerstarkte Revolutionswächter konnten bislang jeden Aufruhr unterdrücken. Doch bei der Operation Feuersturm werden in ganz Teheran Barrikaden errichtet und überall Brände gelegt. Ein Zeichen für das Volk, sich gegen Hassani und sein diktatorisches, schwerfälliges Regime zu erheben.«

»Um ihn zu Fall zu bringen, bevor er sein Ziel erreicht, die militante arabische Welt zu vereinen«, fuhr Blaine fort. »Alles gut und schön, aber was, wenn Hassani die Macht besitzt, auch diese Revolution niederzuschlagen?«

»Keine Angst, daran haben wir gedacht. Auf dem Höhepunkt der Kämpfe und der Verwirrung werden fünfzehn amerikanische Comanche-Hubschrauber von Israel aus auf Seiten der Rebellen in das Geschehen eingreifen.«

»Sie meinen *Apache*-Hubschrauber. Vielleicht der beste Kampfhubschrauber der Welt.«

»Genau. Für mich sind Namen Schall und Rauch«, sagte Isaac, den großen Wagen weiterhin durch den Verkehr von Jerusalem steuernd. »Die Apaches sollen die Stellungen der Revolutionswächter angreifen und sie so lange in Schach halten, bis die neue Revolution Fuß gefaßt und sich so weit ausgebreitet hat, daß die Soldaten sie nicht mehr niederschlagen können. Glauben Sie mir, wir verfügen über ausreichende personelle Unterstützung, und auch beim Volk ist der Wille vorhanden. Alles war soweit vorbereitet, doch dann ergaben sich Komplikationen.«

»Ergeben die sich nicht immer?«

»Aber nicht auf diese Art, das sage ich Ihnen. Eine nach der anderen«, fuhr Isaac fort, während sich seine Hände in das Leder des Lenkrads gruben. »Es fing mit dieser Frau an, die sich Evira nennt . . .«

»*Was?*«

»Ja, wir wissen von der Verbindung zwischen Ihnen. Hören Sie mir einfach zu. Wir wurden informiert, daß sie sich in Teheran aufhält, um Hassani zu töten. Einer unserer Leute gehörte zu der konterrevolutionären Zelle, die ihr helfen wollte.«

»Also sollte sie Ihre Arbeit erledigen.«

»Nein! Denken Sie nach, Mr. Blaine McCracken! Hassani war das Symbol, das wir mit Feuersturm unbedingt vernichten mußten. Das Volk brauchte eine Person, gegen die es sich erheben konnte. Wäre er vorher getötet worden, wäre unser ganzer Plan hinfällig gewesen. Die revolutionären Zellen hätten sich gespalten und wären ihre eigenen Wege gegangen. Es wäre zur reinen Anarchie gekommen, und das Militär hätte das Land wieder übernommen. Die Operation Feuersturm wäre gestorben, noch bevor sie überhaupt begonnen hätte. Wir taten, was wir tun mußten.«

»Sie haben sie umgebracht?« fauchte Blaine wütend.

»Wir haben es versucht, ja, aber es ist uns nicht gelungen. Was danach mit ihr geschah, wissen wir nicht, nur, daß sie jetzt in den Kellerräumen des Königlichen Palasts gefangengehalten wird. Wichtig ist nur, was sie überhaupt nach Teheran geführt hat.«

»Dasselbe, was Sie hierher geführt hat. Der Wunsch, einen Verrückten daran zu hindern, eine Bande von Verrückten gegen Israel zuammenzuschließen.«

»Aber wir wußten nichts von der kurz bevorstehenden Invasion oder von Hassanis Behauptung, er verfüge über irgendeine geheime Waffe, gegen die Israel völlig schutzlos sei.«

»Davon wußte sie auch nichts. Und ich auch nicht, verdammt!«

Nun schaute Isaac verwirrt drein. »Das ergibt keinen Sinn.«

»Vielleicht doch. Sagen Sie nichts, lassen Sie mich raten. Irgendwie hat die israelitische Regierung die Einzelheiten von Hassanis Plan erfahren.«

»Zumindest, daß es ihn überhaupt gibt, und auch den Zeitpunkt. Aber woher wissen Sie das?«

»Nur ein Glückstreffer.«

»Glück?« Isaac seufzte. »Wie dem auch sei, Hassani hat vor, sich an unserem Unabhängigkeitstag mit seinen Leuten zu treffen, um ihnen Einzelheiten über seine Geheimwaffe und die Einsatzmöglichkeiten mitzuteilen. Unseren Informationen zufolge wird die eigentliche Invasion ein paar Tage später erfolgen, nachdem seine Waffe uns irgendwie gelähmt hat. Unser Problem ist, daß auch die Operation Feuersturm am Unabhängigkeitstag beginnen soll, was zu spät wäre, um Hassani davon abzuhalten, seine Waffe einzusetzen. Unsere Zellen stehen nicht miteinander in Verbindung, so daß wir den Zeitpunkt nicht vorziehen können. Na schön, hat die Regierung daraufhin gesagt. Sie braucht uns sowieso nicht mehr, denn sie hat etwas Besseres gefunden.«

McCracken begriff erst, was der alte Mann meinte, als er seine Augen sah. »Mein Gott, sie will Rasins Waffe einsetzen! Und ich habe sie ihr gegeben! Habe ihr verraten, worum es sich handelt, wie sie funktioniert. Kein Wunder, daß man den Indianer und mich mattgesetzt hat. Wir waren die einzigen, die Bescheid wußten.«

»Nicht ganz.«

»Diese verdammten Narren! Sie haben mir nicht zugehört! Die Amerikaner hatten diese Waffe und haben sie nicht eingesetzt! 1945 ist in letzter Minute irgend etwas geschehen. Damals hat man irgend etwas herausgefunden, und heute soll die Waffe benutzt werden, ohne daß wir wissen, worum es sich handelt!«

»Aber es gibt jemanden, der das wissen muß, nicht wahr?«

»Ja, einen Wissenschaftler namens . . .«

»Martin Eisenstadt«, vollendete Isaac den Satz. »Wir haben ihn gefunden.«

»Wir haben Glück gehabt«, fuhr der alte Mann fort. »Wir trafen gerade ein, als Rasins Leute ihn verschleppen wollten, einem gar nicht ungewissen Schicksal entgegen, nachdem Ihre Aktivitäten in den USA ihn zu einem Risikofaktor werden ließen. Wir hatten ein paar jüngere Leute dabei. Es endete ganz angenehm. Eisenstadt lebt nicht nur, er will auch auspacken. Wir haben ihn in einem Schutzversteck untergebracht.«

Sie fuhren durch die arabischen Städte Azaria und Abudise und dann nach Seadaya, wo die jüdische Wüste die Landschaft zu beherrschen begann. Nach ein paar weiteren Kilometern hielten sie an und stiegen vom Mercedes in einen Jeep um, der am Straßenrand auf sie wartete. Es folgten fünf Kilometer Wüste, dann erreichten sie ein Tal, in dem ein großes Beduinenlager aufgeschlagen war. Die Regierung hatte den Beduinen zwar untersagt, weiterhin als Nomaden zu leben, und ihnen vorgeschrieben, Siedlungen zu errichten, doch sie hatten viele Merkmale ihres alten Lebens bewahren können. McCracken sah neben den Wellblechhütten Zelte, in denen sie auf einfachen Decken schliefen. Ziegen und Schafe waren auf der einen Seite des Geländes zusammengetrieben, und auf der anderen liefen Hühner frei herum. Maultiere und Pferde wurden an einem Brunnen getränkt, und irgendwo krähte unaufhörlich ein Hahn.

Als Blaine aus dem Jeep stieg, hatte er den Eindruck, einen Schritt in die Vergangenheit zu tun. Das Leben hier schien sich seit Jahrhunderten nicht verändert zu haben. Die Beduinen waren ein Volk, das Stärke respektierte. Sie hatten sich entschlossen, sich in Israel niederzulassen. Das Land akzeptierte sie und ermutigte die jungen Männer, in die Armee einzutreten, in der sich eine Reihe von ihnen als Scouts hervorgetan hatten.

Der Anführer der Siedlung, ein alter Mann in einem weißen Burnus und *Keffiya,* begrüßte Isaac mit einer Umarmung. Isaac sprach auf Arabisch mit ihm, und der Mann lachte und deutete dann auf die größte der Wellblechhütten, in der er wohnte. Sein Blick fiel auf McCracken und Wareagle, und Isaac sprach einige erklärende Worte. Der alte Mann nickte billigend und sagte leise etwas zu Isaac.

»Er sagt, Sie und der Riese gehörten zu jener Sorte von Männern, die jederzeit in seinem Dorf willkommen wären«, übersetzte der alte *Haganah*-Kämpfer.

»Richten Sie ihm meinen Dank aus.«

Auf dem Weg zu dem Haus, in dem Eisenstadt auf sie wartete, kam Blaine an einer Reihe von Frauen vorbei, die in großen Schüsseln Wäsche wuschen. Kinder, die sich hinter Erwachsenen versteckt hielten, warfen ihnen verstohlene Blicke zu. Die einzigen modernen Geräte, die er entdeckte, waren zwei Traktoren, die Isaac der Siedlung vor einigen Monaten geschenkt hatte; vielleicht hatte er geahnt, daß er sehr bald auf die Hilfe dieser Menschen angewiesen sein würde.

»Hier wird niemand nach uns suchen«, erklärte er, als sie die Wellblechhütte erreicht hatten.

»Na klar«, erwiderte Blaine. »Ich könnte mir keinen schöneren Ort vorstellen, wo ich den Rest meines Lebens verbringen wollte.«

Sie schoben die Decke zur Seite, die den Eingang zur Hütte des Anführers verhängte. Dahinter saß in einem von vier klapprigen Sesseln, die um einen kleinen Tisch angeordnet waren, Bachmanns Assistent Dr. Martin Eisenstadt. Seine Gesichtszüge waren eingefallen und unsicher. Er sah jünger aus als die siebzig Jahre, die er alt sein mußte, und hätte auch besser ausgesehen, wäre er nicht leichenblaß gewesen. Drei von Isaacs Freunden saßen in den anderen Sesseln; einer saß Eisenstadt direkt gegenüber und musterte gedankenverloren ein Damebrett zwischen ihnen. Die Spielsteine befanden sich jedoch noch in der Ausgangsposition.

»Er hatte keine Lust auf ein Spielchen«, sagte der hagere alte Mann, stand auf und bedeutete den anderen, es ihm gleichzutun.

»Ich habe mit Hans Bachmann gesprochen, Dr. Eisenstadt«, begann Blaine, nahm auf dem nun leeren Sessel vor dem Wissenschaftler Platz und fühlte die bloßliegenden Federn. »Ich bin über die Gamma-Option informiert. Ich weiß, daß die Amerikaner die *Indianapolis* versenkt haben, um sie geheimzuhalten, und auch, daß Sie die Waffe statt dessen Yosef Rasin gegeben haben.«

Eisenstadts ängstlicher Blick legte sich auf ihn. Die Schultern des Mannes zitterten. »Dazu war ich verpflichtet. Ich *mußte* für all die Fehler meiner Vergangenheit sühnen.«

»Sie sind nach dem Krieg nach Israel gegangen.«

»Um Erlösung zu finden, Frieden. Ich wurde israelitischer Staatsbürger, ein angesehenes Mitglied der Gemeinschaft. Doch das reichte bei weitem nicht. Die Schuld . . . immer diese Schuld!«

»Und das führte Sie zu Rasin.«

»Ich dachte, Gott hätte mich mit einer zweiten Chance gesegnet. Mein Volk sah sich der eventuellen Auslöschung durch einen zahlenmäßig überlegenen Feind gegenüber. Rasin sah die Zukunft genau wie ich. Irgendwann mußte Israel von der Lawine der arabischen Mächte überrollt werden, in einem Jahr oder auch in einem Jahrzehnt. Das spielte keine Rolle, es war unausweichlich. Ich ging zu ihm. Ich habe Rasin aufgesucht!«

In Eisenstadts Augen glühte jetzt ein Feuer, die Besessenheit seiner Schuld, die ihn wieder antrieb. »Bot sich mir nicht die Möglichkeit, Israel auf ewig dem Zugriff seiner Feinde zu entziehen? Wenn wir die Gamma-Option einsetzten, würden wir nie mehr einen Angriff zu befürchten haben, einen Krieg auf unserem Land. Wir wären nicht mehr von den Vereinigten Staaten abhängig.« Er musterte McCracken eindringlich. »Ich wußte, wo die *Indianapolis* untergegangen war. Ich wußte, daß sich die Gamma-Kanister noch in ihr befanden. Und mit Gamma hätte der jüdische Staat endlich die Sicherheit, die ihm bislang verwehrt worden war, selbst wenn . . .«

»Wenn was, Herr Doktor?«

Eisenstadt saß zitternd da.

»Fahren Sie fort, Herr Doktor. Was ist vor fünfundvierzig Jahren mit Gamma schiefgegangen? Warum haben die Amerikaner von ihrem Plan Abstand genommen, die Waffe in Japan einzusetzen? Warum haben sie die *Indy* versenkt?«

»Er könnte sich geirrt haben.«

»Wer?«

»Bachmann.«

»Worin geirrt haben?«

»Es war eine isolierte Mutation. Wir hatten keine Zeit, die Daten mehrfach zu überprüfen.«

»*Worin* geirrt haben? Von welchen Daten sprechen Sie?«

Eisenstadts Blick verlor einen Teil seiner Selbstsicherheit. »In den letzten Phasen unserer Forschungsarbeit entdeckte Bachmann, daß Gamma im Wirtskörper mutiert. Sie wissen von Bachmann, daß wir das Virus im Trinkwasser freisetzen wollten?«

»Ja, das hat er mir gesagt.«

»Auf diese Art bleibt die Infektion begrenzt, denn nur diejenigen Menschen, die von dem Wasser trinken, werden von dem Enzym abhängig. Doch nach einer bestimmten Anzahl von Generationen im Gastkörper konnte das Virus auch in der Luft existieren. Es verbreitete sich durch die Luft von einem Wirtskörper zum anderen und blieb nicht mehr auf die Menschen begrenzt, die sich infiziert hatten, indem sie von dem verseuchten Wasser getrunken hatten.«

»Mein Gott, die ganze Welt könnte davon befallen werden!«

»Falls das Virus diese Mutationsfähigkeit hätte, würde es unausweichlich dazu kommen. Doch ich sage Ihnen, Bachmann hat sich geirrt!«

»Und was, wenn er recht hat?«

»Er hat sich geirrt!«

»Und wenn nicht?« beharrte Blaine.

Eisenstadts Blick war leer. »Die mutierte Form des Gamma-Virus verbreitet eine virulentere Version des Enzyms, das Bachmann geschaffen hat. Anstatt den Stammzellen eine neue

Möglichkeit zur Zuckeraufnahme zu eröffnen, unterbindet es den Zuckermetabolismus generell.«

»Die Vernichtung des Lebens auf der grundlegendsten Ebene! Überall! Eine Mordmaschine!«

»Nein!« kreischte der Wissenschaftler.

Doch Blaine war noch nicht fertig. »Niemand wäre immun. Sie beschreiben das Ende der Zivilisation!«

»Hören Sie mir zu! Bachmann ging zur Regierung, *bevor* wir sicher sein konnten. Wegen seiner Entdeckung gaben sie ihren Plan auf. Sie waren gezwungen, alle Vorräte des Gamma-Stoffes für immer verschwinden zu lassen. Seine Entdeckung hätte sie zu Mördern an ihrem eigenen Volk werden lassen können.«

Eisenstadt hielt inne, um wieder zu Atem zu kommen, was McCracken die Zeit verschaffte, über die Worte des Wissenschaftlers nachzudenken. Nachdem die Möglichkeit einer weltweiten Infektion bestand, hatte sich die Truman-Regierung in letzter Minute für die Beta-Option entschieden und war dann zu dem Schluß gekommen, unbedingt das Risiko zu vermeiden, daß die Gamma-Vorräte irgendwann noch einmal auftauchten. Man mußte die Wahrheit verschweigen; nun, da der Kalte Krieg dämmerte, durften Informationen über den Gamma-Kampfstoff auf keinen Fall in die Hände derer fallen, die sie gegen die Regierung und das Land verwenden könnten. Die Kanister mußten auf ewig vergraben werden, notfalls gemeinsam mit den Leichen von über tausend Besatzungsmitgliedern. Doch nun war Gamma wieder da, um fünfundvierzig Jahre später auf eine nichtsahnende Welt losgelassen zu werden.

Dieser Gedanke versetzte McCracken in Wut. Er griff über den Tisch und faßte Eisenstadt am Hemdkragen. »Sie haben all das gewußt und Rasin die Waffe trotzdem gegeben. Sie wußten, welches Risiko Sie eingingen, und haben ihn nicht einmal gewarnt. Sie haben ihn doch nicht gewarnt, oder?«

»D-D-Doch, das habe ich.«

McCracken ließ ihn los.

»E-E-Es war ihm egal. Solange Israel überlebt; nur darauf kam es ihm an. Die Vorstellung hatte sogar einen gewissen Reiz für ihn . . . die jüdische Rasse wird zur letzten Bastion der Zivilisation.«

»Aber wenn der Virus mutiert, wird auch Israel vernichtet werden.«

»Nein«, sagte Eisenstadt leise. »Wir haben . . . Vorsichtsmaßnahmen ergriffen.«

»Was sagen Sie da?«

»Ich sage es Ihnen, weil ich jetzt will, daß Sie Rasin aufhalten. Er hat sein Wort gebrochen. Er hätte mich getötet, hätte mich . . .«

»Reden Sie! Was für Vorsichtsmaßnahmen?«

»Ein Impfstoff, der über Israel in der Luft freigesetzt wird und uns vor der Gefahr einer jeden Infektion schützt, ob das Virus nun mutiert oder nicht.«

»*Wie* soll er freigesetzt werden?«

»An Dutzenden von strategisch wichtigen Stellen im ganzen Land. Ein paar Stunden vor Sonnenaufgang, damit er sich im ganzen Land ausbreiten kann und dann von den ultravioletten Strahlen der Sonne vernichtet wird, bevor er die arabischen Länder erreicht, besonders über Wasser. Wir werden immun sein!« frohlockte Eisenstadt.

»Was ist mit Rasin?«

»Er spielt eine wichtige Rolle. Er wird den größten Vorrat des Impfstoffs persönlich freisetzen.«

»Wo?« fragte Blaine.

Eisenstadts Blick fiel auf Blaines Uhr. »Es könnte schon zu spät sein.«

»Wo? Sagen Sie mir nur, wo?«

Der Wissenschaftler betrachtete ihn ganz ruhig, mit einem Lächeln, das in den Tiefen eines Verstandes geboren war, der sich in den schuldbewußten Schatten der Vergangenheit verirrt hatte.

»Wo wohl?« erwiderte Eisenstadt mit einer erschreckenden Sachlichkeit. »In Masada.«

FÜNFTER TEIL

UNABHÄNGIGKEITSTAG

Masada: Sonntag, 13. Mai; zwölf Uhr

26

Das Bergplateau von Masada erhebt sich bedrohlich über die umgebende Einöde. Genau auf der Grenze zwischen der Judäischen Wüste und dem Tal des Toten Meeres gelegen, sind es über 420 Meter vom Meeresspiegel bis zu einem felsübersäten Gipfel. Das Plateau erstreckt sich über fünf Morgen, und auf dem Gipfel stehen rekonstruierte Gebäude, die teilweise über zweitausend Jahre alt sind. Die Vergangenheit lebt und atmet mit dem Wüstensand.

Israels Vergangenheit.

Mehr als jedes andere Symbol stellt Masada die Misere des jüdischen Volkes im Verlauf der Geschichte dar. Ursprünglich von König Herodes als heiliger Schutzort und Festung errichtet, hatte das Bollwerk ein halbes Jahrhundert nach dessen Tod Geschichte gemacht. Jüdische Zeloten, die gegen Rom revoltiert hatten, flohen nach Masada und hielten die Festung drei Jahre lang, das letzte Jahr gegen ständige Angriffe der gesamten zehnten römischen Legion. Obwohl sich die Zeloten eins zu zehn in einer Unterzahl befanden, hielten sie aus, bis die Römer an einer der Bergseiten eine Rampe errichteten und die Festungsmauern zu durchbrechen drohten. Nicht bereit, sich geistig oder körperlich versklaven zu lassen, verweigerten die Zeloten den Römern den Sieg, indem sie Selbstmord begingen. Die Römer fanden neunhundertundsiebzig Leichen hinter den Festungsmauern, die zu durchdringen sie drei Jahre brauchten.

Heute ist Masada eine Attraktion für Einheimische und Touristen. Und die israelitische Armee pflegt die Tradition, indem sie die Ausbildung ihrer Soldaten mit einem Sturm den Schlangenpfad hinauf beendet, der sich vom Fuß des Berges bis zum Gipfelplateau windet.

Die überwältigende Mehrzahl der Besucher entscheidet sich jedoch für eine schnellere und nicht so anstrengende Art, zum Gipfel zu gelangen, indem sie die Drahtseilbahn benutzt, die an der Ostseite des Berges hinaufführt. Die beiden Kabinen sind den ganzen Tag über im Einsatz, die Besucher hinauf- und wieder hinabzuschaffen.

Die fünfundzwanzig Männer, die sich an diesem Samstag in der Talstation in die Kabine zwängten, waren erst ein paar Minuten zuvor in einem Reisebus eingetroffen. Sie trugen weite, bequeme Kleidung, die wie geschaffen für die Hitze war, und viele hatten Kamerataschen umgehängt. Während der fünfminütigen Fahrt hinauf sprachen sie kein einziges Wort. Der mit einer Khaki-Montur bekleidete Führer der Gruppe verließ die Kabine an der Bergstation als erster und trat zu einem Soldaten, die sich lässig gegen ein Stahlgeländer lehnte.

»Sie werden dieses Gelände augenblicklich evakuieren«, befahl Yosef Rasin ihm.

Der Soldat nahm Haltung an. »Wie bitte?«

»Sie haben mich richtig verstanden. Drei Ihrer Kollegen befinden sich oben auf dem Berg. Mittlerweile dürften sie von meinen Männern schon dieselbe Anweisung bekommen haben.«

»Von *Ihren* Männern?«

Mit diesen Worten schaute der Soldat zu den zwei Dutzend Männern hinüber, die gerade mit der Drahtseilbahn nach oben gekommen waren. Diejenigen, die er sehen konnte, hatten ihre Hände in die Taschen ihrer Kleidung oder ihre Kamerabehälter gesteckt. Die Warnung war offensichtlich; ein Griff genügte, um ihre Waffen zu ziehen. Dann sah er zu der langen, gewundenen Schlange der Besucher hinüber, die darauf warteten, die Kabinenbahn nach unten nehmen zu können.

»Werden wir als Geiseln festgehalten?« fragte er.

»Nein, Sie Narr. Ich will, daß alle diesen Berg verlassen! Sie und die anderen Soldaten werden die Evakuierung durchführen, doch meine Männer stehen unmittelbar hinter Ihnen. Wir wollen keine große Sache daraus machen. Glauben Sie mir, es liegt nicht in unserer Absicht, israelisches Blut zu vergießen.«

»Ich . . . verstehe nicht . . .«

»Wir sind keine Terroristen, wir sind Patrioten. Am Fuß des Berges warten mehr von uns darauf, hinaufgebracht zu werden. Sie werden bei jeder Fahrt Ausrüstungsgegenstände mit nach oben nehmen. Ist das klar?«

»Ja.«

»Sie werden nicht versuchen, uns daran zu hindern. Wir sind keine Feinde. Im Augenblick mag es nicht den Anschein haben, doch wir stehen auf derselben Seite.«

Der Soldat betrachtete Yosef Rasin genauer. »Ich kenne Sie. Ich weiß genau, ich kenne Sie . . .«

»Wenn Sie den Berg verlassen haben«, fuhr der Fanatiker fort, »werden Sie dem israelischen Volk sagen, es solle auf Masada achten. Sie werden ihm sagen, daß wir den letzten Schritt eingeleitet haben, die Freiheit unseres Volkes und unserer Nation zu sichern. Mit dem Anbruch der Dämmerung wird der Unabhängigkeitstag eine neue Bedeutung bekommen. Haben Sie verstanden, was ich sage?«

»Ich . . . glaube schon.«

»Prägen Sie es sich ein. Sie sind ein Auserwählter, junger Mann, dazu bestimmt, eine heilige Mission zu verkünden. Widmen Sie sich jetzt Ihrer Aufgabe. Sorgen Sie dafür, daß die Menschen in der Schlange Ruhe bewahren.«

Die Augen des Soldaten wurden plötzlich größer. »Ja, ich kenne Sie. Sie sind . . .«

»Ich bin niemand, junger Mann. Aber morgen wird sich das ändern.«

»Es ist geschehen«, erstattete Isser dem Premierminister Bericht und legte den Telefonhörer wieder auf. »Er hat wie geplant Masada genommen.«

»Was haben Sie der Armee gesagt?«

»Daß sie eine Vorpostenlinie errichten, aber auf keinen Fall eingreifen soll. Das ganze Gebiet muß abgeschottet werden, damit Rasin auf diesem Felsen ungestört seine schwarze Magie entfesseln kann.«

»Sie klingen beunruhigt.«

»Er hat eine Armee mitgebracht, Herr Premierminister. Mindestens sechzig Mann. Das war nicht Teil des Handels, den Sie abgeschlossen haben.«

»Aber es überrascht mich nicht. Es ist eine Warnung an uns, wieder eins seiner Symbole. Dann kann er morgen bei Tagesanbruch, wenn die Fernsehteams kommen, um seine Ernennung als Verteidigungsminister zu filmen, wesentlich mehr Eindruck schinden.« Der alte Mann hielt inne. »Falls McCracken nichts dazu zu sagen hat.«

»Es steht mittlerweile zweifelsfrei fest. daß er und der Indianer von Isaac aus unserem Schutzversteck in Jerusalem befreit wurden. Wir haben gar nicht erst versucht, ihn aufzuspüren. Wir lassen ihm die Gelegenheit, sich aus dieser Sache rauszuhalten.«

»Aber Sie wissen, daß er das nicht wird, nicht wahr, Isser?«

»Wahrscheinlich haben Sie recht, und das ist auch ein Grund dafür, Masada von Militär abriegeln zu lassen. Falls McCracken dort auch nur sein Gesicht zeigt, wird er ohne Warnung erschossen.«

Um kurz nach halb eins erhielt Isaac von einem Kontaktmann in der Regierung die Bestätigung, daß das Schlimmste eingetroffen sei.

»Eisenstadt hat recht«, sagte er. »Kurz nach Mittag haben Rasin und über fünfzig seiner Soldaten Masada besetzt.«

»Und die Armee unterstützt ihn natürlich«, folgerte McCracken.

»Sie hat das ganze Gebiet um den Arad abgeriegelt. Niemand kommt hinein. Der ganze Negev ist Sperrzone. Der Berg gehört Rasin, und wir können nichts dagegen tun.«

Eine steife Brise ließ die Wände der Wellblechhütte des Beduinenführers erzittern. Draußen krähte der Hahn noch immer.

McCracken richtete den Blick auf Wareagle, der auf einer

alten Kiste eine Karte von Masada ausgebreitet hatte. »Was glaubst du, Indianer, kann uns in weniger als einem Tag gelingen, was zehntausend Römer in drei Jahren nicht geschafft haben?«

Wareagle sah zu ihm hoch. »Unser Problem ist weniger die Anwesenheit der Armee als die Festung selbst, Blainey. Es ist vielleicht möglich, an den Soldaten vorbeizuschlüpfen, doch dann müssen wir noch immer einen dieser beiden Wege hinauf.« Johnny zeichnete die beiden Strecken mit dem Finger nach; die erste stellte den Schlangenpfad dar, der sich an der östlichen Seite des Berges hinaufwand, und die zweite den Weg, den sich die Römer am Westhang mit der Rampe gebahnt hatten, mit der sie sich endlich Zutritt zu der Festung verschafften. »Beide Strecken lassen sich leicht mit wesentlich weniger Männern und Wachen verteidigen, als Rasin unseren Informationen zufolge mit hinaufgenommen hat.«

»Besonders, wenn er es nur mit uns beiden und vier Haganah-Kämpfern zu tun hat. Womit ich Sie nicht beleidigen wollte, Isaac.«

»Geben Sie mir ein Gewehr. Geben Sie uns allen Gewehre. Wir können noch schießen.«

»Aber dafür brauchen Sie zuerst einmal ein Ziel, und im Augenblick kommen wir nicht einmal in die Nähe davon. Okay, Indianer, über den Boden kommen wir also nicht heran. Damit bleibt uns anscheinend nur noch die Luft.«

Wareagle runzelte als Erwiderung auf diesen Vorschlag die Stirn. »Die Israelis kennen dich, Blainey, und sie wissen, daß du etwas versuchen wirst. Sie werden den Luftraum überwachen. Wir kämen nicht einmal in die Nähe der Festung.«

»Wie wäre es mit einem Absprung aus niedriger Höhe?«

»Damit kommen wir vielleicht an den Israelis vorbei, die den Fuß des Berges bewachen, aber Rasins Leute werden die Fallschirme sehen und können uns in aller Ruhe abknallen.«

»Dann brauchen wir eine Deckung.«

»Wo es einfach keine Deckung gibt.«

»Gottverdammt!« brüllte Blaine. »Wenn nötig, werden wir auch den nackten Fels hinaufklettern. Aber wir werden Rasin aufhalten, hast du verstanden?«

»Ich habe dich verstanden, Blainey, aber deine Worte nehmen keine Rücksicht auf die Wirklichkeit der Beschränkungen, mit denen wir es zu tun haben. Wir haben das Offensichtliche untersucht. Nun ist es an der Zeit, tiefer zu blicken.«

»Wir stecken ganz tief drin, Indianer. Bis zu den Nasenspitzen, wie ich es sehe.« Blaine hielt plötzlich inne; offensichtlich war ihm etwas eingefallen. »Na schön, Indianer, nehmen wir einmal an, wir hätten Zugang zur gesamten High-Tech auf der ganzen Erde. Gäbe es dann eine Möglichkeit, auf den Gipfel dieses Felsens zu kommen?«

Wareagle richtete seine Aufmerksamkeit wieder auf die Karte. Schließlich sah er auf und nickte emotionslos.

»Ja, aber wir würden nicht nur Maschinen, sondern auch Männer dafür brauchen.«

»Aber es *gibt* eine Möglichkeit?«

»Eine Möglichkeit ohne Garantien. Die Geister bieten Alternativen an, keine Gewißheiten.«

»Das genügt mir, Indianer.«

»*Fudo-san*«, sagte Hiroshi. »Ich kann dich kaum verstehen.«

»Das ist auch eine seltsame Verbindung, Hiroshi. Ich spreche aus einem Beduinenlager in der judäischen Wüste.«

»Und dorthin hat dich deine Spur geführt?«

»Unter anderem, ja.« McCracken hielt inne. »Hast du ernst gemeint, was du mir in Japan gesagt hast? Würdest du wirklich *alles* tun, um die Schmach wiedergutzumachen, Rasin geholfen zu haben?«

»Ich habe meine Ehre verletzt, *Fudo-san*. In vergangenen Zeiten hätte das ausgereicht, mir das Leben zu nehmen.«

»Es gibt eine Möglichkeit, deine Ehre weit würdevoller wiederherzustellen.«

»Alles, *Fudo-san*. Wenn es in meiner Macht liegt, werde ich es tun. Sag mir nur, was.«

»Es ist eine lange Liste, Hiroshi. Hol dir lieber einen Zettel . . .«

Als Blaine alles durchgegeben und aufgelegt hatte, nahm er Johnny Wareagles leises Lächeln und Isaacs entgeisterten Gesichtsausdruck zur Kenntnis.

»Können Sie das wirklich hinkriegen?« fragte der alte Mann ungläubig?«

»Hiroshi kann es schaffen. Das einzige, was ihn – und uns – aufhalten könnte, wäre der Zeitfaktor.«

»Ein Feind, den wir nicht so leicht überwinden können.«

McCracken sah auf seine Uhr. »Es ist jetzt eins. Hiroshi sagt, er könne innerhalb von zehn Stunden mit der Ausrüstung hier sein. Es wird zwar knapp, aber es ist zu schaffen. Wir können zwar nicht verhindern, daß Rasin und die anderen den Impfstoff freisetzen, doch wenn wir ihn in Masada ergreifen, wird er Gamma am Unabhängigkeitstag nicht auf die Welt loslassen können.«

»Wie will er die Waffe überhaupt entfesseln?« fragte Isaac.

»Wenn ich mich nicht irre, ist Teheran der Schlüssel. Können Sie Ihren Leuten in der Stadt eine Nachricht übermitteln?«

»Ich wollte sowieso mit unserem Einsatzleiter Kontakt aufnehmen. Er kann die verschiedenen Zellen zwar nicht direkt erreichen, aber ein allgemeines Signal zum Abbruch der Mission geben.«

»Nein, Sie dürfen nicht abbrechen! Haben Sie verstanden? Feuersturm ist jetzt wichtiger denn je!«

Isaac starrte ihn völlig verwirrt an. »Haben Sie vergessen, daß die Regierung uns die Apaches zur Verfügung stellen wollte? Ohne die Hubschrauber hat Feuersturm nicht die geringsten Aussichten auf Erfolg.«

»Darum kümmern wir uns später. Im Augenblick müssen Sie mir einfach vertrauen. Operation Feuersturm *muß* wie geplant weitergehen.«

»Warum haben Sie mich dann gefragt, ob ich eine Nachricht in die Stadt schmuggeln könne?«

Blaine sah ihm in die Augen. »Sie wissen, wo Evira gefangengehalten wird. Ich will, daß sie befreit wird. Geben Sie den Befehl.«

»Aber das Risiko! Die Gefahr!«

»Ich will es Ihnen erklären, Isaac. Ohne Evira werde ich

meinen Sohn vielleicht niemals finden. Wenn sie stirbt, wird er wahrscheinlich auch sterben. Klingt ganz einfach, oder? Aber lassen Sie es mich anders ausdrücken. Wenn ich den Jungen nicht retten kann, kann ich Rasin genausogut persönlich helfen, die Kanister mit dem Gamma-Virus auszukippen.« Und dann, an Wareagle gewandt: »Ich sehe einfach den verdammten Sinn nicht mehr.«

»Aber du siehst etwas, was die anderen von uns noch nicht sehen können, Blainey.«

»Mein Blick könnte mich trügen, Indianer. Hoffen wir bei Gott, daß es so ist.«

»Sonst noch etwas?«

»Nein«, sagte Yosef Rasin zu der in Leder gekleideten Lace. »Ich glaube, Sie haben alles abgesichert.«

»Nicht ganz«, erwiderte die große Frau mit dem harten, muskulösen Körper. Ihr Blick richtete sich auf den Fuß des Berges, wo man unter den Flutlichtscheinwerfern, die die Armee aufgestellt hatte, Bewegungen ausmachen konnte. »Aber unsere Freunde dort unten sichern alles ab, was wir vielleicht übersehen haben.«

»Sie glauben also, daß McCracken noch lebt?«

»Ich glaube nicht, daß man ihn so leicht töten kann, wie Ihre Berichte es behaupten.«

»Wenn er also kommt . . .«

Lace lächelte, und ihre Halsmuskeln spannten sich an. »Soll er doch.«

Und damit drehte sie sich um und kehrte zu Tilly zurück, die in einem Ausläufer der Befestigungen wartete, die sie vor Anbruch der Nacht auf Masada errichtet hatten. Rasin hatte sich entschlossen, sein Quartier auf der Nordseite Masadas aufzuschlagen, direkt auf den Überresten von Herodes' Palast. Ein beträchtlicher Teil der großen Badehäuser, Terrassen und des Labyrinths von Lagerhäusern war rekonstruiert worden, was auch für die ursprünglichen Befestigungen galt. Auf der gesamten felsübersäten Ausdehnung von Masada befanden sich weitere Überreste alter Gebäude. Rasin hatte ursprünglich die ersten Posten an dem Wachhaus aufstellen wollen, das zweihundert Meter von der nördlichen Mauer entfernt lag. Doch in Befürchtung eines Angriffs hatte Lace darauf gedrungen, schon an den Außenmauern Wachen aufzustellen, damit eine Absicherung in alle Richtungen gewährleistet war. Wenn nun tatsächlich ein Angriff erfolgte, würden sie frühzeitig davon erfahren.

Auf dem Berg waren alle Lampen und Scheinwerfer eingeschaltet worden, wodurch das uralte Masada in einen unheimlichen, modernen Glanz gehüllt wurde. Rasin beeindruckte die Beleuchtung. Von seiner Veranda auf dem Dach des Badehauses aus konnte er fast bis zu den Grenzen des Bergplateaus sehen. Es war klug gewesen, auf Lace zu hören, und noch klüger, seine persönliche Einsatztruppe mitzubringen, die aus Geächteten wie ihm selbst bestand – eine sorgfältig ausgewählte Gruppe von Soldaten, die wegen übermäßiger Brutalität gegen die Araber aus der Armee ausgestoßen worden waren. Kurz gesagt, eine Bande von Halsabschneidern. Er befürchtete weniger einen Angriff von McCracken als einen von der Regierung, falls sie es sich doch noch anders überlegen sollte. Seine Männer hatte er als Absicherung dagegen mitgenommen. Selbst die besten Elitetruppen der Armee wären nicht an ihnen vorbeigekommen. Auf keinen Fall. Zahlreiche seiner Soldaten waren mit Luftabwehrwaffen ausgestattet, denn falls ein Angriff kam, würde er aus der Luft kommen.

Rasin atmete tief die trockene Luft ein. Die Macht, die er so lange gesucht, die Macht, die die Vorsehung ihm zugeteilt hatte, lag nun dank Gamma greifbar vor ihm. Er sah auf seine Uhr. Nur noch fünf Stunden, dann würde er seinen Teil des Gegenmittels freisetzen. Etwa zur selben Zeit würden ein Dutzend seiner Helfer an strategisch über ganz Israel verteilten Orten ebenfalls den Impfstoff in die Luft geben, damit der Wind ihn über die gesamte kleine Nation verbreitete und das Land damit vor dem Gamma-Virus schützte. Da der Kontakt mit ultravioletten Sonnenstrahlen den Impfstoff augenblicklich zerfallen ließ, kam es darauf an, den Zeitpunkt der Freisetzung so zu wählen, daß das Gegenmittel bei Sonnenaufgang so nahe wie möglich an die israelischen Grenzen getragen worden war.

Der Vorgang ließ sich nicht genau berechnen, aber einigermaßen. Außerdem war schließlich das Schicksal auf seiner Seite.

Er hatte die Regierung natürlich brillant ausgetrickst; er hatte alle ausgetrickst. Hätten sie auch nur vermutet, was er auf sich genommen hatte, um den Erfolg seines Plans zu gewährleisten, hätten sie die Scharade durchschaut, die er für die Welt aufgezogen hatte . . . aber es war sinnlos, darüber nachzudenken. Die Scharade näherte sich schnell ihrem Ende.

Der Wind kam vom Toten Meer; er roch für ihn kräftig und lebendig. Vielleicht würde er mit dem Anbruch des neuen Tages sogar tatsächlich wieder leben. Vielleicht hatte Moses doch noch nicht sein letztes Wunder bewirkt.

Zumindest das wollte Rasin der Welt beweisen.

»Nun, alter Freund, können wir es durchziehen?«

Hiroshi hatte sich so sehr auf Wareagles Karte von Masada auf den Kisten in der Beduinenhütte konzentriert, daß er McCrackens Frage kaum hörte. Wortlos trat er zu einem Riß im Wellblech, der als Fenster diente. In der Wüste vor dem Lager, die nun im grellen Licht von Scheinwerfern lag, die von tragbaren Generatoren gespeist wurden, waren zwei Dutzend seiner besten Leute damit beschäftigt, die gewaltigen Ausrüstungsmengen, die er aus Japan mitgebracht hatte, auszupacken, zusammenzusetzen und vorzubereiten. Mit einer Transportmaschine hatten sie den Flug in acht Stunden bewältigt; sie waren auf einem privaten Flughafen in Ägypten gelandet, auf dem schon zwei von Israelis gesteuerte Sikorsky-Truppentransport-Hubschrauber gewartet hatten. Die Geräte wurden umgeladen, und der Flug zum Beduinendorf war ohne Zwischenfall verlaufen. Um kurz nach Mitternacht waren sie hier eingetroffen.

»Wir können es schaffen, *Fudo-san*«, erwiderte Hiroshi schließlich, ohne sich umzudrehen. »Die Idee ist brillant, aber . . .«

»Ja?«

»Sie kommt mir etwas zu kompliziert vor. Wenn es darum

geht, eine solche Festung zu knacken, würde ich allemal einen gezielten Beschuß aus der Luft vorziehen.«

»Zu riskant«, erklärte McCracken. »Wenn Rasin umkommt, oder in der ganzen Verwirrung aus Masada fliehen kann, hätten wir keine Chance mehr, die Gamma-Kanister zurückzubekommen. Und genau darum geht es.«

»Ich verstehe, *Fudo-san.* Aber es bleibt die Tatsache bestehen, daß wir mit einer nur geringen oder überhaupt keiner Rückendeckung in eine schwer bewachte Festung abspringen.«

Blaine sah Wareagle an. »Überlaß das dem Indianer. Ich mache mir größere Sorgen darüber, wie wir die Soldaten am Fuß des Berges davon abhalten, die Kavallerie zu rufen, sobald sie erst mal begreifen, was da oben vor sich geht.«

»Überlaß es mir«, sagte Hiroshi.

Die flache Wüste hinter dem Beduinenlager lag in tiefer Dunkelheit, die nur hier und da von Scheinwerfern durchbrochen wurde. Das einzige Geräusch in der Kälte der Nacht stammte von den gepanzerten Sikorsky-Truppentransportern, die nun, da der Start kurz bevorstand, die Motoren warmlaufen ließen. Hiroshi kniete, die Hände auf den Oberschenkeln, vor seinen Samuraikriegern, die in einer Linie vor ihm hockten. Sie alle trugen *Hakamas,* schwarze Oberteile und ebensolche bauschige, hosenähnliche Unterteile. Obwohl die meisten mit modernen Maschinengewehren ausgestattet waren, blickten sie nun alle auf die Schwerter, die in ihren Scheiden vor ihnen lagen. Auf ein Zeichen Hiroshis ergriffen sie die altmodischen Waffen und schoben sie in ihre Gürtel, eine gleichförmige Bewegung, die in ihrer stillen Gelassenheit unheimlich wirkte. McCracken stand ein Stück abseits und rief sich noch einmal die Einzelheiten von Johnny Wareagles Plan in Erinnerung.

»Halten Sie mich ruhig für einen *Schlemihl*«, sagte Isaac, der plötzlich neben ihm stand, »doch haben Sie nicht gesagt, es sei Selbstmord, aus dem Himmel zu fallen?«

»Ich habe gesagt, ein Fallschirmabsprung sei Selbstmord. Das hier ist es etwas anderes.«

»Hm«, machte Isaac. »Himmel ist Himmel.«

»Und Sie?«

»Ich breche jetzt auf, um Isser einen Besuch abzustatten. Nach dem, was Eisenstadt uns gesagt hat, kann er mich nicht einfach so abweisen. Wir wollen nicht, daß Sie in Masada Erfolg haben, nur um dann von der richtigen Armee getötet zu werden.«

»Dieser Gedanke ist mir auch schon in den Sinn gekommen, doch Sie haben ihn zuerst ausgesprochen.«

Isaac blinzelte. »Ist doch logisch. Ich stelle mir die Sache wie eine Partie Dame vor, und jetzt sind wir am Zug. Der Feind mag zwar mehr Steine haben, aber wir springen über sie hinweg. Ich wünsche Ihnen einen angenehmen Flug.«

»Schalom, Sie alter Teufel.«

Die Sikorsky-Hubschrauber glitten auf normaler Flughöhe durch den Nachthimmel und unternahmen keinen Versuch, sich vor Radar- oder Sichtkontakt zu verbergen.

»Zwei Minuten, dann geht's los, Indianer«, sagte McCracken im Cockpit zu Wareagle. Die vom Flutlicht erhellte Festung vor ihnen wurde schnell größer. »Wir müssen langsam zu den anderen hinten.«

Wareagle atmete tief ein, und Blaine bemerkte den Hauch eines Lächelns auf seinem Gesicht. »Das Höllenfeuer, Blainey. Wir werden es wieder betreten.«

»Du klingst fast froh darüber.«

»Nein. Aber ich bin auch nicht traurig. Ich habe gelernt, daß sich alles auf der Welt im Gleichgewicht befindet. Das Höllenfeuer trägt zu dem bei, was wir sind und waren. In Zeiten wie diesen sind uns die Geister am nächsten. Sie erheben sich ins Chaos, doch um sie spüren zu können, muß man sich auch ins Chaos begeben. Niemals sind ihre Worte deutlicher. Niemals fühle ich mich meinen Vorfahren näher.«

»Hoffentlich hast du dir nicht die heutige Nacht ausgesucht, dich zu ihnen zu gesellen, Indianer.«

Major Ben Shamsi, Befehlshaber der Sicherheitstruppen um Masada, hob das Walkie-talkie an sein Ohr.

»Ich höre Sie, Korporal.«

»Sir, aus dem Süden nähern sich zwei Truppentransporter.«

In diesem Augenblick vernahmen Shamsis Ohren das vertraute *Wop-wop-wop* von zwei Sikorskys, und er sah die Positionslichter der Maschinen in der Dunkelheit aufblitzen.

»Leutnant«, rief er dem Mann hinter ihm zu, »erwarten wir Verstärkung?«

»Nicht daß ich wüßte, Sir.«

»Funken Sie sie an«, befahl Shamsi. »Wir müssen herausfinden, was . . .«

»Sir!« erklang die hektische Stimme des Korporals, der am südlichen Rand des Geländes Stellung bezogen hatte. »Einer der Truppentransporter hat über Masada etwas abgeworfen!«

»Abgeworfen?«

»Fledermäuse, Sir! Es sieht aus wie große Fledermäuse!«

Der Wachtposten, der auf Laces Anweisung Stellung auf der Südmauer von Masada bezogen hatte, hob tatsächlich die Hand, um den vorüberfliegenden Sikorskys zuzuwinken, als er sah, wie schwarze Gestalten aus den Hubschraubern sprangen und im nächsten Augenblick auch schon über ihn hinwegsausten. Er duckte sich instinktiv, wie man sich vor einem Vogel duckt, und griff noch nach seinem Walkie-talkie, als an der Nordflanke von Masada der erste Schuß erklang. Als er sich wieder umdrehte, schien der ganze Himmel vor schwarzen Gestalten zu wimmeln, die sich aus den Leibern der Sikorskys ergossen.

Die motorisierten Hanggleiter waren von Anfang an das Kernstück von Wareagles Plan gewesen. Sie stellten die einzigen Fluggeräte dar, die sowohl schnell wie auch manövrierfähig genug waren, um sich Masada von oben zu nähern. Hiroshi hatte sie schon vor einiger Zeit aufgetrieben, indem er eine Ladung abgefangen hatte, die ursprünglich für die Delta Force in Fort Bragg bestimmt war. Doch da er sich weigerte, mit dem einzigen Markt, den es für sie gab – Terroristen – Geschäfte zu machen, war er bislang auf ihnen sitzengeblieben.

Die Gleiter entsprachen der modernsten Technik und waren wesentlich leistungsfähiger als die, welche die palästinensischen Terroristen bei ihren Überfällen über die Grenze zwischen dem Libanon und Israel benutzten. Die Spannweite der schwarzen Schwingen betrug nicht einmal zwei Meter, und die kleinen Motoren, die die Gleiter antrieben, waren in der Mitte der Geräte angebracht. Die Gleiter waren in alle Richtungen manövrierfähig und konnten sehr schnell steigen und sinken.

In den letzten Sekunden vor dem Absprung dachte McCracken noch einmal über die Strategie nach, die sie anwenden wollten. Er und Wareagle waren von Anfang an davon ausgegangen, daß Rasin in ganz Masada Wachen postiert hatte und nicht nur im nördlichen Teil der Festung, wo sich seine Truppen konzentrierten. Damit war es leider nicht möglich, von einem benachbarten Gipfel zu starten; sie mußten aus den Sikorskys abspringen.

»Die größten Sorgen machen mir die Scheinwerfer«, hatte Hiroshi sie gewarnt. »Das Problem ist zweischneidig. Wenn wir auf sie schießen, und sie erlöschen, können meine Krieger nicht sehen, wo sie landen. Wenn wir sie unversehrt lassen, geben wir die besten Ziele ab.«

»Wie wäre es, wenn wir vor dem eigentlichen Angriff Tränengas abwerfen?«

»Das bereitet noch mehr Probleme.« Hiroshi zuckte die Achseln. »Zum einen müssen wir die Möglichkeit in Betracht ziehen, daß Rasins Leute mit Gasmasken ausgerüstet sind. Doch selbst wenn das nicht der Fall sein sollte, könnte das Gas gegen uns arbeiten, indem es unseren Feinden Deckung verschafft und uns wiederum die Sicht auf mögliche Landeplätze nimmt.«

»Die Luft stellt unseren größten strategischen Vorteil und gleichzeitig unseren größten Schwachpunkt dar«, fügte Wareagle hinzu.

»Granaten«, sagte Blaine plötzlich.

Wareagle begriff augenblicklich, worauf er hinauswollte. »Zwei Angriffswellen, Blainey?«

»Im Abstand von höchstens zwanzig Sekunden. Sagen wir, sechs bei der ersten Welle. Sie sollen Rasins Truppen zerstreuen und die Wachtposten auf den höchstgelegenen Stellungen ausschalten. Stellt es euch einmal vor . . . Sobald die erste Welle ihre Granaten abgeworfen hat, werden Rasins Männer in heilloser Flucht durcheinanderlaufen und eine leichte Beute für die zweite Welle sein. Sobald sie sich dann endgültig zerstreut haben, landen wir . . . hier und hier.« McCracken deutete auf die Lagerhäuser am östlichen Rand der Festung und die freie Fläche in der Mitte des Plateaus.

Wareagle nickte. »Die erste Welle kann Rauchbomben abwerfen, wenn sie sich mitten über dem Plateau befindet.«

»Das gefällt mir, Indianer. Eine Rauchwand, aus der die zweite Welle auftaucht. Das ist ideal.«

»Nicht ideal, Blainey, aber es kommt dem so nah wie möglich.«

Hiroshi und jene seiner fünf Krieger, die mit den Motorgleitern am besten umgehen konnten, würden die erste Angriffswelle bilden. Zwanzig Sekunden später würden McCracken und Wareagle mit weiteren zwölf Samurai aus dem zweiten Hubschrauber folgen. Die restlichen sieben aus Hiroshis Hubschrauber sollten im Norden von Masada aussteigen, wo sich Rasins Kräfte konzentrierten, und die Nachhut von McCrackens Angriffsphalanx bilden.

»Nach dir, Indianer«, sagte Blaine, als die Südmauer von Masada unter ihnen auftauchte und sich vor ihnen, in der Mitte der Festung, eine dicke, graue Nebelmauer erhob.

Und gemeinsam sprangen sie in die kühle Luft, während das erste Team unter Hiroshis Führung weitere Granaten zündete, deren Detonationen in der Dunkelheit wie Donnergrollen klangen.

Die erste Explosion ließ Yosef Rasin aus dem Dampfraum des Badehauses stürmen, in dem er die letzten Vorbereitungen für die Freisetzung des Impfstoffes getroffen hatte. Er beabsichtigte, die Kanister mit eigens dafür konstruierten Mörsern vom Dach des Badehauses in die Luft zu schießen, und schickte sich gerade an, die Schutzverpackung zu lösen, als die ersten Granaten detonierten. Er lief ins Freie und wurde von einer donnernden Explosion geblendet. Einige Soldaten brachen zusammen, und Rasin taumelte gegen eine uralte Mauer und hielt sich die Ohren zu.

Lace sprang an seine Seite, während Schutt von weiteren Granatenexplosionen auf sie hinabregnete.

»Das ist McCracken!« überschrie sie das Chaos.

Rasin rieb sich benommen die Augen. Sein Blick klärte sich gerade rechtzeitig, daß er große, schwarze Schemen ausmachen konnte, die aus dem Himmel herabstießen und Granaten warfen, um seine Truppen zu zerstreuen.

Er ergriff Laces stählernen Arm. »Sie müssen sie zurückschlagen! Sie müssen mir Zeit verschaffen! Die Kanister! Ich muß die Kanister hochjagen!«

»Nicht von hier aus!« rief sie und zerrte ihn vor der nächsten Explosion zurück. Und dann schien ihr etwas aufzufallen. Sie trat in den aufwirbelnden Staub zurück. »Die Scheinwerfer! Ich muß zu den Scheinwerfern!« Sie drehte sich zu Rasin um. »Gehen Sie in den Dampfraum zurück und warten Sie dort!«

»Worauf war . . .«

»Sie werden es sehen. Sie werden es merken. Und jetzt los!«

Und Rasin gehorchte, während hundert Meter entfernt, auf der Mitte des Bergplateaus, zahlreiche Schreckgestalten mit schwarzen Schwingen durch die graue Rauchwand brachen.

27

»Sagen Sie das bitte noch mal!« befahl die Stimme aus Jerusalem.

»Ich habe gesagt«, wiederholte Major Shamsi im Lager am Fuß von Masada, »daß Rasins Truppen auf dem Berg angegriffen werden!«

»Haben Sie ›angegriffen‹ gesagt?«

»Ja! Zum dritten Mal, ja!«

Es folgte eine kurze Pause. »Major, ein Sonderkommando ist unterwegs. Greifen Sie nicht ein. Ist das klar?«

»Guter Mann, selbst wenn ich wollte, käme ich nicht diesen Berg hinauf.«

»Du Narr!« tobte Isser, als er in die Einsatzzentrale stürmte. »Du verdammter Narr!«

Isaac stand am Fenster und rauchte eine Zigarre. Er trug einen Übermantel, der für seine hagere Gestalt viel zu weit war. Zwei Soldaten richteten ihre Gewehre auf ihn. Isaac hatte Isser in einem Kommandoposten des Mossad ausfindig gemacht, der – in Sichtweite zur Knessed – als luxuriöses Wohnhaus im Jerusalemer Stadtteil Rehavia getarnt war.

»Immer mit der Ruhe«, sagte er zu dem Mossad-Chef und drohte ihm mit dem Zeigefinger. »Dieser Ton gehört sich nicht unter Freunden . . .«

»Du hättest dich da raushalten können. Ich habe dir alle Möglichkeiten gelassen, einfach zu verschwinden. Aber jetzt läßt du mir keine Wahl. Du hast es darauf angelegt.«

»Ganz recht, alter Freund.«

»Was sagst du da? Hat dich McCracken da hineingezogen? Wo ist er?«

»Er fängt gerade damit an, das Chaos zu beseitigen, das du aus unserer Welt gemacht hast.«

»Das verstehe ich nicht.«

Isaac paffte an seiner Zigarre. »Kann ich mir vorstellen. Du hörst nie zu. Aber jetzt wirst du es wohl müssen. Du hast dich mit Rasin zusammengetan, und jetzt ist es an der Zeit, daß du erfährst, worauf du dich eingelassen hast.«

»Das muß ich mir nicht anhören!«

»O doch. Verstehst du, du hast gar keine andere Wahl.« Mit diesen Worten öffnete Isaac seinen Übermantel und enthüllte ein Dutzend um seine Brust geschnallte Dynamitstangen. Bevor die Soldaten reagieren konnten, hielt er die Zigarre dicht an die Zündschnur. »Warum setzen Sie sich also nicht, Herr Mossad-Chef? Ich muß Ihnen eine unglaubliche Geschichte erzählen . . .«

McCracken und Wareagle glitten Seite an Seite durch die graue Wolke in der Luft, erstaunt darüber, wie leicht sich die Motorgleiter bedienen ließen. Die Zehn-PS-Motoren hingen direkt über ihren Köpfen, befestigt an einer Verstrebung, die sich über die gesamte Länge des Gleiters hinzog. Am Ende der Verstrebung drehte sich geräuschlos ein Propeller. Die Geschwindigkeit ließ sich, ähnlich wie bei einem Motorrad, über einen Handgriff an der rechten Seite des Gestells kontrollieren, an dem die Passagiere angeschnallt waren.

Unter ihnen hatte der Angriff der ersten Gruppe ein heilloses Durcheinander angerichtet. Rasins Männer liefen in Deckung, gaben ihre Stellungen auf; es ließ sich keine Spur von Ordnung mehr ausmachen. Die nun aus der Luft hinabstoßenden Samurai hingegen wußten genau, was sie zu tun hatten.

Plötzlich glitt Wareagle im Sturzflug hinab und gab mit seinem M-16 Dauerfeuer. Blaine sah, wie auf einem schmalen Streifen des Plateaus, das von einem Scheinwerfer erhellt wurde, ein mit einem Maschinengewehr bewaffneter Soldat versuchte, Fuß auf dem Wachtturm zu fassen, von dem aus man den gesamten nördlichen Abschnitt von Masada kontrollieren konnte. Die Salve des Indianers prallte zuerst vom Fels ab und erfaßte dann den Feind. Blaine ließ sich tiefer fallen, neben Wareagle.

»Damit wäre der Weg frei, Indianer.«

»Das Höllenfeuer lockt, Blainey.«

Um sie herum umkreisten die restlichen achtzehn Samurai das Gelände in einer weiten Kurve. Vielleicht ein Dutzend feuerte schon auf Befestigungen, hinter denen sich Rasins Soldaten verschanzt hatten. Es kam jetzt darauf an, die feindlichen Kräfte zu zersplittern, zu verhindern, daß sich Rasins Soldaten neu formierten. Dann würden sie keinen Vorteil daraus ziehen können, daß sie sich beträchtlich in der Überzahl befanden. Bei der ersten sich bietenden Gelegenheit würden die restlichen sechs Samurai dieser Gruppe, die mit

Gewehren und Schwertern bewaffnet waren, landen und versuchen, das Gelände von Norden nach Süden zu sichern. Gleichzeitig würden Hiroshis sechs Mann von der oberen Terrasse von Herodes' Palast aus nach Süden vorstoßen. Das Dutzend Krieger unter der Führung von Blaine und Johnny würde sich zu den anderen auf dem Boden gesellen, sobald es aus der Luft einen so großen Schaden wie möglich angerichtet hatte.

Blaine nickte Johnny zu, und die beiden schossen in unterschiedlichen Winkeln durch die Luft. McCracken hatte schon oft konventionelle Hanggleiter geflogen, doch dieser hier vermittelte ein völlig anderes Gefühl. Näher konnte ein Mensch dem Fliegen wohl nicht kommen, so mühelos ließ er sich bedienen.

Tief unten in einem von hohen Mauern umschlossenen Innenhof, über den man die großen Lagerhäuser an der Ostmauer erreichen konnte, erspähte er einige von Rasins Männern, die versuchten, eine M-60 aufzubauen. Blaine riß die Füße hoch, setzte zu einem Sturzflug an und schoß in einem Winkel von fünfundvierzig Grad hinab, wobei er den Finger auf dem Abzug seines Maschinengewehrs hielt. Als er über das neutralisierte Feindgebiet hinweggerast war, riß er den Gleiter wieder hoch. Dank seiner Beinarbeit gelang das Manöver mühelos.

Im Himmel um ihn herum zogen die Samurai ihre Kreisbahnen. Manchmal schienen sich die breiten Schwingen der Gleiter zu berühren, doch Hiroshis Krieger flogen mit dem instinktiven Gefühl für Entfernungen, das ein eingespieltes Team bekam, wenn es oft und lange miteinander trainierte. Für sie war es ein Kampf wie jeder andere auch; nur die Örtlichkeit und die Regeln hatten sich geändert. Blaine sah, wie Johnny Wareagle tatsächlich einen Looping zog, um nach einem Angriff mit seiner M-16 schneller aus der Gefahrenzone zu entkommen. McCracken warf die Unterschenkel hoch, um schneller zu sinken und dem Indianer Deckung zu geben, und flog dann an den Ruinen vorbei, das Maschinengewehr direkt nach unten gerichtet. Er feuerte mit kurzen Salven auf alles, was sich rührte, und sah dann, wie Johnny ihm ein Zeichen gab, daß alles okay sei. Er zog den Gleiter wieder hoch und legte dabei ein neues Magazin ein.

Eine verirrte Kugel durchbohrte Blaines Schwinge, und er stieg höher, um zu einem neuen Angriff anzusetzen. Aus dieser Position hoch über Masada wirkte die Festung wie ein unter Glas errichteter Ameisenhaufen. Rasins Soldaten reagierten nun allmählich wieder wie echte Profis und suchten jede Deckung in dem Labyrinth der Ruinen, die sie finden konnten. Sie konzentrierten sich hauptsächlich auf das Gebiet an der nordöstlichen Flanke, in dem sich die Überreste des riesigen Lagerhauses befanden; dort konnten sie neue Stellungen beziehen. Eine Reihe der Feinde waren, genau wie Blaine es befürchtet hatte, mit schweren Maschinengewehren und Flugabwehrraketen ausgerüstet. Die Samurai zogen weiterhin ihre Kreise über die Ruinen, doch nun in einem Winkel, der ihnen nicht mehr zum Vorteil gereichte, und Rasins Truppen hatten sich so weit neu gruppiert, daß sie sie bei jedem Überflug unter Beschoß nehmen konnten.

»Hiroshi, hörst du mich?« sagte McCracken ins Mikro seines Funkgeräts.

»Laut und deutlich, *Fudo-san.*«

»Wir haben sie größtenteils in den Lagerhäusern festgenagelt. Ich gehe runter und suche Rasin. Ich lande zwischen der Innenmauer und der Synagoge, direkt vor dem nördlichen Ausguck des Palastes.«

»Meine Männer und ich sind schon unten. Sei vorsichtig. Irgend etwas stört mich an ihrer Anzahl. Bei unserem ersten Überflug habe ich nur vierzig gezählt.

McCracken spürte, wie ein wohlvertrautes Gefühl des Unbehagens in ihm emporstieg. Isaacs Geheimdienstberichte hatten von mindestens sechzig Mann gesprochen, die Rasin nach Masada begleitet hatten. »Hast du das gehört, Indianer?« fragte er und ging tiefer, um zur Landung anzusetzen.

»Probleme, Blainey. Wir müssen wachsam bleiben.«

Blaine berührte den Boden. Im Weiterlaufen löste er die Gurte und riß sich den Gleiter vom Rücken. Dabei achtete er sorgsam darauf, nicht den kleinen Ohrstöpsel und das Mikrofon zu beschädigen, das unter seinem schwarzen Rollkragenpullover hervorlugte. Er ging in die Hocke und machte einen Satz in die Überreste der Synagoge, die genau über der Rampe lag, mit deren Hilfe die Römer die Festung endlich hatten einnehmen können. Das knirschende Geräusch, das seine schweren Stiefel auf dem Fels verursachten, kam ihm so laut vor wie Schreie in der Nacht, doch daran ließ sich nichts ändern. Er drückte sich gegen eine Innenmauer und überprüfte seine Waffe.

Über ihm setzte eine Abteilung von Hiroshis Samurais unter Wareagles Führung den Kampf aus der Luft fort. Sie konzentrierten sich auf das Lagerhaus, in dem sich die meisten von Rasins Leuten verschanzt hatten, flogen aber immer wieder auch zu allen anderen Stellen hinüber, an denen geschossen wurde. Gewissermaßen bot die Strategie der Motorgleiter ein genaues Abbild des Krieges im Kleinen: sie besaßen die Lufthoheit und ermöglichten es den Bodentruppen, den Feind zu umzingeln und aus einer gesicherten Stellung anzugreifen. Der Clou war dabei natürlich, daß neben dem Gewehr hier das Schwert als wichtigste Angriffswaffe diente. Auf einem so schmalen, unübersichtlichen Gebiet und im Kampf Mann gegen Mann war es, von Experten geschwungen, eine überaus praktische und vielseitige Waffe. Die sechs Männer von Blaines Gruppe näherten sich schon aus südlicher Richtung, und Hiroshis Leute rückten aus dem Norden vor.

Immer wieder zerriß Maschinengewehrfeuer die Stille der Nacht. Das Zusammenspiel der antiken und der hochmodernen Waffen war so bizarr, daß es fast lächerlich anmutete. Doch von Anfang an war ja vorgesehen gewesen, den Nahkampf zu suchen, in dem Hiroshis Samurai selbst gegen Rasins personelle Übermacht zweifellos einen Vorteil hatten. Blaine konzentrierte sich auf die Aufgabe, Rasin zu suchen. Doch als er wieder durch den Eingang des Synagoge hinaustrat, erloschen alle Lichter über Masada, und der Berggipfel lag in völliger Dunkelheit da.

»Bitte melden, Hiroshi!«

»Ich höre dich, *Fudo-san.*«

»Hier oben müssen sich ein paar verdammt gute Leute versteckt haben, *Sensei.* Sie reagieren genauso, wie ich es getan hätte. Und wir müssen damit rechnen, daß sie sich nicht so schnell geschlagen geben.«

»Wir müssen das Licht wieder einschalten!«

»Ich rufe die Sikorskys hinab! Sie sollen uns mit den Scheinwerfern leuchten!«

»Dann könnte man sie wie auf dem Präsentierteller abschießen!«

»Nicht, wenn sie in Bewegung bleiben. Außerdem . . . haben wir eine andere Wahl? Deine Leute müssen verhindern, daß sie Stellungen beziehen, aus denen sie Luftabwehrraketen abschießen können. Wo bist du?«

»An der Außenmauer des Badehauses. Meine Männer sind alle in Sichtweite. Waren«, korrigierte Hiroshi.

»Gib mir dreißig Sekunden, um die Hubschrauber zu informieren. Dann werden wir die Mistkerle ein für allemal erledigen! Hast du alles mitbekommen, Indianer? Johnny?«

McCracken wartete; er konnte nur die dunkelbraune Felswand eine Armeslänge von ihm entfernt ausmachen.

Wareagle antwortete nicht.

»Kommen Sie schon!« befahl Lace und mußte Rasin fast an der Hofmauer entlang mit sich zerren. Sie erreichten eine offene Fläche vor dem Gebäude, das vor zweitausend Jahren als Quartier für die Familien der Offiziere gedient hatte. Die Luft war voll von grauem Rauch, den die Angreifer verbreitet hatten.

»Wohin wollen wir . . .?«

Rasin hielt mit seiner Frage inne, als Lace ihren Griff um seinen Arm verstärkte und einen schweren Krummsäbel aus ihrem Gürtel zog. Es war jetzt zu riskant, eine Feuerwaffe zu benutzen; damit hätte sie sich verraten können. Falls es zu einem Kampf kommen sollte, dann mit dem Schwert. Sie ließ Rasin los und griff nach dem schweren Mörser, den er brauchte, um seine Behälter mit dem Gegenmittel abzufeuern; bislang hatte er das Gerät in einer Tasche über der Schulter getragen. Aber von wo aus konnten sie feuern? Wohin führte Lace ihn?

»Sie werden es sehen«, flüsterte sie als Antwort auf seine nicht beendete Frage.

Sie konnten das Pfeifen der Motorgleiter hören, die über sie hinwegbrausten, und dann, lauter, das *Wop-wop-wop* der Sikorskys, die zum Schauplatz des Gefechts zurückkehrten.

»Ich hätte daran denken sollen!« klagte Lace. »Wie konnte ich nur!«

»Woran denken?« fragte ein verzweifelter Rasin.

»Schnell!« war ihre einzige Antwort.

Sie liefen jetzt über das unebene, felsige Gelände, und Lace gab ihr Bestes, um Rasin zu stützen. Er fühlte, wie die kleinen Kanister, in denen sich sein Vorrat des Gegenmittels befand, in dem Rucksack, den er in der Hand hielt, zusammenschlugen. Er hatte in der Dunkelheit völlig die Orientierung verloren. Seit seiner Jugend hatte er Masada unzählige Male abgeschritten, überzeugt, in einem früheren Leben hier unter den Zeloten gestorben zu sein, vielleicht sogar als ihr Führer Eliezer selbst. Doch diesmal würde die Sache ein wesentlich erfreulicheres Ende nehmen. Die Dunkelheit schien noch undurchdringlicher zu werden, und Rasin begriff, daß Lace ihn zur Südmauer geführt hatte. Er war sich völlig sicher, als die tieffliegenden Hubschrauber ihre Scheinwerfer einschalteten und Masada in gleißende Helligkeit tauchten. Lace war stehengeblieben, und nun folgten seine Augen ihrem Blick.

Sie befanden sich bei der gewaltigen Wasserzisterne in der südwestlichen Ecke der Festung. Das Licht der Sikorskys reichte, um zu sehen, wie tief die Zisterne war. Er erkannte, daß Lace ihn zu dem perfekten Ort geführt hatte, an dem er seinen Teil des Gegenmittels freisetzen konnte.

Doch da war noch etwas. Aus den Tiefen der Zisterne kam Tilly mit fast zwanzig seiner Soldaten hinter ihr.

»Wir greifen ein«, sagte Lace zu ihrer Freundin und eilte im Laufschritt voraus. Das Knirschen der Stiefel auf den Steinen erstarb rasch, und Rasin war mit seiner Aufgabe allein.

Major Shamsi sah, wie die gewaltigen Truppentransporter, die über Masada schwebten, das Gelände, über das sich die Dunkelheit gesenkt hatte, wieder erhellten. Seine Verwirrung wuchs. Ja, das waren israelitische Maschinen, aber bedeutete das auch, daß israelitische Soldaten einen Angriff auf Yosef Rasins Truppen durchführten, die sich in Masada verschanzt hatten? Und falls ja . . . warum hatte man ihn nicht informiert? Er griff erneut nach dem Funkgerät.

»Basis, hier ist Major Shamsi. Bitte melden. Over.«

»Wir hören Sie, Major«, erwiderte die Stimme, die er schon vor neun Minuten gehört hatte.

»Hier ist die Hölle losgebrochen. Wo bleibt die Verstärkung?«

»Ist unterwegs, Major. Sie haben weiterhin den Befehl, das Gelände abzusichern.«

»Abzusichern? Vor wem? Wir müssen auf den Berg hinauf, haben Sie verstanden? Die Situation dort . . . Augenblick mal. Wer spricht dort? Identifizieren Sie sich!«

Statisches Rauschen.

»Ich will sofort mit Commander Herzel sprechen!«

Noch mehr Rauschen.

»Verdammt!« Mit einem wütenden Schrei warf Shamsi das nutzlose Mikrofon zu Boden.

Man hatte sie reingelegt!

Er hielt nach seinem Stellvertreter Ausschau und nahm ihn zur Seite. »Nehmen Sie einen Jeep und fahren Sie zum nächsten Telefon. Rufen Sie in der Zentrale an und geben Sie durch, was hier los ist. Haben Sie mich verstanden?«

Der Leutnant schaute verwirrt drein. »Aber, Sir, das Funkgerät! Sie haben doch gerade . . .«

»Man hat unsere Frequenz überlagert. Außer uns weiß niemand, was hier los ist!«

Die Soldaten, die Lace in Reserve gehalten hatte, hatten eine Reihe von batteriebetriebenen Lampen in der geräumigen Wasserzisterne zurückgelassen, und Rasin baute sie in einem Halbkreis um sich auf, um seine letzten Vorbereitungen zu treffen. Die Zisterne lag tief im Berginneren und war nur über eine steile Steintreppe zugänglich. Was das Abfeuern der Kanister betraf, bot sich ein Fenster hoch oben in der Südwand der Zisterne an, durch das Regenwasser eingesickert war.

Rasin sah sich noch einmal um. Mörser waren in der Armee seine Spezialität gewesen, und deshalb hatte er auch von Anfang an auf sie zurückgreifen wollen. Natürlich war es etwas anderes, die Kanister vom Dach des Badehauses abzufeuern, als nun die Schüsse durch eine fenstergroße Öffnung zu zielen. Doch er konnte nichts an den gegebenen Umständen ändern und sah sich gezwungen, einen Stein und seinen zusammengedrückten Rucksack unter den Fuß des Mörsers zu schieben, um den Schußwinkel zu bekommen, den er benötigte.

Rasin arbeitete zügig und beglückwünschte Lace zu ihrem hervorragenden Einfall, ein Drittel seiner Männer für eine Situation wie diese in Reserve zu halten. Er war nun überzeugt, daß sie mit McCracken recht behalten hatte. Niemand sonst hätte solch einen Plan ausarbeiten können, und nur Laces Weitsicht hatte seinen Plan vor dem Scheitern bewahrt. Doch vorbei war es noch lange nicht; er sah sich noch zahlreichen schwierigen Problemen gegenüber. Die Mörserschüsse würden McCracken zweifellos in die Zisterne locken. Selbst wenn es ihm gelang, alle zwölf Behälter mit dem Gegenmittel in die Luft zu schießen, hatte er noch nichts gewonnen, wenn er dem Amerikaner in die Hände fiel. Sein Plan erstreckte sich weit über diese Nacht, über diesen Ort hinaus. Ihm mußte unbedingt die Flucht gelingen.

Endlich zufrieden mit der Stellung des Mörsers, griff Rasin nach den Sprengkörpern, die Lace am Fuß der Steintreppe für ihn zurückgelassen hatte.

Die Scheinwerfer der Sikorskys ermöglichten es, den Kampf in den nördlichen Teilen von Masada fortzusetzen, wobei Hiroshis Krieger unaufhaltsam vordrangen. In längst vergangenen Jahrhunderten waren im labyrinthähnlichen Irrgarten der Lagerhäuser beträchtliche Mengen an Waffen, Lebensmitteln und anderen lebensnotwendigen Dingen aufbewahrt worden.

Es erschien McCracken nur angemessen, daß sich Rasins Leute dieses Gewirr von Gängen und Räumen ausgesucht hatten, um sich dort zu verschanzen.

Doch nun waren sie von Hiroshis Samurai praktisch umzingelt worden, und der Kampf Mann gegen Mann stand kurz bevor. Zwar erklangen noch immer Schüsse, doch Blaine erkannte an ihrem Rhythmus, daß sie mehr oder weniger ungezielt und verzweifelt abgegeben wurden. Immer wieder durchdrangen Schreie die Stille der Nacht, wenn einer von Rasins Schurken dem stillen, tödlichen Schlag eines Samuraischwerts zum Opfer fiel.

Blaine lief weiter. Rasin würde sich aus der Schlacht heraushalten und hektisch daran arbeiten, irgendwo seine Behälter mit dem Gegenmittel in die Luft zu feuern. Blaine hatte bereits das gesamte Badehaus und einen Großteil der Ruinen im Norden und Nordwesten des Plateaus durchsucht. Nachdem er Rasin nicht gefunden hatte, sah er nun vom nördlichen Ausguck der Befestigung auf den dreistöckigen Palast des Herodes hinab. Die oberste Etage befand sich auf dem Gipfel; die Terrasse der mittleren lag etwa zwanzig Meter tiefer, und die unterste noch einmal zwölf Meter darunter. Von allen Etagen, besonders von der untersten, hatte man eine ungehinderte, hervorragende Aussicht.

Der ideale Ort für Rasin, seinen faulen Zauber zu entfesseln.

Blaine stürmte zu der modernen, gewundenen Treppe, die sich den Berg zu den jeweiligen Terrassen hinabschlängelte. Die unterste war sein Ziel, und in diesem Augenblick war er sicher, daß sich Rasin dort aufhielt.

Hiroshi glitt durch die uralten Gänge des Lagerhauses, als wolle er die Steine nicht stören, die seine Anwesenheit vielleicht verraten könnten. Er hielt seinen wertvollen *Katana* hoch über dem Kopf. Er war seit Generationen in seiner Familie weitergegeben worden und stammte aus der Koto-Periode, die für die besten Schwerter bekannt war, die jemals in Japan geschmiedet worden waren. Fünfundsiebzig Zentimeter verheißener Tod, schnell, stumm und sicher.

Eine von Rasins Wachen sprang ihn aus der Türöffnung eines Vorratsraums an. Hiroshi schlug mit der flachen Klinge seines Schwerts auf den Gewehrlauf des Postens, und die Kugeln verfehlten ihn. Im nächsten Augenblick durchtrennte er mit der Schneide die Kehle des Mannes, und er taumelte gegen eine Felsmauer und spuckte Blut. Hiroshi gab ihm den Gnadenstoß, und der Wachtposten brach zusammen. Der alte *Sensei* ging weiter.

Sein Alter schien von ihm abzufallen. Seine Vorfahren hatten auf den Schlachtfeldern gekämpft, die sich von diesem gar nicht so sehr unterschieden, manchmal in eigener Sache, manchmal in den Diensten eines Herren. Seine Krieger entstammten Familien mit ähnlicher Tradition, und sie bewegten sich wie er durch das Labyrinth des Lagerhauses. Gelegentlich erklangen Schüsse, fast immer gefolgt von Schreien der Schützen, wenn seine Samurai sie mit ihren Schwertern töteten. Hiroshi ging weiter, leckte sich den Schweiß von der Lippe und witterte den rostigen Geruch des Blutes in der Luft. Der Kampf verjüngte ihn und gab ihm neue Kraft. Er hatte sich zu weit vom Leben seiner Vorfahren entfernt. Hierher gehörte er.

Etwas ließ Hiroshi verharren. Seine Ohren nahmen ein leises Knirschen wahr, wie das der Hufe von Pferden, die ihre Reiter in die Schlacht trugen. Er lief zu einer niedrigen Stelle der Mauer und spähte in das dunstige Licht der Hubschrauberscheinwerfer hinaus.

Soldaten! Fünfzehn, vielleicht sogar zwanzig stürmten in nördliche Richtung über den Innenhof auf die Lagerhäuser zu. Woher kamen sie? Damit hatte sich die Situation grundlegend geändert. Hiroshi stellte sich vor, wie seine Männer von dieser Verstärkung, die unerwartet in ihrem Rücken auftauchte, niedergemäht wurden. Genau diesen Schachzug des Gegners hatte er befürchtet.

»Blaine«, sagte er ins Mikrofon. Den Rücken gegen die Wand gedrückt, durchbrach er die Funkstille, die sie vereinbart hatten. »Blaine, melde dich! Wo bist du?«

»Hier unten auf der nördlichen Terrasse. Was ist los?«

»Zwanzig Soldaten Rasins greifen aus dem Süden an. Wir haben sie übersehen.«

»Jemand hat sie in Reserve gehalten, derselbe Jemand, der die Lichter gelöscht hat. Gottverdammter Mist . . .« McCrakken drückte die Lippen näher an das Mikro, um sich nicht zu verraten. »Johnny, kannst du mich hören? Komm schon, Indianer, ich brauche dich.«

»Ich bin hier, Blainey.«

McCracken wollte gerade fragen, wo sich der Indianer befand, als er vom abrupt aufbellenden Dauerfeuer von Maschinengewehren unterbrochen wurde.

Die Schüsse stammten allein von Johnny Wareagle. Er hielt in jeder Hand ein mit einem Doppelmagazin geladenes Maschinengewehr und feuerte ununterbrochen auf die neu aufgetauchten Soldaten. Die Mitteilung, daß sich weniger Soldaten als erwartet in der Festung befanden, hatte Johnny von Anfang an gestört. Er hatte gewußt, daß sie sich irgendwo versteckt halten mußten, und wollte die verstreut liegenden Gebäude im Süden beobachten, als er die Soldaten sah, angeführt von einer großen Frau ganz in schwarzer Kleidung.

Sofort war Johnny dem Licht der Scheinwerfer ausgewichen und wieder in die Dunkelheit getaucht. Vor ihm erhob sich ein verwüsteter Wachturm, und er stürmte die Treppe hinauf zum höchsten Punkt von Masada. Drei Soldaten hatten das Leben verloren, als sie zu Beginn des Kampfes versucht hatten, ihn zu verteidigen, und Johnny nahm das Galil-Maschinengewehr eines der Toten an sich. Bis zum letzten Augenblick wartete er gebückt auf das Knirschen von Stiefeln auf dem Felsboden, das ihm verraten würde, wann die Soldaten in Schußweite waren.

McCrackens Funkspruch war Sekunden zuvor gekommen, und Johnny blieb keine Zeit mehr für Erklärungen. Er erhob sich einfach unbemerkt in der Dunkelheit und feuerte auf die Verstärkung, die in die Kämpfe in den nördlichen Befestigungen Masadas eingreifen wollte.

Er fühlte keinen Rückstoß der Maschinengewehre und hörte auch die Schreie der Männer nicht, die er tötete. Die meisten anstürmenden Feinde brachen zwischen den Quartieren der

Familien der Offiziere und dem Steinbruch zusammen. Es dauerte mehrere Sekunden, bis sie das Feuer erwiderten, und bis dahin hatte er das erste seiner Magazine geleert. Wareagle warf sich zu Boden, um den Ansturm der Feinde abzuwarten.

»Nein!« rief Lace den acht Männern zu, die das Sperrfeuer überlebt hatten. »Kümmert euch nicht um ihn! Folgt mir!«

Sie sah sich hektisch nach Tilly um und fand sie schließlich mit einem verkniffenen Lächeln hinter einem Getreidebehälter auf dem Boden. Sie stürmte hinüber und strich der kleineren Frau dankbar übers Haar; dann hob sie ihr Schwert, um den Rest der ihr verbliebenen Soldaten in den Kampf um die Lagerhäuser zu führen.

Sie wollte gern glauben, daß der Schütze auf dem Wachtturm McCracken sei. Dieser Mann hatte sie nicht nur niedergemäht, sondern ihnen auch den Zugang zur wichtigsten strategischen Stelle von Masada verweigert, von dem aus man die Eindringlinge problemlos hätte niedermachen können. Das wäre schließlich sein Stil gewesen. Doch ihr Gefühl sagte ihr etwas anderes. Das da oben war ein anderer, wenngleich genauso gefährlicher Mann. McCracken jedoch hatte sie noch nicht gefunden.

Hiroshi war bereit, als die neue Welle von Rasins Soldaten die Lagerhäuser erreichte. Wareagles Schüsse vom Wachtturm aus hatten ihm nicht nur Zeit verschafft, sondern auch die Zahl der Feinde reduziert und seine Männer auf deren Anwesenheit aufmerksam gemacht.

Einer der Gegner sprang über die baufällige Mauer, hinter der sich der alte Krieger niedergekauert hatte. Kaum gab der Mann gezielte Salven auf die freie Fläche ab, über die sich seine Samurai näherten, sprang Hiroshi auf, wirbelte das Schwert in hohem Bogen und zog es dem Mann über die Beine; er brach augenblicklich zusammen. Ein weiterer mit einem Gewehr bewaffneter Söldner sprang über die Mauer, doch Hiroshi streckte einfach den Schwertarm aus, und der Mann pfählte sich auf der Klinge.

Kugeln aus einer Salve, die der Sterbende instinktiv noch abgefeuert hatte, trafen den alten *Sensei* an der Seite und rissen ihn herum. Heißer Schmerz explodierte in seinem Leib, und Hiroshi fühlte warmes Blut. Die Verletzung war nicht tödlich, doch der Blutverlust würde ihn schwächen und zu einer Belastung für seine Männer machen. Er hatte den Schwertgriff nicht losgelassen, und mit einiger Anstrengung zog er die Waffe aus der Brust des Toten und schritt den Gang zurück, wobei er sich an der Mauer abstützte.

»Hiroshi, was ist los?« kam McCrackens verzweifelte Frage.

»Alles unter Kontrolle, *Fudo-san*. Kein Grund zur Panik.«

Diese Worte sprach er in einem Chor von Schreien und Maschinengewehrfeuer. Rasin letztes Aufgebot griff Hiroshis Samurai mit dem Mut der Verzweiflung an. Der plötzliche Ansturm zusätzlicher Feinde hatte zahlreiche seiner Männer dazu bewogen, von den Schwertern wieder zu den Gewehren zu wechseln. Einige von ihnen mußten ihr Leben lassen, und das schmerzte ihn, doch immerhin starben sie den Tod von Kriegern, ein sehr ehrenvolles Dahinscheiden, das ihrem Lebensinhalt entsprach.

Hiroshi stöhnte ins Mikrofon.

»Du bist verletzt!« rief McCracken. »Mein Gott, wo bist du? Bleib, wo du bist!«

»Keine Bange, *Fudo-san*. Ich kann noch laufen. Mehr brauche ich im Augenblick nicht.«

»Ich bin schon unterwegs. Halte durch«, gab Blaine zurück. Er spürte, daß die Verletzungen des *Sensei* ernsthafter waren, als er eingestehen wollte.

»Ja«, sagte Hiroshi und hob gerade noch rechtzeitig den Blick, um zu sehen, wie eine Gestalt in schwarzem Leder auf ihn eindrang.

Er wirbelte herum und riß das Schwert hoch. Doch seine verletzte Seite verlangsamte seine Reaktion, und noch während er mit dem *Katana* nach der schwarzen Gestalt schlug, spürte er, wie die seltsam geformte Klinge, die er einfach nicht abblocken konnte, über seine Haut glitt. Er versuchte verzweifelt, sein Schwert in der Hand zu drehen, um den Hieb abzuwehren, doch erneut ließ ihn seine Seite im Stich, und er brach zusammen, noch bevor der Krummsäbel diagonal durch sein Schlüsselbein und in sein Herz glitt. Hiroshi sah einen gleißenden Lichtblitz und hörte, wie seine Ahnen ihn riefen.

Bevor Lace zurücktreten konnte, drang die gedämpfte Stimme Blaine McCrackens an ihr Ohr. Sie kam aus dem Ohrstöpsel, der zu Boden gefallen war, als Hiroshi zusammensackte.

»Ich bin schon auf der oberen Terrasse, Hiroshi. Bin jeden Augenblick bei dir.«

Lace lächelte und eilte in diese Richtung davon.

McCracken verfluchte sich, als er die letzten Stufen der Treppe hinaufstürmte, die ihn zur oberen Terrasse des Palastes und dann in die Schlacht bringen würde. Die flachen Ausläufer nördlich des Palastes stellten für Rasin ein ideales Gelände dar, um den Impfstoff in die Luft zu schießen. Er war überzeugt davon, daß der Fanatiker derselben Ansicht sein mußte. Er, McCracken, hatte den Fehler begangen, nicht mehr daran zu denken, daß hier oben jemand die Strategie für Rasins Soldaten ausarbeitete, jemand, der solch einen offensichtlichen Schachzug niemals zugelassen hätte. Verdammt! Er hatte die Kardinalsünde begangen, seinen Gegner zu unterschätzen.

Wenn das sein erster Fehler gewesen war, war es sein zweiter, ihn zu bedauern und zuzulassen, daß seine Sorge um Hiroshi seine natürliche Wachsamkeit unterdrückte. Er lief achtlos die letzten Stufen zu der halbkreisförmigen Terrasse hinauf, von der aus man den unteren Teil der Bergflanke überblicken konnte. Plötzlich prallte eine Salve aus einem Maschinengewehr von einem stählernen Geländer ab. Er griff nach seiner Uzi, doch eine zweite Salve durchschnitt die Dunkelheit, traf die Waffe und riß sie ihm aus den Händen.

McCracken warf sich zur Seite und griff nach dem Geländer, als in der Dunkelheit weitere Schüsse erklangen. Seine Hände fanden zwar das Geländer, doch da sie noch taub waren, konnten sich die Finger nicht darum schließen. McCracken verlor endgültig das Gleichgewicht, rollte hinüber und stürzte in den dunklen Abgrund unter ihm.

28

Blaine schlug verzweifelt um sich, als er zu fallen begann, doch seine Finger streiften nur das Stahlgeländer. Mit ausgestreckten Armen glitt er einen Augenblick lang den felsigen Hang hinab, dann verlangsamten seine Beine den Sturz, und er landete auf einem schmalen Felsvorsprung, der aus dem Berg ragte. Er atmete tief durch und bewegte seine Glieder. Wie durch ein Wunder hatte er sich nichts gebrochen. Er hatte sich die Hände und Arme aufgescharrt, seine dicken Hosen waren aufgerissen, und er fühlte, wie Blut seine Beine hinabtropfte, doch seine Knochen waren noch heil, und die Hautabschürfungen würden ihn kaum behindern.

Er sah sich in der Dunkelheit um. Er war auf der nördlichen Seite der Terrasse über das Geländer gestürzt, und wäre er nicht auf dem Vorsprung gelandet, wäre er fast hundert Meter in die Tiefe gefallen. Er schaute nach oben; der Hang war nicht so steil, daß er nicht wieder hätte hinaufklettern können, doch das hätte ihn zuviel Zeit gekostet.

Dann erblickte er unter sich eine Treppe, die sich von einer Terrassenebene zur anderen wand. Sie lag schräg unter ihm, doch er konnte sie erreichen, eine schwierige und gefährliche Aufgabe, die jedoch wesentlich weniger Zeit erforderte. Er ließ die Beine über den Felsvorsprung baumeln, der ihn gerettet hatte, und verlagerte sein Gewicht, während er sich mit den Händen festhielt und langsam nach unten glitt. Er fand einen kleinen Vorsprung im Hang, der einem Fuß Halt bot, wenn auch nicht beiden, und vertraute ihm sein Gewicht an, während er mit dem linken Bein nach einem weiteren Vorsprung suchte. Während er blindlings tastete, glitt sein rechter Fuß aus, und er wäre beinahe wieder gestürzt. Nur ein fester Griff um den oberen Vorsprung verhinderte eine Katastrophe, und er hing kurz in der Luft und versuchte, sich zu orientieren.

Irgendwie schien der Beinahe-Absturz ihm neue Karft zu geben. Auf einmal wußte Blaine, daß er es schaffen würde. Er fand nun sicheren Halt auf dem Hang, balancierte in einem halsbrecherischem Rhythmus, machte niemals dieselbe Bewegung zweimal. Als seine Füße schließlich das Geländer der Treppe berührten, kam es ihm vor, als seien nur ein paar Sekunden anstatt mehrere Minuten verstrichen. Er ließ sich auf eine Stufe hinab und verspürte eine seltsame Ruhe, die alle Schmerzen seiner Verletzungen betäubte.

Doch die Rauchspur eines Mörsergeschosses, die sich hoch durch die Luft über Masada zog, nahm ihm diese Gelassenheit wieder, und Blaine rannte im Laufschritt die Treppe hinauf.

Am Fuß des Berges schätzte Major Shamsi ab, welche Richtung die Geschosse nahmen. Er hatte oft genug an Kämpfen teilgenommen, um ein Mörserfeuer zu erkennen, wenn er es sah, doch dieses Geschoß war anscheinend ins Nichts gefeuert worden. Er konnte sich nicht den geringsten Reim auf den Kampf machen, der in der Festung tobte, und dieser Schuß verwirrte ihn nur noch mehr.

Shamsi hielt den Blick weiterhin in den Himmel gerichtet, doch es waren seine Ohren, die ihm den ersten Hinweis auf die endlich eintreffende Verstärkung gaben. Im Westen erklang ein vertrautes, pulsierendes Geräusch, und als er sich umdrehte, sah er die Positionslichter von vier Kampfhubschraubern, die wie Bussarde über einem Kadaver in Richtung Masada glitten.

»Wird auch Zeit«, sagte Shamsi zu sich. »Wird auch verdammt noch mal höchste Zeit.«

Isser hatte den Einsatzbefehl gegeben, nachdem er fünf Minuten lang Isaacs Bericht gelauscht hatte; er verzichtete darauf, sich das Band mit Eisenstadts Aussage anzuhören. Innerhalb von zwölf Minuten waren die Hubschrauber gestartet, und nach weiteren zehn hatten sie Masada erreicht.

»Nun rück schon damit raus«, sagte der Mossad-Chef zu dem alten Mann, der unruhig neben ihm auf der Rückbank des Cockpits saß.

»Womit?«

»Was für Narren wir waren, daß wir uns mit Rasin zusammengetan haben.«

»Ich wiederhole mich nicht gern. Hilf McCracken, Rasin in Masada zu erwischen, und alles ist vergeben.«

Sie erblickten gerade die Sikorskys, die mit eingeschalteten Scheinwerfern über der Festung schwebten, als ein Mörsergeschoß an der Windschutzscheibe vorbeiflog. Beide Männer zuckten instinktiv zurück, überzeugt, daß der Beschuß ihnen galt. Isser griff noch nach dem Mikro seines Funkgeräts.

»Alles für die Landung vorbereiten«, sagte er zu den Soldaten an Bord der vier Kampfhubschrauber. »Sichert das Gebiet ab. Wir gehen jetzt runter.«

Rasin konnte die abgefeuerten Geschosse nur kurz mit den Blicken verfolgen, dann waren sie aufgrund des Winkels und der Entfernung nicht mehr auszumachen. Er mußte noch sechs Behälter abschießen, eine Aufgabe von höchstens drei Minuten. Trotz des von McCracken geführten Angriffs stand der erfolgreiche Abschluß der ersten Phase seines Plans unmittelbar bevor.

Doch er verspürte keinen Triumph, denn er durfte die zweite Phase nicht vergessen. Um sie durchzuführen, mußte er irgendwie von diesem Berg herunterkommen. Es mußte eine Möglichkeit geben. Die Vorsehung hatte ihn bislang geführt, ihm seine Entschlossenheit gegeben, dann Eisenstadt, und schließlich die Gamma-Kanister, die sie von Bord der *Indianapolis* geholt hatten. All dies war nur geschehen, weil es geschehen *mußte.* Er führte einen heiligen Auftrag aus, war von der Vorsehung dazu bestimmt worden.

Masada war in der Tat die perfekte Wahl für den Ort gewesen, von dem aus Israel endlich die wahre Unabhängigkeit erlangen würde. Doch wenn er hier starb, wie die Zeloten gestorben waren, würde alles umsonst gewesen sein. Rasin machte sich wieder Sorgen, bis ihn erneut das seltsame Gefühl ruhiger Zuversicht durchflutete.

Er würde nicht sterben. Er würde nicht in Gefangenschaft geraten.

Er würde die erste Phase des Plans hier in Masada vollenden und dann die nächste in Angriff nehmen und die Aufgabe erfüllen, die die Vorsehung ihm zugedacht hatte. Von diesen Gedanken beflügelt, griff Rasin nach den letzten sechs Behältern.

Drei weitere Behälter waren abgefeuert worden, bevor McCrakken das Hochplateau wieder erreichte. Er war plötzlich benommen, stolperte kurz und mußte sich gegen eine der alten Mauern lehnen, um wieder zu Atem zu kommen. Er hatte noch immer eine Granate, eine Uzi, die er unterwegs mitnehmen konnte, und eine Pistole. Das sollte reichen. Aber er mußte auch an Hiroshi denken, der irgendwo verwundet lag und Hilfe benötigte.

»Bitte melden, Hiroshi. Tut mir leid, daß es so lange gedauert hat. Wo bist du? Hörst du mich, Hiroshi? Bitte melden.«

Keine Antwort. Statt dessen zischte ein weiteres Mörsergeschoß durch den Himmel, und McCracken erspähte plötzlich fremde Kampfhubschrauber im Himmel über ihm. Wenn Hiroshis Plan, die Funkverbindungen der Israelis zu stören, gescheitert wäre, wäre schon beträchtlich früher Verstärkung hier aufgetaucht, was bedeuten mußte, daß diese Kampfhubschrauber aufgrund von Isaacs Besuch beim Mossad in den Einsatz geschickt worden waren. Aber das bedeutete nicht unbedingt, daß die Besatzungen ihm übermäßig freundlich gesonnen sein mußten. Blaine setzte sich wieder in Bewegung und wartete auf das nächste Mörsergeschoß, um feststellen zu können, von wo aus sie abgefeuert wurden. Nur so konnte er Rasin finden.

Als es in den Himmel pfiff, war er bereit. Er sprintete los, ohne sich um den noch immer tobenden Kampf zwischen Hiroshis Kriegern und Rasins Soldaten zu kümmern. Die

Tatsache, daß nur noch sporadische Schüsse erklangen, deutete an, daß sich die Schlacht allmählich zu Gunsten der Samurai entschied. Nun mußte nur noch McCracken seinen Teil erfüllen.

Er eilte zwischen der letzten Mauer des Lagerhauses und der höheren eines Innenhofs entlang. Von dort aus lief er an dem Steinbruch vorbei ins Freie, wo ihn der nächste Mörserschuß erstarren ließ.

Die Geschosse wurden aus der Zisterne abgefeuert!

Blaine setzte sich wieder in Bewegung, als der Boden vor seinen Füßen von einer Salve aus einem Maschinengewehr aufgerissen wurde. Er ließ sich fallen und rollte sich zur Seite. Die Kugeln folgten ihm, während er das Feuer erwiderte. Er hatte den Schützen noch nicht ausgemacht und fragte sich, wie er dies bewerkstelligen könne, als plötzlich Johnny Wareagle auftauchte und in die Richtung eines Wasserbehälters vierzig Meter links von ihm feuerte.

»Los, Blainey! Ich halte ihn beschäftigt!«

McCracken verschwendete keine Zeit mit Worten, sprang einfach auf und lief weiter, während Johnnys Salven ihm Deckung gaben. Als der Hahn auf eine leere Kammer schlug, ließ der Indianer das Gewehr fallen und zog ein gewaltiges Messer aus seinem Gürtel. Er hob es hoch über den Kopf, um dem Schützen zu zeigen: Ob du nun ein Gewehr hast oder nicht, an mir kommst du nicht vorbei. Mittlerweile sanken die neu eingetroffenen Kampfhubschrauber tiefer und wirbelten dabei dichte Wolken uralten Staubs auf, so daß Wareagle die Augen zusammenkneifen mußte, um noch etwas sehen zu können.

»Hier spricht die israelische Armee!« hallte eine Stimme aus dem Außenlautsprecher eines der Hubschrauber. *»Werfen Sie die Waffen weg und bleiben Sie mit erhobenen Händen stehen!«*

Nach dieser Warnung öffneten sich bei allen vier Hubschraubern die Türen. Dutzende von Tauen wurden hinausgeworfen, an denen im nächsten Augenblick israelische Elitesoldaten mit schußbereiten Waffen hinabglitten. Doch ihr Eingreifen war überflüssig. Sie sahen sich zwölf überlebenden Samurai gegenüber, die ihre Gefangenen – etwa zwanzig von Rasins

Leuten – auf sie zutrieben. Wareagle hörte ein Geräusch und drehte sich wieder zu dem Wasserbehälter um.

Er konnte ganz deutlich eine Gestalt in schwarzem Leder ausmachen, sah, wie sie stehenblieb, um dem Schützen aufzuhelfen, den eine von Johnnys Kugeln gestreift hatte. Mit dem Gewicht seines Körpers belastet, konnte die Gestalt in Schwarz nichts weiter tun, als den riesigen Indianer mit seinem Messer anzusehen.

Anzusehen und zu lächeln.

Im nächsten Augenblick zogen die Sikorskys zur Seite, um den Kampfhubschraubern die Landung zu ermöglichen, und Dunkelheit senkte sich über das Gelände. Als es wieder von Scheinwerfern erhellt wurde, waren die beiden Gestalten verschwunden.

Yosef Rasin hatte die Hubschrauber und ihre Warnung gehört und wußte, daß er Masada nicht mehr halten konnte. Die Armee – und damit die Regierung – mußte sich gegen ihn gestellt haben. Man hatte ihn verraten!

Doch wieso hatte es sich die Regierung anders überlegt? Was hatte die zögerliche Duldung seines Plans in plötzliche Ablehnung verwandelt? Das war zweifellos McCrackens Werk und das der alten Männer, die sich als Dornen in seinem Fleisch erwiesen hatten. Und dabei hätten doch ausgerechnet sie seinen Plan unterstützen sollen! Diese Verräter! Er war nur von Verrätern umgeben! Nun konnte er allein Israel auf den richtigen Weg bringen. Noch ein Geschoß, und dann würde er aus der Zisterne fliehen und eine Möglichkeit finden, die Festung zu verlassen, bevor die Armee ihn finden konnte.

Rasin griff nach dem letzten Geschoß und schob es in den Lauf.

Das Geschoß zischte in den Himmel, als Blaine noch zehn Meter vom Kopf der Treppe entfernt war, die in die Zisterne hinabführte. Die Uzi umklammernd, schlich er den Rest des

Weges hinab, daß er Rasin nicht vorzeitig auf sich aufmerksam machen wollte.

»Bleiben Sie stehen!«

Der Ruf erklang hinter ihm, und Blaine wußte augenblicklich, daß er von einem israelischen Soldaten gekommen war. Das plötzliche Knirschen weiterer Schritte auf dem Fels verriet ihm, daß sich zwei weitere Soldaten zu dem Sprecher gesellt hatten. Er drehte sich mit erhobenen Händen langsam um.

»Wo ist Ihr Kommandant?«

»Lassen Sie die Waffe fallen!«

»Rufen Sie sofort Ihren Vorgesetzten her. Ist es Isser? Rufen Sie Isser her!«

»Lassen Sie . . .«

Der Sprecher hielt abrupt inne, als Johnny Wareagle auf ihn sprang. Der Indianer hatte die Arme ausgebreitet, um die beiden anderen ebenfalls zu Boden zu reißen. Blaine wartete den Ausgang des Kampfes nicht ab. Er stürmte das letzte Stück zum Eingang der Zisterne hinab und war in der undurchdringlichen Dunkelheit auf halber Höhe der Treppe, als er Rasins Stimme hörte.

»Ich habe Sie erwartet.«

McCracken blieb stehen und lauschte, woher die Stimme gekommen war. »Rasin?«

»Sie hätten nicht herkommen sollen, doch wenn Sie schon mal da sind, können Sie auch ganz herunterkommen.«

McCracken blieb am Fuß der Treppe stehen. Der stechende Geruch von Mörserfeuer drang in seine Nase. Hier stimmte etwas nicht . . . Das ganze Szenario wirkte falsch, und Rasins Stimme kam auch nicht von dort, woher sie eigentlich hätte kommen sollen.

»Ich kann Sie nicht sehen.«

»Das würden Sie gern, was? Sie glauben, Sie hätten gewonnen.«

»Heute abend sind eine Menge Menschen gestorben. Niemand gewinnt etwas dadurch.«

»Israel kann gewinnen, nun, da ich mein Gegenmittel freigesetzt habe. Israel kann endlich gewinnen.«

»Nur, wenn weitere Hunderte Millionen von Menschen sterben. Das ist kein Sieg.«

»Sie haben mit Eisenstadt gesprochen.«

»Geben Sie auf.«

»Tut mir leid.«

McCracken hatte Rasin endlich an der ihm direkt gegenüberliegenden Wand ausgemacht. Doch das Echo seiner Stimme klang falsch . . . als spräche er von einer Stelle *auf halber Höhe der Wand* aus.

Blaine begriff, was hier gespielt wurde, und spurtete augenblicklich die steile Steintreppe hinauf. Vielleicht sah und hörte Rasin ihn nicht. Vielleicht hatte er noch etwas zu sagen.

»Leben Sie wohl, Blaine McCracken.«

Die Explosion kam, als er die letzte Stufe erreicht hatte. Er warf sich nach vorn, um eine möglichst große Entfernung zwischen sich und die Zisterne zu bringen. Die Treppe stürzte ein, und das gesamte uralte Gebäude erzitterte, als Teile der Mauern rissen und die Zisterne dann in sich zusammenbrach. Blaine starrte fassungslos auf einen gigantischen Schutthaufen.

»Und ich sage Ihnen, er ist rausgekommen«, beharrte Blaine. Isser schüttelte den Kopf, während Isaac ihr Gespräch stumm verfolgte. »Er muß eine Strickleiter oder ein Seil aus einer der Fensteröffnungen gelassen haben.«

»Er hat die Festung nicht verlassen, soviel steht fest. Wir werden ihn finden.«

»Und dann will ich ihn haben«, sagte Blaine verbittert und dachte an die Nachricht, die Wareagle ihm bezüglich Hiroshi gebracht hatte. »Wir sind noch nicht quitt.«

»Das können Sie später unter sich ausmachen.«

McCracken sah mit einem eiskalten Blick auf. »Finden Sie ihn, Isser. Wenigstens dazu werden Sie ja imstande sein. Aber Sie müssen ihn lebend bekommen, sonst bekommen wir nie heraus, wo er die Kanister mit dem Gamma-Gas versteckt hat, und dann wird sein verrückter Plan vielleicht doch noch Wirklichkeit.«

»Daran möchte ich lieber nicht denken.«

»Es bleibt Ihnen wohl nichts anderes übrig.«

Blaine hatte seine Warnung kaum ausgesprochen, als bei einem der Kampfhubschrauber der Motor ansprang und die Rotorblätter sich drehten.

»Ich habe befohlen, daß niemand die Festung verlassen darf«, sagte Isser verwirrt. »Was zum Teufel ist da . . .«

McCracken hatte sich schon in Bewegung gesetzt. Er stürmte auf den bereits abhebenden Hubschrauber zu und wußte in diesem Augenblick mit absoluter Sicherheit, daß die große Frau in schwarzem Leder im Cockpit hinter den Kontrollen saß, wußte ebenso, daß sie die anderen Kampfhubschrauber beschädigt hatte, um eine Verfolgung unmöglich zu machen.

Eine Gruppe Soldaten erreichte den Hubschrauber vor ihm und wurde von einer Maschinengewehrsalve aus der einen Spaltbreit geöffneten Tür zurückgeworfen. Blaine lief in einem Winkel zu der Maschine, in dem er sich außerhalb des Gesichtsfeldes des Schützen befand, und hatte den Chopper fast erreicht, als er einen Satz in die Höhe machte. Im letzten Moment sprang er und bekam eine der Landekufen des Hubschraubers zu fassen, doch seine Hand glitt von dem Stahl ab. Er stürzte zurück in den Staub von Masada, während der Kampfhubschrauber schnell im Dunkel der Nacht verschwand.

29

Evira lag in ihrer Zelle im Kellergeschoß des Palastes auf dem Boden. Die Zeit hatte jede Bedeutung für sie verloren; sie schlief, sie war wach. Sonst konnte sie kaum etwas tun. Kourosh lag neben ihr und benutzte ihre Schulter als Kissen. Gelegentlich wimmerte der Junge im Schlaf und griff nach ihr. Evira war nur allzu gern bereit, ihn zu umarmen und zu trösten, denn die Gesten linderten auch ein wenig ihre eigene Verzweiflung.

Wie lange war es her, daß Hassani sich mit ihnen befaßt, daß sie die Nachricht von McCrackens Tod vernommen hatte? Mindestens ein Tag, vielleicht auch zwei oder mehr. Evira wußte nicht, warum man sie am Leben ließ, außer, Hassani hatte vor, sie jämmerlich verdursten zu lassen. In all den Stunden hatte man ihnen weder zu essen noch zu trinken gegeben. Evira verspürte schon lange keinen Hunger mehr, nicht einmal Durst. Die Kraft hatte sie verlassen, und damit auch die Entschlossenheit. Hassani hatte gewonnen, Rasin ebenfalls. McCracken war tot, und sie war hier. Wie weltfremd war doch die Annahme gewesen, sie beide seien imstande, ganz allein die Pläne zweier Verrückter zum Scheitern zu bringen.

Neben ihr wimmerte Kourosh leise auf. Sein langes Haar war auf der Stirn von Schweiß verklebt; in der Zelle war es fürchterlich warm. Dieser Junge war zu ihrer Bürde geworden. Ihn beim Sterben zu beobachten, würde ihre Strafe dafür sein, Blaine McCracken in die Sache hineingezogen zu haben. Die Wege der Götter waren seltsam, aber immer methodisch und zielgerichtet. Sie wußte, daß der Junge nach einem weiteren Tag ohne Nahrung oder Wasser schwere Krämpfe und fürchterliche Schmerzen bekommen würde. Es war ein schrecklicher Tod . . . langsam zu fühlen, wie das Leben schwand. Sie hatte schon längst den Entschluß gefaßt, den Jungen von seinen Qualen zu erlösen und zu töten, bevor sie zu schwach dazu geworden war. Das würde die letzte Tat ihres plötzlich so vergänglich gewordenen Lebens sein, und die schwerste überhaupt.

Evira spürte, wie sie wieder müde wurde, und hoffte diesmal auf einen langen Schlaf voller schöner Träume. Sie schlang den Arm um den Jungen und drückte ihn fest an sich. Die Augen fielen ihr zu.

Ein Geräusch irgendwo riß sie hoch. Wie lange hatte sie geschlafen, wenn überhaupt? Ein Traum, es mußte ein Traum gewesen sein, der sie irgendwo zwischen dem Wachsein und dem Schlaf überkommen hatte.

Nein, das Geräusch erklang erneut, ein lautes Knirschen, Metall, an dem gefeilt wurde. Sie lauschte darauf; in der fast völligen Dunkelheit in ihrer Zelle waren ihre Augen nutzlos.

Plötzlich das laute Echo von Metall, das zur Seite geschoben wurde. Ein breiter Lichtstrahl huschte ziellos an der gegenüberliegenden Wand entlang. Jemand betrat den Raum durch einen Geheimgang oder Tunnel. Sie entsann sich, daß Kourosh ihr davon erzählt hatte. Doch wer waren diese Leute? Warum waren sie gekommen?

Aus dem einen Lichtstrahl wurden vier. Dann gesellten sich flüsternde Stimmen hinzu; jemand gab Befehle, andere stellten Fragen.

Man suchte nach ihr!

Hier drüben, wollte Evira sagen, doch ihr Mund war zu trocken, um die Worte über die Lippen zu bringen. Sie zwang etwas Speichel hoch und versuchte sich zu räuspern.

»Hier drüben«, brachte sie heiser zustande. »Hier drüben.«

Augenblicklich richteten sich zwei Taschenlampen auf ihre Zelle.

»Yakov, wir haben sie gefunden!« flüsterte eine Stimme aufgeregt.

»Lebt sie noch?«

Das Licht fand sie, blendete sie, und sie zuckte zurück und legte die Hand vor die Augen.

»Ja. Gerade eben noch.«

Das Licht einer dritten Taschenlampe gesellte sich zu dem der beiden ersten. Evira versuchte, an den Strahlen zu den Männern vorbeizusehen, die die Lampen hielten.

»Können Sie mich hören?« fragte die Stimme des Mannes namens Yakov.

»Ja.«

»Ich werde das Schloß Ihrer Zellentür aufsprengen. Gehen Sie so weit wie möglich in die Ecke zurück.«

Sie tat wie geheißen und zerrte Kourosh mit sich. Der Junge rührte sich schwach im Halbschlaf.

»Alles in Ordnung«, tröstete sie ihn. »Wir werden gerettet.«

Sie drückte ihn näher an sich, als ein Zischen erklang, gefolgt von einem Blitz und dann einem leisen Knall. Einer der Männer trat gegen die Zellentür, und sie öffnete sich nach innen. Zwei Männer traten ein.

»Wann haben Sie zum letzten Mal etwas zu essen oder zu trinken bekommen?« fragte Yakov sie.

»Vor zwei Tagen, glaube ich. Vielleicht auch drei.«

»Dann werden wir uns zuerst darum kümmern«, sagte er und half ihr auf die Füße, während der andere Mann Kourosh stützte. »Ich nehme an, der Junge gehört zu Ihnen?«

»Ja. Wer sind Sie? Wieso sind Sie hier?«

»Das ist eine lange Geschichte. Aber ich habe eine Nachricht von Blaine McCracken für Sie. Er läßt Ihnen ausrichten, Sie wären besser eine alte Schachtel in Jaffa geblieben.«

»Was?« brüllte Isser, nachdem McCracken ihn über die letzten Einzelheiten im wahnsinnigen Plan des Yosef Rasin informiert hatte. »Das ist doch verrückt!«

»Natürlich ist es das«, erwiderte Blaine. »Genau wie Rasin.«

»Aber wenn es stimmt, was Sie sagen . . .«

»Dann ergibt alles Sinn. Alles wird klar.«

»Aber wie hat er die Sache durchgezogen? Denken Sie doch nur an die Logistik!«

»Vergessen Sie die Logik. Sie spielt keine Rolle mehr, hat nie eine gespielt. Wenn uns noch eine Chance bleiben soll, müssen wir wie er denken.«

Sie saßen in Issers Büro in dem flachen, harmlos wirkenden Gebäudekomplex außerhalb von Tel Aviv, in der Nähe des Hebräischen Country Clubs, der das Hauptquartier des Mossad bildete.

»Weißt du, Isser«, warf Isaac ein, »ich glaube, es hat etwas für sich.«

»Es ist verrückt«, beharrte der Mossad-Chef. »Und Sie wollen, daß ich alles auf eine Karte setze, nur, weil Sie eine . . . Ahnung haben?«

»Es ist keine Ahnung, und Sie setzen nicht *alles* auf eine Karte. Nur mich und die Operation Feuersturm. Ich fliege nach Teheran und hole mir Rasin. Sie müssen Feuersturm nur wie geplant durchführen.«

»Einschließlich der Apaches, natürlich.«

»Mehr denn je, da eine davon mich nach Teheran bringen

wird.« McCracken wandte sich wieder an Isaac. »Wann geht die Show also los?«

Der alte Mann sah mit leerem Blick aus dem Fenster. Das erste Licht des neuen Tages war vielleicht noch eine Stunde entfernt.

»Mit Anbruch der Dämmerung.« Mehr sagte er nicht.

Der geheime Tunnel des Schahs war fast einen Kilometer lang und endete unter einer Straße hinter dem Platz vor dem Königlichen Palast.

»Ihr seid Israelis«, sagte Evira, während sie sich im Licht der Taschenlampen den Weg bahnten.

»Dort geboren und aufgewachsen.« Yakov lachte und konzentrierte sich wieder darauf, Kourosh zu tragen.

Evira erinnerte sich an ihren Argwohn, den die in Israel gekauften Comichefte ausgelöst hatten. »Aber was macht ihr dann hier?«

»Wir sind hier, um eine Revolution anzuzetteln. Mehrere Hundert von uns wurden vor einem Jahr bei der Jugend, den Armen und Studenten eingeschleust, um ihre Unzufriedenheit zu einer Rebellion zu organisieren . . . und sie mit dem zu versorgen, was sie dazu dringend brauchen.«

»Mit Waffen . . .«

»Keine Rebellion läßt sich ohne Waffen durchführen.«

»Eine von *Israel* gesteuerte Revolution?«

»Unterstützt wäre wohl das bessere Wort dafür. Das Volk will eine Revolution. Wir geben ihm lediglich die Möglichkeit dazu.«

»Wir . . . der Mossad?«

»Sagen wir, wir sind eine unabhängige Gruppe, die mit Billigung des Mossad arbeitet. So kann der Geheimdienst jede Verwicklung in die Sache leichter abstreiten. Und es senkt die Wahrscheinlichkeit, daß es bei einer Operation, die über einen so langen Zeitraum stattfindet, zu Lecks kommt.«

»Juden, die mit Iranern zusammenarbeiten. Unglaublich . . .«

»Keineswegs. Sie müssen doch zustimmen, daß es nur

natürlich ist, wenn sich Menschen gegen ein unterdrückendes, mörderisches Regime zusammentun. Sie sind doch selbst hergekommen, um Hassani zu töten.«

Evira blieb plötzlich stehen, und die Männer, die die Nachhut bildeten, wären beinahe mit ihr zusammengestoßen. »Woher wissen Sie . . .«

»Weil die Einsatzleiter uns den Befehl zukommen ließen, dafür zu sorgen, daß Sie scheitern. Wenn Hassani tot ist, gibt es kein Symbol mehr, gegen das sich das Volk erheben könnte. Es gäbe keinen Feuersturm.«

»Keinen *was*?«

»Der Kodename dieser Operation.«

»Dann waren es Ihre Leute, die diese Zelle in Naziabad verraten haben.«

»Leider«, gestand Yakov leise ein. »Dieser Junge . . . hat er Ihnen das Leben gerettet?«

Evira nickte. »Und dafür werde ich ihn außer Landes bringen. Mit Ihrer Hilfe natürlich.« Dank Blaine McCracken, hätte sie fast hinzugefügt, tat es dann aber doch nicht. Die Tatsache, daß er irgendwie ihre Rettung arrangiert hatte, konnte nur bedeuten, daß er seinen Teil der Mission erfüllt hatte. Das Glück, das sie darüber empfand, wurde jedoch von der Erkenntnis gedämpft, daß sie gescheitert war. Aber vielleicht war es noch nicht zu spät . . .

»Sie müssen Geduld haben. Feuersturm steht kurz bevor.«

»Wann wird die Operation beginnen?«

Das andere Ende des Tunnels tauchte vor ihnen als Gitter im Boden auf, durch das in einem Schachbrettmuster das erste Licht des Morgens fiel.

»Bei Anbruch der Dämmerung.«

»Bist du wieder dabei, Indianer?«

Wareagles Blick war ausdruckslos. »Wie seltsam, daß wir einen so großen Teil unseres Lebens versuchen, uns mit dem Höllenfeuer abzufinden, das unsere Seelen geschmiedet hat. Und dennoch lockt es uns unablässig, wieder zu ihm zurückzukehren.«

»Du hast mir einmal gesagt, das Höllenfeuer sei kein Ort, sondern eine Denkweise.«

»Es ist noch mehr als das, Blainey. Unsere Manitous werden vom Höllenfeuer gereinigt. Es gibt uns neue Kraft, gibt unserem Leben Sinn. Wenn wir uns zu lange von ihm entfernen, werden wir genau zu dem, von dem wir befürchtet haben, daß es uns dazu macht.«

»Also eine Fixierung, eine Sucht.«

»Eher der Drang zum Atmen. Wir können nicht damit aufhören, selbst wenn wir es versuchten.«

»Das ist der falsche Augenblick, um damit aufzuhören«, sagte Blaine zähneknirschend. »Jemand wird für Hiroshis Tod bezahlen, und ich muß meinen Sohn zurückholen.«

»Uns Hals über Kopf in eine Revolution zu stürzen, trägt nicht gerade dazu bei, eins davon zu erreichen. Unser Ziel ist der Palast, doch selbst die Geister können uns nicht durch das Chaos und die Menschenmengen hineinführen. Diesmal brauchen wir etwas mehr, Blainey.«

»Genau aus diesem Grund wartet ein kleines Geschenk auf uns, wenn wir auf dem Flugzeugträger *Kennedy* landen, um die Apaches abzuholen.«

Die kleine Gruppe stieg beim ersten Tageslicht und den ersten Anzeichen des Chaos aus dem Tunnel. Schon strömten zahlreiche Menschen auf die Straßen, ziellos, ohne eigentlich zu wissen, was genau sie wollten, als hätte sie irgendeine Nachricht erreicht, und sie warteten nun auf weitere Anweisungen. Evira hatte solche Szenarios schon miterlebt. Doch heute morgen war die Spannung fast körperlich in der Luft zu spüren. Die Israelis hatten ihre Aufgabe hervorragend erledigt.

»Es geschieht«, sagte ein iranischer Studentenführer namens Rashid, der an der Ausstiegsluke auf sie gewartet hatte. »Es geschieht wirklich.«

»Und das ist nur Niavarin«, erinnerte Yakov ihn. Dann fügte er, an Evira gewandt, hinzu: »Die Unruhen konzentrieren sich anfangs auf Teheran und werden sich von dort ausbreiten.«

»Eine gute Strategie, falls Hassanis Revolutionswächter sie nicht schon im Keim ersticken.«

»Wir sind nicht völlig auf uns selbst angewiesen«, erwiderte er. »Fünfzehn Apache-Kampfhubschrauber werden die stärksten feindlichen Stellungen angreifen, und zwar genau in drei Stunden, wenn die Unruhen wohl einen ersten Höhepunkt erreicht haben werden.«

»Und bis dahin?«

»Wir werden die Straßen verbarrikadieren, um die Soldaten aufzuhalten, und Häuser in Brand setzen, um die Menschen auf die Straßen zu treiben. Diejenigen, die seit über einem Jahrzehnt in Furcht und Unterdrückung gelebt haben, werden die Gelegenheit zum Aufstand ergreifen und sich Gehör verschaffen. Ich lebe jetzt seit über einem Jahr in dieser Stadt. Glauben Sie mir, ich weiß es.«

»Und wohin wenden wir uns jetzt?«

»Zum Ausgangspunkt unserer Revolution: der Talegahani-Straße, auch bekannt als Takht-e Jamshid.«

»Zur Amerikanischen Botschaft . . .«

»Sehr passend, meinen Sie nicht auch?«

Während der dreißigminütigen Fahrt durch die Stadt konnten Kourosh und Evira ein karges Mahl aus Brot, Käse und Wasser herunterschlingen. Der Fahrer des Wagens wählte geschickt Seitenstraßen, um den Menschenmengen auszuweichen, die sich mit trotzigen Schreien auf die Hauptstraßen ergossen. Die Revolutionsgardisten verhielten sich zurückhaltend und ängstlich und wußten offensichtlich nicht, wie sie reagieren sollten. Sie spürten, daß sich etwas zusammenbraute, und hatten zweifellos um Verstärkung gebeten, doch bei den verbarrikadierten und – dem in den Himmel steigenden Rauch nach zu urteilen – zum Teil schon brennenden Straßenzügen würden die zusätzlichen Truppen nicht so leicht durchkommen.

»Weiter geht es nicht«, erklärte Yakov, als sie eine Kreuzung erreichten, die in alle Richtungen verbarrikadiert war. Die Straßensperren bestanden aus Holz, Möbeln, Ziegelsteinen, alten Autos, Lastwagen und Mülltonnen, die man ineinander verkeilt hatte. Aufgeregte Menschen standen hinter den Barrikaden, schreiend und mit ihren Gewehren drohend.

»Sowjetische Kalaschnikoffs, amerikanische M-16 und israelische Galils«, stellte Evira fest. »Beeindruckend.«

»Wir haben ihnen alles zur Verfügung gestellt, was wir irgendwie besorgen konnten.«

»Was ist mit McCracken?« fragte Evira, als sie sich durch die Massen drängten, die um so dichter standen, je näher sie der ehemaligen Amerikanischen Botschaft kamen. »Hat er sonst noch etwas gesagt, etwas über Yosef Rasin?«

Yakov zuckte die Achseln. »Ich weiß nur, daß er Ihre Rettung arrangiert hat.«

»Kommt er hierher? Oder ist er sogar schon hier?«

»Ich weiß nur, was ich Ihnen gesagt habe.«

Evira merkte, daß sie Kourosh verloren hatte, und wäre beinahe in Panik geraten. Sie entdeckte den Jungen bei einer Gruppe von Kindern seines Alters, die Stöcke und Knüppel als Waffen schwangen. Er feuerte sie an und wollte sich ihnen gerade anschließen, als Evira kam und ihn zurückzog. Sie war erstaunt darüber, wie schnell das Wasser und die kärgliche Mahlzeit sowohl sie wie auch Kourosh wieder auf die Beine gebracht hatten. Natürlich war zum Teil dafür auch die fieberhafte, erregte Stimmung verantwortlich, in die sie eingetaucht waren.

»Es ist wunderbar!« Der Junge strahlte. »Ist es nicht wunderbar?«

Sie wollte ihm sagen, daß Krieg vieles war, jedoch niemals wunderbar. Zweifellos würden heute viele Unschuldige sterben. Das vordringliche Ziel des israelischen Plans war es, Hassani zu stürzen; um dieses Ziel zu erreichen, war man bereit, einen Verlust an iranischen Menschenleben zu akzeptieren. Das Volk, die Massen, die Kourosh anfeuerte, waren lediglich Spielfiguren, die man einem höheren Zweck opfern würde.

Diese Gedanken ließen Evira frösteln. Tat sie nicht das gleiche, wenn sie die israelischen Araber drängte, sich zu organisieren und ihrer Stimme in der Regierung ein größeres Gewicht zu verschaffen? Sicher, sie ging gewaltlos vor, doch trotzdem hatten Menschen Schaden erlitten, die auf ein höheres Ziel hinarbeiteten, das sie nicht einmal ganz verstanden. Sie benutzte sie, genau wie die Israelis die Iraner benutzten, um ihre eigenen Ziele zu verwirklichen.

Sie bahnten sich weiterhin den Weg durch die immer mehr anwachsende Menge, zu der sich von Sekunde zu Sekunde neue Menschenmassen gesellten. Der Plan sah für diese Menschen vor, daß sie die wesentlich besser bewaffneten Revolutionswächter so lange wie möglich zurückhielten und verhinderten daß sie die strategisch angelegten Barrikaden durchbrachen. Es war ein reines Zahlenspiel, und der Erfolg der gesamten Operation hing davon ab, daß diese Massen die Revolutionsgardisten aufhielten, bis die Apaches eintrafen. Die hochmodernen Kampfhubschrauber würden dann wichtige Stellungen der Revolutionswächter angreifen, um den Massen hoffentlich einen Weg zu ihrem letztendlichen Ziel zu bahnen: dem Königlichen Palast in Niavarin. Er mußte gestürmt, geschliffen, zerstört werden.

Ein Mann mit gerötetem Gesicht erblickte Yakov und lief zu ihm. Evira erkannte auch seine Gesichtszüge als die eines Israelis.

»Die Revolutionswächter haben die Kontrolle über das Botschaftsviertel zurückgewonnen«, erstattete er grimmig Bericht.

»Schon? Wieso?«

»Sie reagierten schneller und besser, als wir es erwartet hatten.«

»Vielleicht wußten sie Bescheid, waren gewarnt worden.«

»Sie gingen rücksichtslos vor, schossen ohne Warnung in die Menge. Es war schrecklich. Die Menschen sind in alle Richtungen geflohen, über die Gefallenen hinweggetrampelt. Sie müßten jeden Augenblick hier sein.«

»Die Nachricht wird sich verbreiten«, sagte der iranische Studentenführer Rashid. »Nun werden auch andere fliehen, wenn sie ihr Leben bedroht sehen.«

»Na schön«, sagte Yakov. »Hassani hat also die erste Runde gewonnen. Welche Nachrichten gibt es vom Schah Reza-Boulevard?«

»Wir haben an der Zufahrt zum Platz eine zwölf Meter hohe Barrikade errichtet. Die Menschenmenge stimmt Kampfgesänge an und ist bereit, Gebäude anzuzünden, sobald sich die Revolutionsgardisten zeigen.«

»Dann werden wir uns dorthin begeben. Ein anderer Anfang für die Revolution, als wir es geplant hatten, aber vielleicht sogar eine Verbesserung.«

Sie änderten nun die Richtung und kämpften sich durch die aufgepeitschte Menge zum Schah-Reza-Boulevard. Evira ergriff Kourosh am Arm und hielt ihn fest an sich gedrückt; die Augen des Jungen strahlten angesichts des Anblicks, der sich ihm bot.

»Kommen Sie.« Yakov deutete auf eine Seitenstraße. »Auf diese Art kommen wir schneller zum Boulevard. Er liegt nur ein paar Häuserblocks von der Talegahani-Straße entfernt.«

Und von den Revolutionswächtern, dachte Evira.

Nach McCrackens Ansicht war der Apache zweifellos der beste Kampfhubschrauber, der jemals gebaut worden war. Das neueste Modell, der AH-64A, war genauso manövrierfähig wie kampfstark. Er ähnelte kaum einem anderen Helikopter, war lang und schmal und nutzte jeden Zentimeter Raum optimal aus. Er hatte eine Höchstgeschwindigkeit von zweihundertundneunzig Stundenkilometern und – mit dem neuen Treibstoff, den er benutzte – eine Reichweite von achthundert Kilometern. Zur Bewaffnung des Apache gehörten zwei Raketenwerfer, einer unter jedem Tragflügel, mit jeweils vier Hellfire-Projektilen, und neunzehn Luftraketen sowie ein Dreißig-Millimeter-Maschinengewehr, das unter dem Cockpit montiert war.

Blaine ging davon aus, daß es am Anfang der Kämpfe hauptsächlich auf die Maschinengewehre ankommen würde, und später, wenn die Stellungen der Revolutionsgarde angegriffen wurden, auf die Luftraketen mit ihren zusammenklappbaren Steuerflossen. Der Kopilot, der gleichzeitig als Richtschütze diente, konnte sowohl die Raketen wie auch die Hellfire-Fernlenkgeschosse mit ihrer übermächtigen Durchschlagskraft über eine TADS-Vorrichtung (Target Acquisition and Designation Sight – Zielsuche und Sichtmarkierung) im Verbund mit dem Bordcomputer abfeuern; daher betrug die Trefferquote fast einhundert Prozent. Was die Verteidigung betraf, konnte die Panzerhülle des Apache Raketentreffer verkraften, die jeden anderen Kampfhubschrauber zerstört hätten. Darüber hinaus war er für feindliche Infrarotgeschosse praktisch unsichtbar.

Das einzig echte Problem, das sich bot, bestand im Treibstoffverbrauch. Um es zu umgehen, sollte der Flugzeugträger *Kennedy,* der im Persischen Golf patrouillierte, als Operationsbasis dienen. Doch selbst dann war ein erstes Auftanken in der Luft erforderlich, um Teheran zu erreichen, und ein zweites, um nach Abschluß der Mission zum Flugzeugträger zurückkehren zu können. Der Jet mit Blaine und Johnny Wareagle landete zuerst auf dem Deck der *Kennedy,* das bis auf die Apaches völlig geräumt worden war.

»Hier entlang, meine Herren«, sagte ein Soldat mit tonnenförmigem Brustkorb und einer nicht angezündeten Zigarre im Mund, nachdem sie ausgestiegen waren. Er mußte die Stimme heben, um sich über dem Getöse der leerlaufenden Düsen Gehör zu verschaffen. »Ich bin Sergeant Tom Beeks. Ich habe die Ausrüstung beschafft, die Sie angefordert haben.«

Er führte sie durch eine Luke und dann einen kurzen Gang entlang in einen Konferenzraum. Auf einem Tisch dort lagen zahlreiche Gegenstände.

»Zuerst einmal«, begann der Sergeant und griff nach einem dicken, schwarzen Bodysuit, der wie eine Mischung zwischen dem Brustschutz eines Catchers und einer langen Unterhose aussah, »haben wir hier einen Kevlar-Panzer. Er schützt Sie von der Brust bis zu den Knöcheln. Lebenswichtige Körperstellen wurden besonders verstärkt. Er hält normale Kugeln und Hohlspitzgeschosse praktisch jeden Kalibers auf. Doch der Nachteil ist, daß er sehr unbequem und warm ist. Sie können den Panzer höchstens eine halbe Stunde tragen, dann werden Sie buchstäblich lebendig gebraten.«

»Das ist eine Ewigkeit«, sagte Wareagle zu McCracken.

Blaine nahm von Beeks einen der Anzüge entgegen und tastete ihn ab. »Was ist mit den Waffen, um die ich gebeten habe, Sergeant? Wenn wir den Palast einnehmen wollen, brauchen wir ein schweres Kaliber.«

»Das war nicht einfach, aber zum Glück sind diese Babies hier gerade frisch eingetroffen.« Er zog eine dunkle Plastikplane zurück und enthüllte zwei lange, schmale Waffen, die dicke Zylinder aufwiesen, um die sechs Läufe gruppiert waren.

Blaine machte große Augen. »20-Millimeter-Vulcan-Maschinenkanonen. Haben Sie die aus Flugabwehrstellungen geklaut? Das sind ja wirklich nicht gerade Luftgewehre, Sergeant.«

»Aber sie sind nicht so schwer, wie Sie denken, Sir. Eine extra dünne Titan-Konstruktion mit Teflon-Überzug. Sie sind eigentlich nicht für den Nahkampf gedacht, aber nachdem Sie mir Ihr Problem beschrieben haben, war mir klar, daß wir improvisieren müssen.« Er deutete auf den Zylinder mit den Mehrfachläufen. »Feuert tausend Schuß pro Minute, aber wenn Sie das versuchen, schmilzt Ihnen das Gehäuse weg. Ich empfehle kurze, kontrollierte Salven von maximal fünf Sekunden Dauer mit einer halben Sekunde Pause dazwischen, dann kann eigentlich nichts passieren.«

»Ich komme schon damit klar. Wie sieht es mit der Munitionszuführung aus?«

»Sie tragen den Patronengurt in einem Rucksack auf dem Rücken. Er rollt sich dann automatisch ab.«

»Das Gewicht?«

»Die Munition etwa sechzig Pfund, und die eigentliche Waffe etwa siebzig. Früher hat sie mal das Doppelte gewogen.«

Blaine war noch nicht überzeugt. »Man kann mit den Vulcans zwar hervorragend geradeaus schießen, doch sobald man sie zur Seite richtet, wird der Rückstoß des sich drehenden Zylinders sie entweder nach oben oder nach unten reißen.«

»Daran habe ich gedacht, Sir«, sagte der Sergeant und hob ein Ledergeschirr mit Haken an beiden Enden vom Tisch. »Einen Haken befestigen Sie an einem Gürtel, den Sie tragen werden. Den anderen befestigen Sie an der Vulcan, um den Rückstoß abzufangen. Die Waffe will zwar ausschlagen, kann es aber nicht.« Beeks nahm Blaines lobenden Blick zur Kenntnis. »Haben Sie schon mal mit einer Maschinenkanone geschossen?«

»Nur aus einem Hubschrauber.«

»Es ist ganz einfach«, sagte Beeks und trat näher. »Rasten Sie die Läufe ein und drehen Sie den Zylinder, bis Sie ein Klicken hören.« Der Sergeant tat genau das und zeigte Blaine, wie er die Hände halten mußte, um die Bewegung zu wiederholen. »Hier ist der Sicherungshebel. Legen Sie ihn zurück, und Sie können feuern. Die Drehung der Kammern garantiert einen verzögerungsfreien Munitionsausstoß. Wie geschaffen für Zusammenstöße mit unfreundlich gesonnenen Menschenmassen in der Enge einer Stadt.«

»Scheint mir auch so.«

»Die Apaches sind vor zehn Minuten von der *Kennedy* gestartet«, meldete Isser dem Premierminister.

»Sie sind doch nicht nur hergekommen, um mir das zu sagen«, erwiderte der alte Mann.

Isser zögerte nicht. »Wenn McCracken mit seiner Ahnung recht behält, werden wir verlieren, auch wenn er in Teheran Erfolg haben sollte. Ganz zu schweigen von den Problemen, die Rasin uns bescheren könnte, wenn McCracken ihn zurückbringt. Wir haben nun einmal mit ihm zusammengearbeitet. Letztendlich haben wir diesen Wahnsinn gebilligt, und das könnte uns genausogut den Hals brechen wie Gamma.«

»Und McCracken?«

»McCracken weiß es. McCracken weiß *alles.*« Der Mossad-Chef atmete tief ein. »Wir dürfen nicht zulassen, daß er Teheran lebendig verläßt.«

30

Die Menge jubelte laut, als die kleine, von Yakov angeführte Gruppe endlich den Schah-Reza-Boulevard erreichte. Evira bemerkte sehr schnell, was das Jubeln zu bedeuten hatte: An jeder Ecke wurden die Straßenschilder, die Kohmeinis Revolutionsrat errichtet hatte, niedergerissen und durch unbeholfen gemalte Schilder ersetzt, die dem Boulevard die Bezeichnung zurückgaben, die er unter dem Schah gehabt hatte.

Diejenigen auf der Straße, die sich nicht um die kleinen Zeremonien kümmerten, richteten ihre Aufmerksamkeit auf die Vollendung der massiven Barrikade am Kopf des Boulevards. Man hatte sich größte Mühe damit gegeben. Das Bollwerk war so hoch wie ein dreistöckiges Haus und zwanzig Meter tief. Es erstreckte sich von der südlichen Seite des Boulevards bis zur nördlichen und verlief von Gebäude zu Gebäude, um dieses Ende der Straße völlig abzuschotten. Das Gebilde war zwar kein architektonisches Meisterwerk, wirkte aber doch beeindruckend. Die Menschen umschwärmten es wie Bienen ihren Korb, besserten es immer wieder aus und schienen allein an seinem Anblick neuen Mut zu gewinnen. Holz- und Stahlbalken lagen auf neuen und alten Autos, und Lücken waren mit Ziegelsteinen gestopft worden. Je höher die Barrikade wuchs, desto leichter war das Material, aus dem sie bestand. Eine Schicht lag auf der nächsten, bis der Himmel selbst nur eine Handbreit entfernt zu sein schien. Die Straßensperre wirkte uneinnehmbar, doch Evira wußte es besser: eine Bombe, und sie würde zusammenbrechen.

Zwei iranische Jets pfiffen über sie hinweg, und der Jubel und das Geschrei wurden leiser, jedoch nur für einen Augenblick.

»Sie lassen nur die Muskeln spielen«, sagte Yakov.

»Sie werden Teheran niemals bombardieren«, pflichtete Rashid ihm bei.

»Aus Stolz?« fragte Evira.

»Nein«, entgegnete der Studentenführer. »Rein aus praktischen Überlegungen. Sie haben keine Bomben für ihre Jets. Doch sie werden weiterhin über uns hinwegfliegen, um den Leuten Angst einzujagen.«

Sie näherten sich der Straßensperre weiter, kamen jedoch immer schlechter voran, da die wahren Fanatiker des Aufstands nicht gewillt waren, ihre einmal erkämpften Plätze an der Straßensperre aufzugeben. Rashid und Kaveh gingen nun voraus und drängten die Masse auf Iranisch auseinander. Die beiden anderen iranischen Studenten bildeten die Nachhut und schlossen Yakov, Evira und Kourosh in der Mitte ein, um sie vor der Menschenmenge zu schützen.

»Wir sind keine Einheimischen«, sagte Yakov zu ihr. »Das könnte Probleme geben, wenn man es herausfindet.«

»Ich bin Iraner!« rief Kourosh, als hätte man ihn beleidigt.

»Aber man sieht es dir nicht an, Junge. Du siehst zu abendländisch aus. Es kommt heute nur auf den äußeren Eindruck an.«

»Ich würde bei Ihnen mitmachen, wenn ich eine Waffe hätte!«

»Wenn wir heute Erfolg haben, wirst du nie mehr eine Waffe in die Hand nehmen müssen. Nie mehr«, versicherte Yakov ihm, was dem Mann einen wütenden Blick von Evira einbrachte. Sie wußte, daß sich seine Gefühle für das iranische Volk nur soweit erstreckten, soweit es Israel von Nutzen sein konnte.

»Ich will ein Gewehr«, drängte der Junge. Er meinte es so ernst, daß Evira über seinen Wunsch nicht einmal lächeln konnte.

Rashid drehte sich wieder zu ihnen um. »Wenn es schlecht läuft, werden wir jede Hilfe brauchen, die wir kriegen können«, sagte er. »Beten wir, daß es nicht soweit kommt.«

Kurz darauf erreichten sie die Barrikade. Rashid gab den Männern, die Wache hielten, ein Zeichen, und ein Wagen, der ein bewegliches Tor bildete, wurde zur Seite gefahren, um sie hindurchzulassen. Augenblicklich drängten sich weitere Menschen hinter ihnen durch, die jedoch unsanft zurückgeschickt wurden. Dann wurde der Wagen wieder in die Lücke gefahren, um die Barrikade zu schließen.

Evira sah sich um und verspürte unwillkürlich Bewunderung. Was sie auf dieser Seite der Straßensperre sah, unterschied sich gewaltig von dem Chaos auf der anderen Seite. Waffen und Munition waren ordentlich auf Brettern gestapelt, die auf Kisten und Ziegelsteinen lagen. In einigen Häusern hatte man Nachschub- und Krankenlager errichtet. Ein Tisch mit zahlreichen Funkgeräten und Walkie-talkies darauf bildete eine Kommunikationszentrale, über die man mit den israelischen Rebellenführern und anderen Zentren der Revolution in der ganzen Stadt in Kontakt stand.

Die Straßensperre war am Ende des Boulevards errichtet worden, wo nur schmale, leicht zu blockiernde Seitenstraßen mündeten. Evira kam sich daher von allen Seiten umschlossen vor und verspürte ein klaustrophobisches Unbehagen, das auch nicht von den zahlreichen Schützen gelindert wurde, die auf der Barrikade standen und in alle Richtungen Ausschau hielten. Doch sie mußte sich eingestehen, daß sie anständig bewaffnet waren und mit ihren Granatwerfern, Bazookas, schweren Maschinengewehren und sogar zahlreichen Boden-Luft-Raketen vielleicht sogar Angriffe von Flugzeugen abwehren konnten. Ja, die Israelis hatten an alles gedacht. Nur: ohne die baldige Ankunft und die Luftunterstützung der Apaches würde es doch nicht reichen.

»Es läuft hervorragend, Rashid!« sagte ein anderer Studentenführer, den sie nicht kannte, zu dem, der sie hierher geführt hatte. Die beiden jungen Männer umarmten sich.

»Wir haben schlechte Nachrichten von der Botschaft«, erwiderte Rashid. »Hast du schon etwas Neues gehört?«

»Wer hat schon Zeit zum Reden? Wir mußten eine Straßensperre errichten.«

Yakov hatte sich schon zur Kommunikationszentrale begeben. Er wirkte nervös. Die Apaches sollten in fünfzehn Minuten eintreffen, doch bislang hatten sie sich noch nicht gemeldet. Evira folgte ihm und war nahe genug, um zu verstehen, was er sagte, als er nach einem der tragbaren Funkgeräte griff.

»Was soll das heißen?« sprach er ins Mikro. »Wieso sind sie durchgekommen? *So* viele? Oh, Gott . . . Nein, dafür ist es zu spät . . . Ja, wir können es noch schaffen. Bleibt, wo ihr seid, und haltet mich auf dem laufenden.« Er hängte den Hörer wieder ein.

»Schlechte Nachrichten?« fragte Evira lahm.

Yakovs Augen waren glasig. »Hassanis Truppen haben schneller und mit viel mehr Mann zurückgeschlagen, als wir dachten. Es sind bereits zwischen fünf- und zehntausend Soldaten auf den Straßen, und es werden ständig mehr. Die Talegahani-Straße haben sie schon unter Kontrolle. Sie marschieren hierher.«

»Sie müssen doch einen Plan haben, eine Ersatzreserve!« sagte sie und beobachtete, wie Kourosh dabei half, letzte Hand an die Barrikade zu legen, die in paar Minuten unter Belagerung stehen würde.

»Ja. Die Apaches, verdammt! Die Apaches!«

»Noch keine Nachricht von ihnen?«

»Kein Wort.«

Evira und Yakov sahen einander an. Beide wagten es nicht, das Offensichtliche auszusprechen: daß die Apaches nicht kamen und man sie betrogen hatte.

»Wir müssen *irgend etwas* tun!« beharrte Evira.

»Ja«, bestätigte Yakov und hob ein Walkie-talkie an die Lippen, das ihn mit den Mitgliedern seines Teams verband, die sich unter den iranischen Massen auf dem Schah-Reza-Boulevard verteilt hatten. »Hier ist Yakov. Setzt die Häuser in Brand.«

Die Apaches sahen wie riesige Maikäfer aus schwarzem Stahl aus, die gemächlich im Sonnenschein dahintrieben. Vor über neunzig Minuten war der Persische Golf dem iranischen Festland gewichen, doch das beruhigte McCracken nicht. Er sah nervös auf seine Uhr.

»Wir haben nicht genug Zeit aufgeholt«, sagte er zu Johnny Wareagle. »Ich nehme an, daß wir mindestens eine Stunde zu spät kommen, Indianer, wenn nicht sogar anderthalb.«

»Die Schlacht wird bei unserer Ankunft noch im Gange sein, Blainey.«

»Du klingst dir da ziemlich sicher.«

»Ist sie nicht stets noch im Gange?«

Das Feuer fraß sich schnell den Schah-Reza-Boulevard entlang. Chaos erwuchs aus Chaos, als die fanatischen Mengen brennende Gegenstände ergriffen und in die Schaufenster von Geschäften warfen. Eine Rauchwolke erhob sich über der Innenstadt von Teheran, als wolle sie sie vom Rest der Stadt und der ganzen Welt abschirmen. Wie erwartet, gaben die Flammen dem Zorn der Masse neue Nahrung. Während vorher viele Menschen ziellos hin- und herliefen, die Fäuste in die Luft stießen und Gesänge anstimmten, hielt nun fast jede Hand irgendeine Waffe. Yakov und seine Leute hatten hinter den Barrikaden etwa zweitausend Feuerwaffen verteilt, doch man konnte unmöglich sagen, wie viele Männer, die eine dieser Waffen ergattert hatten, sich hier zusammenfanden. Berichte aus anderen Stadtteilen meldeten heftige Feuergefechte mit Hassanis Revolutionswächter, wobei die letzteren jedesmal den Sieg davontrugen. Ihre Verluste waren hoch, doch die Soldaten schienen sich nicht daran zu stören und kämpften mit einer Leidenschaft und Inbrunst, die Yakov und die Studenten niemals für möglich gehalten hätten. Als die Operation Feuersturm ausgearbeitet worden warn, hatten einige Strategen sogar behauptet, die Soldaten würden sich auf die Seite der Massen schlagen. Doch nun war nichts von der Wahrheit weiter entfernt.

Evira sah, daß Yakov den Himmel ohne Hoffnung nach den Apaches absuchte, von denen er nun annehmen mußte, daß sie nicht mehr kommen würden.

»Sie werden bald hier sein«, beharrte sie.

»Sie verstehen das nicht. Sie haben sich nicht gemeldet, und wir können sie auf der vereinbarten Frequenz nicht erreichen. Das bedeutet, daß die Pläne umgestoßen wurden.«

»Doch nur, weil der Anführer der Mission die Funkstille nicht brechen und damit die Iraner warnen will.«

»Das war nicht vorgesehen.«

»Vielleicht lag ein triftiger Grund vor, den Plan zu ändern«, sagte sie und klammerte sich an die Hoffnung, daß McCracken mit den Apaches kommen würde, obwohl sie zu dieser Annahme nicht den geringsten Grund hatte. »Sie werden kommen«, beharrte sie. »Wir müssen nur durchhalten.«

»Wir werden es versuchen«, erwiderte Yakov.

Im nächsten Augenblick hatte er die Studentenführer zu sich gewinkt. Seine Befehle waren einfach: Sie sollten mit ihren Leuten die Straßensperren besetzen und versuchen, sie zu halten. Die Gesichter der jungen Iraner röteten sich vor Aufregung und Zorn. Ihre Zeit war gekommen, und sie liefen los, um ihre Leute zusammenzurufen. Die Nachricht breitete sich wie ein Lauffeuer aus. Überall erklangen Freudenschreie.

Wie naiv, dachte Evira. *Wie töricht . . .*

Holzkisten wurden aufgestemmt und zusätzliche Waffen und Munition verteilt. Evira hielt sich zurück. Sie hatte solche Szenen schon oft gesehen. In anderen Ländern, bei anderen Gelegenheiten. Das Ergebnis war immer dasselbe geblieben: die Niederlage.

Die nun bewaffneten Iraner liefen an ihr vorbei auf ihre Positionen auf der großen Barrikade. In der ganzen Aufregung hatte sie Kourosh wieder aus den Augen verloren und fürchtete schon, er sei auf die Straße geraten, von den Massen mitgerissen worden und für immer verschwunden. Ihr Herz hämmerte heftig, als sie ihn mit einem Mann streiten sah, der Gewehre verteilte und sich weigerte, ihm eins zu geben. Evira lief hinüber und zerrte ihn davon.

»Ich will kämpfen!« protestierte er. »Ich will die Arschlöcher erschießen!«

»Willst du sterben?« fragte sie hitzig. »Du hast gesehen, wie es ist! Willst du also sterben?«

»Vorher töte ich sie!«

»Nicht alle. Du wirst niemals alle erwischen!« sagte sie und hielt ihn immer noch zurück.

»Ich bin kein Feigling! Ich will kämpfen!«

»Dazu wird es nicht kommen«, sagte sie und versuchte, zuversichtlich zu klingen, den Blick zum Himmel gerichtet, als könne sie damit die Apaches herbeizaubern. »Bestimmt nicht.«

Doch sie wußte, daß ihre Stimme alles andere als zuversichtlich klang.

Yakov nahm grimmig die Berichte seiner Einsatzleiter aus ganz Teheran entgegen.

»Sie benutzen schwere Waffen!«

»Die Barrikaden fallen!«

»Die Leute laufen davon!«

»Die Revolutionswächter nähern sich mit einem großen Aufgebot dem Schah-Reza-Boulevard!«

Die letzte Meldung war überflüssig. Als Yakov auf die Barrikade kletterte, konnte er sehen, wie die ersten der dunkelgekleideten Revolutionswächter auf die raucherfüllte Straße vor ihm stürmten. Diese ersten Angriffswellen wurden von den Massen noch mit Fäusten und Knüppeln zurückgeworfen. Die Schreie der erzürnten Menge wurden noch wütender. Die Menschen hatten Blut geleckt und wollten mehr.

Doch das Blut, das nun vergossen wurde, war ihr eigenes. Die ersten Salven der zweiten Welle der Revolutionsgardisten erreichten Yakovs Ohren als leises Pochen. Auf der Straße wichen die Männer und Frauen in einer großen Woge zurück; zahlreiche waren verwundet und brachen zusammen. Der Rauch nahm einen Großteil der Sicht, doch Yakov hatte genug gesehen. Die wütenden Massen würden noch so lange durchhalten, wie sie Munition hatten, dann würde ihre Entschlossenheit sie verlassen, und sie würden die Hoffnungslosigkeit ihres Kampfes einsehen.

Weitere Revolutionswächter waren von Seitenstraßen auf den Boulevard gestürmt. Yakov mußte nicht zu seinem Funkgerät greifen, um zu wissen, daß diese Barrikade hier schon jetzt oder doch zumindest sehr bald die letzte sein würde, die in der Stadt noch stand. Er konnte sie mit über zweihundert Mann verteidigen, doch die endlosen Wellen von Hassanis Truppen würden sie einkesseln, belagern und letztendlich in die Hölle schicken.

Als er von der Barrikade stieg, wartete Evira auf ihn. »Sie und der Junge sollten von hier verschwinden«, sagte er.

»Wohin?« erwiderte sie heftig. »Glauben Sie, es wäre irgendwo in der Stadt noch sicher?«

»Sie sind doch ganz einfallsreich, und der Junge kennt die Stadt.«

Sie sahen beide zu Kourosh, der die Hoffnung auf ein Gewehr aufgegeben hatte und nun Munition an seine glücklicheren Landsleute verteilte, die eins bekommen hatten.

»Was für eine Welt haben wir für unsere Kinder geschaffen, Israeli?« fragte sie Yakov.

»Sie wurde von unseren Vätern geschaffen«, erwiderte er. »Und wir können sie nicht mehr ändern. Die Verrückten kommen und gehen, aber die Sache und die Rhetorik bleiben immer gleich.«

»Lügen. Sie lügen sich selbst etwas vor, uns allen, und am Ende bezahlt immer das Volk davor.«

Drei Explosionen erklangen in schneller Reihenfolge und schienen die Barrikade zu erschüttern. Yakov sprang benommen zu einem Ausguck und schaute durch einen Riß in der Straßensperre. Der Anblick machte ihn krank. Die Revolutionsgardisten feuerten Raketen und Granaten in die Menschenmasse ihrer Landsleute vor der Barrikade. Schreie erklangen, und das grelle Klagen von Frauen und Kindern erhob sich über die anderen, während sich die ganze Stadt vor Schmerz wand. Yakov zitterte hilflos, als eine neue Welle von Hassanis Soldaten mit Maschinengewehren auf die Verwundeten und Sterbenden schoß, um sie zum Schweigen zu bringen. Nun beherrschte das Grau-Schwarz der Uniformen der Revolutionswächter die Straßen und verschmolz mit dem Rauch. Als die Soldaten zu ihrem Angriff auf die Straßensperre ansetzten, trampelten sie achtlos über die dahingemetzelten Toten auf dem Asphalt hinweg.

Yakov sprang hinab und legte die Hände um den Mund. »Feuer frei!« rief er, und der Befehl wurde hinter der gesamten Barrikade verbreitet, woran auch Kourosh beteiligt war, der die Linie der Schützen entlanglief und ihn mit seinem jungenhaften Enthusiasmus wiederholte.

»Feuer frei!«

Die fünfzehn Apaches jagten auf Teheran zu wie Heuschrekken, die über ein Weizenfeld herfielen. Sie hatten das iranische Territorium viel zu tief überflogen, um vom Radar entdeckt zu werden, und wie erwartet hatten ihnen die Unruhen in der Hauptstadt die Hintertür geöffnet. Selbst das Auftanken in der Luft war unentdeckt geblieben und hatte, was noch wichtiger war, nur zu einer minimalen Verzögerung geführt.

Die Piloten und Bordschützen hatten immer und immer wieder trainiert, um sich auf die seltsamen Bedingungen dieser Mission vorzubereiten. Sie sollten sich auf die Stellungen und Aufmarschwege der Revolutionswächter konzentrieren und Verluste unter der Zivilbevölkerung unter allen Umständen vermeiden. Dank der TADS-Zielvorrichtung war das möglich. Die gesamte Strategie zielte darauf ab, das Chaos zu vergrößern und die Zahl der Soldaten zu dezimieren, bis die Massen allein mit ihnen fertig wurden. Die Rebellen waren zahlenmäßig stark genug, um die regulären Truppen zu überwinden, wenn man sie voneinander trennte und ihre Befehlskette durchbrach.

»Gott im Himmel«, sagte der Pilot des führenden Apache zu McCracken, nachdem er den Radar überprüft und den Rauch bemerkt hatte, der nun deutlich auszumachen war, »das Stadtzentrum brennt ja, als würden sie den Vierten Juli feiern. Das wird ein heißer Tanz, Sir.«

»Sie werden sich schnell an die Hitze gewöhnen.«

Der Pilot hatte den Befehl bekommen, sich zum frühestmöglichen Zeitpunkt von dem Konvoi zu lösen und zum Königlichen Palast zu fliegen, damit Blaine seinen Teil der Mission erfüllen konnte. Er und Johnny hatten gerade ihre Kevlar-Schutzanzüge angelegt und schwitzten schon heftig in ihnen.

»Wie lange noch?« fragte McCracken den Piloten.

»Drei Minuten bis zur Kampfzone und acht bis zum Königlichen Palast.«

Blaine drehte sich zu Wareagle um. »Tja, Johnny, jetzt kehren wir ins Höllenfeuer zurück.«

Die Menschenmengen auf dem Schah-Reza-Boulevard zogen sich langsam zurück, wobei sie von den zahlreichen Leichen auf den Straßen behindert wurden. Bei vielen davon handelte es sich um Soldaten, doch die überwältigende Mehrzahl der Opfer waren Zivilisten. Die Revolutionsgardisten setzten ihren Angriff auf die Barrikade unbarmherzig fort und schossen auf alles, was sich bewegte. Die ersten Schüsse und Salven von der Straßensperre erzielten jedoch eine gewisse Wirkung; die Soldaten schienen von dem Widerstand völlig überrascht, verharrten und wurden zum Teil von ihren nachdrängenden Kollegen niedergetrampelt.

Evira sah eine Weile zu. Ihr wurde schlecht. Sie hatte noch nie solch ein Gemetzel gesehen; man konnte es nun wirklich nur mit dem vergleichen, was Haie im Blutrausch anrichteten.

»Nehmen Sie das«, rief Yakov und warf ihr eine M-16 zu. »Sie werden in ein paar Sekunden hier sein.«

Kourosh sah das Gewehr in ihrer Hand und kam mit drei Magazinen angelaufen.

»Also kämpfen wir auf derselben Seite, Israeli«, sagte Evira zu Yakov.

»Sie können immer noch fliehen«, erwiderte er.

»Jeden Augenblick wird Hilfe kommen.«

Er schüttelte den Kopf, und diesmal sah sie nicht hoffnungsvoll in den Himmel.

Der Boulevard vor ihnen war jetzt bis auf die Opfer und die angreifenden Revolutionswächter leer, und der Feind hatte sich soweit genähert, daß er Granaten und Bazookas einsetzen konnte.

»Runter!« schrie Evira und warf sich von ihrer Stellung auf der Barrikade, um Kourosh in Sicherheit zu zerren, bevor die ersten Explosionen kamen.

Die ›unbezwingbare‹ Barrikade riß an mehreren Stellen auf wie ein vom Wasser unterspülter Damm. Sie bekam ständig weitere Treffer ab, während Hassanis Soldaten vorstürmten. Sie warfen sich in die Kugeln, die aus Rissen und Spalten des gewaltigen Schutthaufens abgefeuert wurden, bereit, sich zu opfern, wenn die nächste Angriffswelle nur näher herankam.

Yakovs Strategie war ausgezeichnet gewesen, denn seine

Männer feuerten ihre schwersten Waffen erst ab, als die Soldaten nicht mehr zurück konnten. Er lief die belagerte Straßensperre auf und ab, ermutigte die Verteidiger und brüllte Befehle, wann sie ihre Artilleriefeuer einsetzen sollten. Der Boulevard wurde an zahlreichen Stellen von Explosionen aufgerissen. Die Verteidiger hatten die besseren Stellungen, doch die Angreifer waren in der Überzahl, und es stand außer Zweifel, daß diese Überzahl die Schlacht entscheiden würde. Überall auf der Barrikade erklangen Schreie; Tote stürzten hinab, Verwundete versuchten hinabzuklettern. Alle, die noch eine Waffe halten konnten, schossen ohne Unterlaß.

Die Verteidiger leisteten bewundernswerten Widerstand, doch eine Angriffswelle nach der anderen schwappte heran. Der Asphalt war von Leichen übersät. Und plötzlich zerriß das vertraute Knattern von Hubschraubern die Morgenluft.

»Die Apaches!« rief Evira auf der Plattform, wo sie mit Yakov Stellung bezogen hatte.

»Nein«, erwiderte er leise und sah nach oben. »Nein.«

»Oh, Gott«, stöhnte sie. »Oh, Gott . . .«

»Ich hab' was in der Ortung«, sagte der Pilot der führenden Apache zu McCracken.

»Und was?«

»Sieht nach iranischen Kampfhubschraubern aus. Die alten Hueys von Vietnam, die wir ihnen verscherbelt haben.«

»Dann schießen Sie sie aus dem verdammten Himmel, mein Sohn.«

»Wir sind noch nicht in Reichweite.«

»Dann bringen Sie uns hin, aber schnell!«

Yakov war unter den ersten auf der Barrikade, die zu Boden stürzten, als der vorüberfliegende Kampfhubschrauber das Maschinengewehrfeuer auf die Straßensperre eröffnete. Ein paar Männer auf dem Schutthaufen erwiderten mutig das Feuer auf die Maschine, nur um von deren nach beiden Seiten schießenden Maschinengewehren zerfetzt zu werden. Evira gelang es, beim ersten Überflug Deckung zu finden und die Straßensperre dann zu verlassen, als ein zweiter Hubschrauber seinen Angriff flog.

»Noch nicht, ihr Arschlöcher!« brüllte sie. »Noch nicht!«

Ein Boden-Luft-Raketenwerfer lag direkt vor ihr. Sie griff danach, warf ihn über ihre Schulter und kletterte zurück auf die erste Plattform der Barrikade. Der zweite Hubschraubaer näherte sich genauso schnell, wie der erste herumschwang. Auch die neue Maschine schoß, was die Rohre hergaben, als sie über die Straßensperre flog. Evira blieb stehen und hob den Raketenwerfer auf ihre Schulter, dann hatte das Maschinengewehrfeuer sie erreicht. Ihr blieb keine Zeit mehr zum Zielen; sie schoß einfach nach rechts oben in den Himmel, in der verzweifelten Hoffnung, daß der Wärmesuchknopf die Rakete ins Ziel bringen würde. Ein lauter Knall, der Schwanz der Huey explodierte, und der Hubschrauber stürzte trudelnd ab.

Doch zum Feiern bestand kein Grund. Die zweite Huey ratterte über sie hinweg, und sie hatte keine zweite Rakete. Sie sah einen Raketenwerfer auf der Plattform links neben ihr und sprang darauf zu, als es gelb um sie aufblitzte. Sie glaubte, heftige Tritte gegen ihre Rippen und Brust zu spüren, und dann taumelte sie, brach zusammen, suchte verzweifelt nach etwas, woran sie sich festhalten konnte.

Evira spürte keinen Schmerz und sah lange genug nach oben, um etwas Unmögliches zu beobachten. Als der zweite Huey direkt über der Barrikade schwebte, explodierte er im Himmel. Sie wußte, daß die Apaches eingetroffen sein mußten, und wollte nach ihnen Ausschau halten, konnte jedoch weder den Kopf noch sonst etwas bewegen.

»Hab' ihn erwischt, Sir!« sagte der Pilot strahlend, nachdem seine Hellfire-Rakete in die Seite des Huey eingeschlagen war.

»Woher der kam, gibt's noch mehr.«

»Kann's nicht abwarten, ihnen zu begegnen.«

»Dann geben Sie mal Gas«, sagte Blaine und griff nach seinem Fernglas. Die Straßensperre war keine zehn Flugsekunden mehr von ihnen entfernt.

Die Barrikade war ein Trümmerhaufen, der jeden Augenblick endgültig einstürzen konnte. Über hundert Tote und Sterbende lagen unter und auf dem Schutt; einige Verwundete krochen mit Waffen in den Händen zu ihren Stellungen. Diejenigen, die die Schlacht bislang verschont hatte, hielten die letzten notdürftigen Stellungen, die sie aus den Überresten ihrer gefallenen Festung errichtet hatten, und feuerten auf die angreifenden Soldaten, bis sie keine Munition mehr hatten oder eine Kugel ihr Leben beendete.

Als Evira zusammenbrach, schrie Kourosh vor Angst hinter einem umgestürzten Abschnitt der Barrikade auf. Er rief ihren Namen und lief in der kärglichen Deckung, die der Rauch bot, zu ihr; Kugeln pfiffen um seine Ohren. Die Fetzen, die seine Kleidung darstellten, waren blutverschmiert, und ein kupferner Geruch drang in seine Nase, als er Evira erreichte. Er konnte nicht sagen, ob sie noch lebte oder tot war, wußte nur, daß sie heftig blutete. Er nannte leise ihren Namen, strich ihr übers Haar und schrie dann wieder auf.

Der Widerstand in der Barrikade brach zusammen; den Männern war die Munition ausgegangen, und sie bekamen keine klaren Befehle mehr. Die nächste Welle der Soldaten näherte sich schnell durch den Rauch. Kourosh erhaschte einen Blick auf sie, ergriff das nächstbeste Gewehr, das er fand, und schlüpfte durch ein Loch in der zusammenbrechenden Barrikade vor ihm.

Blaine nahm das Fernglas von den Augen; er konnte nicht glauben, was er gesehen hatte, als der Apache über die Überreste der Barrikade hinweggerast war.

»Drehen Sie um«, befahl er dem Piloten. »Der Indianer und ich steigen hier aus.«

»Sagen Sie das noch einmal, Sir.«

»Sie haben mich richtig verstanden.«

»Ich habe keinen Befehl, Sie hier . . .«

»Das ist mir scheißegal, mein Sohn. Sie tun, was ich sage, oder ich werfe Sie zu den Leichen da unten und fliege dieses Ding selbst.«

»Was ist mit den anderen?«

»Zehn Apaches sollen die Operation Feuersturm wie geplant fortsetzen. Drei oder vier sollen das Ende dieser Straße vom Rest der Welt abriegeln. Sie kreisen über uns und schießen alles ab, was eine Uniform trägt.«

»Wie Sie meinen, Sir. Aber es ist Ihre Beerdigung«, warnte der Pilot ihn und zog den wendigen Apache herum.

»Schicken Sie mir ja keine Blumen.« Er drehte sich zu Wareagle um, legte die Vulcan-Maschinenkanone auf seine Schulter und befestigte die Haken an seinem Gürtel. Obwohl er den Kevlar-Anzug gerade erst angelegt hatte, schwitzte er schon wie verrückt; seine Haut fühlte sich klamm an.

»Steigen wir aus, Indianer.«

Die Pufferzone zwischen den Revolutionsgardisten und der Barrikade schrumpfte schnell zusammen. Es waren einfach zu wenige Männer übriggeblieben, um sie verteidigen zu können, und die Überlebenden hatten kaum noch Kraft zum Schießen oder Nachladen.

Bei seinem Sturz von der Barrikade hatte Yakov sich das Gesicht aufgerissen; es war blutüberströmt. Es war ihm gelungen, auf ein befestigtes Podest zurückzuklettern, und er schoß mit einer Pistole. Er hatte noch zwei Schuß Munition, als eine verirrte Kugel seinen Schädel zerriß und ihn tötete. Von den iranischen Führern lebte nur noch Rashid, der ununterbrochen die Linien entlanglief und immer weniger Kämpfern seine Befehle gab.

Kourosh hatte noch nicht geschossen, als er aus der Barrikade auftauchte. Der unerwartete Schrecken hatte ihn einen Augenblick lang zögern lassen; nur deshalb lebte er noch. Dann entdeckten einige Soldaten den zitternden Jungen, sahen das Gewehr in seinen Händen und zielten auf ihn. Der Junge rollte sich zusammen und schloß angesichts des sicheren Todes die Augen. Doch statt der erwarteten Schüsse hörte er ein lautes metallenes Scheppern und fühlte, wie er gegen die Überreste der Barrikade geschoben wurde.

McCracken und Wareagle hatten sich Sekunden vorher unter der Deckung der 30-Millimeter-Maschinenkanone des Kampfhubschraubers an Seilen aus dem Apache hinabgelassen. Blaine hatte mit dem Fernglas die auf dem Boden liegende Evira ausgemacht und klammerte sich an die Hoffnung, daß sie noch lebte. Sie war seine einzige Chance, Matthew je wiederzusehen, und damit mußte er das Risiko eingehen, sie vor vielleicht tausend die Straße entlangstürmenden Soldaten zu schützen.

Er und Johnny glitten an jeweils nur einer Hand die Seile hinab und hielten mit der anderen die Vulcans ruhig, um notfalls sofort das Feuer eröffnen zu können. Blaine kam zwischen einem Jungen zu stehen, der ein Gewehr hielt, das fast so groß war wie er selbst, und einer Gruppe angreifender Revolutionswächter. Es gelang ihm, den Jungen hinter sich zu schieben, und er feuerte gleichzeitig mit der Vulcan. Die Waffe kam ihm überraschend leicht und beweglich vor, und nach ein paar Sekunden hatte er ihr Gewicht völlig vergessen.

McCracken hatte niemals an solch einer Schlacht teilgenommen, niemals dieses Gefühl gekannt. Praktisch keiner der angreifenden Soldaten hatte seine Landung bemerkt. Der schwarze Rauch über der Straße hatte ihm Deckung gegeben, und die Soldaten mußten den Apache für einen von ihren Hubschraubern gehalten haben, bis er schließlich das Feuer auf sie eröffnete. Außerdem hatten sie sich zu sehr auf die Überreste der Barrikade und deren Verteidiger konzentriert, um auf etwas anderes zu achten. Er und Johnny waren zehn Meter entfernt voneinander gelandet und feuerten mit kontrollierten Salven, genau, wie Tom Beeks es ihnen geraten hatte. Der Tod kam für die Revolutionswächter so schnell, daß sie ohne jeden Ausdruck von Schock oder Schmerz auf den Gesichtern starben.

Die sechs rotierenden Läufe der Vulcans verursachten einen Höllenlärm, und eine Angriffswelle der dunkelgekleideten Soldaten nach der anderen fielen ihnen zum Opfer. Diejenigen Revolutionswächter, die versuchten, ihnen auszuweichen, wurden vom Bordschützen des Apache über ihnen erwischt, der sich alle Feinde vornahm, die sich nicht direkt in der Feuerlinie der Vulcans befanden.

Trotzdem wären Blaine und Johnny ohne die Kevlar-Anzüge schon längst erledigt gewesen. McCracken spürte, wie eine vierte und dann eine fünfte Kugel von seiner Panzerung abprallte, doch mit dem zusätzlichen Gewicht der Maschinenkanone schwankte er kaum. Drei der Apaches hatten mittlerweile einen Angriff auf die größte Einheit der Revolutionsgardisten ein Stück weiter den Boulevard entlang gestartet. Wie gehofft gelang es ihnen, Hassanis Truppen zu zersplittern und die Überlebenden ins Kreuzfeuer zwischen den Vulcans, dem Apache über McCracken und den restlichen Maschinen zu treiben.

McCracken fühlte die Vulcan nicht mehr, ihren fauchenden, heißen Atem, den die rotierenden Zylinder in sein Gesicht trieben. Das abnehmende Gewicht auf seinem Rücken verriet ihm, daß er über die Hälfte seiner Munition schon verschossen haben mußte, über fünfhundert Kugeln. Er gab weiterhin kurze Salven ab, als er längst kein echtes Ziel mehr hatte und die Barrikade hinter ihm von den überlebenden Rebellen gesichert wurde. Schließlich kam Wareagle zu ihm und löste seinen Finger vom Abzug. Die Apaches waren, mit Ausnahme der Maschine, die noch über ihnen schwebte, zu ihren eigentlichen Zielen in der Stadt weitergeflogen. Johnny deutete mit dem Kopf auf den Jungen, dessen Leben Blaine gerade gerettet hatte. Er kroch durch einen der zahlreichen Risse in der Barrikade, und Blaine folgte ihm. Der Junge lief direkt zu Evira, die verletzt auf der Straße lag.

Sie hatte die Augen geöffnet, doch ihr Blick war trüb.

»Besser spät als nie«, stöhnte sie, als sie McCracken sah.

»Sie haben den richtigen Burschen erpreßt.«

Evira hustete unter Qualen und drohte wieder ohnmächtig zu werden. Blaine sah zu Wareagle hinüber, der neben ihr kniete.

»Indianer?«

»Schwere Verletzungen, Blaine, aber keine lebenswichtigen Organe betroffen. Sie wird es schaffen, wenn sie umgehend medizinisch versorgt wird.«

»Was tun Sie hier?« fragte Evira, als habe sie ihn erst jetzt bemerkt.

»Natürlich eine Dame in Not retten.«

»Da . . . steckt doch mehr dahinter.«

»Na schön, ich habe eine Verabredung hinter den Barrikaden, im Königlichen Palast«, fuhr Blaine fort. »Zu der ich allerdings zu spät kommen werde.«

»Hassani?«

»Eine lange Geschichte. Der Indianer läßt den Hubschrauber landen, der Sie hier herausbringen wird.« Er warf einen Blick auf den Jungen. »Ich nehme an, der Bengel fliegt mit?«

Evira nickte und fand die Kraft, nach Blaines Arm zu greifen. Ihr Blick war trotz ihrer Schmerzen klar, und sie kämpfte darum, das Bewußtsein nicht zu verlieren.

»Weshalb sind Sie hier?« fragte sie.

»Stehen Sie so eine lange Geschichte wirklich durch?«

Ein weiteres Nicken. »Sagen Sie es mir.«

Blaine kam ihrem Wunsch nach, und der Schock, den seine Enthüllungen hervorriefen, ließ Evira dann doch ohnmächtig werden, als der Apache, dessen Pilot eine Strickleiter ausgeworfen hatte, neben ihnen herunterging.

»Wie sieht es im Rest der Stadt aus?« fragte Blaine den Piloten, während sich der Bordschütze, der auch eine Ausbildung als Sanitäter hatte, um Evira kümmerte.

»Dank der Apaches wird fast überall gekämpft«, erstattete er Bericht. »Wir haben die Soldaten von ihren Stützpunkten abgeschnitten und sie wie geplant voneinander getrennt. Die Rebellen sind überall. Sieht ganz danach aus, als hätte die Revolution Erfolg.«

»Und der Palast?«

»Die Revolutionsgarde hat sich dorthin zurückgezogen und verteidigt ihn mit allen Mann. Unseren Schätzungen zufolge können sie ihn noch eine, höchstens anderthalb Stunden halten.« Der Pilot verstummte. »Ich kann mir nicht vorstellen, wie Sie hineinkommen wollen.«

»Bringen Sie uns nur dorthin, und wir zerbrechen uns über alles andere den Kopf.«

31

Johnny und Blaine begaben sich ins Heck des Apache, wo sie die behindernden Kevlar-Panzer auszogen, die ihnen das Leben gerettet hatten. McCracken widerstand der Versuchung, die Einschläge der Kugeln zu zählen, die sonst sicher tödliche Verletzungen verursacht hätten, und ließ den Schutzanzug einfach auf die Vulcan-Maschinenkanonen in einer Ecke fallen. Ihm kam in den Sinn, daß er und Wareagle nun auf die Ausrüstungsgegenstände verzichten mußten, die sie in den Palast bringen sollten. Ohne die Vulcans und die Kevlar-Schutzanzüge würde es in der Tat schwierig werden, sich dort Zutritt zu verschaffen.

»Es gibt einen Tunnel«, stöhnte eine unter Medikamente gesetzte Evira, als sie das Problem mitbekam.

Blaine trat zu ihr. »Was für einen Tunnel?« fragte er, doch ihre Augen schlossen sich, und sie verlor wieder das Bewußtsein, bevor sie antworten konnte.

»Tja, damit steht wohl fest, daß wir einen direkteren Weg nehmen müssen, Indianer. Es sei denn, deine Geister oder sonst jemand würde uns zu diesem Tunnel führen.«

»Wie wäre es mit mir?« sagte der auf dem Boden sitzende Kourosh.

Nachdem der Pilot des Apache nach Kouroshs Anweisungen flog, verstaute Blaine schnell einige der Ausrüstungsgegenstände aus seinem Seesack in einer Schultertasche. Er sah hinaus und stellte fest, daß die restlichen Apaches ganze Arbeit geleistet hatten. Sie hatten sich die einzelnen Stadtteile vorgenommen und die Stellungen der Revolutionswächter zerstört. Die meisten Maschinen flogen noch tief über die Straßen und griffen immer wieder mit ihren Bordkanonen und Luftraketen an. Die Hellfire-Fernlenkgeschosse wurden nun, da sich die Soldaten in kleinere Gruppen aufgeteilt hatten und eher damit beschäftigt waren, Schutz zu suchen als gegen die Rebellen vorzugehen, nur noch sporadisch eingesetzt. Abgesehen von dem Regiment, das den Königlichen Palast verteidigte, befanden sich alle in heilloser Flucht. Das Volk würde den Sieg davontragen.

Blaines Apache raste durch den rauchverhangenen Himmel. Endlich kam der Palast in Sicht, und McCracken konnte von Glück sagen, daß die Massen dieses Viertel noch nicht gestürmt hatten, denn dann hätte er den Rest seines Plans unmöglich ausführen können. Die Schätzung des Piloten erwies sich jedoch als irrig; es war zweifelhaft, ob die Palastwache das Gebäude noch eine Stunde lang würde halten können.

Der Apache ging auf der Seitenstraße hinab, auf die Kourosh zeigte, und erneut wurde die Strickleiter hinabgelassen. McCracken mußte dem Copiloten befehlen, Kourosh daran zu hindern, ihnen zu folgen, was ihn an Matthew denken ließ. Evira hatte ihm sagen wollen, wo der Junge versteckt war, doch Blaine hatte sie unterbrochen. Er wollte nichts über Matthew hören, bis er seine Mission beendet hatte. Wenn er den Angriff auf den Palast überlebte, würde der Aufenthaltsort des Jungen sein Lohn sein. Wenn er nicht überlebte, würde sich Johnny Wareagle darum kümmern.

»Holen Sie uns in vierzig Minuten auf dem Dach des Palastes ab«, lautete Blaines letzte Anweisung an den Piloten.

»Ich werde dort sein.«

McCracken und Wareagle hatten sich diesmal für Uzis entschieden, hofften jedoch, daß sie die Waffen nicht brauchen würden, da sie den Palast unentdeckt betreten konnten. Die Straße, auf die der Hubschrauber sie hinabließ, war verlassen, eine seltsam anmutende Oase in der Wüste der Schlacht, die in der Stadt tobte. Es war eine kleine Straße, deren Gebäude jedoch verhinderten, daß jemand ihren Aufstieg aus der Luft beobachten konnte. McCracken vergewisserte sich, daß seine Schultertasche und deren Inhalt an Ort und Stelle waren, und lief dann dem Tunneleingang entgegen, den Kourosh ihm beschrieben hatte.

Das Wehklagen und die Schreie der sich nähernden Menge wurde von Sekunde zu Sekunde lauter, und Blaine befürchtete schon, daß sie die Straße stürmen könnte, bevor er und Johnny den Tunnel erreicht hatten. Doch sie fanden den Eingang problemlos, und Johnny hob das Gitter hoch und brachte es wieder an, als sie sich darin befanden. Der Indianer holte Blaine am Fuß der Leiter wieder ein, und sie gingen gemeinsam weiter. Das Licht ihrer Taschenlampen wies ihnen den Weg zum Königlichen Palast und zu General Amir Hassani.

»Wie sollen wir hier jemals rauskommen?« wollte der syrische Delegierte von Hassani wissen und trat von dem Fenster der Bibliothek zurück, aus dem er beobachtet hatte, wie die letzte Abteilung der Revolutionswächter ihre Vorbereitungen für die Verteidigung des Palasts gegen die anstürmenden Massen traf.

»Es gibt einen Flugweg«, erwiderte Hassani ruhig. »Ich versichere Ihnen, es besteht keine Gefahr.«

»Es fällt schwer, den Versicherungen eines Mannes Glauben zu schenken, dessen Regierung gerade zusammenbricht«, warf der Libysche Delegierte hitzig ein.

»Eine Revolution zur richtigen Zeit ist gut für die Seele«, erklärte Hassani den sieben Anwesenden. »Sie reinigt die Nation und enthüllt Verräter in unseren Reihen.«

»Aber Sie *verlieren*!« brüllte der Mann aus Jordanien. »Ihr ›Volk‹ wird jeden Augenblick über uns herfallen.«

»Daß wir verlieren, ist bloß eine Illusion, die sehr bald schon korrigiert werden wird. Außerdem . . . was für eine Rolle spielt das schon? Welche Rolle spielt irgendeines unserer Länder oder Organisationen, solange wir alle in Furcht vor einem kleinen und brutalen Nachbarn leben müssen? Das alles wird sich morgen ändern. Sie werden sehen. Deshalb sind Sie hier.«

»Sie hätten uns früher alle Einzelheiten über Ihre Geheimwaffe mitteilen müssen«, warf ihm der Delegierte der PLO vor. »Statt dessen haben Sie uns hierher bestellt und unser Leben aufs Spiel gesetzt, obwohl Sie genau wußten, daß Ihre Nation auseinanderbricht.«

»Das kennen wir doch schon alles«, erwiderte Hassani. »Das liegt alles hinter uns, während das, meine Freunde, vor uns liegt.«

Hassani trat zu dem Tisch, um den die sieben Männer saßen. Darauf lagen sieben identische Aktentaschen aus Leder. Der General öffnete eine davon und ließ die Delegierten einen Blick auf die zehn Reagenzgläser werfen, die die Tasche enthielt. Einige Männer standen auf, um besser sehen zu können, andere blieben wie benommen sitzen.

»Wollen Sie damit sagen, daß *das* Ihre Geheimwaffe ist?« fragte einer von ihnen ungläubig.

Hassani lächelte wie ein Lehrer vor seiner Klasse. »Nicht ganz. In zwei Tagen werde ich ein tödliches Virus über Israel freisetzen – die ultimate Schöpfung der chemischen Kriegsführung. *Das* ist die Geheimwaffe, die ich so lange zurückgehalten habe.« Er deutete auf den Tisch. »Verstehen Sie, eine undichte Stelle in unserer Organisation hätte dazu führen können, daß Israel etwas Ähnliches entwickelt: ein Gegenmittel, das Ihre Völker immun gegen das Virus macht, sobald es sich erst in der Luft befindet. In jeder dieser Taschen befindet sich Ihre Zuteilung dieses Gegenmittels. Sorgen Sie dafür, daß der Inhalt dieser Reagenzgläser in die Wasserversorung Ihrer jeweiligen Länder gekippt wird. Innerhalb von vierundzwanzig Stunden werden dann neunzig Prozent Ihrer Bevölkerung vor dem Virus geschützt sein, das Israel in etwa derselben Zeit vernichten wird.«

»Und was ist mit den anderen zehn Prozent?«

»Sie müssen einer wesentlich größeren Sache geopfert werden. Betrachten Sie diejenigen, die das Gegenmittel nicht erreicht, als Verluste eines Krieges, den jetzt allein wir gewinnen können.«

»Und was, wenn wir ebenfalls zu diesen . . . Verlusten zählen, bevor wir Ihr Land verlassen können?« wollte der Repräsentant Saudi-Arabiens wissen.

»Das werden Sie nicht. Der Fluchtweg ist vorbereitet. Sie haben nichts zu befürchten.« Bevor der Saudi protestieren konnte, fügte er hinzu: »Für den Fall, daß Sie nicht zurückkehren sollten, haben Sie auf meine Anweisung Untergebenen von Ihnen befohlen, sich zu einer bestimmten Zeit an einem bestimmten Ort einzufinden. Falls es nötig sein sollte, werden

Ihren Leuten dort weitere Reagenzgläser mit dem Gegenmittel zur Verfügung gestellt.«

Hassani wartete ab, ob sich weiterer Protest hob. Als dies nicht der Fall war, fuhr er fort.

»Jetzt kennen Sie also die Einzelheiten, die Sie unbedingt wissen wollten. Wenn es keine weiteren Fragen gibt, ist es für Sie . . .«

». . . an der Zeit, mein Land zu verlassen und unser Schicksal zu verwirklichen. Meine Truppen werden Ihnen die Zeit verschaffen, die Sie brauchen. Ich werde Sie persönlich zu dem Fluchttunnel führen . . .«

Hassani sprach weiter, doch McCracken konzentrierte sich darauf, das Schnappschloß des Speiseaufzuges zu öffnen, in dem er unbemerkt in die Bibliothek gelangt war. Er war in der Küche auf den Aufzug gestoßen; daneben befand sich eine Schalttafel mit mehreren Knöpfen, und einer davon war mit ›Bibliothek‹ beschriftet. Isser hatte ihn über die Treffen informiert, die dort in den letzten Wochen abgehalten worden waren, und Blaine wußte, daß Hassani dort seine letzte Karte ausspielen würde. Wareagle hatte einen direkteren Weg durch den Palast selbst gewählt. Auf diese Art konnten sie nicht beide gleichzeitig in eine Falle laufen. Einer von ihnen mußte zu Hassani vorstoßen. Dem Wahnsinn mußte hier und jetzt ein Ende gemacht werden; er mußte in den Trümmern des Königlichen Palastes begraben werden.

Als McCracken in dem Speiseaufzug zur Bibliothek hinauffuhr, hörte er bereits Stimmen. Er konnte den Inhalt der hitzigen Diskussion jedoch erst erkennen, als der Speiseaufzug im ersten Stock hielt. Der Inhalt des Gesprächs überraschte ihn nicht; er hatte mit genau diesem Szenario gerechnet. Es gelang ihm, das Schloß zu öffnen, und er tastete nach dem Griff, mit dem man die Klappe aufschieben konnte. Er wollte jedoch abwarten, bis die Delegierten gegangen waren, um mit Hassani allein zu sein.

»Am Ende des Fluchttunnels«, dröhnte die Stimme des Generals, *»warten meine Leute auf Sie. Sie sind als Bettler verkleidet*

und werden Sie sicher zum Flughafen geleiten. Im Keller wartet Kleidung auf Sie, in der Sie in dem Chaos in der Stadt nicht auffallen werden. Gehen Sie mit Allah, meine Freunde. Gehen Sie und verwirklichen Sie unser Schicksal.«

Im Speiseaufzug hörte McCracken das Scharren von Füßen. Letzte Grüße wurden ausgetauscht, dann wurde die schwere Tür geöffnet und wieder geschlossen. Zwei Füße, sicherlich die Hassanis, schritten über den hohen Teppich zu einer Stelle, wo McCracken ein Fenster vermutete, von dem aus Hassani die Verteidigungsbemühungen der Revolutionswächter beobachten konnte.

Es war soweit.

Die Luke des Aufzugs öffnete sich in eine große Nische des Raums. Blaine drückte sie ganz zurück und konnte nichts weiter als dunkle, vollgestopfte Bücherregale sehen, die von einer Wand zur anderen verliefen. Die Nische war etwa zwölf Meter breit, und bis auf schmale Gänge wurde sie von den Regalen vereinnahmt.

Mit der leisen Geschmeidigkeit einer großen Dschungelkatze glitt McCracken aus dem Aufzug. In der Hand hielt er eine Pistole; die sperrige Uzi hatte er im Keller zurücklassen müssen. Er schlich die Regale entlang; der hohe Orientteppich dämpfte seine Schritte. Anhand des ins Zimmer fallenden Sonnenlichts konnte er genau sagen, wo sich das Fenster befand. Und da war ein Schatten, Hassanis Schatten.

Er hatte die Ecke des vordersten Regals erreicht und sprang hervor, die Beine gespreizt, die Pistole schußbereit.

»Keine Bewegung!« rief er und fand sich einer schwarzen Büste des Ajatollah Kohmeini gegenüber, die den Schatten warf, den er für den Hassanis gehalten hatte. Bevor er herumwirbeln konnte, erklang eine andere Stimme in der hohen Bibliothek.

»Lassen Sie die Waffe fallen, McCracken«, befahl Hassani.

Blaine gehorchte und hob die Hände.

»Und jetzt drehen Sie sich um. Aber langsam. Und lassen Sie die Beine gespreizt.«

Erneut gehorchte McCracken und sah sich fünf Meter von

General Amir Hassani entfernt, der eine Maschinenpistole auf ihn richtete.

»Ich muß gestehen, Sie haben mir gewaltigen Ärger bereitet, McCracken.«

»Endlich lernen wir uns kennen, General«, erwiderte Blaine eisig. »Oder sollte ich sagen, treffen wir uns wieder . . . Yosef Rasin.«

Die Reaktion der uniformierten Gestalt bestand zuerst aus Verblüffung und dann aus lautem Gelächter. Mit der freien Hand griff der Mann an sein Gesicht und riß einen guten Teil seines Barts ab; darunter wurden hellere Haut und wesentlich hellere Bartstoppeln sichtbar. Er zerrte noch ein paarmal an dem Theater-Make-up, und das Gesicht darunter erwies sich unverkennbar als das von Yosef Rasin.

»Wie schade, daß Sie nicht zum Verteidigungsminister ernannt wurden«, spottete Blaine.

»Das habe ich wohl Ihnen zu verdanken, Mr. McCracken. Aber es braucht Sie nicht zu reuen. Ich werde sehr bald an diversen anderen Feierlichkeiten teilnehmen.«

»An Beerdigungen, Rasin, für die nur Sie verantwortlich sind.«

»Wohl kaum. Ich werde ein Held sein. Das Volk von Israel wird mir zuströmen, sobald es von meinen Taten erfährt.«

»Von den Millionen Toten?«

»Vielleicht.«

»Man wird Sie nicht mit Moses, sondern mit Hitler vergleichen.«

Rasin stand einfach da und bemühte sich nach Kräften, keine Regung zu zeigen. McCracken mußte den Wahnsinnigen auf jede nur erdenkliche Weise ablenken. Während ihres Gesprächs hatte er begonnen, die Entfernung zwischen ihnen zu verringern. Er war Rasin bereits einen Meter näher gekommen, und wenn er noch einen weiteren schaffte, konnte er ihn anspringen. Wenn er Rasin noch einen Augenblick am Sprechen halten konnte . . .

»Lace!« rief Rasin zur Tür hinüber.

Die Doppeltüren öffneten sich, und die größte Frau, die Blaine je gesehen hatte, trat ein. Sie mußte mindestens an die zwei Meter groß sein, hatte ein blasses Gesicht, eine kurze blonde Punkfrisur und trug einen schwarzen Lederanzug. »*Sie!*« rief Blaine. Er erkannte sie von ihren Zusammenstößen in Boston und Masada und begriff im selben Augenblick, daß dies die Frau war, die John Neville, Henri Dejourner und Hiroshi getötet und Matthew entführt hatte.

Lace baute sich rechts hinter Rasin auf und verschränkte die Arme vor der Brust. Bei jeder ihrer Bewegungen schepperte eine Vielzahl von Waffen gegeneinander, die sie an ihrem Gürtel trug. Blaine erkannte eine davon als Krummsäbel.

Hiroshi war mit genauso einer Klinge getötet worden.

»Miststück«, murmelte McCracken leise.

Die große Frau grinste ihn an.

»Ihr wart doch zu zweit, oder?« fauchte Blaine sie an. »Was ist los, wird die andere gerade von jemandem flachgelegt?«

Laces Lächeln gefror. Ihre Lederjacke saß so eng, das sie lange, harte Muskelpakete enthüllte, die sie jahrelang mit Bodybuilding aufgebaut haben mußte. Rasin mochte ein Schlappschwanz sein, doch diese Frau war überaus gefährlich. McCracken mußte seine Strategie überdenken, besonders, da ihm die Prellungen, die an der Barrikade die Einschläge der Kugeln im Kevlar-Panzer verursacht hatten, wahrscheinlich einen Teil seiner Kraft und Schnelligkeit nahmen.

Na los, geh mir an die Gurgel, forderten Laces Blicke ihn auf, doch Blaine unterdrückte seinen Haß auf sie. Wenn er ihn nicht ihm Zaum hielt, konnte er zur falschen Zeit die falsche Reaktion hervorrufen. Bleib beim Thema, mahnte er sich, bleib beim Thema!

»Wie haben Sie es gemacht, Rasin?« fragte er. »Wie haben Sie den größten Schwindel der Geschichte durchgezogen, seit Elvis sich einbalsamieren ließ, nur um seine Fans zu narren?

»Es war eigentlich ganz einfach. Der echte Hassani bat in den letzten Tagen des verlorenen Krieges mein Volk um Asyl. Er hoffte wohl, nach dem Sturz seines Landes in Israel weiterhin ein gutes Leben führen zu können, und mein Haß auf die

Araber ließ ihn annehmen, daß er mir so einiges zu bieten hatte.«

»Und das hatte er auch, oder? Mehr, als er jemals vermutet hatte.«

»Er verriet mir alles, was ich wissen mußte, um seine Stelle einzunehmen. Tage, Wochen der Verhöre. Am Anfang war mein Plan nur eine Wunschvorstellung, doch je mehr ich erfuhr, desto mehr war ich bereit zu glauben, daß er mit den richtigen Vorbereitungen funktionieren könne. Der Militärputsch nach Khomeinis Tod war zu einem unglaublichen Glücksfall geworden. Als die Revolutionswächter Hassani aufforderten, aus dem Exil heimzukehren, kam statt dessen ich.« Sein Gesicht strahlte vor Triumph. »Stellen Sie sich vor, Hassani nahm mit mir Kontakt auf, kaum einen Monat, nachdem sich Eisenstadt wegen Gamma an mich gewandt hatte.«

»Sie haben natürlich sofort die Verbindung gesehen«, sagte Blaine, doch sein Blick blieb auf Lace gerichtet, die groß und bedrohlich neben dem Wahnsinnigen stand.

»Natürlich. Gamma war in der Tat ein bedeutender Fund, doch um mein wahres Ziel zu erreichen, um die nächste Generation von Israelis führen zu können, brauchte ich einen ausgeklügelten Plan, um die Waffe effektvoll einzusetzen.«

»Sie wollten ein Held sein, und so haben Sie ein Szenario verfaßt, um einer zu werden.«

»Wenn Sie es so ausdrücken wollen, ja. Hassani hatte meine Größe, und auch unser Körperbau ähnelte sich. Ein Maskenbildner erledigte den Rest. Nachdem ich vor vier Monaten in ein selbstauferlegtes Exil gegangen war, konnte ich seine Rolle übernehmen. Vorher und auch oft danach habe ich ein Double benutzt. Die Frau, die Sie in diese Sache hineingezogen hat, hat es getötet.« Er lachte erneut. »Sie war wohl ziemlich schockiert, als sie fliehen wollte und ich sie auf dem Flughafen abfing. Sie hat mich nicht erkannt. Bis ich sie verhört hatte, wußte ich nicht, wie hervorragend meine Verkleidung in Wirklichkeit war.«

»Aber es hat alles geklappt, nicht wahr? Die Militanten der arabischen Welt fraßen Ihnen aus der Hand und bettelten um mehr. Sie müssen wirklich ein verdammt guter Schauspieler sein.«

»Meine Entschlossenheit hat mir geholfen, McCracken, etwas, was gerade ein Mann wie Sie verstehen müßte. Wie ich diese Schweine verabscheue! Sie sahen das Feuer in meinen Augen und haben es fälschlicherweise für Leidenschaft für ›ihre‹ Sache gehalten. Ich habe den Großteil meines Lebens erfahren müssen, was das für Leute sind, was sie antreibt. Ihr ganzes Dasein wird von Träumen der Vernichtung gelenkt. Für sie *ist* das Leben der Tod. Sie können einfache Vergnügungen nicht schätzen und verspüren nicht den geringsten Drang, jemals in Frieden zu leben. Glauben Sie es mir ruhig. Sie werden niemals einen Frieden aushandeln, und wenn doch, dann nur, um ihn zu hintertreiben und für ihre Zwecke zu nutzen. Seit fünftausend Jahren frönen sie der Barbarei, und daran wird sich nie etwas ändern.«

»Also war Ihnen die ›Invasion‹ der vereinigten radikalen Araber in zweierlei Hinsicht nützlich. Zum einen lieferte sie der israelischen Regierung den Grund, Sie willkommen zu heißen und den Einsatz Ihrer Waffe zu dulden. Und zum anderen gibt sie Ihnen die Möglichkeit, Gamma in allen arabischen Ländern gleichzeitig freizusetzen. Denn das Virus befindet sich natürlich in den Reagenzgläsern, die Sie Ihren ›Delegierten‹ gegeben haben.« Blaine atmete tief ein und fuhr dann fort. »Sie behaupten, das Leben sehr zu schätzen. Wie konnten Sie es dann über sich bringen, diese Aktion durchzuführen, wo Sie doch genau wußten, was Bachmanns Tests ergaben und wieso die Amerikaner die Waffe nicht eingesetzt haben, als sich ihnen die Möglichkeit bot?«

»Über mich bringen?« fragte Rasin verständnislos. »Aber Mr. McCracken, genau darauf hoffe ich doch.«

»Auf das Ende der Menschheit?«

»Kaum. Wir können anderen Ländern – Länder, die *wir* auswählen – das Gegenmittel zur Verfügung stellen . . . natürlich nur, wenn sie bereit sind, dafür einen gewissen Preis zu bezahlen.«

»Es geht Ihnen nicht darum, Israel zu beherrschen. Es geht Ihnen um die ganze Welt.«

»*Israel* wird die Welt beherrschen, mit mir als Führer«, berichtigte Rasin. »Und haben wir nicht . . .«

Rasin hielt inne, als sich Lace plötzlich zur Tür umdrehte.

»Es kommt jemand den Gang entlang«, sagte sie.

»Vielleicht Tilly, nachdem sie unsere Freunde zum Tunnel geführt hat?«

»Nein. Ein . . . sehr großer Mann.«

»Überprüfen Sie das.« Als sie zögerte, fügte er hinzu: »Ich werde Mr. McCracken selbst erledigen.«

Johnny Wareagle konnte nicht mehr sagen, wie vielen Wachen er auf seinem Weg zur Bibliothek begegnet war. Es hatte sich nicht als notwendig erwiesen, auch nur eine davon zu töten, obwohl sie dieses Schicksal vielleicht vorgezogen hätten, wenn man bedachte, was die erzürnten Massen mit ihnen anstellen würde, die jeden Augenblick den Palast stürmen konnten.

Er hatte die Uzis wegen des Geräusches, das sie machten, wenn sie auf seinem Rücken aneinanderschlugen, schon frühzeitig zurückgelassen, doch er war durchaus nicht waffenlos. Er hatte im ersten Stock einen Besen gefunden und sich dessen Stiel abgebrochen, einen fast anderthalb langen Stab von einem Zoll Durchmesser aus hartem Olivenholz. Nicht der beste Stab, den er jemals geschwungen hatte, doch er hatte sich schon als tauglich erwiesen.

In einem Gang im zweiten Stock hörte Wareagle plötzlich Stimmen. Eine davon war die McCrackens, die andere kannte er nicht. Doch über dem Klang dieser Stimmen spürte Wareagle eine böse Präsenz, kalt, bedrohlich und so tödlich wie kaum eine andere, die er jemals gefühlt hatte. Er schloß die Hände fest um den Stab und ging weiter.

»Vorausgesetzt, Bachmanns Schlußfolgerungen treffen zu und Ihr . . . Plan funktioniert, wie Sie es hoffen . . .«, McCracken versuchte Zeit zu schinden. »Und was dann?«

»Der Neuaufbau der Zivilisation, praktisch aus dem Nichts, doch diesmal unter der richtigen Führung. Die Juden, die so lange verachtet, verfolgt und vernichtet wurden, werden die ganze Welt beherrschen. Eine Welt ohne Araber, Nazis und mit niemandem, der ihnen nachfolgen könnte.«

»Nicht ganz«, erwiderte McCracken ironisch. »Soviel gestehe ich Ihnen ein, Rasin. Ich habe schon viele Verrückte gesehen, doch Ihre Ziele kommen mir aufrichtiger vor als die der meisten anderen. Eine Schande, daß Sie sie nicht werden durchsetzen können.«

»Reden Sie doch keinen Unsinn. Auch Sie können das Unvermeidliche nicht mehr verhindern.« Doch Blaines Gesichtsausdruck deutete Zuversicht und Entschlossenheit an. Rasin war plötzlich nervös. »Die Kleidung, die Sie tragen. Ich kenne diese Kleidung . . .«

»Ach ja? Ich fand sie zufällig am Ende eines bestimmten Tunnels, durch den ich in den Palast hereinkam. Ich nehme an, man hat sie dort für eine Reihe von Arabern hinterlegt, die sie anziehen sollten, um unerkannt aus der Stadt zu kommen.«

»Sie bluffen!«

Blaine zeigte ihm den Minizünder, den er vor dreißig Sekunden aus seiner Tasche gezogen hatte. »Ich nehme an, diese Araber befinden sich jetzt im Tunnel. Keine Angst, ich habe darauf geachtet, meinen Plastiksprengstoff genau an den richtigen Stellen anzubringen. Der gesamte Tunnel wird einstürzen.«

»Sie dürfen den Zünder nicht betätigen! *Sie dürfen es nicht!*«

»Lassen Sie Ihre Waffe fallen, Rasin.«

»Nein! Lace . . . halten Sie ihn auf!«

Als sich Blaine zur Tür umdrehte, sprang die riesige, in Leder gekleidete Frau hindurch. Die Waffe, die er hatte fallen lassen müssen, lag nur einen Meter entfernt. Er bückte sich danach, während sie eine Kette von ihrem Gürtel in seine Richtung schwang.

Sie kann mich nicht treffen. Sie hat keine Zeit, um richtig zu zielen . . .

Blaine wandte den Blick von ihr ab und griff nach der Pistole. Es überraschte ihn, daß er sie problemlos erreichte, denn er hatte nicht erkannt, daß Lace nach seiner anderen Hand zielte, nach der mit dem Zünder. Er fühlte, wie sich die Kettenglieder in sein Gelenk gruben, schrie vor Schmerz auf und mußte den Zünder loslassen. Das Gerät flog in hohem Bogen durch die Luft, und Blaine spürte einen weiteren heftigen Schmerz in seiner Hand, als Lace ihn zurückzerrte. Er hatte die Pistole mit den Fingerspitzen berührt, sie jedoch nicht festhalten können.

Benommen erwartete McCracken den sicheren Tod, als Rasin die Maschinenpistole auf ihn richtete. Plötzlich machte eine zweite große Gestalt einen Satz durch die offene Tür. Johnny Wareagles Stab prallte hart gegen Rasins Rippen. Dessen Maschinenpistole wurde nach oben gerissen, und die erste Salve zog ein unregelmäßiges Muster über die gegenüberliegende Wand.

Augenblicklich ließ Lace die Kette los und warf sich in Wareagles zweiten Schlag, der auf sie gerichtet gewesen war. Die Wucht des Schlags brachte Johnny kurz aus dem Gleichgewicht, und die große Frau rammte eine Schulter in seine Seite. Beide taumelten durch die Tür auf den Gang hinaus.

Blaine sah, wie Rasin hektisch an der an einem Gurt über seiner Schulter hängenden Maschinenpistole hantierte. Er wußte, daß der Wahnsinnige wieder auf ihn zielte, und traf daher blitzschnell die Entscheidung, nach dem Zünder und nicht nach der Pistole zu springen. Er konnte das Risiko nicht eingehen, daß die arabischen Delegierten den Tunnel mit dem Gamma-Virus verließen, während er mit Rasin kämpfte. Er schlitterte bis zum Rand des Teppichs und kam neben dem Zünder auf dem Parkett zu liegen. Seine ausgestreckte Hand hatte gerade den roten Knopf gefunden, als Rasins verzweifelte Salve überall um ihn herum Holzsplitter aus dem Boden riß. Er rollte sich zur Seite, um dem nächsten Feuerstoß auszuweichen, als der Boden zu zittern begann. Der Tunnel unter dem Königlichen Palast war unter der Wucht der Explosionen zusammengebrochen. Der Knall ließ sämtliche Fensterscheiben der Bibliothek zerspringen, und Glasscherben flogen über den liegenden McCracken hinweg und bohrten sich in den Boden.

»Ahhhhh!«

Rasins Schrei ging nur um einen Sekundenbruchteil dem *Rat-tat-tat* seiner Maschinenpistole voraus, als er erneut auf

McCracken schoß. Doch Blaine befand sich schon wieder in Bewegung, rollte sich über die Glasscherben ab und hechtete zu den Regalen, die ihm Deckung verhießen.

Wareagle war noch immer der Ansicht, den Sieg davontragen zu können. Im Nahkampf hatte er durch den Stab zwar keinen Vorteil mehr, doch dafür konnte er auf seine Kraft zurückgreifen, und der hatte die Frau nichts entgegenzusetzen. Seltsamerweise ging ihm nicht einmal der Gedanke durch den Kopf, daß er gegen eine Frau kämpfte. Seine Gefühle enthüllten ihm einen Geist, der innen so schwarz war wie außen die Lederkleidung.

Johnny spürte, wie er mit dem Rücken gegen die Wand prallte, und trieb sein Knie hart in den muskulösen Leib der Frau. Der Stoß warf sie zu Boden, und der Indianer wollte nachsetzen und den Stab gegen ihre Kehle schwingen, um sie zu zerschmettern.

Erst, als er schon zu der Bewegung angesetzt hatte, sah er, wie der Krummsäbel zu ihm emporschwang. Nur starke, erfahrene Kämpfer konnten dieses schwere Schwert mit der scharf gebogenen Klinge richtig einsetzen. Im letzten Augenblick sprang er zurück und verschaffte sich mit einer scharfen Wendung den Platz, den er brauchte, um das Schwert mit seinem Stab aufzuhalten. Die schwere Klinge grub sich ins Holz, konnte es jedoch nicht durchtrennen.

Lace riß die Waffe sofort wieder los und holte zu einem zweiten Schlag gegen ihn aus. Doch Wareagle hatte damit gerechnet und konterte, indem er vorsprang. Damit konnte er den Hieb im Ansatz mit dem unteren Ende des Stabes abfangen, während er das obere mit derselben Bewegung senkte und der Frau ins Gesicht schlug.

Lace schrie vor Schmerz auf; ihr Wangenknochen war gebrochen. Wareagle wollte dem Kampf mit einem Schlag gegen ihre Kehle ein Ende machen, solange sie noch benommen war. Doch Lace gelang es, dem Hieb auszuweichen und Johnny einen Tritt gegen das linke Knie zu versetzen. Er stürzte, behielt jedoch die Geistesgegenwart, den Stab festzuhalten, und als sie ihn dann wutschnaubend mit dem Krummsäbel angriff, war er bereit.

Er riß den Stab hoch, um den Hieb abzuwehren. Diesmal zersplitterte das Holz bei dem Aufprall, und Johnny hielt in jeder Hand ein Stück davon. Lace verschwendete keine Zeit und holte zu einem weiteren Schlag aus.

Hätte Johnny versucht, auf die Füße zu kommen, wäre sein Tod unausweichlich gewesen. Doch der Indianer tat das, was die Frau am wenigsten erwartet hatte: Er blieb auf den Knien und warf sich *gegen* sie, während er ihr mit dem zersplitterten Ende einer der beiden Stabhälften mit aller Kraft auf das Gelenk der Hand schlug, die die Klinge hielt.

Lace schrie erneut, und das Geräusch gellte noch in Johnnys Ohren, als er hinter sie glitt und durch die Polsterung der Lederjacke das harte Holz in ihre Niere rammte. Wieder splitterte ein Teil des Stabs ab, doch er bekam den Kopf der Frau zu fassen und schmetterte ihn gegen die Wand. Sie wirbelte herum; ihre linke Gesichtshälfte war von dem ersten Schlag schon stark geschwollen. Ihre Lederhosen saßen so eng, daß Johnny sehen konnte, wie sich ihre Beinmuskulatur kräuselte, als sie auf ihn eindrang und auf ihren hohen Stiefeln tänzelnd den Krummsäbel durch die Luft schwang.

Wareagle wurde augenblicklich klar, daß diese Stiefel mit ihren hohen Absätzen nicht gerade ideal für schnelle Bewegungen waren, und nutzte diese Erkenntnis. Sie griff wieder an, als er es erwartete – in dem Augenblick, als er sich erhob. Ihre linke Gesichtshälfte war mittlerweile doppelt so dick wie die rechte.

Johnny verharrte in seiner Bewegung, warf sich wieder zu Boden und holte mit der Stabhälfte aus, die er noch in der Hand hielt. Der Schlag brach den Absatz ihres rechten Stiefels ab, doch Lace bemerkte dies erst, als sie zu ihrem nächsten Hieb ausholte. Ihr Fuß schlug um, sie stürzte, und Wareagle warf sich auf sie, den Stab drehend, um ihr den tödlichen Hieb zu versetzen.

Als er dazu ausholte, warf sich die zweite Gestalt von hinten auf ihn. Ein Schrei gellte in seinen Ohren, und er ging zu Boden. Die Wucht des Aufpralls der zweiten, kleineren Frau genügte, um ihn aus dem Gleichgewicht zu bringen. Er versuchte sie abzuschütteln, doch Lace hatte sich bereits auf die Knie erhoben, war fast schon auf den Füßen und kam dann mit dem Krummsäbel in der Hand auf ihn zu.

»Ich bring' Sie um, McCracken! Ich bring' Sie um!« brüllte Rasin, und das Maschinenpistolenfeuer näherte sich Blaine bedrohlich, während er durch den Gang zwischen den beiden ersten Regalreihen spurtete. Weitere Salven zerfetzten Bücher oder rissen sie hinab. McCracken warf sich zu Boden, blieb jedoch in Bewegung und robbte auf den Ellbogen weiter. Ein weiterer Kugelhagel überschüttete ihn erneut mit Buchteilen. Rasin stürmte um die eine Ecke des Regals, als sich Blaine auf der anderen gerade erhob. McCracken rannte weiter, und hinter ihm fetzten Rasins Kugeln Holzsplitter von den Regalen und schleuderten Klassiker zu Boden.

McCracken hörte, wie Rasin ein neues Magazin einlegte. Dann überschüttete ihn eine weitere Salve mit Büchern, die von der Wucht der Geschosse aus den Regalen gefegt wurden. Er wußte nun, wo sich Rasin befand, und atmete tief durch. Er mußte eine Mindestentfernung zwischen sich und den Fanatiker bringen, wenn er lebend aus dieser Sache herauskommen wollte, und zwar schnell.

Blaine kroch zum Ende der Regalreihe und drückte die Schultern gegen das Holz. Hier herrschte das nackte Chaos; Rasin würde nichts sehen können, wenn er in die letzte Regalreihe vor der Wand bog, und dann würde es zu spät sein.

Jetzt!

McCracken warf sich nach rechts und rannte die dritte Regalreihe entlang. Während Rasin noch mit der Maschinenpistole auf ihn zielte, gewann er an Schwung und warf sich mit der rechten Schulter gegen das Bücherregal direkt vor ihm. Dieses Regal schlug unter der Wucht des Aufpralls gegen das nächste. Wie Dominosteine kippten Bücher und Holz nach hinten. McCracken glaubte, einen Aufschrei zu hören, als Rasin von Regalbrettern und Büchern begraben wurde, dann war alles still.

Da die kleinere Frau sich noch an seiner Schulter festklammerte und den anderen Arm um seinen Hals gelegt hatte, während die größere versuchte, wieder auf die Füße zu kommen, blieb Johnny Wareagle nur eine Reaktion übrig. Er rammte das abgebrochene Ende des Stabes, den er noch in der Hand hielt, nach hinten, in der Hoffnung, die Kehle der kleineren Frau zu treffen. Er schloß einen Augenblick lang die Augen und stellte sich die Bewegung bildlich vor. Der Griff, mit dem die kleinere Frau versucht hatte, ihm die Luft abzuschnüren, wurde schwächer, doch er benötigte noch all seine Kraft, um ihren zuckenden Körper von sich abzuschütteln.

Doch mittlerweile hatte sich die andere wieder erhoben und stieß einen gellenden Wutschrei aus, als sie ihre Geliebte sterben sah. Blitzschnell hob sie den Krummsäbel, sprang auf ihn zu und senkte die Waffe wieder. Johnny riß den Arm hoch, um den Schlag abzufangen; er wußte, daß er ihn verlieren würde, und hoffte, den Schock lange genug zu verkraften, um trotzdem noch den Sieg davontragen zu können.

Er fühlte, wie sich eine gelassene Resignation in ihm ausbreitete, dann hörte er drei ohrenbetäubende Schüsse, die seine Trommelfelle zu zerreißen drohten. Direkt über ihm verharrte Lace in ihrer Bewegung; ihre Augen schienen aus den Höhlen zu quellen. Sie versuchte immer noch, mit dem Krummsäbel nach ihm zu schlagen, als ein vierter Schuß ihren Kopf nach vorn warf. Blut sprudelte aus ihrem Mund, und sie schlug, im Tod noch mit den Füßen strampelnd, der Länge nach zu Boden und enthüllte einen vier Meter hinter ihr knienden Blaine McCracken, der die rauchende Pistole noch in der Hand hielt.

»Wie schön, daß ich zur Abwechslung auch mal dir das Leben retten konnte, Indianer«, sagte Blaine und erhob sich. Er half Wareagle auf die Beine, doch sein Blick blieb auf Lace und die drei scharlachroten Löcher in ihrem Rücken gerichtet.

»Das war für Hiroshi, du Miststück«, sagte er.

Nachdem sie den bewußtlosen Rasin unter dem Schutt der auseinandergebrochenen Regale und hinabgestürzten Bücher ausgegraben hatten, stiegen sie zum obersten Stockwerk des Palastes hinauf und kletterten durch ein Fenster auf das Dach. Wareagle hielt Rasin, während Blaine dem über dem Palast schwebenden Apache winkte, tiefer zu gehen und sie aufzunehmen. Die Außenmauer des Palastes wurde von einer Menschenmenge belagert, die zum Sturm auf die letzte Festung der Wächter der Revolution angesetzt hatte. Blaine hörte die Schüsse, die Schreie, das Wutgeheul und wandte den Blick ab. Dieser Teil des Palastdaches war flach, und da es fast windstill war, konnte der Pilot den Apache bis auf einen Meter über das Dach senken.

»Tiefer!« rief Blaine nach oben und schickte sich an, den bewußtlosen Rasin hochzuheben, damit ihn der Kopilot an Bord des Kampfhubschraubers ziehen konnte.

Blaine hörte den Schuß gar nicht, fühlte nur die Wucht des Einschlags, als Rasins Körper gegen ihn prallte. Der Fanatiker hatte keinen Hinterkopf mehr. Der tödliche Treffer konnte nicht zufällig erfolgt sein; er war das Werk eines hervorragenden Scharfschützen gewesen.

»Ihr Mistkerle«, murmelte Blaine und wandte sich von dem Apache ab. *»Ihr verdammten Mistkerle!«*

Wareagle ergriff Blaine an den Schultern und zerrte ihn zurück.

»Komm, Blainey! Wir müssen von hier verschwinden!«

McCracken ließ Yosef Rasins Leiche los und kletterte in den Apache.

»Ein verdammt guter Schuß für einen Iraner«, stellte der Pilot nüchtern fest und zog den Hubschrauber hoch.

»Das war kein Iraner.«

»Was?«

»Ziehen Sie eine Kurve, mein Sohn, und machen Sie dieses Ding da unten dem Erdboden gleich.«

»Den . . . Palast?«

»Sehen Sie sonst noch etwas?«

Der Blick des Piloten fiel auf die Außenmauer, über die gerade die ersten Rebellen kletterten. »Aber die Leute da . . .«

»Vergeuden Sie weiterhin wertvolle Zeit, und Sie müssen sie vielleicht umbringen. Schießen Sie die Raketen sofort ab, und sie merken, wie der Hase läuft.«

Der Pilot zuckte die Achseln. »Sie sind der Boß.«

»Da sind wir ja endlich mal einer Meinung«, sagte Blaine und lehnte sich gegen das Schott des Apache, um nicht mitansehen zu müssen, was nun geschah.

Alle acht Hellfire-Raketen, abgefeuert in einer Gesamtheit von zwanzig Sekunden, waren nötig, um den Königlichen Palast in einen brennenden Schutthaufen zu verwandeln, in dem das, was von Gamma übriggeblieben sein mochte, verglühte.

»Hier der Scharfschütze«, meldete sich der Agent vom Dach eines zweihundertfünfzig Meter vom Königlichen Palast entfernt liegenden Hauses.

»Erstatten Sie Bericht, Scharfschütze«, sagte eine Stimme, die die Meldung nach Israel weiterleiten würde.

»Rasin wird nicht nach Hause zurückkehren. Auftrag erledigt.«

»Was ist mit McCracken?«

»Tut mir leid. Ich konnte es nicht.«

»Ich habe nicht verstanden«, erklang die Stimme des Kontaktmannes.

»Ich konnte es nicht«, wiederholte Colonel Yuri Ben-Neser in das Mikrofon, das er in seiner verbliebenen Hand hielt. Seine Strafe hatte darin bestanden, daß er als Scharfschütze der Operation Feuersturm nach Teheran geschickt worden war. »McCracken hat mir vor zehn Tagen auf dem Marktplatz von Jaffa das Leben gerettet. Soviel war ich ihm schuldig.«

EPILOG

»Das ist alles, was Sie brauchen. Glauben Sie mir.«

McCracken sah auf den Zettel, den Evira ihm gegeben hatte. »Nur eine Adresse in Paris. Dort werde ich meinen Sohn finden?«

»Dort werden Sie die Antworten finden.«

Er musterte die Frau in ihrem Krankenhausbett nachdenklich. »Sie verschweigen mir etwas. Ich will das akzeptieren, aber gnade Ihnen Gott, wenn es mir nicht gefallen sollte.«

Evira lächelte unwillkürlich. »Nach all dem, was passiert ist, hören Sie sich immer noch wie mein Feind an.«

»Freundschaft und Feindschaft sind meistens vergänglich. Ich habe im Lauf meines Lebens gelernt, das zu akzeptieren. Ich habe Ihnen in Teheran das Leben gerettet, aber Sie können sich verdammt sicher sein, daß es mir dabei nur um das Leben meines Sohnes ging.«

Ihr Blick war in die Ferne gerichtet. »Ich konnte Ihre Empfindungen nicht begreifen . . . die Stärke Ihrer Besessenheit.«

»Sprechen Sie in der Vergangenheitsform, weil sich das geändert hat? Könnte das dieser iranische Junge bewirkt haben, den wir an der Barrikade aufgelesen haben?«

»Haben Sie sich um ihn gekümmert, nachdem wir Israel erreicht hatten?«

»Er ist in einem staatlichen Kinderheim . . . und wartet darauf, daß Sie ihn abholen.«

Eviras Gesicht hellte sich etwas auf. »Seltsam, aber zuerst hielt ich es für Dankbarkeit. Schließlich hat er mir das Leben gerettet. Dann begriff ich, daß es mehr war. Er brauchte mich, und indem mir das klar wurde, brauchte ich auch ihn.«

»Ah, jetzt kommen wir also zum Kern der Sache. Wir beide leben in einer Welt, in der man keinen engeren Kontakt zu anderen Menschen hat, haben kann. Wenn wir jedoch einmal gezwungen sind, auf andere Menschen zuzugehen – wenn wir es einmal *dürfen* – erweisen wir uns als genauso unfähig, in der normalen Welt zurechtzukommen, wie es normale Menschen in der unseren wären. Es macht uns verletzbar, nicht so sehr anderen wie uns selbst gegenüber.«

»Der Unterschied ist, daß Sie wenigstens eine freie Entscheidung treffen können, während ich . . . nun, die Israelis draußen vor meiner Tür sind keine Ärzte.«

»Sobald Sie wieder auf den Beinen sind, wird man Sie freilassen.«

»Was?«

»Regierungen mögen es nicht, bloßgestellt zu werden – weder die Amerikaner, noch die Israelis, nicht einmal die Sowjets. Sie fürchten es mehr als alles andere. Rasin mögen sie zwar getötet haben, aber bei mir haben sie es verpatzt, was bedeutet, daß ich der einzige bin, der die Wahrheit enthüllen kann, wie knapp die israelische Regierung daran vorbeigeschlittert ist, das vorzeitige Ende der Welt einzuläuten. Was ich allerdings nicht vorhabe, solange man meine Bedingungen erfüllt.«

»Meine . . . Freilassung?«

»Unter anderem. Ich habe ihnen jedoch versprochen, daß Ihre Tage im Untergrund gezählt sind.«

»Weil Sie wußten, daß ich genug gesehen habe . . .«

»Eigentlich nicht. Ich wußte nur, daß Sie es nicht durchstehen können. Das wurde mir anhand der Fragen klar, die Sie mir bei unserer ersten Begegnung gestellt haben, an der Art, wie Sie auf meine Antworten reagierten. Ich war nicht der Mensch, den Sie erwartet hatten, und es war einfacher, einer Wunschvorstellung nachzuhängen.«

Evira verzog das Gesicht. »Das habe ich in Teheran gelernt.«

»Allerdings. Sie wären eine hervorragende Politikerin. Ihnen ist Ihre Sache zu wichtig, um weiterhin von einem Flohmarkt aus zu operieren.«

»Und Ihnen nicht?«

»Nein. Mir kommt es auf die Menschen an. Für mich ist jedes einzelne Menschenleben so kostbar, wie Ihrem Volk ein Heimatland oder der Frieden für den Mittleren Osten im allgemeinen.«

Evira betrachtete ihn wie einen alten, vertrauenswürdigen Freund. »Sie haben es mir einfach gemacht, mich zu entscheiden. Ich schulde Ihnen jetzt wohl noch mehr als zuvor. Es gibt keine

›Evira‹ mehr. Keine Schatten, keine Risse, keine . . . Flohmärkte. Ich werde meinen Kampf von jetzt an in der Öffentlichkeit ausfechten, in einer anderen Arena.«

»Geben Sie auf sich acht, Lady. Dort herrschen andere Gesetze. Weniger Kugeln, mehr Lügen.«

»Nicht mehr Lügen. Sie sind nur schwieriger von der Wahrheit zu unterscheiden.« Sie zögerte. »Und was ist mit Ihnen?«

»Das hängt von Paris ab.«

Johnny Wareagle traf keine Anstalten, aus dem Wagen zu steigen, nachdem Blaine ihn im Halteverbot vor dem Pariser Hotel abgestellt hatte, dessen Adresse Evira ihm aufgeschrieben hatte.

»Hast du Angst, daß man uns abschleppt, Indianer?«

»Du wirst mich da oben nicht brauchen, Blainey.«

»Warum wissen alle anderen mehr darüber als ich, was ich in diesem Hotel finden werde?«

»Die Muster waren von Anfang an klar; wir müssen sie nur sehen.«

»Was werde ich in diesem Hotelzimmer finden, Indianer?«

»Die Wahrheit.«

»Ein in letzter Zeit sehr beliebtes Wort.«

»Jede Reise muß ihr eigenes Ende nehmen. Wir können den Weg wählen, und mit etwas Glück finden wir einen neuen, nachdem der alte geendet hat. Ohne dieses Glück werden wir unbeweglich und haben Angst umzukehren, weil wir wissen, was uns dort erwartet. Und weitergehen können wir nicht, weil unser Weg blockiert ist.«

»Wie bei mir in den letzten paar Monaten?«

»Vielleicht. Es kommt nur darauf an, diese nächste Straße zu suchen, Blainey, und die Veränderungen zu akzeptieren, die sie vielleicht bringt.«

McCracken stieg wortlos aus und betrat das Hotel. Im Fahrstuhl tastete er aus reiner Gewohnheit nach seiner Pistole, obwohl er spürte, daß er sie nicht brauchen würde. Sein Herz hämmerte heftig, als er die fragliche Tür erreichte und feststellte, daß sie ein Stück offenstand. Wieder vorsichtig geworden, sprang er in das Zimmer und nahm eine Kampfstellung ein, die schon halbherzig war, bevor er den Mann erkannte, der neben dem Fenster saß.

»Bonjour, mon ami«, sagte Henri Dejourner.

Blaine senkte die Pistole nicht, jedenfalls nicht sofort.

»Brauche ich sie oder nicht, Henri?«

»Diese Entscheidung mußt du treffen.«

»Du Mistkerl! Du hast mich reingelegt!«

Der Franzose zuckte die Achseln. »Bedauerlich, aber es war nicht zu vermeiden.«

McCracken betrachtete ihn mit einer seltsamen Ruhe. »Dann ist der Junge . . .«

»Nicht dein Sohn. Laurens ja, aber nicht deiner. Er hätte es sein können, und das habe ich ausgenutzt.«

»Um mich dazu zu bringen, für die Araber zu arbeiten, weil du schon für sie gearbeitet *hast*.«

»Nicht für sie – mit ihnen zusammen. Ein sehr wichtiger Unterschied, *mon ami*. Ihre Interessen, besonders Eviras, waren mit den meinen identisch. Du warst der einzige, der uns helfen konnte.«

»Es war deine Idee, verdammt noch mal!« rief Blaine.

»Unsere. Wir brauchten dich, mußten dich auf unsere Seite ziehen.«

»Und als ich mich weigerte, die Laufburschen anzuhören, die ihr zu mir geschickt habt, habt ihr euch diese Sache ausgeheckt.« Er schüttelte den Kopf. »Du hast gegen unsere Prinzipien verstoßen, Henri, und das macht dich zu einer Ratte.«

Der Franzose schüttelte nachdrücklich den Kopf. »Nein, *mon ami*, die Prinzipien waren nur ein Teil davon; die Ausführbarkeit unseres Plans war viel wichtiger. Wir brauchten den McCracken, wie er vor zehn Jahren war, vor einem Jahr. Nicht den, den ich auf dieser Insel vor Portland fand. Wir mußten vortäuschen, daß du einen Sohn hast, damit du uns hilfst, *oui*, aber damit war auch gewährleistet, daß wir einen Mann bekamen, der vor nichts zurückschrecken, der die Sache durchziehen würde, bis er sie in zu einem befriedigenden Ende gebracht hatte.«

»Würdest du das John Neville auch so erklären, oder spielt sein

Leben ebenfalls keine Rolle? Nein, erspare mir deine Antwort. Ich kann diesen Scheißdreck nicht mehr hören. Du hast gegen jedes ungeschriebene Gesetz unserer Branche verstoßen, und ich sollte dich allein dafür töten.«

Zu Blaines großer Überraschung lehnte der Franzose den Kopf zurück und lachte. »Wie ich sehe, hat mein Plan genau das bewirkt, was er bewirken solllte. Sag mir nicht, daß du dich jetzt, wo du hier vor mir stehst, nicht besser fühlst. Sag mir nicht, daß sich die Pistole in deiner Hand jetzt nicht anders anfühlt als damals, als ich auf deine Insel kam. Sag mir nicht, daß eine Flamme, von der du schon glaubtest, sie sei auf ewig erloschen, nicht neu entfacht wurde.«

Blaine senkte die Pistole. »Zur Hölle mir dir, Henri.«

»Er ist nicht dein Sohn, *mon ami*. Er bedeutet dir nichts. Es ist vorbei.«

»Du weißt, das dem nicht so ist. Du weißt es, verdammt!«

Der Franzose erhob sich mit einem wissenden Lächeln auf seinem Gesicht. »Ja, du hast etwas mit dem Jungen und seinem Leben zu schaffen, *mon ami*. Du hast ihm nur gesagt, du wärest sein Freund, hast nichts von der vermeintlichen Wahrheit erwähnt, und darauf begründet sich deine Beziehung zu ihm.«

»Komm zur Sache.«

»Er ist der Sohn meiner Nichte Lauren, und sie ist tot. Er ist Vollwaise. Das alles entspricht der Wahrheit. Was hat sich also geändert? In deinen Augen viel, ja, aber nichts in denen des Jungen. Es kommt nur auf die Perspektive an. Ich habe mich persönlich mit dir getroffen, um mich zu vergewissern, daß du zumindest das einsiehst.«

Blaine wollte weiterhin wütend sein, doch es gelang ihm nicht. »Du bist trotzdem eine Ratte, Henri.«

»Aber es waren deine Bedürfnisse, die dich dazu gebracht haben, zum Käse zu laufen, *mon ami*.«

»Du hast es gewußt«, sagte Blaine zu Johnny, als er wieder im Wagen saß.

»Die Geister gaben mir Hinweise, die ich nicht ignorieren konnte, Blainey.«

»Weißt du, was am schlimmsten daran ist, Indianer? Ich habe es auch gewußt. Als ich den Jungen zum ersten Mal sah, wußte ich, daß er nicht mein Sohn ist. Aber ich wollte, daß er mein Sohn ist. Ergibt das Sinn?«

»Genausoviel wie alles andere. Sogar mehr als das.«

»Ich wollte, daß er mein Sohn ist, weil das ein bequemer Ausweg gewesen wäre. Eine Entschuldigung, ein Grund, mich zu ändern. Oder zuzulassen, daß man mich ändert.«

»Aber all das, was du getan hast, um den Jungen zu retten, brachte dich zu der Erkenntnis, daß du dich nicht ändern willst, daß du nur innerhalb des Höllenfeuers glücklich bist, das gleichzeitig ein Ort und ein Zustand ist.«

»Nicht glücklich, aber zumindest erfolgreich. Ich habe versucht, mich abzuwenden, einfach davonzugehen, mich zurückzuziehen – ich habe es versucht. Mein Gott, wie gern würde ich allein in den Wäldern leben können, genau wie du.«

»Und hat mir das geholfen, mich vom Höllenfeuer zurückzuziehen, Blainey?«

»Nein, weil ich dich immer wieder zurückschleppe.«

»Du kommst zu mir, weil du es mußt. Ich gehe mit dir, weil ich es muß. Wo ist da der Unterschied? Wir beide tun, was wir tun müssen. Wir tun es lediglich aus anderen Gründen, aber letztendlich sind diese Gründe bedeutungslos. Es kommt nur auf die Bestimmung an, und wir haben dieselbe.«

Blaine musterte ihn nachdenklich. »Wir haben zwanzig Jahre lang denselben Kampf geführt, Indianer. Was für eine Bestimmung ist das? Die Namen und Orte ändern sich, doch ich will verdammt sein, wenn sie einem nach einer Weile nicht auch austauschbar erscheinen.«

»Weil es auf die Reise ankommt. Sich bewegen heißt leben. Bewegung ist Leben. Das eine kann nicht ohne das andere existieren.«

»Ich wollte, daß dieser Junge mein Sohn ist, Indianer.«

»Ein Weggefährte, Blainey, egal, wie man ihn nennt.«

»Ja, ich habe verstanden.«

Blaine traf im Zwielicht zwischen Nachmittag und Abend in der Reading School ein. Der Lehrer, der John Nevilles Nachfolger als Hausdirektor war, führte ihn zu einem kleinen Sportplatz hinter der Schule, wo sich einige Internatszöglinge noch zu einem Fußballspiel vor dem Abendessen zusammengefunden hatten. Blaine schritt zielstrebig und anscheinend selbstsicher aus, doch sein hämmerndes Herz verriet die Furcht tief in ihm.

Die Furcht, es sich einzugestehen.

Die Furcht vor der Wahrheit.

Der Junge war wegen ihm in diese Sache hineingezogen worden. So oder so oblag es daher ihm . . . irgend etwas zu tun. Doch es gab so viel zu sagen. Wo sollte er anfangen?

»Davon haben Sie mir aber nichts erzählt.«

»Ich muß dir ja etwas für später aufbewahren.«

»Und was haben Sie im Projekt Phoenix getan?«

»Das erzähle ich dir auch später.«

Sich an ihre erste Begegnung erinnernd, überlegte er sich auf dem Weg zum Sportplatz ein Dutzend Ansprachen und verwarf alle wieder. Keine davon konnte auch nur annähernd ausdrükken, was er fühlte, was er wirklich sagen wollte. Seine Gedanken kreisten wie verrückt, während er auf die Jungen zuging, die in ihren Trainingsanzügen auf den dreckigen Ball eintraten. Die ersten Schatten der Dämmerung senkten sich, und er konnte Matthew nicht ausmachen und fragte sich, ob der Lehrer sich vielleicht geirrt hatte.

Der Junge drehte sich um und schien mit derselben Bewegung zu ihm zu stürmen. Blaine sah das Lächeln auf seinem Gesicht, dachte, daß dieser Anblick vielleicht der schönste war, den er je gesehen hatte, und wußte, daß er sich keine Worte zurechtlegen mußte, weil sie von selbst kommen würden.

Der Junge legte den letzten Rest des Weges zurück. Sein langes Haar wehte im Wind, und er warf sich in Blaines Arme und begrub den Kopf an dessen Brust. McCracken erwiderte die Umarmung so fest, wie er es wagte, und es dauerte eine Weile, bis er den Jungen behutsam an den Schultern zurückschob.

»Jetzt ist später.« Blaine lächelte.

ENDE

Band 13 252

Jon Land

Die achte Fanfare

Deutsche Erstveröffentlichung

Trotz modernster, raffiniertester Sicherheitssysteme wird der Multimillionär Jordan Lime brutal ermordet – mit einer grauenhaften, völlig unbekannten Waffe. Doch das ist nur der Anfang, der erste Schuß einer unvorstellbar gefährlichen Armee der schlimmsten Profikiller der Welt. Sie gehorcht einem Mann, und der hat einen wahnwitzigen Plan: Er will die Erde erobern, indem er sie zerstört. Und niemand kann ihn aufhalten – niemand außer Jared Kimberlain. Er schart seine treuesten Gefährten um sich und nimmt den Kampf auf, auch wenn er aussichtslos erscheint. Eines weiß er dabei genau: Wenn er versagt, hat die Menschheit keine Chance mehr . . .

BASTEI LÜBBE

Sie erhalten diesen Band im Buchhandel, bei Ihrem Zeitschriftenhändler sowie im Bahnhofsbuchhandel.